Enlevée par le *Barbare* Pikosa

Passion Xiveri tome 7

Elizabeth Stephens

Quelques mots sur la traductrice

Julia est la traductrice de Taken to Sasor et la fondatrice de FIT Found In Translation.

Née en région parisienne, elle est amoureuse des livres et des belles histoires depuis son plus jeune âge.

Passionnée par les voyages, Julia lit aussi bien en français qu'en anglais et se plaît à noircir des carnets dans lesquels elle conte ses évasions.

En 2019, lors d'un séjour sur le continent américain, elle se met à traduire quelques nouvelles et elle décide d'entrer en contact avec des autrices talentueuses.

De retour en France, elle propose ses services à Elizabeth Stephens et se lance dans de nouvelles aventures !

Pour toute demande de traduction, veuillez contacter FIT Translation à l'adresse blackwomanreading2@gmail.com.

Table des matières

Us et coutumes des tribus de la Terre Surante

Surante *(soo - ran - te)*
Terme utilisé pour décrire la Terre du futur après la destruction quasi totale de la planète due aux catastrophes climatiques qui ont épuisé les réserves mondiales d'eau potable et conduit aux guerres pour l'eau. La surface de la Terre Surante est invivable, sauf pour quelques espèces survivantes qui ont réussi à évoluer pour s'adapter au climat désertique, à la chaleur torride et à l'absence quasi-totale de précipitations.

Tribus guerrières

Pikosa *(pick - oh - sah)*
La tribu des Pikosas occupe les grottes de la Terre Surante. Elle survit en réduisant en esclavage les tribus plus faibles, en extrayant des minerais des roches souterraines, en chassant les "crocodiles" et en utilisant les bassins souterrains pour s'approvisionner en eau et pour cultiver une petite sélection de plantes. Les Pikosas se distinguent par une peau couleur bronze, des cheveux noirs et des yeux sombres.

Wickar *(wick - are)*
La tribu Wickar est une tribu entièrement nomade dont les hordes chevauchent des "éléphants" et des "chevaux" de Surante. Son principal moyen de survie est la chasse, le raid et le pillage d'autres tribus, y compris d'autres tribus guerrières. Les Wickars sont caractérisés par une

peau blanche et bronzée, des cheveux blonds dorés et bruns, et des yeux multicolores.

Kawashari *(kah - wah - shar- ee)*

La tribu Kawashari s'est installée dans les montagnes de la Terre Surante. Les plus hauts sommets offrent encore une terre fertile. Les membres de la tribu arborent une peau blanche bronzée ou une peau brune, et des cheveux roux. Les cheveux roux sont une caractéristique convoitée par les Kawasharis, c'est la raison pour laquelle beaucoup de membres de la tribu sont consanguins.

Tribus captives

Tanishi *(tahn - ee - shee)*

« Tanishis » signifie « les petits » dans la langue des Pikosas. Ce terme désigne les humains du passé qui se sont réveillés il y a peu pour se retrouver sur la Terre Surante. Les Tanishis viennent de tous les pays de l'ancienne Terre et, bien que la plupart d'entre eux n'aient pas la même langue maternelle, ils parlent tous plus ou moins bien l'anglais. C'est la seule tribu comportant une bonne part de diversité.

Omoro *(oh - mohr - oh)*

Les membres de la tribu Omoro se caractérisent par une peau gris foncé et des cheveux gris ou argentés. Ils ont à peu près la même taille que les Tanishis et occupent des espaces dans les régions rocheuses et montagneuses de la surface de la Terre Surante.

Danian (*dan - ee - ann*)

Les Danians ne vivent que dans des grottes; en consé-
cuence, ils ont le teint extrêmement pâle et les cheveux
blancs. Ils sont extrêmement sensibles à la maladie du
soleil.

إلى حبي الأول. لغة.

Ila hubbi el'awal. Lugat.

À mon premier amour. Langage.
- Elizabeth

1

Halima

Je perçois un bruit, une *destruction*. Non, il ne s'agit pas que d'un bruit, c'est en train de se produire. Le monde se brise. Je me brise. Craaaac. Je ne suis plus que fragments.

La douleur me secoue tout le corps, c'est comme si on m'avait donné un coup de poing dans la poitrine. C'est comme si ce poing avait un goût de métal et de sang et qu'il criait mon nom. C'est bien moi qu'il appelle. Même à travers la prononciation déformée que mes oreilles peinent à comprendre, je reconnais ce nom. Je le connais à un niveau profond, viscéral. Tout comme je sais que j'ai une âme, que cette âme est reliée à ma peau et que cette combinaison d'âme enveloppée de peau est ce qui fait de moi un être humain.

Je suis humaine et je m'appelle Halima.

– *Halima* !

Elle prononce mal mon prénom. C'est un haa long – pas un ha court – suivi d'un laam, d'un yaa, d'un meem, le tout complété par un ta'marbouta. Mais la femme qui crie ne peut pas améliorer sa prononciation parce qu'elle parle anglais et que mon nom est arabe.

L'anglais, l'arabe... C'est étrange mais, instinctivement, je connais les différences entre les deux.

– Halima, tu m'entends ?

Oui, je t'entends, mais mon nom n'est pas ha – avec un a bref – lima, mon nom est hhhaah-leem-a, comme le disait ma mère.

Ma mère...

Je sais quel sens a ce mot, mais je n'arrive pas à évoquer le souvenir de cette mère qui m'a dit mon nom pour la première fois. La mère qui a été la mienne. Quand je cherche dans ma mémoire, tout ce que je vois, c'est une main qui dessine un ha avec d'élégance – ce toit aplati au-dessus de la courbe généreuse en dessous – mais il n'est dessiné de cette façon que lorsque la lettre existe de manière isolée...

ح

Sa main fait bruisser le papier tandis qu'elle dessine à nouveau le *ha*, mais cette fois avec un toit pointu qui descend avant de remonter pour former le *laam* qui est la deuxième lettre de mon nom. *Yaa*, *meem* et *ta'marbouta* suivent. Elle est marron clair, cette main. Elle est marron clair, comme la mienne. « Halima », elle écrit ce mot pour moi.

حليمة

Je tends à nouveau la main à travers le brouillard de ma mémoire, au-delà du gouffre de tant de langues qui s'entrechoquent : le cantonais, l'anglais, le wolof, le farsi, le turc, l'hindi, le coréen, le français, l'espagnol, et ma langue maternelle : l'arabe égyptien. Mais lorsque je tends la main pour la saisir, cette main change, devient plus grande, calleuse, menaçante, et d'un brun plus foncé qu'elle ne l'était.

Elle s'étire vers moi depuis le haut, s'agrippe au devant de ma chemise, me soulève, et tire plus fort. Je vole. Je chancelle. Je m'étouffe. Je suffoque. Je ne peux plus respirer. Mes yeux s'agrandissent démesurément et mon estomac se noue. Je suis extirpée d'une sorte de lit ou peut-être d'un bain – d'une boîte en verre remplie d'un liquide d'un bleu néon qui n'a rien de naturel.

– Halima, tu m'entends ? la voix s'élève au-dessus du bruit des cris.

Je me racle la gorge, je puise dans ma connaissance de l'anglais et je réponds. *Non, je ne t'entends pas. Je suis en train de m'étouffer.*

Mes poumons brûlent et mon torse se révolte. J'ai l'impression de renaître dans un liquide bleu qui colle comme de la sève plutôt que dans le ventre d'une mère que je ne connais plus.

Je ferme à nouveau les yeux et je cherche, je cherche… Je cherche l'image de cette main qui dessine un *ha* élégant et je sais que si j'y parviens, tout ira bien, mais… je n'y arrive pas.

– Haddock !

La femme rugit et sa main sombre se heurte à une seconde main, plus légère, plus grande et plus rugueuse.

– Survivra-t-elle si tu retires le tube respiratoire ?

Le visage de la femme apparaît au moment où je cligne des yeux. Sa peau est marron foncé, son crâne est aussi chauve que celui de l'homme qui se tient à ses côtés. Ses yeux sont d'un blanc éclatant, tout comme ses dents, mais lorsqu'elle me regarde, je peux voir une pupille complètement dilatée, qui engloutit l'iris brun qui la protège.

L'homme à côté d'elle a la peau blanche et est tout aussi chauve qu'elle. Je me demande à quoi je ressemble. Suis-je aussi nue et glabre que les autres ? Est-ce que moi aussi, je ne porte pas les marques visuelles nécessaires pour m'identifier ?

Ses yeux verts parcourent mon visage. Sa bouche est pincée en une ligne meurtrière, ses lèvres minces contrastent avec celles de la femme à ses côtés. Une alarme retentit quelque part derrière lui — une autre alarme. Quelque chose s'écrase, le métal se déchire, des voix s'élèvent dans une cacophonie d'intonations contradictoires.

Mon regard se perd dans le coin de la pièce. Je suis des yeux le regard de l'homme appelé Haddock. Un groupe de personnes chauves se tiennent dans le coin. Où sommes-nous ?

La pièce qui nous entoure est grande et pleine de réservoirs brisés qui sont soit vides, soit remplis d'une substance bleue dans laquelle tourbillonne un liquide d'une couleur sombre et terrifiante. *C'est du sang. C'est. Du. Sang.*

Bien qu'il y ait quelque chose dans ma bouche qui m'étouffe et que je ne puisse pas parler; je tousse. En m'entendant, Haddock se tourne vers moi. Il cligne plusieurs fois des yeux et secoue rapidement la tête.

– Nous n'avons pas le choix, Kenya, dit-il à la femme.

Je suis allongée sur le côté, sur une sorte de table. Elle est dure et je l'entends ployer sous mon poids. Derrière moi, des mains travaillent sur quelque chose dans mes fesses, puis les libèrent. Mes fesses se serrent l'une contre l'autre. Mon pantalon est remonté sur mes hanches.

– Elle est importante, dit sévèrement Kenya en le réprimandant.

Haddock serre les dents de devant et crache :

– Nous sommes tous importants. C'est pour ça qu'on nous a choisis. Mais pour l'instant, nous devons nous tirer d'ici avant qu'ils n'ouvrent une brèche.

– J'ai des ordres de la générale, docteur. Fais-le !

– Ils ont ouvert une brèche !

Une nouvelle voix se fait entendre, c'est une autre femme cette fois.

Elle n'a pas de cheveux et sa peau semble anormalement pâle. Rien qu'à son accent, j'aurais deviné qu'elle était coréenne. Sans cheveux et sans cils, il est difficile de discerner quoi que ce soit de ces êtres. Nous sommes tous chauves et mouillés, couverts de bleu collant. Nous portons tous des uniformes gris sur lesquels sont cousus des mots.

Sur le sien se trouve l'inscription: *Kenya Pettis*. Et en dessous. *Premier lieutenant*.

Je jette un coup d'œil à la chemise de Haddock. Il y est inscrit : *Haddock Schwarzmann. Médecin. Chirurgien*.

Puis je jette un coup d'œil à ma propre chemise. Comme je dois lire à l'envers, il me faut quelques secondes pour assembler les lettres. C'est de l'alphabet romain.

Halima Magdy. C'est mon nom. Mais ce qui est peut-être plus important, c'est ce qui est écrit en dessous : *Étymologiste. Interprète*.

Je suis Halima Magdy.

Je suis interprète.

Et je ne peux pas respirer.

Je commence à trembler en prenant conscience de la

raison de cette restriction respiratoire. *J'ai quelque chose dans la bouche.* L'homme jure, mais ses mains sont fortes et sûres lorsqu'il manipule ma tête. Tout à coup, la douleur m'envahit. La destruction revient. *Ahlan wa sahlan*, me dis-je en l'accueillant.

Haddock tire et l'objet sort de ma bouche. J'ai l'impression qu'on vient de m'arracher les entrailles.

Mon dos et ma poitrine se soulèvent lorsque le bout de l'objet se détache enfin de ma lèvre inférieure. Je me tords et me débats sur la table. J'essaie de saisir l'insaisissable en inspirant.

Mes yeux sont démesurément grand ouverts. Des mains se posent sur ma poitrine et me pressent. Je m'évanouis. Puis je me réveille et la bouche d'un homme se pose sur la mienne. Il respire, je halète et il s'éloigne lorsque la femme m'attrape par les mains et me tire de la table. J'atterris sur les genoux.

– Halima, écoute-moi.

J'ai la tête qui tourne. Je lutte contre l'envie de vomir.

– Tu es l'une des trois cent quarante-quatre personnes sélectionnées pour survivre à l'apocalypse climatique et aux guerres de l'eau qui ont suivi, et qui ont détruit la Terre. Nous sommes restés endormis quatre mille ans. Nous aurions dû rester en sommeil artificiel onze mille ans, mais nous avons été réveillés par une espèce d'humains qui ont survécu aux guerres et à ce qui s'en est suivi.

Elle secoue la tête. Sa lèvre supérieure transpire. Tout son visage transpire. Je transpire aussi.

– Ils ont… Ils ont évolué.

La peur suinte de ses paroles. Son ton distille dans l'air une terreur non contenue. Je peux sentir l'effroi s'insinuer dans le souffle qui racle ses ongles sanglants le long de mes narines et de ma gorge avant de s'installer dans mes poumons et de les comprimer.

– Ils ne devraient pas être ici. Ils n'étaient pas censés survivre. Personne, à part nous, n'était censé survivre. Mais ils ont survécu et maintenant ils vont nous détruire. Ils ont tué la plupart de nos soldats et, d'après ce que j'ai vu, tous les commandants masculins que nous avions. Leanna était la colonelle, mais c'est la plus haut gradée qui reste. C'est notre générale maintenant. Elle m'a envoyée te chercher.

Elle jette un coup d'œil par-dessus son épaule, et secoue la mienne au passage.

– Les ordres que je vais te transmettre sont importants. Ce sont les ordres les plus importants que je vais donner aujourd'hui, alors écoute-moi, Halima. Je sais que tu ne sais pas qui tu es. Tes souvenirs ont été effacés lorsque tu es entrée dans les entrepôts de la mission Surante – l'endroit où nous nous trouvons maintenant. Les seuls souvenirs conservés par un membre Surante non classé sont ceux relatifs à sa compétence. Sais-tu ce que tu es ?

Je fais un signe de tête, sans prononcer un mot, et je jette un coup d'œil à ma chemise. D'un doigt tremblant, je pointe mon sein gauche.

– Oui. C'est bien. Tu es l'interprète.

Je suis *l'*interprète et pas *une* interprète, parce que dans le programme Surante, il n'y en a qu'une.

Pas mutarjima mais *al*-mutarjima. *Meem-taa-raa-jeem-meem-ta'marbouta. Jeem* a toujours été ma lettre préférée. C'est comme un haa, mais avec le point au-dessus. C'est une *lettre sacrée*. Quelqu'un m'a dit cela un jour, mais je ne sais pas qui. Mes souvenirs ne contiennent plus le son de la voix de cette personne.

– Tes ordres sont les suivants : tu dois rester silencieuse. N'essaie pas de communiquer avec eux. Contente-toi d'écouter. Apprends. Nous devons connaître leurs faiblesses pour pouvoir les exploiter au moment opportun. C'est notre seule chance de les tuer puis de nous échapper, et nous avons besoin de toi pour cela. Halima, quand tu...

– Kenya ! aboie le mâle en tapant du pied sur le sol, encore et encore.

Il est pieds nus. Nous le sommes tous.

– Nous n'avons pas de temps à perdre.

– Ils sont là !

La femme dans le coin a à peine fini de hurler que les portes explosent et qu'ils entrent.

Ils ont la peau bronzée, des cheveux d'un noir d'encre et d'épaisses ceintures bordées d'armes qui leur enserrent la taille. Leurs chaussures montent jusqu'aux chevilles.

Ils arrivent comme une tempête; des épées, des lances et des fouets à la main. Leurs fouets chantent en faisant vibrer l'air. Les gens – ceux de mon espèce – crient lorsque les extrémités en cuir effiloché de leurs fouets touchent nos chairs sensibles. Kenya me fait tomber de force, puis jette son corps sur le mien. Je suis en état de choc pour une foule de raisons, dont celle-ci.

Ensuite, moins d'un battement de cœur plus tard, elle est arrachée de moi et je suis traînée sur le sol. Puis, on me met debout.

La douleur me traverse l'épaule et continue de déchirer mes poumons tandis qu'un mâle – une créature masculine que je ne peux pas voir – me traîne dans un tunnel après l'autre. Il y a des corps partout, pressés contre moi de tous les côtés. La plupart sont des humains chauves en uniforme gris. Les autres sont les monstres qui nous font du mal.

J'essaie de saisir les différents noms, les différentes professions, les différents métiers évoqués. J'essaie de construire un édifice où loger la raison dans mon esprit afin d'expliquer ce qui m'arrive. Mais la tour est faite d'échardes. La raison est trop difficile à trouver.

Il y a un architecte, un urbaniste, un biologiste, un géologue, un paléontologue, un anthropologue, un ingénieur électricien et un ingénieur aérospatial. Il y a même une femme aux immenses yeux bleus dont la chemise porte la mention « artiste ». Je me demande distraitement de quel type d'artiste il s'agit.

Les rochers sous la plante sensible de mes pieds sont froids et escarpés. Je me cogne le gros orteil en me faisant bousculer par derrière. Finalement, les lumières autour de nous changent. L'air change. La chaleur qui était si oppressante se dissipe, revient en force, puis se dissipe à nouveau. Nous ne sommes plus dans les entrepôts Surante. Peut-être n'y sommes-nous plus depuis longtemps. Quelque part en chemin, nous descendons.

Nous sommes dans des grottes. Les tunnels sont étroits et effrayants. Certains de ces guerriers violents portent des flammes vives – des torches – mais ils n'en ont plus besoin lorsque les couloirs s'élargissent, car les murs ici sont encastrés avec des fosses de feu, bien au-dessus de ma tête, mais pas si haut au-dessus de la leur. Eux, ils sont grands.

La femme que j'ai reconnue dans la pièce précédente se tient à côté de moi et s'agite comme une pierre projetée dans une cage. Je jette un coup d'œil à sa chemise.

Jia Kim. Botaniste.

Elle pleure sans faire de bruit et quand je me penche pour lui serrer la main, elle la retient fermement, désespérément, sans se poser de questions. Elle ne me connaît pas et je ne la connais pas, mais nous sommes ensemble maintenant. Chacune d'entre nous est un peu moins seule du fait de notre proximité.

Au fur et à mesure que nous nous enfonçons dans les profondeurs, je ne peux m'empêcher de penser à l'enfer.

Dans l'ancienne Mésopotamie, les Sumériens croyaient que toutes les âmes des morts allaient à Kur, un grand trou dans le sol comme celui-ci. Je commence à me demander si nous sommes peut-être à Kur, mais lorsque nous sommes finalement forcés de passer par une ouverture dans une énorme caverne, je commence à avoir des doutes. Kur est décrit comme un endroit sombre et misérable. Ce lieu… cette grotte… est tout simplement magnifique. *Zay al foll*. C'est aussi beau que le jasmin.

La lumière pénètre dans la grotte par une seule ouverture dans le plafond, en traits d'or pur. Je peux voir des particules de sable et de poussière danser dans la lumière qui illumine toute l'étendue de la grotte dans des tons brillants de brun et de bleu topaze.

Une rivière divise le centre de l'espace et, de l'autre côté, des pierres plates et lisses mènent à un seul rocher massif et à l'imposant trône qui le surmonte – ainsi qu'à la créature qui l'occupe.

Mais cela ne veut rien dire : *même Hadès, le dieu des Enfers de la mythologie grecque, était beau dans certaines représentations...* C'est peut-être même la beauté de cet endroit qui le rend encore plus horrible.

Je ne sais pas où je suis – je sais à peine *qui* je suis – mais j'ai peur. La peur est peut-être ma seule vérité.

On me pousse plus loin dans la grotte. Elle est aussi grande qu'une cathédrale, et en balayant du regard les alentours, je constate qu'elle est remplie.

Les gens – les créatures – sont *partout*. Des hommes et des femmes à la peau bronzée et aux cheveux noirs ont des fouets à la main. Ils se tiennent autour du périmètre de la pièce massive. Ils nous regardent entrer et je pense fugitivement à Kur, à l'enfer, et aux neuf cercles de Dante.

L'enfer, c'est la chaleur et le feu, tandis que Kur est morne et misérable, rempli de démons et de poussière. Dans l'Égypte ancienne, après la mort, les cœurs sont pesés sur la balance d'Anubis et, au Tibet, il faut servir dans les Narakas, au plus profond de la terre, jusqu'à ce que le karma ait été contenté.

Combien pèsent nos cœurs ?

Combien de karmas avons-nous gaspillés ?

Qu'avons-nous fait de si terrible dans nos dernières vies pour finir ici ?

Les corps bousculés s'écartent devant moi et à travers eux, j'ai enfin une image plus claire de l'homme sur le trône. Toute incertitude que j'avais sur la raison de notre présence ici, jugement final ou non, disparaît.

Nous y sommes. C'est le jugement final. Le purgatoire a atteint sa conclusion. Même si je ne me souviens pas du visage d'Allah, je connais le mot et sa définition. Je sais qu'il s'agit d'un comptoir dans le monde souterrain. Je sais qu'il s'agit de l'antre du mal, quel que soit son nom : Hadès, le Diable, Belzébuth, Azazel.

Il est assis au centre de ce nouveau monde, au sommet de son trône, et il nous observe alors que nous lui faisons face, en attendant impassiblement de rendre son verdict. Nous sommes en présence d'Anubis, le dévoreur.

J'aperçois une seconde fois la créature lorsqu'on me pousse vers l'avant, plus près du bord de la rivière. C'est le tintement d'une chaîne qui attire mon attention. Il tient une chaîne dans sa main droite et lorsqu'il la secoue, la femme accrochée à l'autre extrémité s'envole du rocher sous son trône et atterrit durement sur le palier lisse en contrebas.

La main sur la joue, elle se redresse avec un regard de feu qui me fait penser que, dans une vie antérieure, elle aurait pu être une Valkyrie, même si dans celle-ci, elle porte le même uniforme gris que nous tous.

Son crâne pâle est chauve, mais ses joues sont d'un rose vif. Ses couleurs contrastent avec le gris de l'uniforme et attire mon attention vers le bas... vers le rouge qui recouvre le reste de son corps.

– C'est du sang ? murmure Jia, à mes côtés. Oh mon Dieu, qu'est-ce qu'il lui a fait ?

Elle tremble alors que nous atteignons le bord de la rivière – ou bien c'est moi qui tremble, je ne sais pas. Quoiqu'il en soit, je ne lâche pas la paume de Jia.

Je ne la connais pas, mais je ne la lâche pas.

– Gedabegulibetihi pondari tenirodiki !

Le cri vient de derrière moi. Je ne peux pas l'interpréter, du moins pas assez vite pour éviter la vague de douleur qui me traverse le dos.

Je suis en état de choc et je ne peux crier. Je ne peux rien faire d'autre que d'absorber la douleur résultant de ce qui me semble être un millier de couteaux qui me tranchent de l'omoplate droite à la hanche gauche. Je manque de tomber du pont de pierre qui enjambe la rivière – c'est ce qui se serait passé si Jia ne m'avait pas rattrapée et tirée jusqu'à la la pierre de l'autre côté afin que je reste en sécurité.

Je m'évanouis, mais lorsque je reviens à moi quelques instants plus tard, je vacille sur mes pieds. Des personnes en uniforme gris se répartissent à ma gauche et à ma droite. Alors que nous sommes forcés de former une ligne branlante, Jia écrase mes doigts dans sa main. Elle sanglote avec force maintenant, suffisamment pour que l'émotion secoue sa poitrine. Elle essaie de plaquer une main sur sa bouche pour faire moins de bruit et ne pas attirer l'attention sur nous, mais rien n'y fait.

Elle hurle lorsque l'éclair du fouet s'approche d'elle et tombe à genoux. Je tombe à côté d'elle. Je refuse de lâcher sa main alors que sa prise se relâche dans la mienne.

– Ça va aller, Jia, je murmure à voix basse.

C'est un mensonge. Ça ne va pas aller. Anubis dévore les âmes de ceux qui ne sont pas dignes de passer dans leur prochaine vie.

Des rires et des cliquetis de chaînes résonnent dans la caverne. La chaîne dans la main de Belzébuth n'est pas la seule. Il y a d'autres êtres ici que nous, les victimes en uniforme gris, et les démons brandissant des fouets pour nous torturer.

En regardant autour de moi, je remarque qu'il y a d'autres espèces présentes – au moins deux autres.

Des êtres plus minces à la peau couleur charbon se fondent presque dans les murs et contrastent totalement avec les créatures à la peau bleutée et aux cheveux blancs qui tombent en nœuds miteux jusqu'à la taille.

Ils ne sont pas comme nous – le fait qu'ils ne soient pas chauves et qu'ils ne portent pas d'uniformes le confirme. Toutefois, ils ne sont certainement pas comme les démons. Ils ont l'air si différents de nous, *d'eux*, les uns des autres, que je m'interroge... je suis perdue, confuse... je ne sais pas quoi penser.

Je ferme les yeux et je pense à ces mains, celles qui tracent cette lettre appelée *jeem*. Celles qui tracent mon nom. Elles appartiennent à la voix qui a épelé mon nom pour moi pour ce qui était peut-être la toute première fois. Combien de fois l'ai-je tracé depuis ? Et dans combien de langues ?

Je suis égyptienne, mais je suis aussi l'interprète. C'est à moi de trouver les faiblesses des monstres qui nous détiennent et de libérer les captifs. Je décide alors que j'aiderai *tous* les captifs, quelle que soit leur espèce, leur croyance ou leur couleur. Ils ne mourront pas ici, parce que je suis Halima, l'interprète, et que je ne mourrai pas ici. Je les emmènerai avec moi.

Je ne mourrai pas ici. Nous ne sommes pas vraiment en enfer; et Anubis peut être vaincu.

Ces pensées calment la douleur dans mon dos et la réduisent à un lancinement sourd. J'ouvre les yeux. J'inspire en deux temps, qui déchirent mes poumons, qui déchirent mon cœur.

La main de Jia est toujours dans la mienne et je me concentre sur elle de toutes mes forces tandis que Belzébuth descend enfin de son trône. Il se fraye un chemin le long de la file d'attente et, en s'arrêtant à chaque personne, il fait un signe de tête vers l'un des quatre coins opposés de la chambre.

Sur son ordre, la personne désignée est emmenée et enfermée dans des chaînes qui l'attachent aux autres personnes présentes.

Il y a quelques exceptions.

Quatre femmes extraites de la foule sont emmenées ailleurs. La première a une silhouette ronde et pleine et un teint brun foncé. La deuxième est très grande et mince. La troisième a le même teint de peau que moi, mais n'a pas l'air égyptienne ou moyen-orientale – elle pourrait être sud-américaine, mais je n'en suis pas sûre.

La quatrième est petite, mais je ne vois ni son visage ni son badge avant qu'elle ne soit entraînée trop loin pour que je puisse identifier quoi que ce soit à son sujet. Tout ce que je sais, c'est que les quatre femmes avaient l'air plutôt jolies, même chauves et trempées, et tout ce que je peux espérer, c'est qu'elles n'ont pas été enlevées par le diable pour leur beauté.

Même si je ne sais pas comment la beauté est définie dans ce nouveau monde, j'ai d'autres mots dans mon vocabulaire qui sont bien plus effrayants. Des mots comme « pouvoir ». Des mots comme « viol ».

Jia manifeste sa surprise en inspirant bruyamment. Lorsque je suis son regard, je me fige à mon tour. Belzébuth a rejoint Kenya dans la file d'attente et l'observe maintenant avec plus d'attention que les quatre femmes qu'il a enlevées. Il l'examine trop pour que ce soit bon signe.

Kenya croise son regard avec une férocité qui me terrifie parce qu'elle est menaçante et qu'elle est notre capitaine. Elle m'a donné mes ordres. Haddock était prêt à m'abandonner, mais elle, elle m'a transmis d'importantes informations. Tant qu'elle vivra, je lui dois la vie.

Le Diable fait alors quelque chose de vraiment horrible. Il sourit. Il sourit et ses dents éclatent de blancheur sur son visage. Son sourire est magnifique et je suis aspirée au-delà du Styx, directement dans l'âme d'Hadès, par l'homme qui porte ce surnom.

– Memo lithan togo na. Memak haren higo no.

Sa voix est un grondement riche qui me serre l'abdomen.

Jia dit quelque chose à côté de moi, mais je ne l'entends pas. Je me concentre, les engrenages de mon esprit s'activent lentement au fur et à mesure que je reconnais certains mots. Je ne les reconnais pas tous – pas même la moitié – seulement deux pour le moment.

Lithan. Haren.

Lithan...

Lithan, lithan, lithan. On dirait un mot anglais ancien qui signifie « voyage ». Ce mot a ensuite évolué pour devenir *laedan* au quatorzième siècle, ce qui signifiait « guider » et il a ensuite trouvé sa pleine reconnaissance dans le mot anglais *leader*. Leader. Est-ce ainsi qu'il désigne Kenya ?

Je ne comprends pas comment il sait qu'elle est notre meneuse. Je ne comprends *pas* non plus pourquoi ces mots, que je n'ai jamais entendus auparavant, ont, pour la plupart d'entre eux, des racines anglaises et espagnoles, et d'autres arabes. C'est fascinant. Par ailleurs, une grande partie de la grammaire qu'il emploie semble être de l'amharique. C'est incroyable.

– Ero, ellama merimerikeganma ! crie un autre géant.

Je ne comprends aucun des mots, mais je me concentre sur le premier. *Ero.*

Ero. Ero, Ero, Ero.

Il a un nom et ce n'est ni Belzébuth, ni Azazel, ni Hadès. S'il a un nom, cela signifie qu'il n'est qu'une créature, un être vivant fait de chair et de sang, comme nous tous. Il peut saigner. Il peut être éviscéré. Il peut être éliminé.

Ero, le mortel, se retourne vers la femme attachée à son trône. Il donne un ordre qui incite un autre barbare à la libérer. Puis il saisit violemment Kenya par la nuque, il la jette vers le trône et claque des doigts.

Une lance est lancée sur le sol et atterrit directement entre Kenya et l'autre femme. Mon instinct me dit qu'il s'agit de Leanna, notre générale, et qu'Ero a identifié les deux plus haut gradées de notre peuple. Mais comment ? Et quel est son plan ? Pourquoi a-t-il libéré Leanna et pourquoi donne-t-il une arme à des combattantes ?

– Fugcha ! ordonne-t-il.

Je sursaute.

– Qu'est-ce que c'est ? dit Jia. Halima, qu'est-ce qu'il y a ?

– Il veut qu'elles se battent, je réponds en chuchotant.

Kenya est la première à bouger. Elle s'élance vers la lance, mais elle n'attaque pas Leanna. Elle se jette sur Ero.

Leanna bouge une fraction de seconde plus tard et ramasse le bout libre de sa chaîne. Elle la fait tourner autour de sa tête comme un propulseur et la brandit comme un fléau au moment où Kenya fait une feinte et frappe l'estomac d'Ero.

Au début, il ne bouge pas. Il attend jusqu'à la dernière seconde. Jusqu'à ce qu'un soupçon d'espoir nous pousse à croire que ces deux guerrières pourraient bien le battre.

Mais même s'il n'est pas armé, son corps *est* une arme. Il dépasse Kenya de deux têtes et l'une de ses mains pourrait facilement s'enrouler autour de sa gorge. Il attrape la chaîne lorsqu'elle s'approche de lui. Le bout s'écrase sur son épaule et une plaie rouge apparaît en dessous. Il ne bronche pas.

Au même moment, son autre main attrape la lance juste sous sa pointe métallique. Il arrête la trajectoire de la lance à quelques centimètres de son abdomen strié. Ses membres bougent en parfaite synchronisation, son regard est à moitié distrait.

Les démons adorateurs du Diable présents dans la grotte rient, mais il me faut un moment pour identifier le bruit comme tel. C'est donc leur rire. Il s'agit généralement d'un terme utilisé pour décrire des sons joyeux, des sons de gaieté. Mais ce son ne pourrait pas en être plus éloigné. C'est un son terrible, un son qui heurte les poitrines de ceux qui l'écoutent et étouffe toute velléité d'espoir et de bonheur.

Il sourit et lorsqu'il se met à rire lui aussi, je sens mon âme s'étioler un peu, se retirer plus profondément dans mon corps, dans l'espoir d'y rester en sécurité.

Pendant qu'il rit, Kenya et Leanna essaient de rétracter leurs armes, d'attaquer, de se libérer d'une manière ou d'une autre, mais elles sont coincées. Il rit, ils rient tous, et Jia tremble tellement à mes côtés que nos paumes moites et poisseuses restent collées l'une à l'autre par la seule force de l'adrénaline.

Ero écarte violemment son bras gauche et Leanna, qui ne veut pas lâcher son arme, s'envole. Elle heurte le sol de pierre à une vingtaine de mètres devant moi et, lorsqu'elle roule sur le côté, je vois que son dos est couvert de zébrures et d'entailles brutales. Sa chemise grise est déchiquetée. *Combien de fois l'a-t-il fouettée ?*

Les larmes me montent aux yeux tandis que je regarde le monstre. La rage me fait transpirer encore plus. Mon cœur bat la chamade dans ma poitrine. J'aimerais pouvoir le tuer. *Je vais le tuer. Mais je ne suis pas encore prête.*

Il tire Kenya vers lui par la lance et l'attrape par la gorge lorsqu'elle tombe. Après l'avoir soulevée par le cou, il jette distraitement la lance par-dessus son épaule, où elle est attrapée par un guerrier plus jeune. Puis Ero jette Kenya tout aussi facilement sur le sol, à côté de Leanna.

– Tekaroella haremu.

Haremu ? Comme harem ? Cette pensée me fait sursauter et je sens des cris de protestation monter dans ma bouche alors que deux démons femelles emmènent Leanna et Kenya, mais je me souviens alors des ordres que l'on m'a donnés... *Ne te trahis pas, ils ne doivent pas savoir quelles langues tu parles...* Je garde donc mes mots de colère et de violence en moi.

La'a. Non. Nein. Ayi. Bu. Non. Net. Je ferme les yeux, je cherche une langue qui me semble lointaine, j'opte pour le turc, puis je commence à compter jusqu'à cent. Bir, iki, üç, dört, beş, altı...

Très doucement, j'entends une voix douce et tremblante murmurer :

– Hana, du, se, ne, daseos…

Je compte à voix haute et maintenant Jia compte avec moi en coréen. Je change rapidement de langue.

– Yug, ilgob, yeodeolb...

Elle rit légèrement et frénétiquement sous l'effet de l'excitation. Elle serre ma main si fort que je crains qu'elle ne me brise des os. Lorsque je sens une ombre – une ombre chaude et énorme – s'abattre sur nous, je n'en doute plus. Jia réduira bientôt tous les os de ma main en miettes. J'ouvre les yeux et je lève la tête.

La première chose que je vois, c'est un mur de bronze. Il est couvert de cicatrices brunes et roses brillantes. Elles couvrent chaque centimètre de son corps. Certaines sont fines et fraîches. D'autres sont anciennes, épaisses et mal cicatrisées.

La plus épaisse part de sa côte la plus basse et

descend, puis disparaît dans son pantalon marron foncé. Ce sont des fibres tissées, mais je ne peux pas dire de quelle matière elles sont faites. Je peux juste voir qu'elles sont tachées. *Est-ce le sang de Leanna ? Ou celui de Kenya ?*

Il fait deux fois ma taille. C'est tout ce qui me vient à l'esprit quand je le regarde pour la première fois. J'ai tort – du moins, je l'espère – mais c'est quand même ce qui me frappe en premier. J'ai beau le détester, sa taille à elle seule me fait réfléchir, me fait frissonner, me donne envie de mettre tous mes secrets à nu pour ne pas avoir à être punie par lui lorsqu'il comprendra que je suis ici pour me rebeller.

Je suis ici pour me venger.

Je pince mes lèvres et je les mords. Ce faisant, je remarque un mouvement vers le bas chez lui. Sa bouche est grande, presque comique, et d'un rose sombre et délirant. Les puits de ses yeux projettent des ombres sombres sur ses joues, qui sont hautes et taillées comme des éclats des pierres noires et vertes qui scintillent sur les parois de la grotte qui nous entoure.

Comme ses lourds cils, ses cheveux sont d'un noir d'encre et tombent sur ses épaules gonflées. Enchevêtrées et enragées, ses boucles se précipitent comme le Styx. *Tu n'es pas Charon. Tu es Ero. Tu peux être vaincu.*

Jia tremblait tout à l'heure, mais maintenant je ne sens plus que mes propres tremblements lorsque je me force enfin à croiser son regard. Je constate alors qu'il ne me regarde pas. Il ne regarde pas Jia non plus. Il fixe nos mains jointes.

Je tremble tellement que cela attire encore plus Jia vers moi. Sans crier gare, l'air troublé d'Ero s'estompe et il se laisse tomber sur ses fesses.

Son corps massif occulte la lumière qui descend d'en haut. L'odeur du sang, de la sueur et du sel parfume sa peau. Il sent la guerre elle-même. J'ai envie de fermer les yeux, mais mon regard est rivé sur le mouvement de ses jointures ensanglantées lorsqu'il sort une dague de la ceinture qu'il porte à la taille. Courte, elle a un manche en cuir et une lame noircie.

Il hurle un ordre que je ne peux interpréter et un démon femelle s'approche, une torche à la main. La sueur coule de mes aisselles, de mes flancs, de ma nuque et de la courbe sous mes seins. Ero approche sa dague de la flamme. Ses mouvements sont délibérés et lents. Il attend patiemment que l'extrémité pointue s'illumine d'un rouge éclatant.

– Oreyo yasibalu yaruella ?

Il glousse et je déteste ce son. C'est pourtant un bruit charmant, mais tout ce qui me vient à l'esprit, c'est Lucifer. *Lucifer était un ange avant de devenir le mal incarné.*

Il tient sa lame devant ses yeux et, apparemment satisfait, la rapproche de plus en plus de Jia et de moi. Nous fuyons toutes les deux la chaleur qui émane de l'acier incandescent, mais pour y échapper totalement, il faudrait renoncer à se tenir par la main. Nous n'avons pas envie de le faire. Ni l'une, ni l'autre.

Nous ne nous connaissons pas, mais nous ne nous lâchons pas.

La bouche d'Ero tressaille. C'est un homme qui tient ses promesses. Il approche la lame de plus en plus près, jusqu'à ce qu'elle touche l'intérieur de nos deux poignets en même temps.

La vue de la lame brûlant ma chair précède la sensation de douleur et mes doigts se bloquent alors que j'aurais dû passer ces précieuses secondes à essayer de les ouvrir et de m'enfuir.

Mon cerveau s'agite, mais tarde à se mettre en marche, ou peut-être est-ce simplement parce que la douleur dans mon dos rend cette nouvelle agonie difficile à ressentir. Jia crie et s'effondre en avant, mais elle ne me lâche pas. Elle ne me lâche pas.

Et je ne la lâche pas non plus, pas même lorsque l'odeur de la chair brûlée monte jusqu'à moi. Elle s'oppose à l'odeur de la substance bleue encore accrochée à mon uniforme, qui pue l'antiseptique, mais d'où émanent aussi des odeurs plus étranges qui persistent sous le sang, la sueur et le sel de sa peau.

Je vacille et étrangement, je me dis qu'il sent la guerre, oui, mais aussi Anubis. Il est tel que je m'imagine Hadès. Il sent les minéraux, l'herbe, le métal, le sel et la mer. Il sent la survie, le regret, le paradis perdu. Il sent l'ange déchu. Il sent les ruines et la destruction.

Mais là où il y a des ruines, il y a aussi l'espoir de trouver un trésor.

Cette pensée se heurte à la douleur et la repousse. Elle la réduit à l'état de ruines. Une voix – une voix que je peux distinguer – murmure ces mots dans ma tête. Je *connais* cette voix. Je la connais.

C'est celle d'Ebi. Mon père. C'est lui qui a dit ça. Il répétait les mots d'un poète qu'il aimait et ce poète c'était... c'était... Je cherche dans la brume qu'est ma mémoire, mais je ne trouve rien.

– Là où il y a des ruines, il y a aussi l'espoir de trouver un trésor.

J'entends ces mots prononcés à voix haute, par ma propre voix.

– Woga eh ? gronde-t-il.

Je ne réponds pas, je ne me laisse pas effrayer par la

proximité de sa voix et sa présence écrasante. Ce vers est si triste. Tout ici est si triste.

Au lieu de répondre, je ferme les yeux et laisse les larmes couler sur mes joues. Je pleure pour lui, pour cet Anubis, pour ce Charon perdu en mer.

Je pleure pour ce lieu dont l'âme hante des ruines et je répète les mots qui me viennent à l'esprit :

– Mon âme est d'ailleurs, j'en suis sûre, et j'ai bien l'intention d'aller la rejoindre.

C'est un vers du même poète... son nom m'échappe Jalal... el... quelque chose. C'était le poète préféré de mon père.

– Woga eh ?

J'ouvre les yeux pour me retrouver face à son visage buriné, à ses sourcils froncés.

Il ne doit pas aimer ce qu'il voit sur le mien car il me montre les dents comme un animal, les lèvres retroussées par la rage. Il arrache la marque de ma peau et de celle de Jia. Une bouffée d'air s'engouffre dans mes poumons en même temps que les goûts riches et superposés de la douleur.

– Kedejiniliste ?

Son intonation est ascendante, c'est une question. Je ne comprends pas le mot, mais je sais qu'il veut que je répète ce que j'ai dit.

J'ouvre la bouche, mais en levant les yeux vers lui et en croisant son regard amer, les mots se bloquent dans ma gorge. Je secoue la tête.

Khara. Khara, khara, khara. Je sais immédiatement que j'ai fait le mauvais choix. C'est écrit dans ses yeux. Ils sont d'un gris qui rappelle les nuages d'orage. Ils reflètent la couleur de la lame sombre qu'il retourne sur mon bras, seulement dans mon bras.

– Lâche-moi, gémit Jia, peinée.

Mais je ne la lâche pas. Je ne parle pas, je ne dis rien. Ni à elle ni à lui, mais je refuse de lâcher prise, tout comme je refuse de baisser les yeux et de voir ma peau brûler. Je me concentre sur la sensation de la main douce de Jia dans la mienne.

Les répercussions de mon acte de défi deviennent de plus en plus sinistres au fur et à mesure que je le fixe dans les yeux. Une veine palpite sur son front. Les muscles de son cou d'acier se contractent. Sa mâchoire se fige et il enfonce plus profondément la lame sous la blessure qu'il a déjà faite juste sous le pli de mon coude. De plus en plus fort, et encore plus fort...

Mes paupières papillonnent. Il répète sa question, mais je ne réponds pas. Et cela n'a plus rien à voir avec le fait que la douleur a effacé le souvenir du poème. Je ne pourrais pas le réciter même si je le voulais. Si je ne dis rien, c'est parce qu'un autre mot se glisse devant, au centre, et au-delà de mes souvenirs de mère et de père, au-delà de mes réflexions sur ha et jeem, au-delà des mes pensées sur les langues. Ce mot s'installe calmement au centre de mon être.

C'est le mot « *ensemble* ». Il me rappelle que même si les souvenirs m'ont abandonnée, tant que la main de Jia est dans la mienne, il y a de nouveaux souvenirs à créer et de nouvelles raisons de se battre. Je ne suis pas seule ici.

Nous sommes ici ensemble.

Et si je me trompe et qu'il est l'Anubis de ce nouveau monde, c'est ensemble que nos cœurs seront pesés.

Nous trouverons un moyen.

– Ensemble, je murmure. Hamkke, je répète en coréen.

La main de Jia serre la mienne plus fort et, à travers

l'odeur de chair brûlée et la douleur qui menace d'éclipser tout le reste, je l'entends murmurer :

– Hamkke back.

– Kedejiniliste, grogne-t-il entre ses dents.

Ma tête est embrumée. La réalité bat en retraite paresseusement et je bascule sur mes talons en laissant ma tête tomber en arrière tout en continuant d'endurer.

J'endure jusqu'à ce que la douleur devienne si écrasante que je ne la ressente plus. Étourdie, j'ouvre les yeux et, en amharique, je murmure :

– Anidi laye.

Ensemble.

Ses narines s'enflamment et ses yeux orageux s'obscurcissent d'une peur déguisée en violence. Ce sont les dernières choses que je vois avant que le barrage ne cède et que la douleur ne s'infiltre en moi pour me noyer.

2
Ero

Cela fait maintenant plus de trente jours que nous avons trouvé des Tanishis. Mes guerriers sont de bonne humeur. L'énergie de notre système de grottes a changé. Il y a plus de rires. Plus de chaos. Plus d'affrontements sanguinaires. C'est magnifique.

Tanishi signifie *petit*. J'observe en ce moment même l'un de ces petits mâles Tanishis combattre une de mes guerrières. Ce Tanishi a essayé d'accumuler des rations et c'est sa punition.

S'il survit, il retiendra la leçon.

S'il ne survit pas, il ira nourrir les crocodiles qui vivent au fond de ce réseau de grottes et qu'il est bon d'apaiser de temps en temps.

La guerrière sur le ring envoie son talon dans l'estomac du Tanishi. Lorsqu'il hurle de douleur, elle rit. Nous rions tous.

Les crocos vont se régaler...

Ces Tanishis sont faibles et petits – encore plus petits que les Danians et les Omoros – mais, comme les autres races captives de petite taille, ce sont de bons travailleurs, et leur petit gabarit leur permet d'exploiter les fissures et les crevasses du réseau de cavernes.

Ils arrivent même à se faufiler pour trouver de nouvelles voies d'accès à des sources d'eau plus éloignées. Je ne l'admettrai jamais à voix haute mais ils se débrouillent bien, même si certains ne se contentent pas de suivre les ordres et prennent des initiatives. De toute façon, la plupart ceux qui le font finissent par nourrir les crocodiles.

L'une des deux Tanishis à mes pieds se déplace, ses chaînes cliquettent. C'est la cheffe des Tanishis, bien que l'autre femelle les dirige également. Je m'en suis rendu compte à la façon dont celle à la peau pâle m'a regardé. Il y a tant de choses à voir dans leurs yeux que c'en est fascinant, surtout si l'on considère qu'au début, les Tanishis n'étaient que des masses molles, humides, glabres et dégoûtantes, que nous avions trouvées rampant hors de réservoirs.

Ils étaient si nombreux que nous avons eu de la chance que certains soient morts dans leurs réservoirs, que d'autres soient impossibles à réanimer et que, pour le reste, ils soient faciles à tuer lorsque c'est nécessaire.

S'ils avaient tous survécu, ils nous auraient facilement submergés par leur nombre et c'est un risque à ne pas prendre. Si l'un des captifs se rend compte qu'ils sont six fois plus nombreux que nous, nous risquons d'avoir des problèmes.

Je ne crois pas aux problèmes.

Je ne crois qu'aux règles.

Je ne crois qu'à l'obéissance.

Je ne crois qu'à la soumission.

La cheffe à la peau pâle secoue à nouveau ses chaînes.

Je la regarde distraitement. J'ai failli la déshabiller pour l'humilier – pour les humilier tous – mais depuis le temps que nous avons capturé tous ces Tanishis, leur peau s'est endurcie et leurs cheveux ont poussé jusqu'aux épaules. Leurs ongles aussi. Je fronce les sourcils de dégoût en regardant ses mains. Ses ongles fendus ressemblent à des griffes.

Toutefois, je finis par esquisser un demi sourire. Ses cheveux sont rouges, une couleur très prisée des Kawasharis. Nous pourrions l'utiliser comme appât et massacrer une partie de leur horde, puis voler leurs ressources. Ils cultivent dans leurs montagnes des aliments que nous n'avons pas vus depuis des années. Piller l'un de leurs nagamas serait une récompense de choix.

En attendant, je dois éviter qu'un de mes guerriers ne s'en prenne à elle. Même mes guerriers les plus insatiables savent qu'ils ne doivent pas violer les femmes capturées. Ils savent ce que je pense de l'utilisation du sexe comme arme de guerre. Cela ne fait qu'engendrer des maladies, qui se propagent et tuent encore plus vite que les tribus Wickar et Kawashari, les serpents et les crocodiles du désert.

Nous avons découvert tous ces êtres qu'il était aisé de soumettre après avoir essuyé quelques défaites. Ils nous permettront de reconstituer nos effectifs moribonds. Cela nous a fait beaucoup de bien. Une fois que nous aurons éliminé les faibles, nous utiliserons les plus forts d'entre eux pour nous reproduire.

Les deux Tanishis à mes pieds deviendront des reproductrices, mais seulement si je parviens à les mater. La Tanishi aux cheveux roux s'élance contre ses chaînes. Il ne sera peut-être pas possible de mater celle-là. *Elle ira rejoindre les crocos, alors…*

Je relâche sa chaîne et lui donne, d'un signe de tête, la permission de monter sur le ring et de prendre la place de son compagnon Tanishi. Elle obéit et se bat. Elle ne gagne pas mais je peux constater qu'elle a fait des progrès. *Ce serait dommage de la donner en pâture aux crocodiles.*

J'ordonne à Lopina de la ramener vers les femelles protégées et de soigner ses blessures. C'est de bon augure pour elle, elle a des chances de finir sous mon corps ou sous l'un des autres mâles. Elle ne cherche plus à se battre contre moi, elle se bat quand je lui ordonne de le faire.

C'est bien.

Le cercle de combat s'éclaircit lorsque l'autre cheffe Tanishi enchaînée me crie des injures. Elle se débat contre ses chaînes. Je pourrais la punir pour cela mais je ne veux pas qu'elle s'habitue à être punie.

Les punitions doivent rester irrégulières, et laisser place à des récompenses occasionnelles. Il faut créer un malaise, un effet de surprise, un manque total de stabilité. Ma seule présence doit les faire trembler, les terroriser. Oui, il faut qu'ils aient tous peur. C'est un jeu. C'est mon jeu préféré.

Pour l'instant, je retire mon fouet et le brandis vers elle d'un air menaçant. Elle tressaille, lève un bras, et mes guerriers rient quand je me lève avant de glisser mon fouet dans son fourreau.

– Imitina togari, lui dis-je.

Pas aujourd'hui.

Je lui fais un clin d'œil.

Elle pousse un cri et ses dents brillent d'un éclat blanc sur sa peau d'une teinte particulièrement séduisante qui me rappelle les grands arbres que nous pouvions autrefois faire pousser. Ils n'ont pas poussé depuis des années, depuis que le Nigusi est tombé quand j'étais enfant, le Nigusi que je servais autrefois... J'essaie de ne pas y voir un mauvais présage.

Je réponds en grognant à la femelle dont la peau est colorée par des souvenirs de perte. Même si je n'ai pas l'intention de la torturer physiquement aujourd'hui, je ne peux pas accepter son défi extérieur ou ce qu'elle déclenche dans ma mémoire. L'échec.

Non. Les Nigusis n'échouent pas. Sauf s'ils ont l'intention de nager avec les autres prisonniers sans valeur parmi les crocodiles.

Je grogne et mords l'air devant son visage en me déplaçant à une vitesse qui surprend toujours ces petits Tanishis. Elle tombe en arrière. Sa poigne glisse sur les pierres en dessous d'elle alors qu'elle se redresse sur le sol plat de l'arène.

Mes guerriers rient et le cercle de combat se brise. Ils retournent à leur poste. Je me lève pendant qu'ils se dispersent et je fais le tour de mes mines, après avoir ordonné à Wyden de rester là où il est pour pouvoir surveiller la cheffe. Je ne fais pas confiance à cette Tanishi. Cependant, pour être honnête, je ne fais pas confiance à Wyden non plus.

Je ne fais confiance qu'à ma propre intuition.

C'est elle qui dicte mes pas en ce moment.

Mes pieds m'entraînent à travers les plus grandes mines vers le son des cris provenant de l'une des plus petites. Des feux allumés dans les murs révèlent un spectacle inhabituel.

Trois Tanishis se dressent contre l'un de mes guerriers. Il tient un fouet et l'abat sur la cuisse du

Tanishi de gauche. L'homme tombe, mais il est rapidement remplacé par une autre Tanishi.

La femme Tanishi a les deux mains tendues. Elle s'adresse à ses compagnons tanishis dans la langue qu'ils partagent et, tandis qu'elle parle, d'autres s'éloignent de leur poste et s'attroupent à côté d'elle.

Je fronce les sourcils.

Elle n'est pas une cheffe. Elle est plus petite que les autres et même sa voix tremblante n'a que peu d'autorité, mais ce qu'elle dit suffit à les rallier.

Je m'approche. Plusieurs Tanishis perdent alors confiance en eux et tombent à terre. Une femelle se met à pleurer. Un mâle commence à trembler. Le mâle fouetté tente de paraître menaçant en me fixant avec son regard pitoyable. Je me prépare à le tuer mais je suis distrait par ce qu'il y a *derrière lui*.

Les Tanishis défendaient un *Omoro* contre un de mes guerriers.

Ils ne défendaient pas l'un des leurs.

Dérouté, je donne un coup de pied dans les côtes du Tanishi fouetté. Il s'écroule et je le repousse avec le bout de ma chaussure.

J'écarte deux autres Tanishis de l'Omoro, conscient de leur misérable puanteur, afin de pouvoir l'atteindre et l'attraper. Le mâle Omoro se recroqueville. C'est un vieillard et ses jambes fines s'affaissent comme des brindilles.

Je l'attrape par l'épaule et le tire vers l'avant. Il est mince, presque frêle. Il est malade. Je peux le voir dans le jaune de ses yeux et le furoncle qui s'est formé sur le côté de son cou. Je siffle.

La maladie des cavernes s'est emparée de lui. Il pourrait tuer tout le monde.

– Il a le mal des cavernes, Nigusi, dit mon guerrier Warren dans mon dos. Les Tanishis essayaient de le cacher.

J'acquiesce et je sors mon épée de ma ceinture. Il est clair que mon guerrier a fait ce pour quoi il a été formé en cherchant à l'éliminer. Si je le laissais remonter à la surface, la fin de cet esclave solitaire serait brutale. Ce serait sans doute mieux de le donner au crocos, mais pas de beaucoup. Je ne peux pas laisser la maladie se propager. Une fois qu'on l'attrape, on est condamné : il n'y a pas de remède.

Je croise le regard du vieil homme Omoro et il hoche la tête une fois.

– Giwehela , je murmure entre nous. *Nuisible.*

Il penche la tête vers l'avant si légèrement que je perçois à peine le mouvement en clignant des yeux. Puis il ferme les yeux, expire et se rend. J'enfonce mon épée dans son os de poitrine d'un mouvement sec et rapide. Il meurt sur le coup. Les grottes sont protégées.

– Giwehela unjay, je déclare. *Mis hors d'état de nuire.*

– Giwehela unjay, répond le guerrier derrière moi.

– Emmenez-le aux crocos, j'ordonne.

Warren me dépasse et ramasse le cadavre, qu'il jette par-dessus son épaule. Je me retourne et m'apprête à le suivre hors de la caverne, mais je vois un mouvement du coin de l'œil qui me cloue sur place.

La Tanishi qui parlait auparavant pose sa main sur l'épaule d'une femme Omoro. Elle se penche près d'elle puis l'enveloppe d'une étreinte que je n'ai jamais vue auparavant. Je l'étudie de profil.

L'Omoro semble moins confuse que moi et retient la Tanishi. Elle va même jusqu'à poser son front sur l'épaule de la Tanishi.

L'Omoro pleure, et la Tanishi a la bouche appuyée sur les longues mèches sombres des cheveux de la femelle affligée. Ses lèvres bougent et on dirait... Non, ce n'est pas possible, et ce serait trop *dangereux*. Pourtant, on dirait que la Tanishi lui parle.

C'est impossible. Deux membres n'appartenant pas à la même tribu ne peuvent pas communiquer ensemble. Les Tanishis ne peuvent pas connaître la langue des Omoros. Je me secoue. Je ne peux pas laisser cet étrange spectacle se poursuivre. L'union et la solidarité n'ont pas leur place ici. Ici, il n'y a que la solitude de la vie et la mort qui règnent.

J'agis rapidement. Je sépare les deux femelles et je lève la main. Je suis prêt à frapper la Tanishi, je suis prêt à la tuer si elle ne survit pas au coup. Elle lève la main comme si elle allait essayer de se défendre contre moi et mon regard s'accroche à son avant-bras, où elle porte une série de marques. Ce sont des traces de brûlures.

C'est moi qui l'ai brûlée.

Un souvenir fugace effleure ma conscience. Je torture les nouveaux venus. J'instille la peur. Oui. Oui... Je me souviens maintenant. Cette femelle avait la main bloquée dans celle d'une autre Tanishi et elle refusait de la relâcher.

L'élan de solidarité que j'espérais faire disparaître brûle encore en elle.

Je l'ai torturée pourtant, jusqu'à ce qu'elle libère l'autre femme. Elle a fini par le faire, mais seulement après s'être évanouie. Avant cela, j'aurais juré qu'elle avait prononcé un mot qu'elle n'a aucun moyen de connaître. Un mot qui, s'il était prononcé, pourrait faire naître un vent de révolte qui soufflerait avec violence sur tout ce pour quoi j'ai travaillé.

Un mot ancien qui frappe comme une vipère. Un mot dont le venin réveille en moi un souvenir que je pensais avoir arraché à ma chair, à mon esprit, à mon âme. *Anidi laye*.

C'est ce qu'a dit le Nigusi que j'ai servi, c'est ce qu'il a dit juste avant d'être étripé. Il nous a dit que nous allions mourir si nous n'apprenions pas à travailler ensemble.

Ensemble.

Anidi laye.

Il avait tort.

Il faut diviser pour mieux régner. Il faut maintenir les tribus à l'écart, ne jamais les intégrer et ne jamais les laisser s'unir. Si elles parvenaient à s'unir, leur nombre submergerait mes guerriers. La barrière du langage constitue la clef de ce système de soumission et de division.

Ma main se crispe au moment où j'attrape la Tanishi. À la place, je saisis la femelle Omoro. J'attrape tous les Omoros et les pousse hors de la chambre sans me retourner vers l'étrange femme aux formes frêles. Ses cicatrices semblent se moquer de moi. Dans ses yeux, dansent les fantômes d'anciens chefs de guerre Pikosas. Elle mourra bientôt, et de ma main. Mais pas maintenant.

Je dois examiner ses marques étranges qui ressemblent dangereusement à des signes... des signes épelant un mot qu'elle n'avait aucun moyen de connaître mais qu'elle a dit, un mot que j'ai entendu.

Anidi laye.

Non, ces marques ne sont que des marques. Elles ne veulent rien dire.

Ce ne sont pas des signes. S'il s'agissait de signes, cela signifierait qu'elle a de la valeur. Ce n'est pas le cas. Elle n'est qu'une captive – les captifs n'ont aucune valeur.

Ce n'est pas ce que désignent les signes. Si elle porte un signe que je parviens à voir et à déchiffrer, cela signifie que ce signe est pour moi.

Je grogne bruyamment en me retournant vers la femelle. J'examine son visage tandis qu'elle abaisse lentement sa main levée. Sa peau est d'un brun plus clair que la mienne et plus foncé que celle de la pâle Tanishi à côté d'elle. Ses cheveux sont foncés, mais pas autant que les miens. Ils tombent en boucles sur ses épaules.

Elle n'a rien de spécial. Elle n'est rien. Rien du tout. Cette femelle est bien trop petite pour être une femelle reproductrice. En plus, elle se permet de toucher les membres d'une autre tribu que la sienne : elle est trop stupide et trop insouciante. Elle finira dans l'estomac des crocodiles, c'est certain. Alors oui, je vais la tuer.

Mon regard se porte sur son bras et sur la marque qui s'y trouve. Elle brille comme une balise, comme une réprimande qui m'est adressée. Elle brille *pour moi*. Je fronce les sourcils.

Anidi laye. Mais qu'est-ce que cela signifie ?

Oui, elle va mourir.

Bientôt.

Bientôt, mais pas aujourd'hui.

Je me hâte de quitter la grotte.

3

Halima

– Regarde… Halima ? C'est une pierre précieuse. Tu m'écoutes, Halima ?Halima ! grince Chayana.

Elle sait que je ne l'écoute pas.

– Tu ne comprends même pas à quel point ce que nous faisons ici est stupide. Nous extrayons de la magnétite et de l'hématite de ces grottes à mains nues. Il y a pourtant une formation de pierre de lode à côté – de la pierre de lode *magnétique* ! s'ils le savaient, ils l'auraient déjà utilisée. Peut-être qu'ils ne l'ont pas vue. Tu crois qu'ils sont trop stupides pour savoir ce que c'est ? souffle-t-elle.

Elle pousse un grand cri – pas de terreur, mais de rage – avant de changer de sujet plus vite qu'un moustique balayé par un vent violent.

– Tu sais à quel point cette pierre est rare et précieuse ? C'est de la pierre de lode magnétique en plus ! Regardez ! *Regardez* ! Halima et Haddock ! Vous regardez ?

Je jette un coup d'œil à Haddock. Il m'observe, les

lèvres retroussées en un sourire. Il me fait un clin d'œil et se place à ma droite. Son épaule se presse contre la mienne. C'est une sensation agréable, même s'il pue. Nous puons tous les deux. Les guerriers ne nous ont pas donné assez d'eau pour nous laver complètement et nous sommes ici depuis plus de trente jours maintenant – peut-être même quarante.

C'est... regrettable.

Surtout si l'on considère que l'un des effets secondaires les plus étranges de la sortie de stase après environ quatre mille ans est la croissance rapide des cheveux, des ongles, et des poils... partout. Mes aisselles ressemblent à des arbustes et je ne parle même pas de la petite forêt entre mes jambes.

Les cheveux brun-rouge de Haddock lui tombent jusqu'aux omoplates et sa barbe brun-rouge est parsemée d'un tas de choses auxquelles je préfère ne pas penser. Pourtant, il n'est pas mal avec ses bras musclés, ses cils noirs épais et ses yeux vert-brun.

Je ne sais pas qui j'étais avant d'entrer dans cette cellule de sommeil, mais je suis maintenant une créature sexuelle. La captivité n'a pas fait disparaître ma libido et même si je ne suis pas particulièrement attirée par Haddock, je me surprends à le fixer de plus en plus souvent et à devenir de plus en plus... émoustillée. C'est peut-être le contact qui me manque. La connexion humaine. L'intimité. Qui sait ? Quoi qu'il en soit, je me mords la lèvre inférieure et lui adresse un clin d'œil.

Il inspire profondément et me fait un sourire chaleureux.

– Vous m'écoutez ?

Chayana est maintenant presque en train de hurler.

– Regardez ! répète-t-elle.

Elle utilise le morceau de roche noire dans sa main pour frapper le mur jusqu'à ce qu'un morceau de roche noire plus foncée se détache. Puis elle s'approche de moi en traînant les pieds.

– Donne-moi ta main. Tu as de la magnétite, n'est-ce pas ?

– Je ne sais pas. Je ne suis pas géologue, je suis interprète.

Elle ne m'écoute pas. Ce n'est pas son point fort.

– Quoi ?

Son visage se crispe, ses grands yeux se plissent aux coins. Ils sont marron clair et superbes, d'autant plus que ses cils bouclés ont poussé. Ses cheveux noirs tombent jusqu'au milieu du dos. Ils sont un peu moins bouclés que les miens, mais tout aussi noirs. Elle était Hindi de naissance, mais maintenant, c'est une Tanishi, comme nous tous.

C'est la géologue.

Et les guerriers qui nous ont capturés sont des Pikosas.

Elle rit en prenant la pierre dans ma main et en la jetant par-dessus son épaule.

– Pfff ! Tu n'y connais rien. Ça, c'est du granit. C'est une ressource utile, mais ces Pikosas veulent seulement que nous exploitions des minerais de fer. Tu vois la différence, Haddock ? Tu as de l'hématite là, n'est-ce pas ?

– Euh…

Elle lève les yeux au ciel et lui attrape le poignet en le tirant vers elle.

– Oui, c'est de l'hématite. Tu vois la différence ? Cette pierre a une teinte grisâtre. Ton granit était jaunâtre.

Ah bon ?

– Ah oui. Je vois.

Je n'ai rien compris.

– Mais non, tu n'as rien compris, dit-elle.

– Si, si. Je vois.

En fait, je ne vois rien, mais je ne veux pas qu'elle se lance dans une explication sur la différence entre ces différents rochers qui ont tous l'air gris, comme elle l'a déjà fait un millier de fois.

– Mais non, tu ne comprends pas. La différence, c'est que…

– Je connais un poème sur le granit.

– Quoi ?

Sa demande de précisions est vague, mais j'en déduis qu'elle veut savoir de quel poème il s'agit.

Je parle fort avant qu'elle ne décrive les propriétés de l'heratite magnétique, de la mégalite ou de la blablatite.

– Tu es un rubis enchâssé dans du granit…

Chayana fait une grimace et secoue la tête.

– C'est bien beau, mais cette mine n'a pas de rubis. *Par contre, il y a du lode magnétique ici* !

– Chayana… commence Haddock.

Il passe par-dessus mon corps pour poser une main sur son épaule. Il sait l'apaiser et la faire taire. Je ne maîtrise pas encore cette technique.

– Parle-nous simplement du truc… important… que tu as découvert.

Haddock ne s'y connaît pas plus que moi en géologie. Sa spécialité, c'est la médecine.

Chayana hésite, comme si elle voulait le défier et se lancer dans une tirade sur les différentes roches qu'elle trouve toutes si fascinantes, mais heureusement pour nous, elle décide de suivre son conseil.

Elle crie à nouveau de rage, un peu plus doucement

cette fois, et Haddock déploie ses doigts autour du rocher – la pierre de lotte ? c'est ça ? – dans sa paume.

C'est une grande paume. Rude et large. Plus pâle que la mienne, mais pas de beaucoup. Mon esprit vagabonde par ennui et j'essaie d'imaginer ce que ça me ferait de pouvoir réaliser mes fantasmes. Si je pouvais changer de grotte avec Michel pour me retrouver avec Haddock, je… je… quoi ?

Je n'ai aucun souvenir de ce que c'est que d'être avec un homme, mais je sais que le sexe est défini comme l'accouplement de deux adultes et qu'il peut impliquer l'entrée d'un pénis dans un vagin.

J'ai un vagin, défini comme la partie élastique et musculaire de l'appareil génital féminin et, étant donné qu'il ressemble à un homme, je suppose que Haddock a un pénis, ou l'organe de copulation chez les vertébrés supérieurs. Je devrais peut-être lui demander s'il aimerait... copuler ? Est-ce que c'est ce que font les femmes dans ce nouveau monde ?

– Halima, tu m'écoutes ?

Je sursaute. Pendant tout ce temps, j'ai fixé la main de Haddock et non les petits cailloux qu'elle contient. Ils sont maintenant... en lévitation. *Levit* vient du latin et signifie *léger*, mais là, il s'agit d'une pierre…

– Comment…

– La pierre de lode est un morceau de magnétite naturellement magnétique. Oh… attendez, écoutez attentivement. Halima, je parie que tu vas apprécier.

Elle me donne un coup de coude.

– La première boussole magnétique a été fabriquée avec de la pierre de lode. Je ne sais pas si tu le sais mais le mot « lode » signifie « parcours ». Ou plutôt... pierre de parcours, il me semble. C'est ça ?

Elle me donne encore deux coups de coude et je cligne des yeux, surprise.

— Tu as raison. En anglais médiéval, lode signifie *voyage*.

— Ha ! C'est génial, n'est-ce pas ? Qui a dit qu'une géologue ne pouvait pas aussi être linguiste ?

— Ce n'est pas vraiment une question de linguistique, mais d'étymologie.

Elle pousse à nouveau son cri de fureur et j'ajoute rapidement, avant qu'elle ne pense à répliquer :

— Mais ton argument tient la route.

— Ah ! *Tu comprends maintenant* ?

J'acquiesce en souriant autant qu'elle. Cette histoire m'intéresse de plus en plus.

— Est-ce que tu pourrais trouver d'autres morceaux de pierre de lode pour que nous puissions les partager avec les autres prisonniers ?

— Nous devrions l'utiliser pour séparer le minerai de fer des autres minéraux présents dans les sédiments. Si on l'enlevait et qu'on la pulvérisait immédiatement, on pourrait utiliser ces aimants naturels pour extraire le minerai de fer sans avoir à suer sang et eau dans ces grottes de merde.

Elle lève les mains. Je grimace en repliant mes ongles également cassés sur les paumes abîmées de mes mains. Le bout de ses doigts est ensanglanté et déchiré. Ses paumes sont couvertes d'égratignures. Ses pieds sont dans un état encore plus lamentable, mais je ne les regarde pas car cela me ferait penser à la douleur qui ne quitte pas mes propres pieds.

Un grand éclat de rire derrière nous nous fait tous sursauter. Haddock se retourne, la mâchoire serrée. La lumière qui dansait dans les yeux de Chayana semble s'éteindre. C'est déprimant. J'ai beau la trouver ennuyeuse la plupart du temps, j'ai besoin de son enthousiasme. Il m'est nécessaire, comme le peu de lumière qui filtre à travers les fissures de certaines des plus grandes grottes. En approchant mon visage de cette lumière, je me souviens qu'il y avait autrefois quelque chose qui s'appelait le bonheur. C'est un souvenir – un espoir, *un désir* – assez fort pour me pousser à continuer.

Je fais glisser mes doigts abîmés sur son poignet, dans l'espoir de transformer sa peur en excitation. C'est tout ce que je peux lui donner. C'est tout ce qui *nous* reste en ces jours interminables qui précèdent des nuits amères. Kur est vraiment un endroit lugubre. Plus nous passons de temps dans l'obscurité, plus je pense que les Mésopotamiens avaient raison.

– On peut utiliser les petits morceaux pour les idiots comme moi qui ne savent pas faire la différence entre une pierre d'ermite et une pierre de voyage ? je propose.

Elle cligne des yeux sans comprendre, puis ses lèvres se redressent vers la gauche.

– C'est une excellente idée. Je n'y avais pas pensé. Tiens, prends celle-là pour l'instant.

Les rires s'amplifient derrière nous et Haddock se retourne et boitille rapidement vers la paroi opposée de la grotte. L'un des guerriers l'a fouetté à la jambe il y a quelques jours, alors que nous essayions d'empêcher les Pikosas de tuer un vieil homme de la tribu Omoro, mais cela n'a pas servi à grand-chose. Ero l'a quand même poignardé et l'un de ses guerriers l'a jeté dans la rivière. *Hadès. Azazel. Le monstre.*

Paniquée à l'idée de subir le même sort, je trébuche jusqu'au seau au centre de la pièce et fais mine d'y jeter les quelques pierres qui ne sont pas celles du voyage, au moment où un guerrier pikosa apparaît dans l'entrée. Il est encore en train de parler par-dessus son épaule avec un deuxième guerrier Pikosa lorsqu'il pousse Jia par la peau du col, dans notre chambre.

Il se retourne sans même nous regarder et repart dans le tunnel. J'expire. Chayana expire.

– Jia, chuchote Haddock.

Il s'approche d'elle et lui passe la main sur le bras en signe d'affection.

Jia nous sourit à tous, mais son regard se porte rapidement sur moi.

– Hamkke, murmure-t-elle.

Hamkke signifie *ensemble*, en coréen. Le mot, quelle que soit la langue, est devenu une sorte de talisman que nous, les Tanishis. Un talisman que nous portons tous sur nous.

– Ensemble, je murmure en anglais pour que les deux autres puissent comprendre.

– Ensemble, dit Haddock, avant de reporter rapidement son attention sur Jia. Tu vas bien ?

– Je vais bien, répond-elle en replaçant ses cheveux derrière son oreille.

Contrairement à mes cheveux et à ceux de Chayana, les siens ne sont pas bouclés. Ils sont lisses à l'exception de quelques noeuds.

– J'étais dans la salle de séparation. Je ne sais pas pourquoi ils m'ont amenée ici, mais j'ai des cadeaux.

– La salle de séparation. Pfff !

Chayana pousse un cri et s'approche du mur. Ses doigts y tracent une faille dans la pierre, légèrement plus noire que la roche grise qui l'entoure.

– Si nous pouvions utiliser ceci, nous n'aurions pas besoin de séparer. Nous pourrions utiliser la pierre de lode comme un aimant pour extraire le minerai de fer directement du...

– D'accord, d'accord Chayana.

Jia secoue la tête et lisse sa frange. C'est la seule Tanishi qui continue à se soucier de sa coiffure que j'ai rencontrée jusqu'à présent. Ses tentatives sont... plutôt réussies.

– Attends une seconde Chayana. J'ai des brosses à dents et elles me piquent.

Elle soulève sa chemise, puis elle déplie l'élastique de son pantalon. Une demi-douzaine de bâtons tombent en s'entrechoquant sur le sol rocailleux. Elle se penche pour les ramasser et me tend un bâton. Mes yeux s'illuminent.

– Des brosses à dents ? C'est... c'est ce dont nous avons besoin en ce moment ?

– Oui. Marlène et moi avons réussi à voler d'autres tiges. Vous n'allez pas me croire. Ils ont tout un champ de sassafras : ils utilisent les feuilles et les racines, mais pas les tiges ! Nous avons pu récolter près de quatre-vingts tiges. Nous devrions être bien approvisionnés pour les prochains mois, si nous parvenons à les cacher.

L'idée que nous pourrions rester ici pendant encore de nombreux mois me déprime immédiatement. Mais tout aussi rapidement, j'écarte cette idée d'un revers de main.

La biologiste et la botaniste nous ont trouvé des brindilles.

La géologue nous a trouvé de nouvelles pierres.

Et maintenant nous avons des brosses à dents. Ici, dans l'antre du diable, il est important de célébrer les petites victoires.

– Et n'oubliez pas votre dentifrice.

Elle déplie un petit carré de cuir et saupoudre de

poudre de calcium l'extrémité de ma racine.

– Je suis si contente que je pourrais t'embrasser sur la bouche, Jia, lui dis-je.

– Seulement après que tu te sois brossé les dents, plaisante-t-elle.

Haddock rit légèrement et, alors que Jia ouvre la bouche pour en dire plus, un craquement retentit dans l'espace. Ma poitrine déjà en sueur se met à fondre.

Je me retourne. Un garde Pikosa – que je ne reconnais pas – se tient debout à l'entrée de cette petite caverne. *Et merde. Que le ciel nous vienne en aide. Nous sommes sur le point de nous faire massacrer pour des brosses à dents !* Toutefois, il ne fait rien, il se contente de nous balayer tous les quatre du regard jusqu'à ce que son regard se pose sur moi.

– Nia.

Il parle en pikosa. Ce mot ne ressemble pas à l'ancien mot amharique pour *venir*, mais la directive est évidente.

Je n'hésite pas. Je n'ose pas. Je ne suis pas si courageuse. D'autres le sont, mais je ne suis pas l'une d'entre eux. Je ne suis que l'interprète et je suis encore terrifiée à l'idée que les Pikosas se rendent compte que je comprends ce qu'ils disent. Que me feront-ils alors ? Vont-ils m'écorcher vive ? Vont-ils me manger ? On nous a donné de la viande à deux reprises et, à chaque fois, j'ai évité de me poser des questions sur son origine. *Ça ne m'a pas empêché de la manger cela dit...*

Je me retourne par-dessus mon épaule au moment où le tunnel s'incurve. Les yeux de Chayana se sont assombris. Haddock me regarde d'un air meurtrier. Jia me fait un petit signe de la main déprimant.

– *Ensemble*, dis-je en espérant qu'ils m'entendent.

– *Hamkke*, répond Jia avant que la grotte ne

l'engloutisse.

Le guerrier pikosa me conduit à travers un labyrinthe de tunnels. Ils se chevauchent et se ramifient de façon vertigineuse, mais je sais où ils mènent tous. Nous sommes dans le réseau de grottes du nord-ouest, que je connais comme ma poche parce que c'est là qu'ils nous ont tous rassemblés, nous, les Tanishis.

Ce tunnel mène à la grotte centrale, celle où j'ai été marquée, celle qui est traversée par une rivière. Mon cœur commence à battre à la fois d'excitation et de peur.

J'ai peur, parce que la marque de brûlure sur mon avant-bras droit est épouvantable. C'est une série de lignes dentelées qui s'enroulent et se tordent ensemble.

Toutefois je ressens de l'excitation, parce que lorsque le riche parfum des minéraux atteint mon nez, l'air autour de moi s'épaissit d'une brume rafraîchissante. Il fait frais ici, c'est agréable.

Lorsque je franchis l'étroite ouverture et pénètre dans la vaste caverne, la température brûlante de l'enfer perd du terrain et est remplacée par une atmosphère presque supportable, tandis que la lumière du soleil pénètre par l'ouverture principale de la caverne en rais de lumière qui ressemblent à de l'or pur. Je me concentre sur le soleil jusqu'à ce que je le voie. *Lui.*

Il est de retour aujourd'hui. Il n'est pas là tous les jours, mais quand il est là, les soldats sont plus agressifs et plus agités, comme s'ils avaient quelque chose à prouver et qu'il fallait tous qu'ils soient terribles, courroucés et violents pour gagner ses faveurs.

Ils se battent entre eux. Ils se battent contre les prisonniers. Ils montent les prisonniers les uns contre les autres. Ils parient. Ils rient. Ero ne rit pas. Il regarde tout autour de lui, fait les cent pas et donne des ordres. De temps en temps, il s'assoit sur son trône. Je ne le regarde pas quand il fait ça.

Chaque fois qu'il est là, Leanna et Kenya le sont aussi. Je ne sais pas ce qu'il leur fait quand elles ne sont pas là et au fond, égoïstement je dois l'avouer, j'espère ne jamais le savoir. Ce que me disent leurs silhouettes qui s'amenuisent rapidement, c'est qu'elles ont l'air chaque fois un peu plus hagardes, un peu moins féroces, un peu plus brisées.

Je dois les sortir de là.

Haddock dit qu'Ero essaie de les utiliser pour nous briser tous. Il dit que nous ne pouvons pas céder, que nous ne devons pas céder. Je ne sais pas ce qu'il veut dire, mais les autres le savent, alors je ne demande pas. Je suis censée *tout* comprendre.

Je comprends la pression, je comprends la peur et l'angoisse. Nous complotons. Bien sûr que nous complotons. Mais nous n'avons toujours pas de plans concrets. J'ai l'impression que c'est de ma faute, j'ai l'impression que je les déçois tous.

Je ne vois pas bien Leanna ou Kenya car une foule s'est assemblée autour du trône d'Ero. Je me sens à la fois coupable et reconnaissante. Je ne veux pas qu'elles me regardent et me donnent l'impression d'avoir échoué encore et encore.

– Nia ! crie le garde.

Avant que je puisse réagir, il revient à l'endroit où je me tiens, en train de fixer Ero comme une statue, et m'attrape par le bras.

Il me traîne jusqu'au bord de la rivière, près de l'endroit où elle se jette hors du réseau de grottes par un tunnel d'une noirceur absolue et poursuit son chemin. Parfois, j'imagine ce que ce serait de la suivre et de laisser mon corps aller là où elle a déjà emmené d'autres captifs abandonnés. Et d'autres fois, j'imagine me noyer.

Ici, un groupe de prisonniers à la peau si pâle qu'elle en est presque translucide porte des vêtements Pikosas. Les Pikosas appellent ces captifs des *Danians*. Les Danians et les Omoros sont les deux seules autres tribus ici.

Alors que les Danians ont de longs cheveux blancs et un teint d'albâtre, les Omoros sont leur opposé. Ils ont la peau brun-gris foncé et les cheveux couleur charbon. C'est fascinant de voir comment chaque tribu, à part nous les Tanishis, réussit à avoir l'air si homogène.

Omar pense que durant les quatre mille années que nous avons passées dans les réservoirs, des tribus se sont formées et qu'elles se sont complètement isolées des autres tribus pour survivre. Elles se sont consanguinisées. Les mauvaises caractéristiques ont été transmises à certaines tribus tandis que d'autres tribus ont maintenu un certain niveau de diversité génétique en ne récoltant que les plus forts et en éliminant les plus faibles.

Omar est notre généticien.

Ryden est notre anthropologue et il est d'accord.

Étant donné que les langues parlées par ces tribus ont des racines communes avec nos langues anciennes, tout en restant entièrement distinctes, je dirais qu'ils ont probablement raison.

– Nia !

Le garde me pousse vers le bord rocheux de la rivière où j'occupe l'espace vide entre deux Danianes. Je fais comme si je ne voyais pas le sang sur les rochers où se trouvent mes genoux repliés. *Qu'est-il arrivé au Danian qui était ici avant moi ?*

La Daniane à côté de moi me tend un pantalon bien savonné. La femme qui travaille en face de moi, de l'autre côté de la rivière, rince le vêtement qu'on lui tend avant de le passer au Danian suivant, agenouillé à côté d'elle. Ce Danian l'essore.

C'est assez simple.

Je plonge mes mains dans l'eau fraîche et n'arrive pas à contenir mon soupir de pur plaisir. La femme en face de moi trille doucement – c'est presque comme un rire – mais quand je lève les yeux et croise son regard, elle détourne les yeux.

Je lui souris quand même et nous continuons à travailler dans un quasi-silence. Personne ne semble faire attention à nous, en tout cas, aucun Pikosa. Ils sont tous rassemblés devant le trône et regardent les combattants se battre, ce qui est une bonne chose, car la clameur masque les bruits des Danians qui chuchotent doucement entre eux. Personne ne peut les entendre. Personne d'autre que moi.

Ils complotent. Non, ils ont *dépassé* ce stade. Ils en sont déjà à l'étape de la *planification*.

J'écoute, les oreilles dressées, la femelle à côté de moi dire aux autres femelles danianes du groupe :

– Si nous voulons nous échapper, nous aurons besoin... demain... d'outils...

Je ne comprends pas tous les mots, mais j'en sais assez pour savoir qu'il s'agit d'un plan d'évasion et que je veux en faire partie.

Tout mon être est rivé à leur conversation alors qu'ils discutent des tunnels à emprunter pour sortir d'ici, de la façon de distraire les gardes et de l'endroit où ils iront lorsqu'ils atteindront la surface. La surface. *Sur face*. C'est un mot d'origine française. C'est un mot du XVIe siècle se traduisant en anglais par « *on face* ». Je me demande comment c'est...

Je pense à la lumière dorée et j'imagine le paradis.

– Nous pourrions creuser le tunnel nord-ouest, dit la femme en face de moi, distraction...

Je me crispe.

– Je pense que cette Tanishi peut nous comprendre, murmure-t-elle.

La femme à côté de moi recule comme si j'allais la frapper. Je lève les deux mains et j'ouvre la bouche, mais de toute évidence, le câblage qui relie les langues entre elles dans mon cerveau n'est pas également lié à ma capacité de raisonnement.

J'aurais dû nier l'accusation, ou même la confirmer, et lui dire immédiatement que je ne lui voulais aucun mal... mais au lieu de cela, j'ouvre ma stupide bouche et bégaie dans un danian ridicule :

– Moi parler danian... mal ?

J'aurais dû m'attendre à ce qui passe ensuite, mais ce n'est pas le cas. Je n'ai pas pris la fuite quand j'aurais dû le faire et maintenant je me fais attaquer. La Daniane agenouillée au bord de la rivière se penche en avant et me pousse violemment.

Je pousse un cri strident. Je pense à Chayana pendant une seconde apaisante avant que mes mains ne s'agitent. Je perds l'équilibre, le tissu dans mes doigts disparaît dans le tunnel et je dégringole à sa suite.

Je tombe dans l'eau avec un claquement. Un rocher pointu heurte mon bras gauche et me fait tourner sur moi-même. Je m'agite, je donne des coups de pied et je crache. Ma bouche émerge de la surface de l'eau alors que je m'étire vers les rochers de l'autre côté de la rivière. Je replonge et inspire une profonde bouffée d'eau merveilleusement rafraîchissante tandis qu'un nouveau souvenir frais surgit de l'obscurité.

Du sable sous mes orteils. Des rires. Des voix qui prononcent mon nom comme il doit l'être. L'eau qui se précipite sur ma tête, ma bouche qui s'ouvre comme pour crier et encore de l'eau qui s'engouffre. Ça brûle. Avant que la panique ne s'installe, des mains fortes me soulèvent et me secouent.

— *Tu ne sais pas nager, Halima ! Ne t'approche pas de l'eau, habibty...*

Mais il n'y a plus de mains. Il n'y a que la roche dure et glissante et mes doigts qui s'agitent, s'étirent, prient pour en attraper une. J'y parviens et me hisse.

— Père ?

Je halète, je tousse pour évacuer l'eau de mes poumons. Lorsque je parviens à ouvrir suffisamment les yeux pour voir, les yeux gris et froids du diable m'observent.

4

Ero

Une Tanishi vient de tomber dans la rivière. Je lève les yeux au ciel et je ris bruyamment, même si les muscles de mon estomac se tendent. Je me mets debout. Deux guerriers se précipitent devant moi, mais je leur fais signe de reculer lorsque je vois que la Tanishi en question a réussi à s'agripper à un gros rocher qui l'ancre au bord de la rivière.

Les muscles de mon estomac se relâchent puis se resserrent à nouveau lorsque son visage apparaît au-dessus de l'eau écumeuse et qu'elle prononce un mot. Je ne connais pas le mot et je ne comprends pas sa langue, mais c'est son regard hébété et plein d'espoir qui m'entraîne à travers les épines. *Elle me regarde comme si elle me connaissait, comme si j'étais quelqu'un en qui elle pouvait avoir confiance.*

Je ne la quitte pas des yeux, je ne peux détourner le regard. Je repense à son comportement étrange avec l'Omoro, au mot qu'elle n'aurait pas dû connaître, au défi dans son regard étrange et effrayé, à la force dont elle fait preuve alors que son corps semble avoir été construit avec du sable plutôt qu'avec des os…

Je repense au signe gravé dans son bras – un signe que j'ai moi-même créé.

Tout cela me fascine.

Je fronce les sourcils en la regardant, les doigts crispés, alors que j'envisage de la projeter dans le tunnel obscur. Ses cheveux noirs et ses yeux sombres y disparaîtraient sans peine. Elle prend peur en me voyant arriver et elle lâche le rocher auquel elle s'accrochait avant de glisser à nouveau dans les rapides. L'attraction de la rivière est forte, je dois être rapide pour la rattraper avant qu'elle ne soit perdue à jamais. *Pourquoi ne puis-je l'abandonner à son sort ?*

En équilibre sur les rochers lisses et glissants, j'enfonce ma main dans l'eau froide. Le contact de sa peau m'indique que je suis sur la bonne voie. Je l'attrape et je la sors de l'eau.

Je tiens son poignet. Son corps pend inutilement au bout de son bras. Je l'attire, comme un poisson au bout d'une ligne, mais mon regard s'arrête sur la cicatrice qui couvre son avant-bras depuis son coude jusqu'à la moitié de son poignet.

C'est moi qui l'ai faite.

La marque s'assombrit. Elle épelle un mot qui n'existe pas. *Mais c'est un mot qui a existé.*

Anidi laye.

Je fronce les sourcils à nouveau.

– Impossible, dis-je en ricanant.

Mon regard se porte sur elle, comme si j'attendais une réponse, mais elle s'étouffe et crache de l'eau. Mon envie de la tuer s'intensifie et ma prise sur son poignet se crispe. Je devrais lâcher prise. Je devrais laisser libre cours à mon désir de meurtre. Je devrais ignorer la marque. Ce n'est qu'une marque. Ce n'est pas un signe. Ce n'est qu'une blessure. Ce n'est pas un message de la terre meurtrie qui m'est transmis sous la forme de cicatrices.

Elle postillonne sur ma joue en toussant.

— Le courant est plus fort que tu ne t'y attendais, n'est-ce pas, Tanishi ?

Le jet d'eau sur mes genoux nus est frais. Mon kilt est court et la chaleur de la mine n'épargne pas mes membres. Au village, je porterais des draps ou des cuirs d'entraînement, mais dans ces mines, je ne supporte que le kilt. Pourquoi ces nouveaux prisonniers ne travaillent-ils pas nus ? Pourquoi choisissent-ils de garder leurs haillons sales ? Décidément, je ne les comprendrai jamais.

Elle remue inutilement les jambes comme si elle nageait sous la surface de l'eau. Il est clair que, sans ma prise, elle se noierait immédiatement. Je jette un coup d'œil vers l'obscurité de la montagne en pensant à ce qui lui arriverait si elle tombait et parvenait au bout du tunnel. Je me dis à nouveau que je devrais la lâcher.

Cette fois, ma main ne tremble pas du tout.

Elle mourra, mais... pas aujourd'hui. Pas encore. Pas aujourd'hui.

— Suivre la rivière ne te mènera pas au village, Tanishi. Elle te mènerait directement au repaire des crocodiles. Si tu y parvenais, il ne te resterait qu'à prier pour mourir noyée avant de l'atteindre.

Je secoue la tête, le regard perdu dans la marque. J'essaie de me rappeler la dernière fois que j'ai écrit quelque chose. J'essaie de me rappeler pourquoi le Nigusi de ma jeunesse a dit ce qu'il a dit. Je me sens agacé. Pourquoi prendre en compte ses paroles alors qu'il est mort en lâche ? Pourquoi l'écouter, lui, qui a été si faible qu'il a à peine existé ?

Je suis Nigusi. *Il n'y a pas d'anidi laye.* Seule ma loi compte, ceux qui n'en veulent pas iront nourrir les crocodiles.

Je serre encore plus fort ma main autour de son poignet et sa tête tombe en arrière. Elle me frappe de sa main libre, visiblement en proie à la douleur alors qu'elle tente de soulager la souffrance qui lui déchire l'épaule. Elle a de la chance d'être encore dans la grotte.

– Même un crocodile adolescent pourrait te manger en deux bouchées. Tu aurais plus de chance avec un adulte. Tu vivrais peut-être quelques jours de plus dans son estomac.

La Daniane à ma gauche tressaille et je lève la tête pour croiser son regard. J'y lis de la panique, de la terreur et, plus fort encore, de la culpabilité. Je ris et me lève avant d'entraîner la Tanishi avec moi. En me dirigeant vers le trône, j'attrape la Daniane par les cheveux blancs et sales qu'elle a sur la tête et je la tire derrière moi.

Ellar s'approche de moi.

– Qu'y a-t-il, Nigusi ?

– La Daniane a jeté la Tanishi dans la rivière.

– Comment le sais-tu ?

– Je peux le lire dans ses yeux.

Ellar rit en plaquant sa main sur sa cuisse épaisse et musclée.

– Tu veux que je lance une autre Daniane aux crocos en guise d'avertissement ?

– Ils sont tous trop maigres pour les crocos.

Je jette la Daniane sur le palier de pierre devant mon

trône et pousse la Tanishi à ses côtés.

Les cheffes Tanishis enchaînées à mon trône s'agitent immédiatement. Je n'aime pas ça. Cela suggère, une fois de plus, que cette minuscule femelle Tanishi dont les os pourraient se briser facilement a une certaine importance. Pourtant, je ne discerne pas l'autorité d'une *cheffe* dans son regard. Si c'était le cas, je le verrais.

La cheffe Tanishi à la peau brun foncé tente de s'écarter du rocher, mais la chaîne qui la lie à mon trône n'a presque pas de mou et la retient en arrière. Elle dit des mots en tanishi à la femme au sol et je ne peux pas accepter cela.

Je retire le fouet de ma ceinture et laisse la pointe de cuir se déployer. Les six bouts du fouet frappent les pierres du sol dans un bruit cinglant. Mon poignet se dirige vers le dos de la petite Tanishi balafrée tandis que je lance un regard de défi à sa cheffe à la peau sombre.

L'heure est venue. Je vais savoir si je peux la mater en utilisant son peuple. C'est une tactique que l'on ne pourrait pas utiliser contre moi. Je sacrifierais n'importe lequel de mes guerriers sans ciller. Mais elle, elle recule en me voyant menacer la petite Tanishi. Cela me remplit d'allégresse. Il me sera incroyablement facile de la soumettre : je n'aurai qu'à blesser et mutiler ceux de sa tribu. *C'est bien.*

– Où doit-on mettre la Daniane ? demande Wyden en s'approchant avec les autres guerriers.

Ils forment un arc de cercle autour de nous en attendant que le carnage se poursuive.

Agenouillée sur les pierres, la Tanishi humide et balafrée tremble comme un drap flottant dans une tempête de sable. Elle est si faible que c'en est pathétique. Cela me satisfait de la voir ainsi. Je souris.

Comment ai-je pu imaginer une seule seconde qu'elle pouvait être porteuse d'un présage ? Elle n'est rien. Elle ne vaut rien. Les cicatrices sur ses bras ne sont que cela. Des cicatrices. Et ce ne sont que les premières à venir de ma main, elle ne tardera pas à en avoir d'autres.

La Tanishi balafrée tourne son visage sur le côté et regarde la Daniane à genoux à côté d'elle avec d'énormes yeux ronds. Elle se lèche les lèvres. Son visage, brun clair quand je l'ai tirée de la rivière, est maintenant cendré, les creux sous ses yeux sont aussi sombres que des bleus.

Puis elle se met à parler.

Elle *dit* quelque chose à la Daniane. Je jette un coup d'œil au visage de la Daniane. J'y lis une surprise semblable à celle que je ressens. Toutefois, sa surprise n'égale pas la mienne. C'est comme si la Daniane savait déjà que la Tanishi parlait sa langue et n'était surprise que par *ce que* la Tanishi lui disait. Je recule.

Je sursaute.

Je n'ai jamais tressailli auparavant, sauf dans les batailles les plus sanglantes, et seulement pour éviter un coup d'épée. Je jette un coup d'œil autour de moi. Aucun de mes autres guerriers n'a vu ce que je viens de voir. C'est un acte de pur chaos. *Elle lui a parlé. Non... Elle lui parle encore.*

Deux langues différentes qui ne sont pas parlées par sa tribu sont sorties de sa bouche, j'en suis sûr. Mon regard se porte sur la marque de son bras et je me sens soudain malade. Est-ce une cicatrice ou un signe ? Est-ce un signe ou une cicatrice ? Ma certitude est ébranlée.

Je dois détruire la Tanishi. *Je dois la détruire* ! Je sais que je dois le faire. Je le sens dans chaque fibre de mon être. Mais ce savoir ne se traduit pas dans le mouvement de mon bras. Au lieu de me diriger vers elle, je tressaille pour fouetter la Daniane.

Si j'avais eu une seconde de plus pour reculer, me débarrasser de mes doutes et frapper la Tanishi, j'aurais pu la tuer – la blesser gravement, au moins – et m'épargner tout ce qui s'en est suivi.

Tout...

Au lieu de cela, le moment est suspendu comme un nœud coulant. Le temps se referme sur lui-même comme des vagues sur les rochers. Mon bras bouge d'un mouvement exercé. La chaleur des mines, et non l'effort dû au mouvement, tendent mes muscles lisses.

J'ai fait cela des milliers de fois. Je fouette les prisonniers depuis mon enfance. Je connais le poids du cuir dans ma paume. Je connais le matériau usé et chaud de la poignée, le son du cuir qui fend l'air, le léger sifflement lorsqu'il passe près de mon oreille, la déchirure humide de la chair brisée.

C'est ce que j'entends maintenant, beaucoup plus fort que dans mon souvenir, mais contrairement à ce qui était prévu, ce n'est pas la peau de la Daniane qui est écorchée. C'est celle de la Tanishi. *Qu'a-t-elle fait* ? Juste au moment où je faisais tomber le fouet, elle a jeté sa petite carcasse sur le corps de la Daniane.

Je cligne des yeux. Je m'en souviens maintenant... C'est la femelle qui a serré la main de la Tanishi terrifiée dans la sienne, c'est la femelle qui a essayé de rallier les siens pour défendre l'Omoro malade, c'est aussi celle qui a offert un réconfort dégoûtant à une femelle étrangère à sa propre tribu.

Et maintenant, elle recommence.

– Nooooooo ! crie la Tanishi à la peau foncée tandis que la cheffe à la peau pâle s'exclame :

– Aylimah !

Mes putains de guerriers rient quelque part en périphérie, mais ce n'est pas drôle. Les tribus ne se parlent *pas*. Les tribus ne se protègent pas les unes les autres. Les tribus ne protègent qu'elles-mêmes et l'individu au sein de la tribu ne protège que lui-même. Offrir sa force à quelqu'un d'autre, dans ce monde, c'est signer son arrêt de mort.

Elle s'est sacrifiée volontairement.

Elle parle leur langue.

Elle parle ma langue.

Ma langue à moi.

Le mot s'attarde dans les gouttes de sang qui coulent dans son dos. Il y en a tellement. Une peau aussi fine aurait dû être éradiquée il y a des civilisations. Même la Daniane ne saignerait pas si vite.

Les mouvements sauvages et rapides qu'elle a effectués, couplés à la secousse de ma propre main, ont fait apparaître l'entaille dans sa peau de façon inégale sous la morsure de mon cuir. Sa tunique est déchiquetée au niveau de l'épaule droite, mais mon fouet n'a pas traversé tout le dos. D'ici, on dirait... on dirait...

Non, non, non.

Je m'élance vers la femme et attrape un coin déchiré de sa chemise. J'arrache le tissu pour voir toute l'étendue de son dos étroit.

La blessure sur son épaule n'est pas belle à voir : des morceaux de chair se chevauchent mais, en plissant les yeux et en penchant la tête, je vois que la blessure forme un mot tiré d'un texte Pikosa très ancien. C'est un texte que nous n'utilisons plus mais qui est de la même écriture sanglante que les cicatrices sur son bras... Je crois pouvoir lire... le mot... le mot...

El-li.

Je siffle en reculant si vite que des pierres s'éparpillent sous mes pas. Elles ruissellent, dansent et sonnent comme des cloches avant de cesser de carillonner. Je lâche mon fouet et le cuir s'écrase sourdement sur le champ de bataille en pierre sous mes pieds. Mon regard parcourt son dos encore et encore. La peau enflammée est rouge vif et beaucoup plus claire que la première fois.

Deux entailles verticales suivies d'une boucle dentelée épellent le mot *el-li*.

À moi.

Je fronce les sourcils. Mon envie de la tuer est forte, mais pas assez pour que je cède. Je ne peux pas prendre le risque d'éviter les signes.

Je ne *peux pas* éviter les signes.

Pas quand ils apparaissent plus d'une fois. Le premier était un avertissement, mais celui-ci ressemble fort à une menace et je serais bien bête de lui tourner le dos.

Je l'attrape par les cheveux et l'arrache à la Daniane pour la mettre debout. Je la soulève contre moi, de façon à cacher son dos. Je ne peux pas laisser les autres Pikosas voir ça. Personne ne doit le voir. Personne. Je ne sais pas ce qu'ils en penseront s'ils le voient. Je sais seulement que la folie s'abattra sur nous. Je ne permettrai pas qu'une captive soit à l'origine de ma perte. *Jamais.* Je suis le Nigusi de cette tribu.

Je la tuerai. Mais seulement une fois que j'aurai déchiffré les signes, que je les aurai écartés et que je me serai assuré qu'elle ne peut pas me détruire ou réduire à néant tout ce que j'ai bâti, même dans la mort.

– Où emmènes-tu la captive, Nigusi ? demande Wyden alors que je le dépasse, la captive Tanishi serrée contre ma poitrine.

Une main autour de sa gorge, l'autre autour de sa

hanche osseuse, je la soulève contre moi de sorte que ses pieds sales effleurent à peine le sol.

Je peux sentir sa gorge fine s'agiter sous ma paume. Sa peau est trop douce pour cet endroit. Elle est trop faible. Elle est dégoûtante. *El-li.*

Elle est à moi.

Ma poitrine se soulève. Mes inspirations sont de plus en plus fortes et chaudes, elles brûlent mes poumons. Ce n'est pas possible. Je dois me tromper. Les signes m'ont permis de prendre le contrôle de la tribu Pikosa, mais ces mêmes signes ne peuvent pas me conduire à cette frêle créature.

Par le passé, ce sont les signes qui m'ont fait choisir une hache plutôt qu'une épée lorsque j'ai combattu une douzaine de guerriers pour revendiquer le siège vide de Nigusi. Ces signes m'ont dit de suivre la rivière au-delà de la fosse aux crocodiles et m'ont révélé le réseau de grottes du village. Les signes m'ont conduit à intercepter le convoi d'Omoros, et nous avons pu capturer le plus grand groupe de prisonniers que la tribu Pikosa ait jamais vu jusqu'aux Tanishis...

Tous ces signes étaient clairs, faciles à interpréter.

Tout comme ce signe.

Comme les autres auparavant, ce signe me parle au niveau cellulaire, profondément. Il atteint ma chair criblée de cicatrices, là où les petites incertitudes s'attardent et s'enveniment dans des grottes trop étroites pour que mes mains charnues puissent les atteindre.

Wyden passe ses mains sur ses cheveux. Ils sont tressés au milieu de la tête et rasés des deux côtés. Il m'observe avec curiosité puis fixe des yeux la Tanishi que je porte contre moi avec encore plus de curiosité. *Je ne dois pas éveiller la méfiance de Wyden. Je vais devoir le surveiller.*

– Remettez les prisonniers au travail, je siffle en empruntant le tunnel Est.

C'est un passage que les prisonniers ne peuvent pas emprunter. Ceux qui essaient ne reviennent jamais.

La captive commence à se tordre lorsque je m'approche de l'entrée – la peur du tunnel Est lui a bien été inculquée. C'est bien.

Je secoue la tête et j'éternue. Ses cheveux noirs en pagaille tombent sur ses épaules et me chatouillent le nez et la joue droite.

Je la tiens légèrement éloignée de moi et tourne à gauche, hors du sentier qui mène au village et aux quartiers privés que je garde de ce côté-ci de la rivière, dans les mines. Le léger claquement des pieds qui courent m'accueille lorsque j'atteins ma porte grise, que j'accroche mes doigts à l'énorme pierre ronde qui la bloque et que j'écarte le lourd poids qui l'obstruait.

Ce bruit de claquement réveille des souvenirs. Je me souviens de l'époque où j'étais un jeune guerrier en formation, et du malheureux seigneur de guerre Nigusi que j'avais servi. Je pensais alors qu'il était un bon maître, mais il a été massacré par celui qui s'est battu contre lui pour prendre sa place, alors il méritait de mourir.

C'est ce Nigusi qui parlait de choses étranges, comme l'anidi laye.

– Brin, apporte-moi des vêtements propres pour la Tanishi. La captive pue.

Le jeune guerrier Pikosa en formation fixe durement la femme que je tiens dans mes bras. La haine des races captives est inculquée à tous les guerriers dès leur plus jeune âge. Il s'éloigne de moi tout aussi rapidement, en faisant un signe de tête profond qui suggère qu'il n'est pas satisfait de mon ordre, mais qu'il le fera quand même. Il n'a pas d'autre choix. Pas s'il veut survivre.

J'hésite un instant, alors que son dos s'éloigne de moi dans le long tunnel menant au village; mais au chatouillement de ses cheveux contre ma joue, s'ajoute un chatouillement dans ma gorge qui me pousse à donner un autre ordre.

– Apporte-moi aussi une trousse de soins et de la pommade.

Je peux sentir l'odeur du sang sur sa chair déchirée et... cela me dérange.

– De la pommade, Nigusi ?

– Ne m'oblige pas à me répéter, je siffle.

Ma poitrine se réchauffe. Je n'aime pas cette sensation.

– Bien sûr, Nigusi.

Je n'ai pas attendu sa réponse pour me retourner. Je pousse la captive dans mes quartiers et je fais rouler la porte de pierre. Nous sommes enfermés à l'intérieur.

Mes quartiers dans les mines sont petits. Trois pièces simples reliées par des arches naturelles. Je libère la captive et passe devant elle pour entrer dans la première pièce. Elle est équipée d'une série de crochets métalliques où j'accroche mon kilt et mon armure, ainsi que d'une série de tiroirs où sont rangés mes fouets et mes dagues. Je vais devoir les déplacer si je veux garder la captive ici. *Quoi ? Garder la captive ici ?*

La Tanishi émet un petit son, comme si elle souffrait. Je jette un coup d'œil par-dessus mon épaule.

– Tu dégoulines sur mon tapis.

Elle garde les yeux rivés sur le sol et les mains jointes autour des coudes opposés. Elle tremble. *Elle est faible.*

Ses vêtements gris – les chiffons gris que portent tous les Tanishis – sont imbibés d'eau de la rivière. L'eau est riche en minéraux et je peux les sentir sur sa peau et ses cheveux, mais le tissu qui l'enveloppe est couvert de crasse.

– Déshabille-toi, je lui ordonne.

Lorsqu'elle grimace, je me refroidis et ricane :

– Je sais que tu peux me comprendre. Pas la peine de faire semblant.

Elle ne réagit toujours pas. Elle se contente de serrer plus fort ses lèvres l'une contre l'autre. Elle est très rouge, cette bouche, et teintée d'une nuance violette. Elle attire mon attention. *Elle attire et retient mon attention.* Je lève mon regard de sa bouche – quelle erreur – pour croiser son regard – et je tombe dans un piège.

Je plisse les yeux et inspire profondément. Mes épaules se dérobent et les muscles de mon estomac se contractent d'eux-mêmes. Je tente de dissimuler l'étrange tremblement qui parcourt ma main gauche en détachant la sangle de mon épaule et en laissant le cuir souple se détacher de ma peau. J'accroche l'épaulière à l'un des crochets derrière moi sans quitter son regard. Sans lui, je ne porte que mon kilt et lorsque je touche la lourde boucle de la ceinture qui le retient, elle se crispe.

Je ne l'ai pas fouettée sur la pierre de flagellation alors que j'aurais dû le faire et sa détresse retient à nouveau ma main. Mes doigts retombent sur les côtés. Je croise les bras sur ma poitrine et m'adosse à l'entrée rocheuse de ma chambre de bain. Je l'observe. *Ses yeux sont noirs comme de la poix.* Je l'observe même lorsqu'elle baisse le regard et que les tremblements de ses épaules et de son dos s'accentuent.

Elle essuie nerveusement sa paume sur la jambe de

son pantalon tout en jetant un coup d'œil craintif sur sa droite. Elle regarde l'autre pièce – le lit, peut-être ? Je suis son regard jusqu'au grand matelas rembourré de sable, posé sur un lourd cadre métallique. Un drap de lin est enroulé au pied du lit. Je ne l'utilise pas. Ce n'est pas nécessaire, même si l'air est frais ici.

La lumière pénètre par les puits qui montent jusqu'à la surface et les particules de poussière s'y faufilent lentement. Je suis souvent fasciné par la façon dont la poussière et le sable se déplacent dans la lumière. Je les contemple avec émerveillement jusqu'à ce que je me rappelle que je suis un chef de guerre et que les chefs de guerre n'ont pas ce genre de préoccupations.

Malgré les conditions à la surface, l'air qui vient d'en haut sent bon lorsqu'il filtre à travers tant de pierres riches en minéraux. Et malgré les conditions à la surface, l'air qui nous parvient est également plus frais que dans les mines où nous gardons les prisonniers.

Ici, je peux respirer. Plus encore qu'au village, je trouve qu'il est plus facile ici de... souffler... tout simplement... et de se détendre.

J'ai amené une captive dans ce domaine. Dans *mon* domaine.

El-li. Celle qui est à moi.

Elle est à moi, même si elle ne devrait pas l'être.

Mes doigts se recroquevillent sur mon biceps. Je suis mal à l'aise. Je n'aime pas ça. Je n'aime rien de tout cela. Je la déteste, et je hais le silence qui règne dans la pièce.

– Parle! je crie.

Elle sursaute et me regarde. Pendant un seul instant d'éternité, j'imagine que je vois quelque chose d'autre – quelqu'un d'autre – sous cette enveloppe effrayée et fragile. J'imagine que j'ai sous les yeux une guerrière, mais pas de celles qui manient l'épée. Puis l'instant passe et elle redevient cette ombre, cette créature aussi légère qu'une coquille.

Elle pointe du doigt la chambre à coucher, mais pas le lit ni la lumière qui s'échappe du plafond à trois douzaines d'endroits différents. En fait, elle désigne du doigt le chariot métallique contre le mur. Dessus, il y a un pichet et un plat.

Un rire noir me monte aux lèvres. Je fais un signe de tête.

– Vas-y, prends ce que tu veux.

Elle s'exécute promptement et cela me surprend. Elle hésite à peine une seconde, pas aussi longtemps que je l'aurais espéré.

Elle se dirige directement vers l'eau en contournant le plateau. Il a été récemment réapprovisionné. Brin et mon autre jeune guerrier, Tenor, sont les seuls autorisés à pénétrer dans cet espace. Mon espace. *El-li*. À moi. Ce mot hante mes pensées.

Lorsqu'elle se retourne pour chercher maladroitement la tasse, elle la fait tomber par terre. Elle se penche pour la récupérer de la main droite et tire sur la peau écorchée de son épaule. Elle s'arrête à moitié accroupie et siffle, puis se redresse et prend le pichet sur la table tel quel. Elle avale l'eau comme si elle n'avait pas bu depuis des jours.

Je regarde sa gorge. Je regarde l'eau couler des coins de sa bouche et tremper son menton, le long de son cou, au-delà du col déchiré de sa chemise où je peux voir sa clavicule proéminente. Les prisonniers ne sont pas bien nourris, mais elle semble plus maigre qu'elle ne devrait l'être.

Je jette un coup d'œil au plateau et le bout de mes

doigts se hérisse étrangement, comme si j'avais envie d'attraper cette nourriture pour elle. Comme si je voulais qu'elle l'attrape.

Elle pose rapidement le pichet et vacille sur ses pieds. Ses mains tâtonnent pour attraper la table en métal et s'y accrochent fermement. Je réduis la distance entre nous, à pas lents, jusqu'à ce que je sente sa chaleur. Elle est suffocante et il me faut un effort pour la traverser. J'ai l'impression de patauger dans une tempête de sable. Mais je l'ai déjà fait auparavant, et elle n'est pas une tempête de sable. Elle n'est qu'une petite chose brisée.

J'attrape l'extérieur de ses bras entre mes mains et je serre *doucement*. Il est facile de la manœuvrer lorsqu'elle est étourdie comme ça. Elle va là où je la pousse et je la repousse à travers la chambre d'entrée et la traverse, jusqu'à la chambre suivante.

Dans cette dernière chambre, il y a une cavité aménagée dans un petit recoin et caché derrière un rideau de pierre et, avant cela, un bassin rempli d'eau fraîche et propre provenant de la rivière située juste au-delà du mur. Elle coule directement dans cette pièce, créant un bassin d'eau fraîche pour moi et moi seul. À moi. Je fronce les sourcils. Et maintenant, c'est à elle que je la donne.

Mes doigts se recroquevillent et se plient lorsque je la relâche et que je recule.

– Lave-toi. Le savon est dans la boîte métallique. Mets tes vêtements dans la goulotte.

Je montre du doigt le petit trou dans le mur de pierre à ma gauche. Il mène aux chambres inférieures de ce système de grottes où nous compostons tout, des parties non comestibles des plantes aux excréments. Vu l'état de ses vêtements, je pense qu'ils feront un bon ajout.

– Débarrasse-toi de tes vêtements. On va t'apporter du linge propre. Utilise ça pour te sécher et panser ta plaie.

Sur le mur à ma droite se trouve un cadre métallique couvert de tiroirs. Je m'en approche et tire du tiroir du haut une serviette en lin assez grande pour moi. Elle lui ira comme une couverture.

Je me détourne d'elle et traverse à nouveau l'entrée pour me diriger vers le lit. Allongé dessus, je peux voir toute la surface de ma chambre. Je bois dans la bouteille de vin en plastique, allongé et détendu, en regardant la captive tremper ses orteils dans l'eau fraîche.

Elle émet un petit son qui ressemble à un gémissement, voire à un soupir. Mes lèvres se retroussent. J'expire par la bouche en savourant la texture riche et veloutée du vin.

Elle me regarde, puis jette un coup d'œil dans la pièce. Elle cherche sûrement un moyen de se protéger de moi. Elle se rend rapidement compte que rien de ce qui se trouve ici ne fera l'affaire. Ses épaules s'affaissent vers l'avant et elle porte ses mains sous sa tunique à la ceinture de son pantalon. Elle l'abaisse précipitamment et je suis choqué par la forme de ses jambes. Contrairement à son torse, elles ont une définition musculaire souple et lui donnent l'air plus robuste que son torse et sa poitrine minces ne le laissent supposer.

Elle se débarrasse ensuite de sa tunique avec précaution. Mon regard glisse sur son flanc. Je remarque que ses jambes sont longues par rapport au reste de son corps. Et même si elle n'a pas beaucoup de seins, elle a des hanches et un petit derrière bien rebondi. *Je pourrais explorer ce derrière, ma bite pourrait taquiner son entrée serrée.* Elle doit être très serrée, vu sa petite taille. Je me déplace sur le lit et réarrange ma bite gonflée sous mon kilt. Je repousse ces pensées d'un revers de la main.

Je ne la trouve pas attirante et je ne m'en prends pas ainsi aux prisonnières.

C'est ainsi que les maladies se propagent. C'est ainsi que les tribus tombent.

Seuls les plus forts survivent et elle, c'est la captive la plus faible que j'aie jamais vue. Ça fait longtemps… c'est tout. Depuis combien de temps n'ai-je pas été seul avec une femme ? Cette pensée me trouble. Je l'écarte.

Mais je ne détourne pas le regard.

Je bois, je regarde, et je bois encore. Elle se plonge dans l'eau et utilise le savon qui se trouve dans les tiroirs que je lui ai indiqués, ce qui confirme mes soupçons. *Elle parle notre langue. Elle la comprend, du moins.*

Elle démêle ses cheveux avec ses doigts. J'ai bu tout le vin qui se trouvait dans mon outre lorsqu'elle passe à son dos. Elle tente de masser précautionneusement sa plaie avec du savon. Elle a visiblement mal. Son visage est criblé de lignes qui n'ont rien à faire sur sa peau. Une fois débarrassée de la saleté, elle brille d'un éclat lisse.

Son visage est... pensif. Elle est bien plus expressive que les Pikosas. Je peux lire en elle plus facilement que je ne peux lire les autres. Je discerne chaque tic, chaque nuance.

Cela me fait sourire.

C'est drôle que je puisse lire en elle et qu'elle puisse me comprendre. En ce sens, nous sommes le parfait pendant l'un de l'autre. Et elle est à moi.

Je détourne mon regard pour le fixer ailleurs, mais il n'y a rien d'autre à voir, alors je me retourne.

Elle n'est pas là.

Je me lève d'un coup et me dirige vers la salle de bain.

Elle est contre le mur. Elle examine l'entrée de la paroi de la grotte où se jette la rivière. C'est une entrée étroite recouverte d'une grille, mais je crains un instant qu'elle ne soit assez petite pour s'y glisser.

Ce serait stupide de sa part d'essayer, même si elle le pouvait. Mais en même temps, la vue de son dos me fait froncer les sourcils. Si j'étais à sa place, comment réagirais-je ? Son dos vient d'être écorché et elle sait, tout comme moi, que je devrai la tuer un jour. Juste après avoir déchiffré les signes et les avoir mis derrière moi. À sa place, moi aussi, je tenterais de m'échapper par tous les moyens…

Je jette un coup d'œil au plafond. Les lucarnes filtrent le soleil qui brûle la surface. C'est trop étroit pour que des guerriers ou des bêtes de surface s'approchent et se faufilent. Mais qu'en est-il de sa petite forme agile ?

Non. Cette idée est encore plus stupide.

Ces lucarnes sont si étroites que même le plus petit des Tanishis ne pourrait se frayer un chemin jusqu'à la surface. De plus, c'est à des mètres et des mètres de distance, et aucun Tanishi n'est assez stupide pour essayer de s'échapper par le haut. Mais si elle ne sait pas ce qui l'attend...

Je fronce davantage les sourcils en repensant à la découverte de ces Tanishis. Le mystère tient une grande place dans cette découverte étrange. Tout était énigmatique, depuis les boîtes de gel bleu dans lesquelles nous les avons trouvées jusqu'à la grande grotte qui les entoure. C'était un réseau de grottes comme nous n'en avions jamais vu auparavant. Lisse, avec des portes intégrées qui, parfois, mais pas toujours, se déplaçaient. D'énormes dalles de pierre propulsées par la magie.

Il y a aussi eu ce terrible son strident que nous avons d'abord cru être une nouvelle terreur inconnue, mais il s'est arrêté. Les petites créatures chauves ont survécu à leurs tubes et nous nous sommes retirés de la grotte inquiétante aussi vite que possible, sans jamais regarder en arrière.

Mais plus tard, après que leurs cheveux et leurs ongles ont atteint une longueur dégoûtante, leurs cheffes se sont avérées plus difficiles à mater que tous ceux que nous avions rencontrés auparavant.

C'est comme s'ils ne connaissaient pas l'ordre naturel des choses. Les Pikosas, les Wickars et les Kawasharis sont des êtres supérieurs. Les tribus captives sont inférieures. C'est comme s'ils pensaient qu'ils étaient nos *égaux* et qu'ils pourraient se libérer pour fonder leur propre tribu. C'est comme s'ils croyaient qu'ils pourraient éviter d'aller nourrir les crocodiles.

Non. Ces Tanishis ne peuvent pas être aussi stupides. Ils sont deux fois plus petits que nous et comme si cela ne suffisait pas, ils sont faibles. Toutefois, ils *savent* des choses, il faut le reconnaître. Ils se montrent remarquablement ingénieux lorsqu'il s'agit de se créer des grottes plus confortables. Ils ne sont pas morts de maladie. Ils ont même réussi à se laver les dents grâce à des méthodes inconnues. Nous utilisons les poils des plantes de la baie, mais ils n'ont pas accès aux salles vertes. Qu'utilisent-ils ?

Elle passe son bras à travers la grille et je me raidis. Mes pensées s'éloignent du danger alors qu'elle s'en approche.

— Les crocodiles peuvent sentir le goût de ton sang dans l'eau de la rivière, je grogne. Si ton intention n'est pas d'être dévorée, éloigne-toi de là.

Elle relâche la grille, mais sans se dépêcher. Elle se tourne vers moi et j'ai l'étrange envie d'obtenir une réaction de sa part. Ça n'est arrivé qu'une seule fois depuis qu'elle ici. Je porte la main à ma ceinture et la relâche. Elle détourne le regard tandis que mon kilt tombe sur la pierre en contrebas.

Je délace mes chaussures. Le cuir se détache des semelles épaisses et caoutchouteuses, et je me jette à l'eau. L'eau monte rapidement jusqu'à ma poitrine. Je me glisse sur la banquette qui entoure la piscine et je la regarde se percher timidement sur le bord de la banquette en face de moi. La pierre lisse est froide sous mes fesses et mes cuisses nues.

– Si tu essaies de partir par la rivière, tu seras engloutie, dis-je.

Elle ne répond pas. Elle se contente de me lancer un regard évasif et de retourner à son savon.

– Tu peux toujours essayer de te faufiler par un des trous de la grotte et tenter ta chance à la surface.

Cela me fait rire.

Les trous sont trop étroits, mais même si elle parvenait à se frayer un chemin à travers les fissures étroites et déchiquetées, elle n'atteindrait jamais un village où elle pourrait se sentir en sécurité. Une tribu d'Omoros ou de Danians pourrait l'accueillir, si elle en atteignait une, mais j'en doute fort. De plus, entre les tempêtes de sable, les serpents de sable et les hordes nomades de Kawasharis qui rôdent près de nos terres, elle n'irait pas loin.

– Alors, quel est ton plan ? Je ne te laisserai pas sortir par la porte.

Elle me jette un regard qui m'énerve et qui pousse ma bite à se demander si elle est vraiment une captive sans valeur. Elle ne dit rien et continue d'essayer de passer ses doigts savonneux dans ses cheveux.

Je remarque, alors que ses mains tournent autour de son visage et que ses ongles sont déchiquetés et fissurés. Je m'approche d'elle pour atteindre l'un des tiroirs du bas. Il s'ouvre bruyamment, les pièces de son contenu s'entrechoquent. J'écarte des cuves de savon et quelques petites dagues avant de trouver ce que je cherche. Je saisis son poignet gauche.

Elle forme un poing avec les doigts de sa main libre et tente de me frapper avec. Surpris, je ne comprends pas tout de suite son geste. Jusqu'à ce que je reconnaisse l'expression de son visage.

– Tu crois vraiment que tu vas pouvoir te battre pour sortir d'ici ?

Cette idée est franchement hilarante. Je ris fort en essayant de l'imaginer avec ses petits poings face à mes plus jeunes guerriers.

– Tu ne ferais pas de mal à une mouche avec tes poings.

En revanche, si je la frappais de toutes mes forces, sa mort serait instantanée.

Pour une raison que j'ignore, cette pensée me procure un sentiment étrange. Serait-ce de la fierté ? Pas à l'idée que je pourrais la tuer si je le voulais, mais à l'idée que ma force pourrait me permettre de garder une créature aussi vulnérable *en vie*.

Je secoue la tête et reporte mon regard sur ses mains, ses paumes claires et leurs lignes de vie sombres.

En dépliant de force ses doigts, je prends la lime pour ses ongles et j'enlève le surplus, un doigt après l'autre. Saisissant ses pieds sous l'eau, je la repousse sur le banc et je fais de même avec ses orteils. C'est étrange de prendre soin d'elle.

– Voilà, c'est mieux.

Je la repousse et regarde son expression se crisper alors qu'elle essaie de comprendre ce que je viens de faire. Peut-être essaie-t-elle aussi de comprendre pourquoi je ne lui ai pas fait de mal.

C'est une question à laquelle je ne pourrai répondre moi-même.

Je secoue la tête et me penche en arrière pour laisser le vin couler en moi. J'étends mes deux bras sur le rocher plus chaud au-dessus du bord de l'eau.

– Il faudra bien que tu me parles un jour ou l'autre.

Elle tend la main derrière elle. Ses doigts tâtonnent sur le rebord de pierre. Elle ne me quitte pas du regard, mais lève à nouveau un sourcil en reprenant son pain de savon noir et en l'appliquant sur sa peau.

La mousse noire scintille contre ses épaules et, même si elle ne dit rien, je sais ce qu'elle pense. Parce qu'elle me regarde comme pour me dire « pas question ».

Je lui réponds à voix haute.

– On verra ça, Tanishi.

Et avec ce petit défi, je réalise ce qu'elle a fait. Elle a gagné du temps. Elle a assuré sa survie pour quelques instants de plus. Comment pourrais-je la tuer sans savoir à quoi ressemble sa voix dans la langue Pikosa ?

5
Halima

Je suis dans la merde.

Je suis dans une merde noire.

Khara, comme on dirait en arabe égyptien. Je ne plaisante pas, je suis véritablement dans la merde.

C'est ma première tentative d'évasion, et j'ai choisi le trou d'évacuation des excréments. Je n'ai pas pris la fuite par la fente construite dans le mur qui mène à une ouverture noire vraiment effrayante, mais par un trou creusé directement dans le sol. Le trou dans lequel Ero et moi chions.

Certes, je n'ai chié qu'une seule fois dans ce trou depuis qu'il m'a enfermée dans sa chambre hier soir, mais c'était suffisant pour que je remarque une petite lueur venant de quelque part au fond, là où se trouve le trou à merde.

Et c'est là que je me dirige maintenant.

Sauf que la lueur qui semblait faible et invitante vue d'en haut paraît vraiment menaçante de l'endroit où je me trouve maintenant, les bras et les jambes écartées, en train de me glisser sur la pierre tapissée de crottes.

J'ai atteint le fond du puits de 30 pieds et je peux voir qu'il se vide dans une sorte d'auge à caca et à pipi qui descend en pente. C'est pratique, et j'aurais pu faire la courte descente du puits en glissant si je n'avais pas entendu distinctement des Pikosas bavarder non loin de là.

Ce conduit donne sur une salle de travail. Et, à en juger par les mots que j'entends maintenant, qui ressemblent beaucoup à *samad* et *k'oshasha* – qui signifient engrais en arabe et saleté en ahmarique – je devine que ces gens transforment la merde de leur roi en quelque chose d'utile.

Si je continue à avancer dans cette direction, peut-être qu'ils m'incluront dans ce qu'ils concoctent. Et je n'ai aucune envie de finir dans une tarte à la merde.

Mon épaule droite me brûle à l'endroit où Ero l'a recousue. Mes bras et mes jambes tremblent à cause de l'effort que je dois fournir pour m'accrocher à l'intérieur de ce tunnel de caca rocailleux.

Hélas, je n'ai pas d'autre choix que de remonter par le chemin que j'ai emprunté, de me laver dans la piscine autonettoyante d'Ero et d'espérer qu'il ne remarque pas que j'aurai utilisé tout son savon pour me débarrasser de cette odeur. Je pue comme jamais. J'en ai la nausée. Je n'ai jamais rien senti d'aussi nauséabond de toute ma vie que la fosse à merde qui se trouve en dessous de moi. Et il n'y a qu'une longueur de corps environ qui me sépare d'elle. Je *refuse* de tomber dedans. Je préfère de loin être dévorée par les crocodiles.

Je jette un coup d'œil à l'ouverture sombre au-dessus de moi. Il faut que je remonte.

J'attrape la prochaine prise au-dessus de ma tête, ou du moins, j'essaie, mais mes doigts mouillés, poisseux et puants glissent et le plan que j'avais élaboré pour grimper s'effondre en un instant.

Mes mains et mes pieds ne rencontrent que le vide et je glisse rageusement le long du puits en me cognant les genoux et en m'égratignant les coudes, avant d'atterrir dans la cuvette à caca. Des excréments et d'autres liquides dégoûtants m'éclaboussent. Une vague de bile me monte à la bouche.

Une femme Pikosa hurle. Puis plusieurs autres Pikosas crient. Déglutissant brutalement, je jette un coup d'œil autour de moi. Les pointes humides de mes cheveux collent à mon cou et à ma mâchoire. Mon instinct me pousse à tendre la main pour éloigner mes cheveux de mon visage, mais mes mains sont encore plus dégoûtantes que mes cheveux. Elles sont couvertes de merde et de gouttelettes de mon propre sang. Je forme un poing avec mes mains et je serre tous mes muscles en attendant que quelqu'un m'attrape et me fasse du mal.

Mais rien ne se produit.

Je regarde les gens dans la pièce. Ce sont tous des Pikosas pourtant, et ils me regardent tous, mais personne n'ose s'approcher. Je lève les mains, les doigts écartés dans un geste de soumission. L'un des hommes les plus proches de moi fait un bond en arrière. Ce faisant, il bouscule la femme qui se tient derrière lui et le pichet qu'elle tenait lui échappe des mains avant de s'écraser sur le sol.

Le pichet en céramique se brise, le liquide transparent se répand partout et la femme prononce une série de mots que je ne comprend pas tous. Toutefois, je sais qu'elle me maudit.

Un léger vent de panique se met à souffler et les Pikosas se précipitent pour essayer de contenir le liquide, ce qui me laisse le temps d'observer la pièce. Elle est plus grande que toutes les autres grottes minières dans lesquelles je me suis rendue, à l'exception de la pièce privée d'Ero.

Quatre longues tables s'étendent dans la caverne, faites du même matériau métallique qui compose tout ce qui se trouve ici. Une douzaine de Pikosas travaillent sur chacune d'elles, mais ils sont bien différents des grands Pikosas corpulents que j'ai l'habitude de voir. Ils sont plus grands que nous, les Tanishis, mais ils ne sont pas tout en muscles comme les guerriers mâles et femelles semblent l'être. *Je vais peut-être pouvoir me battre pour sortir d'ici.*

L'idée est risible. Je commence même à rire mais je me ravise rapidement car cela me fait inhaler et goûter un peu de la merde qui a été pulvérisée sur ma bouche. Mon réflexe nauséeux se déclenche. J'inspire pour éviter de vomir, je déplie mes jambes et je m'avance sur le sol avec une détermination renouvelée.

Je ne peux peut-être pas me battre, mais je ne mourrai pas ici.

Je ne mourrai pas seule et couverte de merde.

Je me mets à courir. Je contourne le liquide répandu et je cours vers l'un des murs de la pièce, puis je le longe jusqu'à la seule entrée de la grotte. Étonnamment, les Pikosas près de moi, loin d'essayer de m'attraper ou de me blesser, font des pieds et des mains pour m'éviter. J'en profite donc pour m'élancer vers eux afin d'atteindre l'entrée ouverte qui mène à une autre caverne.

Plus grande encore que la précédente, cette caverne a de hauts plafonds voûtés. Une fine brume flotte dans l'air et la seule odeur de merde dans cette pièce est celle que je porte sur moi. Je continue à avancer.

Il n'y avait peut-être pas de Pikosa dans cette dernière grotte, mais il y en a beaucoup dans la suivante. Celle-ci me fascine, et je réalise rapidement que nous, les prisonniers, n'avons travaillé que sur une petite partie de ce réseau de grottes – la partie la plus difficile à atteindre. Sous les couches et les couches de cet univers caverneux, il y a bien d'autres choses, bien des surprises.

Là où je me trouve, il y a des *plantes*.

La végétation pousse en abondance. La terre et les plantes recouvrent le sol et les lianes grimpent le long des murs et au plafond, gourmandes de la lumière qui descend en s'écoulant des immenses ouvertures des plafonds dans de splendides rais lumineux.

L'un des hommes qui récoltent des baies sur l'une des vignes les plus basses lève les yeux et s'écrie :

– Une Tanishi s'est échappée !

C'est la panique. Un autre homme court vers moi. Je crie de terreur et lève les bras lorsqu'il tend la main pour m'attraper.

Il s'accroche à mes épaules, puis il reprend son souffle. Ses yeux bruns sortent de sa tête et je regarde sa gorge tressaillir. Son corps se met à trembler puis il se détourne de moi et vomit sur les lianes épaisses et griffues qui se trouvent derrière lui.

La merde du roi qui me couvre agit comme un bouclier contre son propre peuple. Je m'en rends compte avec joie, alors je continue à courir.

Je sors de cette grotte et entre dans une grotte sombre, éclairée uniquement par la lumière provenant de chacune des grottes qui s'en détachent. Sur un coup de tête, je me dirige vers le haut, dans le tunnel le plus étroit et le plus sombre.

Je ne croise aucun Pikosa – la chance me sourit enfin – mais la grotte devient de plus en plus sombre – la malchance fait son retour – jusqu'à ce qu'il fasse si sombre que je cours presque à l'aveuglette et que je dois passer ma main le long de la paroi escarpée pour me guider.

– Khara, je murmure en entendant des voix derrière moi.

Elles sont encore faibles, mais les Pikosas connaissent ce réseau de grottes mieux que moi, et je ne doute pas de leur capacité à me rattraper rapidement. J'accélère le pas et me cogne immédiatement le gros orteil gauche sur un rocher.

– Khara ! je crie en rebondissant sur mon pied droit.

Je perds ma prise sur le mur et crie :

– Khara ! Non !

Et je tombe. Je me cogne le tibia sur le rocher qui venait d'engourdir mes orteils du même pied, donc je ne ressens pas la douleur tout de suite ou d'un seul coup.

Elle arrive par vagues. Des vagues vraiment très douloureuses. Le genre de douleur qui vous coupe le souffle. *Ça fait un mal de chien.*

Mes mains se frayent un chemin sur le sol, mais il y a d'autres pierres ici, toutes tranchantes. Je roule sur le côté, puis sur le dos et, pendant un moment, je reste allongée, en proie à une douleur intense. J'espère que mon pied n'est pas cassé. Le corps recouvert de la merde de l'homme qui tient ma vie dans sa paume, comme un petit oiseau, je m'interroge : *où sont passés tous les oiseaux ?*

Je commence à rire. Des larmes s'écoulent des coins de mes yeux – à cause de la douleur – mais des larmes de rire s'y mêlent aussi. C'est ridicule : dans quelle merde me suis-je fourrée ?

Que pensaient ceux qui nous ont laissés ici ? Croyaient-ils que les guerres de l'eau anéantiraient tout le monde et qu'il ne resterait qu'une terre luxuriante prête à être repeuplée ? Croyaient-ils que nous serions les seuls à le faire ? Dans la joie et la bonne humeur ?

C'est contre nature que d'essayer de nous transporter, nous, les humains, jusqu'à une époque où les guerres pour l'eau ne seront plus qu'un souvenir.

Les grandes Guerres de l'Eau, pas les guerres pour l'eau...

Les humains que j'ai rencontrés ont entendu parler de ces Grandes guerres, de la bouche des généraux. Les histoires du passé se transmettent à voix basse d'un réseau de grottes à l'autre.

Haddock a eu la chance de rencontrer un homme appelé Tino dans une grotte où il travaillait il y a douze jours. Tino est le dernier chef mâle survivant. C'est un lieutenant – c'*était* un lieutenant – et il a donc pu conserver ses souvenirs du monde d'avant. Il a raconté à Haddock des histoires fantastiques. J'aurais aimé les entendre moi-même.

Tino a parlé à Haddock des guerres qui ont consumé la planète entière. Les pays se sont battus pour des réserves d'eau de plus en plus réduites, jusqu'à ce que des bombes soient larguées. Personne n'a pu les déloger. L'eau a été polluée à la source, les maladies se sont répandues, et les déserts, qui couvraient autrefois un tiers de la terre, ont gagné de plus en plus de terrain, jusqu'à ce qu'ils emportent tout.

Je suppose que les dirigeants mondiaux qui ont fondé la Terre Surante ne pensaient pas que les humains restants se diviseraient, se sépareraient, creuseraient des tunnels et se battraient. Que faire maintenant ? Ces Pikosas se sont battus sans merci, pendant des milliers de générations, pour survivre. Ils ont remporté le droit de survivre de haute lutte. Et nous ? Qu'est-ce qui nous reste ? Qu'est-ce qui me reste ? Qu'est-ce que j'ai fait pour mériter ça ?

Que me veut le karma ?

Quel poids a ma vie dans cet équilibre précaire ?

Combien de Narakas dois-je endurer avant que l'au-delà n'ait pitié de moi et ne m'engloutisse dans l'obscurité bienheureuse ?

Au loin, j'entends un son traînant. Des pierres qu'on éparpille. J'ouvre les yeux et me tiens prête à me faire taillader, saisir, battre ou attaquer – mais quand j'ouvre les yeux, il n'y a personne. Juste deux taches de lumière qui se profilent étrangement dans l'obscurité qui m'entoure. Il fait noir comme dans un four.

Ces taches bougent, s'ouvrent, *clignotent*. Khara ! C'est un visage !

– Khara !

Je tends les deux mains et le visage qui se profile recule. Le corps auquel il appartient s'éloigne. J'expire, soulagée, jusqu'à ce que je me rappelle que je suis là malgré tout et que j'ai bien l'intention de faire exactement ce que les ancêtres des Pikosas ont fait pour en arriver là.

Ils se sont battus pour survivre.

Je vais faire de même.

– Attends !

Je me redresse, consciente que je parle à nouveau en anglais, la langue commune à tous les Tanishis.

Je cligne des yeux, je me concentre sur le corps qui se déplace dans l'ombre. Sa peau est gris foncé, presque noire. Cet être se fond dans l'environnement, même ses dents sales et tachées ne font qu'un avec l'obscurité qui règne ici. Seuls ses yeux, qui sont énormes et blancs et, au centre, d'un vert éclatant, brillent et signalent sa présence. *Peut-elle voir dans l'obscurité ?*

C'est une Omoro. Je passe en revue les mots Omoros que j'ai pu glaner çà et là. Je n'ai pas grand-chose à me mettre sous la dent. Je me suis surtout concentrée sur la langue des Pikosas.

Pour l'instant, j'ai entendu parler des Omoros peut-être deux fois. Une fois, lorsque nous essayions d'empêcher Ero de tuer l'homme Omoro qui avait la glande lymphatique enflée. Haddock a dit que l'infection de l'homme était peut-être transmissible mais je m'en moquais. J'étais déterminée à le sauver.

Puis je repense à la fille que j'avais réconfortée après... c'était une Omoro. Elle était si triste ! Elle m'avait laissé la toucher et la serrer contre ma poitrine. Nous sommes si différentes qu'en nous voyant, on pourrait croire que nous n'appartenons même pas à la même espèce. Pourtant, pendant un instant, nous nous étions senties comme un seul et même esprit.

Ces brèves interactions m'ont appris que leur langue a des racines françaises – pas le français autrefois parlé en France, mais dans leurs mots, j'entends l'acadien. C'est presque comme s'il s'agissait de Cajuns propulsés dans le temps avec le reste d'entre nous, les Tanishis, puis saupoudrés de poudre grise.

Le seul mot Omoro qui me vient à l'esprit pour le moment est celui qu'ils utilisent pour désigner l'*eau*. C'est un mot qui ressemble au mot français *eau*, mais avec un g. Geau. Ça ressemble fort à un mélange avec l'espagnol *agua*. À court d'idées, je crie donc :

– Geau !

Une légère reconnaissance dans son regard fait hésiter l'Omoro assez longtemps pour que je trouve quelques mots cajuns à lui lancer :

– Attends ! S'il te plaît, attends !

L'Omoro s'immobilise. Accroupie contre la paroi de la grotte en face de moi, je la vois – *s'agit-il bien d'une femme ?* – cligner des yeux. Je lui tends la main et elle recule. Je me souviens alors que je suis couverte de merde et j'abaisse ma main vers le sol. Ne sois pas menaçante. N'aie pas l'air menaçante.

J'étouffe un éclat de rire. Moi ? Menaçante ? La bonne blague.

– Peux-tu me montrer comment retourner auprès des Tanishis ?

Je recule d'un pas. Je me rends compte que la phrase que j'ai utilisée est beaucoup trop compliquée étant donné qu'il ne s'agit pas d'une femme Cajun, ni d'une Française. C'est une Omoro. Reprenons. Qu'est-ce que j'essaie de communiquer, en substance ?

– Tanishi partir ?

Elle ne comprend pas ma réaction. Je le sens plus que je ne le vois. Sa confusion laisse rapidement place à la peur car il y a un écho dans le tunnel derrière moi. Je commence à avancer, vers l'Omoro, en jetant un coup d'œil en direction des Pikosas et en espérant que l'Omoro devant moi comprenne ce qu'il faut faire.

Je m'avance un peu plus et tente de lui offrir un sourire dans l'espoir qu'elle oublie le caca qui me recouvre.

Mais au lieu de cela, son regard s'attarde sur ma bouche et le mot qu'elle prononce me cloue sur place.

– Dinte.

Dinte. Ça pourrait avoir un lien avec *dintel*, qui signifie linteau en espagnol, ou dinte, qui veut dire dix, toujours en espagnol. Ça ressemble aussi au mot français, *dent* ou *dentelle*... hmmm....

Je secoue la tête, j'hésite à me lancer. Au lieu de cela, j'attends, je laisse la pression monter. Quelle que soit l'issue de ce qui se passera ensuite, et même si c'est peut-être ma fin qui se profile à l'horizon, je me tais. Je veux qu'*elle* sente aussi cette pression, j'espère qu'elle va réagir.

Elle recule, et alors que l'ombre l'engloutit plus encore, je remarque qu'il y a une ramification du système de grottes principal derrière elle que je n'avais pas vue.

Elle tend une main. Sa paume est claire, à peine plus foncée que la mienne. Elle lève un ongle couleur de suie et se tape les dents.

Je grimace.

– Dinte, je répète.

Ça veut dire dent ou dents.

– Dinte netteyer ? Dinte limpiar ? dis-je en essayant de trouver des mots espagnols et cajuns pour dire "*nettoyer*".

Elle hoche la tête. Elle a manifestement compris l'un d'entre eux et, d'une voix douce comme la cendre, elle répète.

– Dinte nettoyo. Comon nettoyo Tanishi dinte ?

Je souris.

– Je peux te montrer, je réponds en mimant l'action de se brosser les dents. Emmène-moi aux Tanishis et nous nettoierons les dents de tous les Omoros. Sans exception.

Je ne sais pas si ce que je dis est assez proche de sa langue, alors j'essaie d'abord en cajun, puis en espagnol, puis en français pour faire bonne mesure. Je prononce de longues phrases, puis j'emploie des phrases courtes qui ne communiquent que l'essentiel du sens.

Je continue à parler même si mon angoisse gagne du terrain. Derrière moi, les bruits dans le tunnel s'amplifient. L'Omoro me fixe longtemps sans bouger, sans répondre, sans broncher.

Pendant un instant, je me dis qu'elle essaie en fait de me garder ici pour *s'assurer* que je me fasse prendre. Je me crispe, j'attends que l'inévitable se produise, toutefois, je m'entête, moi aussi, à ne pas bouger.

Les cris des Pikosas résonnent dans le tunnel.

– Par ici ! Je la sens !

Bien sûr qu'ils me sentent, je pue à des kilomètres !

Je croise le regard de la femme Omoro. Je vois qu'elle m'a reconnue. Je suis sûre que c'est celle que j'ai serrée dans mes bras après avoir essayé d'aider un membre de sa tribu. *Les mots sont un prétexte. C'est le lien intérieur qui attire une personne vers une autre, pas les mots.*

Père.

Cet homme était-il son père ? Cette pensée me frappe en même temps que la voix de mon père et je suis remplie d'une profonde et douloureuse nostalgie.

Je repense à son poète préféré. Jalal... Jalal... Je secoue la tête. Je ne peux pas empêcher ces souvenirs de refaire surface mais je dois lutter contre. Cela me distrait. J'aimerais beaucoup céder et penser à mon père, à ma mère et aux belles choses comme les plages et la calligraphie, mais je ne peux me payer le luxe d'avoir la tête ailleurs. Je dois être ici. Mon corps et mon esprit doivent rester ici. Mon corps couvert de merde doit ancrer mon esprit dans cette quête : communiquer dans une langue qu'on ne m'a jamais appris à parler.

Les mots sont un prétexte. C'est le lien intérieur qui attire une personne vers une autre, pas les mots.

Je tente de lier mon esprit au sien tout en ignorant tout le reste : ma panique, les battements de mon cœur, la douleur de mon épaule brisée, de mon pied gauche et de mon tibia.

– Anidi laye, lui dis-je même si je sais qu'elle ne comprend pas.

Dans une langue encore plus éloignée d'elle, j'ajoute :

– *Law semahti, alhaony*. Aide-moi, s'il te plaît.

– Elle n'est pas loin !

Les voix des Pikosas sont si fortes qu'on a l'impression qu'ils sont déjà sur nous. Dans quelques secondes, ce sera vraiment le cas.

Mes yeux s'agitent. Elle recule, puis d'un seul coup, elle s'élance vers moi et m'attrape le bras, sans se soucier du caca.

Elle tire et je la laisse volontiers m'entraîner dans le noir du prochain tunnel. Il fait de plus en plus sombre et je trébuche. Je ne vois rien, mais elle, elle sait exactement où elle va.

Bientôt, nous sommes obligées de nous mettre à genoux et elle relâche mon bras suffisamment longtemps pour que nous puissions ramper dans une ouverture si étroite que mon âme s'accroche à ma bouche, puis tombe. *Le mot Hmong désignant l'épilepsie se traduit par "quand l'esprit vous attrape, vous tombez".*

Ma mère était épileptique.

Ce souvenir me rattrape malgré moi, tout comme l'expression de son visage. Je me souviens d'avoir appris l'existence des Hmongs dans le cadre de mon cours d'anthropologie médicale à l'université. Je me souviens d'avoir lu un livre portant le même titre – *When the Spirit Catches You* – et bien que je ne me souvienne pas du contenu du livre, je me souviens que je l'ai trouvé absolument fascinant. Même la douleur dont il était question semblait belle.

– Aïe. Khara, je souffle en glissant le long d'un court tunnel.

Je m'écorche les deux avant-bras et je heurte mes genoux déjà en lambeaux.

L'eau éclabousse mes paumes et mes tibias, ce qui m'effraie car je ne sais pas quelle est la profondeur du bassin, ni où il se termine.

Heureusement, le bassin est peu profond et court. Avant que je n'aie le temps de vraiment paniquer – ou d'opposer une quelconque résistance – l'Omoro me tire vers le haut, hors de l'eau et du tunnel étroit dans lequel nous avons rampé, dans une grotte que je n'ai jamais visitée auparavant.

Elle ne ressemble à aucune autre. Il faut un moment à mes yeux pour s'adapter et il faut un peu plus de temps à mon cerveau pour comprendre ce que je vois et trouver les mots justes pour le décrire – dans n'importe quelle langue. La lumière ne provient pas de lanternes, de foyers ou de fissures dans les parois de la grotte qui aspirent l'air de la surface.

La lumière vient de bougies.

Elles décorent chaque centimètre carré de la grotte, montées en hauteur et en contrebas. Certaines sont allumées, et la plupart sont empilées contre le sol. Les couleurs vont du gris au violet, mais la grande majorité d'entre elles sont d'un vert tendre comme la mousse. Il doit y en avoir des centaines. Des milliers.

Je n'ai jamais rien vu de tel dans les grottes et j'ai envie de m'arrêter pour poser des questions, mais sans attendre, l'Omoro m'entraîne dans un autre tunnel étroit.

Nous grimpons, puis nous descendons. Nous

recommençons une douzaine de fois jusqu'à ce que, soudain, nous nous retrouvions dans un système de mines qui m'est familier.

– Dinte, répète-t-elle alors que nous nous tenons contre un mur.

Nous respirons toutes deux difficilement.

Je prends un moment pour admirer le fait que, malgré la couleur étrange de sa peau – pour moi – et le gris plus pâle de ses cheveux, elle a en fait une apparence tout à fait... humaine. Elle est même plutôt jolie.

Ça donne à réfléchir...

Je me demande comment elle me voit...

Je ne sais toujours pas à quoi je ressemble. Cette pensée me fait sourire. Qui s'en soucie ? C'est le dernier de mes problèmes, et ici, dans l'obscurité, ça n'a vraiment pas d'importance.

– Dinte, je réponds.

J'acquiesce, puis je touche ma poitrine. Je suis toujours nue. Son regard se pose sur mes doigts, puis sur mes seins, puis sur mon sexe.

– Halima, je lui dis.

Je la montre du doigt.

Elle ne parle pas. Elle attend, immobile, sans rien dire. Un long moment s'écoule. Puis elle finit par céder.

– Frey.

– Frey. Ana asad, je réplique.

C'est une autre expression égyptienne de salutation. J'entends tout à coup, venant de la profondeur de mes souvenirs, la voix d'un homme qui prononce ces mots. Je tends la main... mais mes souvenirs, comme des oiseaux effrayés, se sont envolés pour vivre dans un autre temps, un autre univers où ils ont un autre destin.

J'ai la bouche sèche et la gorge nouée. Tout a un goût

de pisse, de khara et un peu de la bile qui ne cesse de monter et descendre au fond de ma gorge. Je veux soutenir le regard de Frey, mais je détourne les yeux.

Sa main se resserre autour de mon poignet. Elle fait des phrases complètes et je commence à combler mes lacunes. À chaque mot, je la comprends un peu mieux. À la fin, je saisis ce qu'elle veut dire.

Elle me remercie pour ce que j'ai fait avant pour son ami – ce n'était donc pas son père – et elle sait que j'ai pris un coup de fouet pour une Daniane. Elle sait que je suis la prisonnière du seigneur de guerre et elle veut savoir pourquoi il ne m'a pas encore tuée.

Je secoue la tête et hausse les épaules.

– Je ne sais pas, je lui réponds en m'appliquant.

Elle acquiesce. Ses yeux se rétrécissent et luisent à nouveau d'un vert réfléchissant dans l'obscurité. Sa tête tressaille et elle lève une oreille.

– On y va, fait-elle.

Avant d'avancer et de la conduire vers la grotte de Jia et l'endroit où je sais qu'elle a caché des brosses à dents en sassafras, je prends Frey par le poignet.

– Je peux t'enseigner le Pikosa, j'essaie de lui dire. Nous pouvons apprendre ensemble à leur échapper.

Elle cligne des yeux, puis penche la tête.

– Echapper, répond-elle.

Je souris. Je ne peux pas m'en empêcher.

– Oui. *Anidi laye* nous nous échapperons.

Son visage se crispe de confusion. Je passe de son poignet à ses doigts et j'y entrelace les miens.

– *Anidi laye.* Ça veut dire ensemble en Pikosa. Échappons-nous *anidi laye.*

Elle déglutit difficilement et m'offre un petit sourire. Sa langue grise sort d'entre ses dents sales.

– Andinila, répond-elle.

Je ris aussi doucement que possible, mais malgré mes efforts, il s'échappe de ma bouche avec un peu trop de force, un peu trop d'hystérie. Et un peu trop d'espoir.

– Anidi laye.

– Omoro, Tanishi anidi laye.

Son expression s'enflamme et ses yeux deviennent distants. Je me demande si elle pense à Ero et à l'homme qu'il a tué sous ses yeux. Il est clair qu'elle avait de l'affection pour lui.

– Ensemble.

J'acquiesce. Je sais que ces mots et ce moment ont tout changé. Nous nous échapperons ensemble.

Mais je dois d'abord lui trouver des brosses à dents.

6

Ero

– *Quoi* ?! Qu'est-ce qu'elle a fait ?

J'ai dû mal comprendre ce que Lopina vient de dire. Parce que c'est impossible.

Elle me fixe en essayant tant bien que mal d'empêcher sa bouche de former une grimace ou un rictus. Tous mes autres guerriers gardent leurs distances et veillent à détourner leurs regards. À part Lopina, seuls Ellar et Wyden ont le courage de s'avancer. Ellar sait que je lui fais confiance et Wyden, qui est toujours en compétition avec elle, ne voulait pas être en reste.

Wyden se tient juste derrière Ellar, les bras croisés. Un muscle de sa mâchoire s'agite. Ellar ouvre la bouche pour parler, mais Wyden l'interrompt :

– Tu vois ? C'est pour ça nous avons besoin de guerriers postés dans les réseaux de grottes inférieures. Les gens qui travaillent dans les champs ne sont pas des guerriers. Ils ne pourraient pas l'arrêter.

Lorsqu'il me pointe du doigt d'un air accusateur, une lueur de rage s'allume dans ma nuque et remonte rapidement dans mes pensées avant de redescendre le long de mes bras.

Ma main droite, celle que j'utilise pour frapper, tressaille. Le mouvement ne passe pas inaperçu aux yeux de Wyden. Il rougit, puis ricane, avant de se taire.

Ma mâchoire se crispe, j'ai du mal à garder la bouche fermée.

– Qu'est-ce que tu insinues ? Les Tanishis pourraient constituer une menace pour *notre* peuple ? Cette Tanishi pèse moins qu'une boîte de cheveux. Un enfant Pikosa aurait dû être capable de l'arrêter et tu dis que nous avons besoin de *guerriers* pour l'empêcher de fuir ? *Mes guerriers* ?

Je me lève de mon trône et saute sur le palier de pierre sous mon trône.

– Peut-être que je devrais la jeter dans la fosse afin qu'elle se batte contre *toi* pour prendre ta place.

Je frappe son épaule assez fort pour le déséquilibrer alors que je passe devant lui. Il recule d'un pas – juste un – mais c'est une insulte, pas une attaque, alors il le prend comme tel.

Ses bras se resserrent sur sa poitrine et son fourreau heurte l'extérieur de son kilt lorsque sa cuisse gauche se met à trembler. C'est son signe de faiblesse le plus évident – un signe que j'ai exploité lorsque je me suis battu contre lui pour le trône il y a dix ans.

C'était à l'époque où nous partagions une confiance tendre et enfantine. C'était avant que je ne lui fasse cette cicatrice. Un simple trait vers le bas qui va de son front à son menton. La cicatrice s'est estompée, mais elle est encore visible lorsque la lumière l'éclaire. *Contrairement aux cicatrices de la Tanishi, celle-ci n'a aucune signification. Si c'est un présage, ce n'est pas un présage qui m'est* destiné.

– Tu l'as remise dans mes appartements ? je demande
à Lopina.

Elle se dépêche de me rattraper.

– Non, répond-elle.

Je m'arrête net, puis je me retourne pour lui faire face
depuis l'ouverture des tunnels de l'Est.

– Quoi ? Qu'est-ce que ça veut dire bordel ?

– Je veux dire qu'on… ne l'a pas encore attrapée.

La moitié de mes putains de guerriers parcourt les
tunnels et essayent de ramper à travers des crevasses
étroites pour atteindre des endroits que nos grands corps
ne peuvent pas atteindre. Face à leurs échecs successifs,
j'envoie des Omoros et des Danians à sa recherche, mais
ils reviennent tous bredouilles. Une forte vague de stress
submerge mes pensées. Je n'ai jamais été soumis à un tel
stress, pourtant, le stress ne m'est pas inconnu.

Il est présent chaque fois que le système de filtration
se brise. Il refait surface lorsque les éclaireurs ou les
caravanes Wickars sont repérés par nos éclaireurs. Il ne
me quitte pas lorsque des crocodiles tentent de pénétrer
dans les systèmes de grottes supérieures. Il pulse en moi
quand je pense que Wyden ou Gerarr peuvent tenter à
tout moment de s'emparer du trône que j'occupe.

Je connais le stress.

Mais ce stress-là est tout nouveau et je ne sais pas trop
quoi en faire. Ce n'est pas un stress qui naît en moi, c'est
un stress qu'elle m'inflige. Est-elle encore tombée dans la
rivière ? A-t-elle essayé de se faufiler dans un puits
étroit ? Y a-t-il eu un effondrement de grotte ? Est-elle
ensevelie sous les décombres ? A-t-elle tenté de remonter
à la surface ? Je vais devoir la punir quand je
l'attraperai… ignore-t-elle qu'elle va être punie ?

Ma main droite se plie et se recroqueville. Elle se souvient du poids du fouet contre ma paume. Mais elle se souvient aussi d'une autre sensation.

Nous avons dormi dans le même lit la nuit dernière, la Tanishi et moi. Nous étions positionnés de part et d'autre du lit, mais elle était tout de même dedans. Nous ne nous sommes pas touchés, mais je l'ai… .sentie.

J'avais conscience de sa présence, et c'était très particulier. Elle, en revanche, semblait dormir profondément, comme si je n'étais pas là. Je ne la dérangeais pas le moins du monde. Ne sait-elle pas que je vais, un jour ou l'autre, devoir la tuer ? Sait-elle que je n'ai pas dormi et que c'est à cause d'elle ? Je n'ai jamais partagé mon lit avec qui que ce soit auparavant.

Je l'ai regardée dormir toute la nuit. *Elle avait l'air sereine.*

Nous passons donc les *quatre putains d'heures* suivantes à traquer ma Tanishi. *Ma* Tanishi ? Je frissonne. *La* Tanishi. Et au bout de ce temps, sans que nous puissions nous en féliciter, elle… réapparaît.

– Ero, nous l'avons trouvée ! crie Ellar.

Je laisse derrière moi l'équipe de Danians qui procédaient aux recherches sous mes ordres et je me lance à la poursuite d'Ellar à travers les grottes. La longue tresse en corde de lynchage qu'elle porte claque entre ses omoplates et cingle l'air avant de passer par-dessus son épaule lorsqu'elle se retourne pour me regarder.

– Elle est revenue à la grotte principale. Elle n'a pas l'air de se cacher. Dois-je la faire exécuter ?

– Non.

Elle acquiesce, heureuse de recevoir des ordres de ma part, ce qui n'est pas le cas de Wyden. Elle me fait de la place pour avancer et je vois Lopina qui se tient de l'autre côté de la rivière, sur le débarcadère rocheux. Elle retient Wyden.

– Wyden ! je rugis.

Il se retourne pour me regarder – comme tous les guerriers dans la pièce – mais moi, c'est elle que je fixe des yeux.

Trois Tanishis sont accroupis sur mon trône. Deux sont enchaînés et elle... *Qu'est-ce que..? Putain* !

Ma mâchoire s'affole. Je n'en reviens pas. Non seulement elle s'est échappée de mes appartements, mais elle l'a fait alors qu'elle était *nue*. Elle se trouve donc là, offerte aux yeux de tous, et elle ne fait pas le moindre effort pour se cacher. Elle parle à ses Tanishis et comme elle me tourne le dos, ils me voient avant elle.

Je fonce sur la rivière et les deux Tanishis enchaînés reculent de façon à encadrer mon trône. Celui qui a les cheveux rouges dit quelque chose à ma Tanishi qui acquiesce, mais avec hésitation. Puis ma captive se retourne avec assurance.

– Descends de là! je rugis.

Je sais qu'elle peut me comprendre.

Comme je le pensais, elle obtempère sans hésiter, mais elle descend maladroitement de la pierre surélevée et tombe sur le sol de l'arène.

Je constate qu'à mesure que je m'approche, le stress qui pesait sur ma poitrine commence à se dissiper...

Je réduis la distance qui nous sépare et j'attrape son bras.

– Pourquoi tu...

Putain de *merde* ! Par tous les *sables*, d'où vient cette *odeur* ?

Je recule, la relâche, tandis qu'une avalanche de

dégoût – et une bonne dose de bile – monte et descend au fond de ma gorge.

Je regarde ma main : des taches brunes décorent ma paume. Cette couleur la recouvre de la tête aux pieds et l'odeur qui s'en dégage… sent presque…

Un éclat de rire interrompt mon analyse. Je me retourne et j'aperçois Warren. Il est debout, une main couvre sa bouche. Il hausse les épaules en réponse à mon regard noir.

– Tu te demandais comment elle avait pu nous échapper. Ce n'est pas que nous *pouvions* pas l'attraper, c'est que nous ne *voulions* pas l'attraper. Personne ne voulait s'approcher d'elle pour la toucher. Nous avons pensé à la tuer, mais nous ne savions pas comment nous débarrasser du corps. Je suppose que nous aurions pu la traîner avec un fouet dans la fosse aux alligators, mais tu imagines bien la puanteur qu'elle aurait transportée dans les tunnels. Ce n'est pas comme si elle n'en avait pas assez fait. Nous ne savons pas où elle était. Les fermiers l'ont trouvée dans les grottes de filtration, mais ils l'ont perdue dans le système de tunnels du Nord. Elle a juste réapparu…

Il hausse à nouveau les épaules, croise les bras et fixe les Tanishis derrière moi.

– Elle vient d'arriver ici. Nous ne savons pas quel chemin elle a emprunté.

C'est troublant.

Je jette un coup d'œil à la Tanishi. J'ai l'intention de l'interroger, mais je ne peux pas le faire ici. Les autres Pikosas ne savent toujours pas qu'elle peut parler notre langue et s'ils le découvrent, ce sera ma fin en tant que Nigusi. Elle ne vaut pas la peine que je renonce à mon titre.

En arrivant assez près d'elle pour la toucher, je retiens mon souffle, j'oublie le chaos et le malheur qu'elle pourrait attirer et j'attrape son bras couvert de merde.

Ignorant les regards choqués et ahuris – et quelques rires aussi – de mes guerriers, je la traîne hors de la grotte principale. La température augmente au fur et à mesure que nous serpentons dans les tunnels de l'Est, mais sa peau reste rugueuse à mon contact.

– Pourquoi est-elle encore en vie ?

La voix de Wyden perce le silence. Nous a-t-il suivis ? Ici ? Vers mon espace privé ?

– Comment oses-tu ? je siffle en me tournant vers lui.

Je prends soin de garder mon corps entre lui et ma Tanishi.

– Tu dois la tuer, Ero, répond-il refusant de mentionner le titre que j'ai gagné en faisant couler le sang.

– N'oublie pas ta place, Wyden. Recule avant que je ne t'étripe ici et maintenant.

– Que représente-t-elle pour toi ?

Son regard se baisse et je grogne. Je déteste la façon dont il l'observe.

– Sors !

Derrière moi, elle gémit et titube en essayant d'échapper à ma rage. Je remarque que sa démarche est irrégulière et quand je baisse les yeux, je vois qu'elle souffre. Elle s'est encore blessée. Cette créature n'a presque aucune défense mais elle possède une propension contre nature à se blesser. Cela me donne envie de l'enchaîner à moi en permanence, juste pour la garder près de moi. C'est pour sa *sécurité. C'est pour qu'elle soit en sécurité.*

– Elle signera ta perte, Nigusi, déclare-t-il en

s'éloignant lentement.

Il a raison. Mais je ne peux m'empêcher de lui répondre :

– Regarde-la encore, et c'est ta perte qu'elle signera.

Je pousse la Tanishi dans le tunnel, mais son poids s'affaisse contre moi. Elle trébuche, surtout sur son pied gauche. *Putain.* Ses orteils sont très enflés et la plante de ses pieds est ensanglantée. Je fronce encore plus les sourcils.

Je balaie ses jambes, et, sans me soucier de la saleté, je la soulève pour la prendre dans mes bras. Sans y réfléchir à deux fois, je me rends dans ma chambre, je fais rouler la porte de pierre et, enfin seul, je me dirige vers le bassin et me jette à l'eau avec elle dans mes bras.

Je lave soigneusement son corps et ses cheveux, en faisant attention à la couture de son épaule. J'ai essayé de la recoudre avec soin de façon à ce que le mot que j'ai cru voir soit moins visible – je voulais effacer le signe – mais dans la lumière du jour qui filtre à travers les fissures au-dessus de nous et qui se répercute dans les torches qui cerclent mes murs, je peux voir que mon travail n'a pas été couronné de succès.

La cicatrice d'un coup de fouet antérieur forme la lettre complète, mais c'est la courbe que j'ai créée qui ajoute la deuxième syllabe. C'est celle qui réunit les lettres du mot.

Ensemble. Je n'ai jamais autant froncé les sourcils que lorsque j'arrache son corps propre à l'eau, que je passe une serviette sur sa peau et que je la jette sur mon lit. Elle s'y étale comme un chiffon humide, comme si elle était complètement désossée.

Elle n'essaie pas de se battre et j'en suis momentanément déçu; jusqu'à ce que je me souvienne que, même si elle n'est pas une guerrière, elle est mortelle. Et cette petite mortelle a momentanément fait souffler un vent de panique et de chaos dans mes mines.

Je me demande si je devrais y retourner pour mettre un peu d'ordre mais au moment où je m'approche de l'entrée, elle se redresse, me regarde et elle crie – *dans ma propre langue, putain !* :

– Antebelik !

Elle tend son bras blessé vers moi et je cligne des yeux plus longtemps que je ne le devrais. Je cherche alors à profiter de l'obscurité pour m'échapper.

– Attends ! répète-t-elle.

Je me précipite au pied de mon lit. J'aimerais l'écraser, la faire disparaître, mais son bras est toujours levé, comme une barrière protégée par des sorts qu'elle a elle-même créés.

– Qu'est-ce que tu as dit ?

Elle prend une inspiration et je suis suspendu comme une victime au bord de ses lèvres. Surtout maintenant qu'elle sent à nouveau les minéraux – mes minéraux. Comment puis-je utiliser les mêmes minéraux sur ma propre peau et obtenir un parfum si différent ? Je suis tellement distrait que je vois ses lèvres bouger avant d'enregistrer sa réponse.

– J'ai vraiment la poisse. Je suis passée par le conduit à caca.

Et voilà. Une prononciation parfaite du pikosa dans la bouche d'une Tanishi. Mais les mots sont tous… étranges. Elle parle en pikosa, oui, mais un pikosa d'une époque antérieure.

Il me faut quelques instants pour comprendre ce qu'elle veut dire. Et lorsque j'y parviens, ma bouche fait quelque chose d'étrange et d'inédit : elle se crispe vers le haut alors qu'elle devrait former une grimace pour accompagner mon froncement de sourcils.

– Tu es entrée dans le conduit d'évacuation des excréments ?

Elle m'observe un moment en clignant des yeux. Ses yeux sont immenses et ses cils sont d'une noirceur hypnotique qui rend la noirceur de son regard encore plus étonnante.

Une lune enveloppée dans une autre lune.

Putain de merde. Mon sang se réchauffe lorsque je la regarde – *je la dévore du regard* – pour ce qui pourrait être la première fois. C'est une femme, elle est nue dans mon lit et elle m'appartient.

Je détourne mon regard de la distraction que représente son corps prêt à être baisé et je me concentre sur le plateau de nourriture et l'outre de vin qui se trouve à côté.

– Oui, répond-elle lentement, c'est ce que j'ai fait.

– C'était très bête.

Je l'entends se déplacer sur le lit et mon regard perfide revient sur son corps. Elle ne fait aucun geste pour se couvrir, pourtant, elle semble à moitié aussi effrayée qu'avant.

À quel jeu joue-t-elle ? Elle devrait être terrifiée. Je suis un homme et j'ai tout pouvoir sur elle. Mais elle n'agit pas comme si c'était le cas.

Elle se lèche à nouveau les lèvres et je lutte contre l'envie envahissante de lui apporter de l'eau depuis le plateau situé au-dessus des tiroirs à ma droite. Je croise les bras sur ma poitrine pour m'empêcher d'agir sous le coup de l'impulsion, tout en la regardant formuler soigneusement sa réponse. *Réfléchit-elle aux mots ou essaie-t-elle de décider ce qui lui permettra d'échapper à une sanction* ?

– Peut-être, dit-elle.

Je déteste cette réponse. Je la hais.

– Qu'as-tu fait pendant ton absence ? On m'a dit que tu étais partie pendant des heures.

À nouveau, c'est le silence qui accueille ma question. Elle se mord la lèvre.

– Je suis tombée dans une espèce de de jungle. Puis je me suis perdue. Je me suis échappée... mais dans une grande grotte...

– Tu mens.

Je peux le sentir. Une partie de ce qu'elle a dit est un mensonge, mais je ne sais pas laquelle.

– Non...

– Tu mens.

Je me frotte le menton en l'observant, perturbé par le fait qu'elle m'observe en retour.

– Comment as-tu appris notre langue ?

Elle se lèche à nouveau les lèvres et je ne peux plus résister. Je me dirige vers le plateau de nourriture et je lui tends à la fois le plateau et le flacon de vin. Peut-être qu'un peu d'alcool lui déliera la langue, me dis-je; mais en réalité, je ne veux plus qu'elle ait l'air si affamée. Je grogne et fais semblant de ne pas l'entendre lorsqu'elle me remercie.

Je prends la boîte de matériel de guérison dans une main et m'assois près du bord du lit. Pendant qu'elle s'étouffe avec une gorgée de vin, j'attrape ses jambes au niveau des genoux et je tire ses pieds par-dessus le bord du matelas.

Elle a des coupures partout sur les pieds. C'est *impressionnant* qu'elle ait pu continuer à avancer alors que certaines pierres sont profondément enfoncées dans ses pieds. Et son orteil enflé ? Il est manifestement cassé, mais cela ne semble pas l'avoir ralentie.

J'ai envie de lui demander comment elle a pu courir malgré ses blessures, alors que même des guerriers novices n'y parviennent pas. Je veux lui demander pourquoi elle ne s'est pas arrêtée, si elle ressent la douleur, si quelqu'un lui a fait du mal, si elle avait l'intention d'être retrouvée et pourquoi. Je veux savoir *si elle avait l'intention de revenir vers moi.*

Je me mords la langue et applique une pommade cicatrisante sur ses pieds fatigués et blessés, heureux que cette distraction me permette d'échapper à son regard.

– Comment as-tu appris notre langue ? je répète avant de l'entendre prononcer des mots de gratitude de ses lèvres rouge foncé.

– Je t'ai écouté, répond-elle en pikosa.

Elle n'a presque pas d'accent. Presque.

Elle attrape la viande sur mon plateau et je la regarde alterner entre la viande et les boulettes de riz frit. Elle ne touche plus au vin et ma bouche s'agite.

– Bois, lui dis-je.

J'ai besoin qu'elle se relâche, qu'elle se détende, qu'elle soit consentante. *Et alors je pourrais m'enfoncer en elle facilement.* Mais qu'est-ce que je raconte ? Je coupe court à cette pensée.

– C'est transcendant. Qu'est-ce que c'est ?

Transcendant ? Je lui lance un drôle de regard.

– Tu utilises des mots anciens.

– Ah oui ? Lesquels ?

– Transcendant, par exemple. C'est un mot que je n'ai pas entendu depuis des années.

– Oh. Qu'est-ce que ça veut dire pour toi ?

– Il désigne quelque chose qui a dépassé le royaume

des mortels et s'est perdu dans les cieux. Comme la magie.

– Ah. Je vois. Pourquoi est-ce un mot ancien ? Pourquoi n'existe-t-il plus ?

– Parce qu'il n'y a pas de magie. Il n'y a que des signes.

– Des signes ?

Je grimace. Je n'avais pas l'intention d'en parler, je me sens frustré contre moi-même.

– Ces signes ne sont pas faits pour des prisonnières comme toi, dis-je en ricanant avant de changer de sujet. Comment as-tu appris ces mots que nous n'utilisons plus ?

Elle ne répond pas. Elle ne mange pas. Elle se contente d'observer mes mains tandis que je mets de côté la pommade cicatrisante et que je commence à enrouler un tissu doux autour de ses pieds.

Je crée une attelle pour son plus gros orteil à l'aide de deux morceaux de cuir rigides et je les mets en place grâce à des bandages. Ça va la soulager pour le moment, mais ce n'est pas une solution à long terme. Elle aura besoin de plus de soutien que ces petites brindilles si elle veut guérir correctement. Il va falloir que je lui fabrique des chaussures...

Des chaussures. Je grimace. *Aucun captif n'a jamais reçu de chaussures auparavant.*

Je fais une pause et répète ma question brutalement :

– Comment as-tu appris ces mots ?

Elle cesse d'observer mes mains et me fixe dans les yeux. Sa capacité à me regarder, à me pénétrer et à me traverser est troublante. C'est comme si elle cherchait quelque chose en moi et à chaque fois, je suis un peu plus intrigué par les différentes stries que je vois dans l'obscurité de son regard. C'est un regard beaucoup trop éclairé. C'est peut-être un regard *transcendant*, parce que les signes dans ses yeux disent clairement mon nom.

– Parle ! je m'exclame.

Elle acquiesce, boit une nouvelle gorgée de vin, puis rebouche l'outre en grimaçant à cause du goût. Elle m'observe avec ce regard irritant et je reste immobile et silencieux. Seul le ruissellement lointain de l'eau dans les rivières au-dessous de nous trouble le silence. Je me demande si elle les entend.

– Sais-tu d'où viennent les Tanishis ?

J'ai des frissons. *Des frissons*. Cela ne m'était jamais arrivé auparavant. Pas que je me souvienne en tout cas. Je finis d'enrouler le bandage autour de son pied. Ses orteils tressaillent quand mes mains se crispent. Je la relâche, même si je n'ai aucune raison de le faire et que je n'aime pas ça.

– Les Tanishis viennent des réservoirs de cette étrange grotte.

– Une grotte ? dit la Tanishi.

Elle secoue la tête.

– Ce n'était pas une grotte, Ero, reprend-elle.

J'aspire une bouffée d'air. Ses mots sont effrayants, mais pas autant que le son de sa voix qui prononce mon nom. Ero. Elle le murmure doucement, comme si cette douceur était quelque chose que je méritais de sa part. Je frissonne de tout mon corps et recule sur mon tabouret pour mettre plus de distance entre nous.

– Si, c'était une grotte. Une grotte lisse, probablement creusée par l'eau, j'insiste.

J'essaye de masquer mon doute en faisant preuve de fermeté.

Elle se contente de faire la grimace.

– Vraiment ? Et la *sirène* alors ?

– La *Cireine* ? Je ne connais pas ce mot Tanishi.

Elle se mord la lèvre inférieure, puis réfléchit avant de dire :

– Le bruit. Il y avait du bruit quand vous êtes arrivés, comme un gros coup de tonnerre.

Je la fixe plus intensément. Je n'aime pas le sous-entendu de son ton. C'est comme si elle savait quelque chose que j'ignorais.

– C'était le son d'une corne ?

Ma proposition semble creuse.

L'hypothèse d'un animal a été écartée. Ellar avait pensé qu'il s'agissait d'une corne, mais je savais qu'il devait y avoir une autre explication. Il aurait fallu que cinquante Pikosas soufflent sur une série de cornes pour produire un tel son.

– Non, Ero.

Ero. Voilà qu'elle prononce encore mon nom comme une incantation cruelle.

Ses yeux n'offrent pas la moindre trace de ruse et je déteste ça. Je déteste ça presque autant que je déteste la vue du sang qui s'infiltre sous ses bandages lorsqu'elle donne des coups de pied. Elle est si fragile. Nous parviendrons à la dompter dans ces grottes, comme tant de captives avant elle.

Aucune de ces captives n'était à moi.

Je me redresse brusquement, je me dirige vers les étagères de vêtements suspendues contre le mur opposé et j'attrape une paire de sandales. Je prends aussi un couteau.

La Tanishi commence à s'agiter, mais je lui lance un regard noir et commence à tailler rageusement dans le cuir en reprenant ma place.

– Qu'est-ce que c'était alors, Tanishi ?

– Halima, murmure-t-elle.

Je ferme les yeux, je m'efforce de ne pas l'entendre.

– Je t'écoute, *Tanishi*.

Elle émet un petit son, mais je ne scrute pas son visage. Je ne veux pas voir sa déception.

– Laisse-moi te parler d'un livre.

– Nous n'avons pas de livres. Nous n'écrivons pas.

Je fais exprès de ne pas regarder son bras.

– Je m'exprime mal. Je veux te raconter l'Histoire.

L'Histoire. Nous ne nous attardons pas sur l'Histoire. Il n'y a pas grand-chose à raconter, si ce n'est des histoires de violence. Je grogne et elle doit prendre cela pour un encouragement car elle continue courageusement.

– Il y avait autrefois des *vylles*, commence-t-elle.

Je ne connais pas ce mot. Je le lui fais remarquer et elle m'explique un concept que je ne comprends pas. Des habitants de la surface vivaient, non pas dans des structures de pierre ou des montagnes qui les protégeaient des tempêtes de sable et des prédateurs féroces, mais dans des constructions imposantes faites de bois et de verre parce que, sur cette terre, les tempêtes de sable étaient rares et que les Tanishis étaient les plus grands prédateurs terrestres.

Je ne peux pas accepter cette explication.

– Tu mens. Les Tanishis sont faibles.

– Chut, dit-elle.

Je suis si choqué que je ne pense même pas à la punir pour son insolence.

– Écoute-moi bien, reprend-elle. En ces temps-là, toutes les tribus vivaient ensemble dans les *vylles*.

Anidi laye. Voilà encore ce mot misérable.

Je lutte pour ne pas regarder la masse de peau cicatrisée qui gâche la perfection de son bras et je lutte encore plus fort contre la soudaine et choquante vague de culpabilité qui l'accompagne.

– Les tribus ne se sont battues qu'à partir du jour où les rivières se sont asséchées. L'eau s'est alors raréfiée. Des tribus puissantes sont venues s'approprier toute l'eau disponible. Elles ont cessé de communiquer avec les autres. Les tribus devinrent de plus en plus petites. Mais avant que cela n'arrive, juste avant le premier combat, les tribus étaient encore ensemble. Et ensemble, les tribus ont choisi quelques membres de chaque tribu pour aller dans une eau spéciale...

Elle a du mal à exprimer ce qu'elle veut dire, et j'ai du mal à la comprendre, mais nous continuons. Ensemble.

– Les personnes dans l'eau spéciale ont été placées dans un grand...

Une fois de plus, je ne vois pas de quoi il est question et je dois me rabaisser et demander des éclaircissements. Ma frustration s'intensifie, et elle ne fait qu'augmenter au fur et à mesure de ses explications.

Lorsqu'elle finit de décrire cette chose qu'elle appelle Surante, je comprends qu'elle veut dire que les personnes dans les cosses d'eau spéciale ont été mises dans un grand vaisseau... mais je n'ai jamais vu de vaisseau comme la grotte où nous avons volé ces Tanishis, alors je dois me tromper et je déteste me tromper. Je déteste être incertain. Et en ce moment, le sol sous mes pieds est entièrement fait de petits cailloux de rivière. A chaque pas que je fais, je glisse, je m'abaisse, je tombe, vers la folie.

Pendant ce temps, Halima – non, la Tanishi – se contente de hocher la tête et de parler avec animation.

Ses mains s'agitent comme si l'air était un instrument de musique.

– L'eau spéciale a été mise sur le vaisseau grâce à une *tek-no-lo-gy* qui a aidé la tribu unifiée à reconstruire une *vylle* et à vivre à nouveau une vie agréable.

– Qu'est-ce que c'est que cette chose – une teknology ? je grogne.

Lorsqu'elle termine son explication, je comprends qu'elle parle d'instruments de magie. Ce sont des choses dont j'ai entendu parler, mais qui n'existent plus dans la tribu des Pikosas depuis des générations, si tant est qu'elles aient jamais existé.

– Le vaisseau a été construit pour que les Tanishis survivent dedans des milliers d'années, poursuit-elle. Pendant quatre ou cinq mille ans, les gens dans les réservoirs ont dormi. Ils pensaient que lorsqu'ils verraient à nouveau la lumière du jour, la surface serait vide de tribus. Ils pensaient qu'une fois sortis, ils pourraient construire de nouvelles *vylles* – qu'ils pourraient utiliser leurs instruments pour reconstruire ce qui avait été perdu à cause de la guerre. Mais ils n'ont pas trouvé la lumière par eux-mêmes. Leur vaisseau a été attaqué par la tribu des Pikosas, qui ne connaît que la guerre. Ils ont été capturés et transformés en Tanishis, en esclaves...

– Ce que tu dis n'a aucun sens ! je crie en me levant.

La rage, la frustration et *la peur* me rendent téméraire et audacieux. Je tends la main vers l'avant et pousse sa poitrine en plaçant mes cinq doigts contre son sternum. Je ne l'ai pas poussée très fort, mais elle vole vers l'arrière et son dos heurte les draps. Je scrute son corps et n'ai qu'une envie : la faire taire violemment. Mais je ne baise pas les Tanishis.

Je ne sais pas ce qui me rend le plus furieux : le fait que je ne baise pas les Tanishis, ou le fait que j'en aie envie.

Je m'arrache les cheveux avec mes doigts, je lui prends le plateau et, par pure pétulance, je le jette à l'autre bout de la pièce. La pierre se brise contre le mur de pierre et tombe au sol en morceaux. Je les écarte d'un coup de pied en marchant sur la moquette jusqu'à la sortie. Je dois partir avant de faire quelque chose de terrible.

J'essaie de donner un sens à ses paroles. J'essaie de la comprendre. J'essaie de la croire.

— Tu me diras la vérité quand je reviendrai, j'ordonne en reculant vers l'entrée de mes appartements. Je ne veux plus entendre parler de cette histoire, ni de tes mensonges. Je veux seulement savoir pourquoi tu parles notre langue — et pourquoi tu ne connais des mots anciens que plus personne n'emploie.

— Parce que je viens du passé ! crie-t-elle dans mon dos, assise sur le lit.

Ses joues rougies lui donnent un air saisissant.

— Je dis la vérité. Le seul mensonge que j'ai pu dire, c'est qu'il y a eu des Pikosas. La vérité, c'est que vous, les Pikosas, vous étiez autrefois des Tanishis.

Je claque la porte. Je me retrouve dans le couloir, je respire difficilement. Je suis paniqué et je suis aussi inquiet. Je ne comprends pas tout à fait l'Histoire qu'elle m'a racontée, mais au fond de moi je sais qu'elle dit la vérité. Je le sais car je peux lire dans son âme. C'est une âme honnête. C'est douloureux à admettre, mais c'est vrai. Quel pathétique créateur l'a rendue ainsi ? D'où vient-elle ? Son histoire est décidément trop extraordinaire pour être vraie.

– Nigusi ?

Je sursaute. Je me lève d'un coup et je jette un coup d'œil à droite. Tenor est là, tout près de moi. Ses cheveux tombent en quatre longues tresses sur ses hanches. Elle m'observe avec méfiance. Brin est juste derrière elle. Il a la main sur la poignée de son épée. Tenor tient son fouet fermement. Je me tourne vers eux le sourire aux lèvres :

– Vous n'avez pas à me craindre, jeunes guerriers.

Mes propos les apaisent même si mon agitation intérieure est bien éloignée de mon calme apparent.

– Vous êtes Pikosas, tout comme moi…

Mon esprit est traversé par des pensées et des images que je n'arrive pas à conceptualiser. J'imagine malgré moi ces gigantesques villages mégalithiques. Non, il ne s'agit pas de villages. Ce sont des *vylles*.

L'Histoire des Pikosas est courte, et je n'ai jamais entendu parler de ces créations fantastiques. L'Histoire des Pikosas remonte à quelques générations seulement. Elle va d'une chute de Nigusi à une autre. Je secoue la tête, j'essaie de m'éclaircir les idées. *Il n'y a pas de Pikosas, il n'y a que des Tanishis.* Ce n'est pas possible. Les Tanishis sont faibles et minuscules. Comment avons-nous pu naître d'eux ? Ça n'a aucun sens. Elle a dû confondre des éléments de son Histoire. Elle ne mentait pas, mais elle a pu se tromper.

– Que devons-nous faire, Nigusi ?

– Surveillez la Tanishi. Ne la touchez pas et ne lui parlez pas. Veillez à ce qu'elle reste dans mes appartements. Je ne sais pas encore quels dégâts elle a causés, mais j'ai l'intention de le découvrir. Je serai bientôt de retour.

Et je tiens parole.

Par contre, je ne me donne pas la peine d'enquêter sur

quoi que ce soit. Je me contente de parcourir les tunnels jusqu'au village. C'est pour cette raison que le système de tunnels de l'Est est interdit aux prisonniers. Ils n'ont pas le droit d'entrer dans le village. Seules les reproductrices pourront le faire, et seulement une fois qu'elles auront été matées et absorbées par notre tribu.

Une rivière peu profonde pénètre par un tunnel ramifié. Je m'y mouille les pieds. L'eau clapote autour de mes chevilles avant de se répandre sur le monde en formant de minuscules chutes de gouttelettes.

Une centaine de mètres plus bas, l'eau forme un bassin. Elle se ramifie de chaque côté. La rivière constitue ainsi une barrière liquide autour de mon village. Ce n'est pas un grand village, mais nous sommes nombreux. Nous ne sommes pas aussi nombreux que les Wickars, mais nous sommes plus forts qu'eux et moins sujets à la maladie que les Kawasharis, car la moitié d'entre eux sont consanguins.

De là où je me trouve, je regarde les maisons de pierre taillées dans les murs de l'immense caverne. Au-dessus, une grande ouverture laisse passer la lumière et le sable. Autrefois, nous l'avions recouverte d'une grille en fer, mais celle-ci est usée et doit être remplacée.

Le sable arrose le marché situé au centre du village, c'est pourquoi les étals utilisent des auvents en cuir pour empêcher le sable d'atteindre leurs marchandises. Le sable s'accumule partout où il n'y a pas d'auvents, et il va jusqu'à recouvrir les nombreuses routes qui serpentent à travers le marché. Il faudra bien finir par en récupérer, puis en remonter une partie. Quelle dépense d'énergie inutile…

En regardant les hommes, les femmes et les enfants de mon village se mêler en contrebas, je sens un épuisement soudain s'installer dans mes os.

J'ai beau être Nigusi, je suis presque aussi captif des Pikosas que les tribus qui travaillent dans nos mines. Je n'ai pas beaucoup de choix. Il n'y a que la protection du village qui compte pour moi. Il n'y a que l'effusion de sang qui me permet d'atteindre cet objectif. Je dois tuer ceux qui veulent déstabiliser notre mode de vie. Je dois tuer les tribus étrangères qui viennent s'approvisionner en eau. Je dois tuer les prisonniers qui pourraient chercher à s'échapper et qui amèneraient les tribus Kawashari et Wickar à ma porte. Tuer, tuer, tuer. Je le fais depuis si longtemps que je ne me souviens même pas d'une époque où je n'avais pas d'âme dans mon épée et de visages de fantômes peints à l'intérieur de mes paupières.

Peut-être que je mérite de pouvoir faire ce que je veux faire pour une fois.

Je grimace en m'appuyant sur l'ouverture rocheuse et en fixant la lucarne à des centaines de mètres au-dessus de moi.

Peut-être devrais-je simplement la tuer, la supprimer et faire disparaître avec elle ces nouvelles informations et cette vague de doute.

Peut-être que pour la première fois de ma vie, j'ai le choix. Elle m'offre un choix, la possibilité de faire ce que je veux faire, mais je n'arrive pas à me décider. Je me sens incertain, ébranlé, et j'ai l'impression que quelque chose d'encore plus terrible va bientôt se produire. Cela ne m'empêche d'être soulagé lorsque je retourne enfin à ma chambre dans les mines et que je trouve Brin devant la porte et Tenor à l'intérieur.

— Elle s'est bien comportée ? je demande à Tenor en sortant de ma chambre.

Tenor prend une expression inhabituelle qui me serre l'estomac.

– Euh… Elle…

Elle se racle la gorge, avec une maladresse peu commune.

– Vous nous aviez dit de ne pas interagir avec elle, alors nous n'avons rien fait. Elle a commencé à boire du vin spiritueux et puis elle a commencé... je ne sais pas comment appeler ça.

Elle jette un coup d'œil à Brin pour réclamer son aide, mais il se contente de hausser les épaules.

Étrangement, son expression est moins dure que d'habitude. En fait, mes deux guerriers semblent être sur le point de faire quelque chose qu'ils n'ont pas fait depuis longtemps : éclater de rire. Un rire qui ne proviendrait pas de la soif de sang, un éclat de rire provoqué par... Quel mot ancien a-t-elle utilisé ? *Transcendant*. Oui, un rire provoqué par un événement transcendant.

Je jette un coup d'œil à la porte, curieux, et nerveux aussi. De l'intérieur, je peux voir la faible lumière des torches vaciller contre les parois rocheuses sombres. Je peux aussi entendre un doux marmonnement – des mots que, d'ici, je ne peux pas distinguer. Mais je peux dire qu'il ne s'agit pas de la langue Pikosa, ni de celle du passé, ni de celle d'aujourd'hui.

– Vous pouvez vous retirer. Vous avez bien travaillé. Merci.

Merci ? Qu'est-ce qui me prend ? Je suis Nigusi. Je ne remercie personne...

Mes guerriers, manifestement aussi surpris que moi, échangent un regard avant de s'incliner et de s'éloigner en courant. Je ne prends pas le temps de les corriger. Au lieu de cela, je me dirige vers la porte fissurée et je jette un coup d'œil à l'intérieur.

La Tanishi est en train de *sauter* dans ma chambre. Non, elle ne saute pas. Les mouvements ne sont pas frénétiques, mais rapides puis soudain lents. Elle bouge comme du sirop. Ses mains sont au-dessus de sa tête et elle se déhanche comme je n'ai jamais vu quelqu'un le faire.

Ce mouvement me paraît sensuel, sexuel, même s'il ne ressemble en rien à du sexe. Le sexe avec une femme est une bataille, un combat qui se termine dans la brutalité. Il n'y a rien de brutal dans ce que j'observe.

Je ne peux pas détourner le regard. Je refuse de cligner des yeux de peur de manquer une seule ondulation de ses hanches, une seule torsion de ses doigts, un seul mouvement de ses pieds blessés. *Elle porte des chaussures. Les chaussures que j'ai faites pour elle. Elle a dû les terminer. Et maintenant, c'est tout ce qu'elle porte.*

Ma bouche s'assèche. Elle bouge son ventre avec sensualité et lorsqu'elle inspire, je pense momentanément au fait que ce serait plus excitant encore si elle portait du linge léger dans les tons verts. Elle serait aussi magnifique en rouge.

Mes pensées m'échappent trop vite pour que je puisse les étrangler et leur briser la nuque. C'est la nuque de cette Tanishi que je suis censé briser, mais en ce moment, elle regarde par-dessus son épaule, les yeux mi-clos, bien vivante.

J'avance vers cette femme captivante juste au moment où elle baisse les hanches, change l'emplacement de ses mains et se lève lentement, le cul pointé vers moi. Mes pieds ralentissent même si je leur dis de ne pas le faire.

Quoi que ce soit, je suis pris dans sa transe. Ce n'est pas fini. Et je ne sais même pas ce que c'est.

– Quel est ce mouvement ? je m'écrie.

Elle ne profite pas de l'occasion. Elle aurait pu le faire parce que ma curiosité lui donne l'avantage. Elle tourne sur elle-même pour se rapprocher de moi. Elle est si près que je peux sentir le frôlement de ses cheveux sur ma poitrine. Je les attrape avant de pouvoir arrêter ma propre main et je la mène à moi en utilisant ses cheveux comme une corde.

Elle n'arrête pas de bouger.

Puis elle fait quelque chose d'inédit.

Elle rit. Elle rit de bon cœur et cela heurte de plein fouet l'organe terne dans ma poitrine. Il est forcé de s'agiter.

– Tu ne sais pas ce que c'est que *dencer* ?

Elle emploie ce mot que je ne connais pas, mais je n'ai pas le temps de poser de questions. Je suis muet lorsqu'elle enfonce ses hanches dans mon entrejambe. La chaleur de ses fesses traverse la barrière de mon pantalon de lin. Il est fin. Il est trop fin. Je gémis. Un kilt aurait été préférable. Le pantalon de combat que je porte en surface aurait été parfait.

Mes mains descendent jusqu'à sa taille et l'entourent presque entièrement. Elle est si petite. C'est une vraie Tanishi. Et elle a le culot de *me* dire que j'en suis aussi un. *Peut-être que ce n'est pas ce qu'elle voulait dire. Peut-être qu'elle voulait simplement dire que nos deux espèces s'aimaient librement par le passé.*

Je me dis que j'aimerais plus la sensation de son cul contre ma bite si elle était plus épaisse, mais il n'empêche qu'il n'y a pas de doute : j'aime ça.

– Non, je ne sais pas, je murmure contre ses cheveux.

Je la serre contre moi. Je la veux tout près de moi. J'ai très envie de la pénétrer.

Elle me répond calmement, comme si de rien n'était :

– Tu ne *denss* pas ?

– Mais qu'est-ce que c'est *denss* ? je grogne.

Je peine soudain à déglutir quand son dos se cambre.

Elle frotte son cul le long de mon érection et je laisse tomber mon visage dans ses cheveux au parfum minéral. Je ferme les yeux, mais je me retrouve les mains vides lorsqu'elle s'éloigne de moi et poursuit ses mouvements hypnotiques dans le centre ouvert de ma chambre de repos.

– Quand on *dence* normalement c'est sur de la musique. Je n'ai pas entendu de musique depuis mon réveil, mais quand j'ai bu un peu de ta délicieuse boisson, j'ai commencé à l'entendre dans ma tête. Hum hum hmmm...hmmm hum hummm...

Elle émet ces sons, puis elle commence à parler dans une langue que je ne connais pas et que je ne peux pas suivre. La cadence est ascendante et descendante et coule comme je ne l'ai jamais entendue auparavant. Est-ce la langue des Tanishis ? Je ne le crois pas. Je n'ai jamais rien entendu de tel.

Le son est étrangement tendre, je n'ai pas de mots pour décrire ce langage.

J'ai envie de m'approcher d'elle mais, à cette idée, je me force à reculer. Je m'assieds sur le bord du matelas et enfonce le bout de mes doigts dans mes rotules. J'espère reprendre le contrôle de mon corps, j'espère trouver une raison à ce qu'elle fait pour mieux comprendre la réaction que j'ai.

Mais aucune compréhension d'aucune sorte ne me vient. Je n'ai plus qu'à regarder, complètement médusé, cette captive ivre faire ses *denss* autour de moi et énoncer des schémas de pensée qui s'enfoncent dans mon âme comme les bords d'une cuillère émoussée. Cela fait mal.

Mes entrailles se resserrent. Ma bite est dure malgré moi, elle se dresse et mon gland engorgé forme une bosse. Elle *denss* d'avant en arrière et le son de sa langue devient de plus en plus fort, puis de plus en plus doux. Elle ne s'arrête que brièvement pour se tortiller jusqu'au mur où elle porte son outre de vin – *mon outre* de vin – à ses lèvres.

Elle manque sa propre bouche et répand un peu du liquide bleu foncé sur son menton et sa poitrine. Cela la fait rire de bon cœur à nouveau. Ce rire rend le resserrement de mon estomac et la pression de ma bite encore moins supportables.

Elle commence à s'approcher de moi et je sursaute, prêt à la repousser. Les prisonnières cherchent souvent à utiliser le sexe pour être exemptées de travail ou obtenir des faveurs, mais ce n'est pas autorisé. Dans ce monde, on n'a rien sans user de la force. Seuls les plus forts rejoignent le village. Seuls les forts survivent.

Elle devra mourir un jour et je devrai la tuer, je me le répète pour la millième fois, mais c'est sans conviction.

Et c'est un mensonge.

Elle me touche l'épaule. Je siffle bruyamment entre mes dents. Ma bite n'a jamais été aussi dure. Elle s'enfonce entre nous comme un pieu dans la terre molle, mais elle l'ignore – la plupart du temps.

Cependant, elle la regarde un bref instant puis elle déglutit. Cela me détruit, me déchire et me massacre comme Wyden n'a jamais pu le faire. Peu importe le nombre de lances qu'il a plantées dans mon cœur, il ne m'a jamais fait aussi mal. Ma gorge s'assèche et j'ai l'audace d'espérer qu'elle tende la main pour la toucher...

Ignorant ma queue suppliante, elle saisit mon poignet droit à deux mains et commence à tirer. La curiosité est un bien vilain défaut. Un terrible défaut. Mais elle me tire, et maintenant, ma bite et moi voulons voir où cela va nous mener.

Je suis debout. Mon érection dépasse toujours de l'avant de mon pantalon, tandis qu'elle me tire les bras d'avant en arrière. Son visage est rouge vif et ses pupilles sont si grandes qu'elles masquent toute couleur.

Elle rit et cela me fait mal.

– Tu n'essaies même pas, bredouille-t-elle.

Ma bouche tressaille. Ce n'est pas bon signe. Le pire, c'est qu'elle le voit. Elle rit.

– Ça te fait *sourire*?

– *Sourire* ? je répète.

Ma bouche tressaille à nouveau et cette fois, je n'arrive pas à l'en empêcher. Je lui fais une grimace. Un sourire. Je n'ai pas souri depuis des mois, des années, en tout cas... pas comme ça. Pas sous l'effet du plaisir.

– Tu veux dire ressentir ?

– Ressentir ?

Son visage se crispe.

– Sourire, c'est...

Je l'interromps. Je refuse d'entendre une autre de ses explications. Je ne peux pas me le permettre. Pas ce soir.

– Sourire est un mot ancien. Nous ne sourions plus. Nous ne faisons que ressentir.

Elle secoue la tête.

– Ressentir c'est éprouver des émotions plaisantes ou déplaisantes. Le sourire n'est lié qu'au plaisir.

Mon cœur est une boîte de pierres qui s'entrechoquent, incertaines.

– Ressentir, c'est suffisant.

– Pas pour moi, répond-elle rapidement. On peut ressentir n'importe quelle sensation. Si je me sens bien, alors je souris. Tu te sens bien, c'est pour ça que tu souris.

Je déglutis difficilement et lui pose une question que je ne devrais pas poser – c'est bien la dernière chose qui devrait me venir à l'esprit.

– Et toi, tu te sens bien ?

Elle rit. Elle rit si spontanément et si fort que j'en ai mal au ventre. Elle rit de si bon cœur que j'en ai mal à l'estomac.

– Je me sens toujours bien quand je *denss*. Tu devrais essayer.

Je me force à froncer les sourcils.

– Qu'est-ce que je devrais essayer ?

– Tu devrais essayer de *dencer* ! Regarde. Tiens mes hanches et fais comme moi.

Elle presse son ventre contre le mien et mon sourire hésitant se dissout immédiatement. Elle ne se préoccupe manifestement pas du fait qu'elle est entièrement nue, à l'exception de ses chaussures, et que mon érection s'enfonce dans son abdomen. Moi, je m'en préoccupe. Il n'y a qu'un linge fin qui nous sépare. *Il pourrait y en avoir moins.*

Ses mains sont légères sur mes épaules, ses doigts s'emmêlent dans mes cheveux. Je me fige. Je frissonne.

– Qu'est-ce qu'il y a ? demande-t-elle en riant.

Son haleine sent le vin spiritueux, capiteux et délicieux. Je me retrouve à me pencher vers elle. J'apprécie beaucoup, beaucoup trop, cette situation.

– Tire ! j'aboie.

– Quoi ? Tes cheveux ?

Ses ongles effleurent mon cuir chevelu et elle tire doucement sur mes cheveux. Ce faisant, elle enflamme tous mes nerfs.

Je pousse un gémissement animal en l'attrapant par la taille, en la jetant sur le lit et en y grimpant à sa suite. J'attrape ses poignets d'une paume et les fais tomber au-dessus de sa tête. Puis je m'arrête. Je ne suis pas sûr de ce que je dois faire.

– Qu'est-ce que tu fais ? je grogne, à voix basse.

Ma voix est si graveleuse que je ne suis pas sûr qu'elle puisse me comprendre. Mais elle me comprend. Elle me comprend toujours.

– Je *denss.*

– Tu *denss.*

Elle sourit et mon attention se porte sur sa bouche. Je passe mon pouce sur la lèvre inférieure, puis sur la supérieure en fronçant les sourcils. Je regrette de ne pas l'avoir laissée couverte de merde.

– Tu as dit que tu étais perdue dans les tunnels, mais je sais que ce n'est pas vrai. Si tu étais vraiment perdue, on ne t'aurait pas retrouvée. Tu serais morte. Où étais-tu ? Quel était ton plan ? Que prépares-tu ?

Je m'attends à ce qu'elle se défende, à ce qu'elle mente, à une explication élaborée, mais je n'obtiens qu'un seul mot.

– Évasion.

Elle rit légèrement et son corps ondule. Elle ne pense pas à ce qu'elle dit. Elle n'est pas ici avec moi en ce moment. Non, ce n'est pas ça. C'est moi qui ne suis pas ici avec *elle*. Et si... et si, dans son esprit, j'étais quelqu'un d'autre ?

– Qui est ton compagnon ?

J'ai parlé comme un lâche. Je devrais la questionner

sur ses plans, ses prouesses dans ma langue, l'Histoire qu'elle a racontée, tous ses mensonges et, pire que ses mensonges, ses *denss* et ses caresses. Mais je n'en fais rien.

Mon visage et ma poitrine s'échauffent lorsqu'elle ne répond pas immédiatement. Au lieu de cela, elle commence à parler d'une manière mélodieuse et mon regard se promène sur sa chair étrangement colorée en s'attardant sur ses seins. Ils sont petits. Ses mamelons sont sombres et sinistrement doux, mais lorsque je glisse mon pouce sur l'un d'eux, il ne se réveille pas.

– À quel homme es-tu liée ?

J'ai presque envie de crier. Elle sourit de ce sourire de serpent et je sais que je devrais m'éloigner de sa présence. Il émane d'elle une telle… paix. Oui. C'est ça... *C'est ce que j'ai ressenti quand elle était dans mon lit la nuit dernière.*

Mon cœur se met à battre à un rythme qui ne correspond pas à celui de ma bite.

La paix.

Je n'ai jamais pu l'observer auparavant chez une personne. Dans la nature, oui. Dans les grottes souterraines bien plus profondes que celles-ci. Dans les bassins qui brillent d'une clarté totale avec une pointe de vert liquide. C'est la seule paix que j'ai jamais vue avant cela. Cependant, cette beauté naturelle créée par la force impressionnante de la nature n'arrive pas à la cheville de ce qu'elle appelle *denss* ou de la façon dont elle me regarde quand elle sourit.

Ma main va à son cou, mes lèvres suivent. Je lèche une ligne le long de sa gorge, je goûte le sel sur sa peau. Puis j'embrasse l'espace au-dessus de son pouls, juste un peu. Ensuite je la mordille, un peu plus fort. Elle laisse échapper un petit rire, mais ses yeux sont fermés. Elle n'est pas ici. *Dans sa tête, elle est avec lui.*

Je sors de mon lit et j'ébouriffe mes cheveux. Je fais les cent pas dans la chambre. Je partirai, mais seulement lorsque mon érection sera retombée, ce qui n'est pas encore le cas. J'ai besoin d'un peu d'espace pour faire le vide dans ma tête et me ressaisir, car il est clair qu'en restant ici, mes pensées ne feront que devenir plus dangereuses. Je m'éloigne d'elle jusqu'à la porte, puis je reviens. *Ne la touche pas. Ne la touche pas. Ne la...*

Je descends et je passe à nouveau ma main autour de son cou. Je me force à passer l'autre autour, aussi. Tue-la, je me dis, tue-la maintenant !

Je serre et ses yeux s'ouvrent. Elle me voit et expire. Elle est en paix. Cette sérénité s'enroule autour de mes os, s'infiltre dans mon sang, tue toutes les pensées de meurtre – toutes – et me remplit de quelque chose d'encore plus mortel. Elle me remplit aussi de paix.

– C'est bon, murmure-t-elle.

Je me demande si j'ai exprimé mon incertitude à haute voix.

Elle croise mon regard et me fait un petit signe de tête. Sa main gauche passe maladroitement sur mon bras, heurte mon coude, puis mon poignet, avant de se mouler dans ma paume. Elle serre très doucement, ou peut-être aussi fort qu'elle le peut.

– C'est bon... répète-t-elle.

Je la lâche pour lui tourner le dos et, ce faisant, je suis confronté à une prise de conscience écrasante, paralysante. *Je ne la tuerai pas. Non, je ne la tuerai pas. Et pas seulement aujourd'hui. Je ne la tuerai sans doute jamais.*

De plus...

Je déglutis difficilement.

Si quelqu'un d'autre essaie de la tuer, je devrai l'en empêcher. Mais à quel prix ? J'y laisserai mon titre, c'est sûr. Peut-être plus. J'y laisserai peut-être ma vie.

Abandonnant l'idée de la quitter cette nuit, je m'installe dans le lit et nous recouvre tous les deux de la couverture enroulée à ses pieds.

Elle tourne son visage vers le mien et soupire. Je passe mon pouce sur ses lèvres tachées de vin. Ses lèvres couleur bordeaux, ses lèvres rouges. Je me penche et, prudemment pour ne pas la réveiller, je prends sa lèvre inférieure entre les miennes et je la goûte.

Je suis en feu.

Elle, elle dort du sommeil du juste.

7
Ero

Lorsque je reviens, je m'attends à ce qu'elle comprenne à quel point sa vie est fragile et à quel point sa survie dépend de moi. Au lieu de cela, quand j'ouvre la porte de ma chambre, les rapports de Tenor et Brin indiquent qu'elle n'a étonnamment pas essayé de s'échapper, ni fait quoi que ce soit de dérangeant. Je la trouve debout au pied de mon lit, comme si elle m'avait... attendu.

Le plus surprenant, c'est qu'elle est habillée. J'ai ordonné à Tenor de lui apporter du linge, mais je n'imaginais pas que la voir habillée me toucherait plus encore que la voir déshabillée. La voir habillée me donne envie de la voir déshabillée.

Elle est drapée dans un assemblage de tissus bleus et verts. Il est clair qu'il s'agit de morceaux de vêtements mis au rebut par les habitants du village, mais sur elle, les tissus combinés ressemblent à la robe d'une reine de Nigusi.

Mon sang bouillonne, mais mon corps se détend. Ma

chair frissonne le long de mes os. Je suis prêt à m'enfoncer dans ce corps qui semble s'offrir à moi.

Et puis, une inspiration plus tard, je sens sa peau et je me sens lucide, vivant – je redoute un piège. J'attrape son poignet.

– Qu'est-ce que tu fais ? je lui demande.

J'aurais dû lui demander *quelle trahison elle prépare.*

– Je suis juste...

Elle hésite.

– J'attends mon Nigusi.

– Nigusi... Tu n'as jamais utilisé ce mot auparavant. Qui t'a dit ce qu'il signifiait ?

– Je... y'ani...

Elle utilise un mot étrange tout en cherchant une réponse à ma question.

Je suis obligé de lui en poser une autre avant qu'elle ne puisse exprimer sa réponse.

– Qu'est-ce que c'est que ce yani ? Tu l'as déjà dit plusieurs fois.

Elle me sourit. Son sourire est plein de sentiments. Il exprime tant de choses , il me fait tant de bien que...

– Oh, c'est un mot pour combler le silence quand je ne sais pas quoi dire. C'est un mot *Harabe.*

– *Harabe* ? Qu'est-ce que c'est ? Une autre langue tanishi ?

Ses yeux s'écarquillent et les faux-semblants s'envolent. Elle regarde autour d'elle, à la recherche de quelque chose. Elle ne le trouve pas. Au lieu de cela, elle s'approche de moi et me prend par la main.

– Oui, c'est une langue tanishi, mais je... je ne sais pas comment te la décrire. Je dois te la montrer.

Elle me conduit par la main jusqu'au plateau de nourriture, dont la plus grande partie est vide. J'en suis ravi. Elle débouche le vin, relâche ma main et replace ses doigts autour de mon poignet.

Elle trempe mes deux doigts les plus longs dans le vin et mes doigts gouttent sur la pierre, mais elle les déplace pour les faire planer au-dessus de la tablette.

– L'*harabe* est ma langue maternelle, mais elle n'est pas comme l'*englè*, une autre langue Tanishi qu'on peut se contenter de parler. La langue *harabe*... il faut la ressentir.

Elle me sourit en prononçant le mot pikosa pour "ressentir" et un sentiment étrange m'envahit. C'est comme si nous partagions un secret.

Elle prend mon doigt trempé dans le vin et le déplace sur la tablette pour former un pic, puis l'abaisse vers le bas et la droite avant de le ramener vers l'intérieur et le haut.

Le long trait ascendant est relié à un autre trait ascendant, celui-ci beaucoup plus court, avant de créer un cercle fluide, puis une autre forme qui se situe quelque part entre un triangle et un cercle. Elle conclut en ajoutant deux points au-dessus du triangle et deux autres points en dessous de la ligne la plus courte.

حليمة

– Ha-lee-ma, murmure-t-elle. C'est ainsi qu'on porte la lumière sur mon nom, c'est ainsi qu'il doit être écrit.

Elle baisse ma main et je souffre de la perte de contact entre nous.

Je fixe le plateau. Des aliments ont été mis de côté. Un os est rongé. Le vin tache la pierre sèche en boucles et en tourbillons improbables. Rien de tout cela n'est vrai... n'est-ce pas ?

Halima. C'est son nom dans sa langue. La langue qu'elle a apprise en premier, bien avant d'apprendre le pikosa. Elle a appris tant d'autres langues entre-temps. Je suis jaloux de toutes les personnes avec qui elle a parlé ces langues.

— Et ça, dit-elle en déplaçant à nouveau ma main d'une manière différente cette fois, c'est Ero. C'est ton nom en *harabe*.

ايرو

Je fais glisser mes doigts sur les lettres et le sentiment me frappe avec une brusque soudaineté – comme lors d'un assaut frontal. Je sus incapable de me défendre.

– Tu…

Je regarde les lettres disparaître, s'évaporer contre la pierre jusqu'à ce qu'elle soit vide et nue. Ma voix est chargée d'un sentiment que je n'arrive pas à identifier alors que je prononce des mots dont je ne me croyais pas capable. Des mots doux.

– Cette langue te *manque*, n'est-ce pas ?

Elle sourit faiblement, mais son regard est fixé sur la tablette qui se trouve entre nous. Ses doigts posés sur mon poignet lissent ma paume et mes paupières papillonnent. J'ai envie de passer mon bras autour de son épaule… alors je le fais.

Elle sursaute, comme surprise par le contact, et lorsqu'elle lève les yeux vers moi, son regard est humide, ce qui me donne l'impression de l'avoir déçue.

– Ne fais pas ça, je murmure.

Son regard se porte sur le mien, elle renifle et secoue la tête, comme si elle se débarrassait d'un poids bien trop lourd pour ses minces épaules.

– Tu as raison. Ça ne me manque pas, dit-elle.

C'est un mensonge, que je ressens au plus profond de moi.

– Ne fais pas ça, je répète.

Je retire mes deux mains des siennes et les utilise pour prendre son visage.

Je caresse ses joues, déconcerté qu'elle soit si douce, mais pas assez pour arrêter de la toucher. Je glisse une main le long de sa gorge et touche les lignes tendres de sa clavicule, puis je glisse cette main sous les pans de lin qui recouvrent son épaule.

Mon autre main se glisse autour de son cou, mes doigts se faufilent dans ses boucles emmêlées. J'incline sa tête vers l'arrière, et avant que je puisse interpréter mes actions, en saisir la portée et m'arrêter, ma bouche recouvre la sienne. Je l'embrasse fort, j'écrase ses lèvres, choqué par ce que je ressens et le bien que cela me fait.

Je lui ai dit que nous, les Pikosas, nous ne faisions plus que ressentir.

Mais elle, elle m'a parlé de plaisir.

Ses lèvres sont écartées et elle ne fait aucun geste pour m'empêcher de l'embrasser, alors je pille sa bouche avec ma langue, je goûte à tout. Elle a un goût de minéraux et de sel. Il émane d'elle une douceur que j'aime. Je tire sur ses lèvres avec mes dents, je veux plus que ce qu'elle me donne.

Son souffle surpris m'évente le visage et répand en moi une chaleur qui rivalise avec le feu qui se développe lentement dans mes tripes. C'est plus déconcertant que je ne saurais le dire. Cette chaleur semble plus dangereuse qu'une flamme.

La chaleur de sa réponse devient peu à peu insoutenable, puis mortelle.

Elle me touche en retour. Ses caresses sont hésitantes et incertaines, mais alimentées par une passion grandissante. Que l'univers entende ma prière, j'espère qu'elle n'est pas en train de simuler le désir que je sens en elle. Le bout de ses doigts touche mes flancs nus et je gémis profondément. Je perds mon rythme, je perds la tête. Mes lèvres se détachent des siennes et j'embrasse son visage, je plante des baisers mouillés sur son menton.

Ma réaction doit la surprendre, car elle tressaille à nouveau et me lâche. *Elle a encore peur des représailles. Elle ne sait pas que mon avis a changé à son sujet. Elle ne mourra pas de ma main. Elle sera peut-être même protégée par ma vie.*

Frustré, je lâche ses cheveux et saisis sa main droite. Je la plaque sur mes côtes, juste à l'endroit où elle devrait glisser une lance si elle voulait atteindre mon cœur. Je l'ancre là et me penche assez bas pour lui parler à l'oreille.

– Je ne te ferai pas de mal. Touche-moi, si c'est ce que tu veux.

– Tu dis que tu ne me feras plus de mal mais tu m'as déjà fait du mal. Qu'est-ce qui a changé ?

– Tout.

Impatient et fou de désir, je mordille et suce sa mâchoire avant d'attirer son doux lobe d'oreille dans ma bouche. Je maîtrise mon excitation pour ne pas le mordre à pleines dents. Je veux l'inhaler. La consumer en moi. Mais d'abord, je veux qu'elle veuille de moi.

Nerveux moi-même, je retire ma main de la sienne. Le micro-flottement de ses doigts me dit qu'elle n'est pas sûre de ce que je dis et ça m'énerve.

Poussé par la colère, une putain de frustration sexuelle et un désir qui a franchi la frontière du raisonnable, je tombe la tête la première dans le royaume de la douleur, loin d'elle. Je dois me retenir de faire exactement ce que je lui ai dit que je ne ferai pas. *Je vaux mieux que ça.*

Je secoue la tête et mets fin à cette étreinte, terrifié. *Qu'est-ce qui m'arrive, bordel ?* Je touche sa gorge, passe une main sur sa nuque et l'autre sur son menton jusqu'à sa bouche. Je garde les yeux fermés en inclinant mon front vers ses lèvres. Je recherche un baiser auquel je n'ai pas droit et qui n'a pas sa place ici... pas dans ce monde, et pas entre nous...

Abasourdi, je sens sa réponse. Son baiser n'a pas la chaleur de sa passion précédente, mais il est empli de quelque chose d'aussi doux et tendre qu'une goutte d'eau parfaitement formée.

Elle écarte mes cheveux de mon visage avec ses doigts doux et repousse mes boucles emmêlées derrière mes oreilles. Elle tire sur les pointes de mes cheveux, et ce faisant, envoie des ondulations d'énergie en cascade le long de mon dos jusqu'à mes fesses et le haut de mes cuisses. Elle appuie plus fermement ses lèvres sur mon front. Leur douceur se plie à ma dureté et la transperce sans griffes.

Elle passe sa main sur mon cuir chevelu, ses ongles l'attrapent et l'apaisent. Je gémis comme une bête. Mon désespoir s'intensifie. Je la veux avec une intensité engourdissante qui m'empêche de voir au-delà d'elle ou de penser à quoi que ce soit d'autre.

En trébuchant légèrement, je la fais reculer vers le lit. Je sens, plutôt que je ne vois, l'arrière de ses genoux en heurter le bord et se déformer. Elle serait tombée dessus si je ne l'avais pas attrapée par la taille, soulevée et jetée plus loin sur le matelas.

Je grimpe à sa suite. Mon regard la dévore au fur et à mesure que je me déplace. J'enfouis mon visage dans le tas de tissu bleu qui recouvre sa poitrine, je respire fort. Mon souffle chaud part à la recherche d'un sein, que je trouve et que je mouille à travers le linge.

– Ero, dit-elle.

Mon esprit s'arrête tandis que ma bite se tortille sous mon pantalon comme si elle était prise de folie.

Je lève les yeux vers les siens et la vois regarder dans les miens d'un air hébété. Je me demande distraitement s'il n'y avait pas quelque chose de puissant dans le vin ou peut-être une toxine libérée dans l'air pour que je me sente comme ça. Je suis complètement enivré.

Et c'est parce que je suis complètement enivré que je murmure :

– Halima.

Ses pupilles s'agrandissent et ses lèvres s'écartent. Je fais glisser mon corps sur le sien et prends sa bouche à nouveau. Mon corps se déplace sur le sien par petites impulsions, mes hanches cherchent désespérément sa chaleur à travers les barrières qui nous séparent.

Je ne veux rien d'autre que m'enfoncer profondément dans sa forme délirante mais, même si ses lèvres bougent contre les miennes avec une urgence qui suggère qu'elle n'est pas totalement insensible à ce qui se passe, il y a toujours une tension qui s'insinue dans ses os.

– Arrête, je grogne en saisissant ses poignets d'une main et en les plaquant sur le matelas au-dessus de sa tête.

Elle sursaute un peu et se lèche les lèvres, puis secoue la tête. Elle ne comprend pas.

Je la fixe, mais mon corps tremble – *est secoué* – sous l'effet du désir. Je n'ai pas les mots pour décrire ce que j'attends d'elle. Je n'ai que des sensations que je veux qu'elle ressente avec moi.

Je m'élance sur son poignet droit et son pouls palpite sous ma langue tandis que je goûte son avant-bras jusqu'au pli de son coude, puis sa poitrine jusqu'à ses côtes.

Je glisse mes doigts dans son vêtement, puis je trouve le bord de sa tunique. Je la remonte jusqu'au haut de son pantalon. Il est serré autour de ses hanches et de son petit cul. Je peine un peu à le lui enlever.

C'est d'abord le choc qui me frappe lorsque je fais glisser son pantalon jusqu'à ses genoux et que je regarde la fente à la jonction de ses cuisses. Elle avait des poils hier, aujourd'hui elle n'en a plus. Puis viennent l'intérêt et la curiosité. Sans les poils, je peux la voir davantage et, bien que cela m'irrite légèrement que sa nudité soit un peu semblable à celle d'une enfant, je sais qu'elle est femme, jusqu'au bout des mamelons.

Mes pouces tirent sur la peau de sa chair la plus sensible pour en exposer l'intérieur. Ses jambes se resserrent autour de mes épaules. Je maintiens sa jambe gauche avec ma main libre et j'utilise mon épaule pour écarter son genou droit.

– Tu vois comme tu es belle quand tu t'ouvres pour moi ? je siffle.

Elle gémit et je deviens fébrile.

– Oh… tu es mouillée pour moi Halima, tu es trempée.

Je l'ouvre pour mieux l'étudier. J'écarte ses lèvres brunes pour révéler son intimité chaude et humide. Elle est rose vif et brille comme des pierres précieuses. Un frisson me parcourt tout le corps et, pendant un instant, mes pensées s'arrêtent. *Je veux la pénétrer. Je vais la pénétrer. Mais d'abord...*

Je me rapproche en mordant l'intérieur de ses cuisses assez fort pour que mes dents laissent des marques rouges. L'odeur pure de sa féminité exacerbe mon désir. Les muscles de mon dos se contractent en convulsions douloureuses et mes hanches s'enfoncent dans le matelas juste en dessous pour remplacer sa chaleur.

C'est un piètre substitut.

Mais je ne veux pas d'elle quand elle est raide comme une planche. Je veux que son corps soit doux et soumis. J'ai besoin qu'elle se détende. Je ferais n'importe quoi en ce moment pour que ses ongles marquent mon dos, que ses jambes s'enroulent autour de moi et que ses cuisses serrent mes hanches. Je donnerais n'importe quoi pour qu'elle se batte pour m'avoir plus près d'elle, en elle, là où je veux être – là où elle veut que je sois.

C'est une esclave et je suis son maître mais je n'en ai plus rien à foutre. Rien de tout cela n'a d'importance. Pas aujourd'hui.

Je peux l'amener à se détendre. Je ne suis pas doué pour ça, mais je suis un chef de guerre. Rien ni personne ne me résiste.

Je me penche et lèche une ligne sur son sexe, mais elle sursaute sauvagement et pousse un cri teinté de peur.

En regardant vers le haut de son corps, je peux voir que ses mains sont crispées sur les pans de tissu qui couvrent sa poitrine et que ses yeux sont sauvages et écarquillés, même si ses joues et sa bouche sont détendues et roses.

– Pas de condamnation, me dit-elle en secouant légèrement la tête. Pas de condamnation.

Je commets l'erreur de relâcher mon emprise et elle s'éloigne rapidement de moi en repliant ses jambes sous son corps et en se recroquevillant contre la tête du lit, contre le mur de pierre. Je fronce les sourcils.

– Condamnation ?

Elle se mord la lèvre inférieure, sa poitrine se soulève. *Elle a envie de moi. Je sais qu'elle a envie de moi.* Puis elle jette un coup d'œil à son avant-bras balafré et appuie son doigt sur la plaie.

– Condamnation.

Elle se retourne et écarte ses haillons pour dévoiler son épaule. Putain de merde ! C'est gonflé et ça guérit mal. C'est peut-être même infecté; probablement à cause de ses aventures dans le tube à merde.

Furieux, je m'élance sur le lit, l'attrape par la taille et la jette par-dessus mon épaule. Je me dirige vers la salle de nettoyage. Elle reste silencieuse. Elle attend probablement sa *condamnation*.

– Punition. C'est ce que tu essayais de dire, je grogne en la faisant descendre sur un tabouret au bord du bassin d'eau.

Je me dirige vers le tiroir métallique de l'armoire en pierre et l'ouvre d'un geste rageur. J'en sors de la crème cicatrisante, des ciseaux, une aiguille et du fil.

– Je dois recoudre ton épaule. Ta blessure s'est infectée.

Elle ne dit rien tandis que je l'assois sur un tabouret et que j'en traîne un autre derrière elle. J'enjambe ses hanches avec mes cuisses pendant que je coupe les fils de son épaule, que je rince la plaie, que je la nettoie, que je la cicatrise et que je refais les points de suture.

– C'est infecté. Pourquoi ne m'as-tu pas dit que c'était infecté ? je grogne. Et pourquoi parles-tu de punition ?

Elle ne répond pas. Je vois sa langue se tendre pour mouiller ses lèvres, mais elle ne parle toujours pas. Il y a une rougeur sur son visage que je ne sais pas comment interpréter.

Je lui donne un coup dans la colonne vertébrale avec deux phalanges, ma queue est encore dure, tout mon corps est encore parcouru d'une énergie qui ne demande qu'à être libérée.

– Réponds-moi, Tanishi.

Elle tremble et cela me déplaît. Ses lèvres ne forment plus qu'une ligne fine.

– Je ne pensais pas que tu te soucierais de ma blessure. Et je parle de *punition*, dit-elle dans ma langue, à cause de ça.

Elle montre son avant-bras. Elle montre son dos.

– À cause des femmes que tu as attachées à ta chaise en métal.

Elle baisse la tête et ses cheveux forment deux rideaux vers l'avant qui obscurcissent son visage de chaque côté.

– Je ne veux pas de ça.

– Tu crois que je t'attacherais à mon trône si tu ne voulais pas me baiser ?

Ma poitrine se serre. Mon estomac se crispe. J'attends.

Elle se contente de hausser les épaules, mais seulement d'une épaule, car je maintiens l'autre en place. Je grogne et ne dis rien. Je réfléchis à ce qu'il faut dire. Ce qu'il faut lui dire pour qu'elle se mette sur le dos, et soit détendue sous mon corps. Je veux à nouveau ses doigts dans mes cheveux. Je ne veux pas de ses cris, de ses tressaillements, de sa peur.

– Je ne vais pas t'attacher… je commence.

Elle me coupe la parole.

– Leanna et Kenya.

J'attends. Elle n'en dit pas plus.

– Quoi ?

– Leanna et Kenya. Ce sont les noms des Tanishis

attachées à ton siège.

Je grogne.

– Elles n'ont pas besoin de noms. Ce sont des Tanishis.

Elle émet un son doux puis secoue la tête. Ses cheveux tombent encore plus vers l'avant.

– Et tu me demandes pourquoi je ressens de la peur. C'est pourtant évident : bientôt, tu devras me tuer.

Je tire ses cheveux sur le côté, mes lèvres se posent sur son cou. Je murmure contre sa peau :

– Et si je ne le fais pas ?

– Tu ne peux pas me garder dans cette pièce pour toujours. Je finirai par me retrouver à la surface ou avec les crocodiles de ta rivière.

Je ris, mais le cœur n'y est pas.

– Tu feras ce que je te dis de faire et tu resteras ici aussi longtemps que je te le dirai.

– Et tu me demandes pourquoi j'ai peur de la condamnation, murmure-t-elle à nouveau.

Elle a parlé encore plus doucement. Encore plus amèrement.

– De la punition, rectifie-t-elle.

Elle se retourne sur son tabouret de pierre et glisse ses genoux entre les miens. Ils se pressent dangereusement contre mon érection, qui n'a pas encore disparu, et je laisse tomber l'aiguille. Je la laisse pendre dans son dos. Je glisse mes mains entre ses jambes.

Elle serre les cuisses l'une contre l'autre, resserre son ventre et se redresse. Pourtant, ses mains glissent vers l'arrière pour s'accrocher à mon cou et se glisser dans mes cheveux en cours de route. Elle se penche vers moi et m'embrasse. Ses lèvres sont tendres et sûres même si son corps ne l'est pas. Je gémis et tire sur sa taille, j'essaye de l'entraîner désespérément contre moi, mais alors que je deviens vorace, elle rompt le contact.

– Je n'ai jamais fait ça avant. Du moins, pas que je me souvienne.

J'aspire une bouffée d'air et la retiens. Putain de merde. Je commence à sourire. Je touche son menton et passe mon pouce sur sa bouche avec brutalité.

– Aucun Tanishi ne t'a embrassée ici ?

Elle balance sa tête en arrière et se libère de mon emprise sans cesser de me toucher, mais elle ne me laisse pas la toucher, elle. Je suis sur des putains de charbons ardents.

– Aucun homme ne m'a embrassée ici. Ou n'importe où.

Je l'attrape à nouveau et lorsqu'elle esquive ma main, je m'agrippe avec colère à la chair de ses hanches. J'écarte ses jambes et j'attire son corps sur le mien de façon à ce que nous soyons presque pressés l'un contre l'autre au niveau de l'aine. Ce n'est pas suffisant.

– C'est moi qui t'ai donné ton premier baiser, alors.

Elle acquiesce. Son regard se pose sur ma bouche et elle se penche pour caresser mes lèvres tendrement avec les siennes. Trop tendrement.

Je commence à me rapprocher d'elle, mais elle laisse tomber une main de mon cou à mon entrejambe et palpe maladroitement mon érection. Je me fiche bien de la façon dont elle la touche, du moment qu'elle continue à la toucher.

Cela fait longtemps que je ne me suis pas retrouvé dans les bras d'une femme. Mais je sais que ce qui se passe ici est différent. Il y a quelque chose de sombre et de tentant chez elle. Le fait de savoir qu'elle n'a pas fréquenté un autre homme me remplit de quelque chose ce primitif, d'enivrant et d'obscur. C'est une drogue.

Je tends la main vers son intimité. Je veux sentir sa moiteur, mais elle bloque l'avancée de ma main avec son coude et presse plus fort contre ma bite. En même temps, son autre main tire doucement sur mes cheveux. La douleur et le plaisir grondent et noient tout autre son conscient. Toute autre pensée consciente.

– Je serai aussi le premier à…

Si elle m'avait laissé finir, j'aurais dit que je ne me contenterais pas de revendiquer sa virginité, mais que je serais aussi le seul homme à la revendiquer. Mais au lieu de cela, elle m'interrompt.

– Je ne veux pas que ma première fois soit avec toi.

Elle passe ses doigts sur mon cuir chevelu, comme pour adoucir le choc de ses mots, mais cela ne sert à rien. Ils me frappent comme des enclumes heurtant de plein fouet mes tibias. Ils agissent tels des haches éventrant mon crâne.

– Je ne veux pas que ma première fois ait lieu dans la peur de la punition. Je veux que ma première fois soit avec un homme bon.

Je l'éloigne de moi et la replace sur son tabouret. Je la fais tourner pour qu'elle se retrouve en face de moi et je lui enfonce la tête entre les jambes. Elle pousse un cri de douleur et de surprise. Le désir de faire du mal à celle qui m'en a causé fait trembler mes deux mains.

Mon âme trépigne sur sa putain de charpente branlante.

Les billes qui constituent mon cœur tremblent dans leur cage.

– Je te maintiens en vie. C'est moi qui maintiens ton peuple en vie… et tu penses que tu es trop bien pour moi ?

Je ris.

– Je suis l'armure qui protège mon peuple, mais toi tu veux quelqu'un de doux et de gentil. Ce ne sont pas la douceur et la gentillesse qui te maintiennent en vie. C'est moi. Ne l'oublie pas. Ne l'oublie jamais. Et souviens-toi de ça la prochaine fois que je te demanderai ce que je veux.

J'applique le dernier point de suture sur son épaule avec des mains stables malgré la douleur qui me parcourt le reste du corps. Je coupe le fil, l'attache, étale encore de la crème sur son épaule et me lève de mon siège, mal à l'aise, l'érection toujours tendue vers elle avec colère. Je me retourne et me dirige vers la sortie. Je ne sais pas où je vais aller, mais je ne peux pas rester ici.

Au moment où j'atteins le seuil de la porte, elle m'appelle.

– Je me souviendrai toujours qu'elles s'appellent Leanna et Kenya la prochaine fois que tu me demanderas ce que nous voulons tous les deux. Je ne les oublierai pas si facilement.

8
Halima

Ma deuxième tentative d'évasion se fait à nouveau par un conduit d'évacuation – pas par le conduit d'évacuation des excréments, mais par celui des déchets alimentaires. Je n'arrive pas à aller bien loin, c'est trop étroit. Mais Frey m'a appris qu'il menait à un endroit important : directement dans le harem d'Ero.

Je suis trop grande pour descendre dans le conduit et les femmes qui s'y trouvent sont toutes trop grandes pour y monter, mais il y a une tonne de fouets dans le placard d'Ero. Je les attache ensemble, dans l'espoir que ce sera suffisant pour envoyer un message. Comme je n'ai pas de papier ou quoi que ce soit pour écrire, je dois faire preuve de créativité.

Le premier message que j'envoie est un morceau de viande attaché au bout du fouet. Lorsqu'il revient sans viande, mais avec un bout de ce qui ressemble à du chou, j'envoie mon deuxième cadeau – un des couteaux d'Ero.

Comme je ne reçois rien en retour, j'en envoie un autre, puis un troisième. Toutefois je m'arrête là car j'ai peur qu'Ero ne devine ce que j'ai fait s'il manque trop de couteaux. Il a bien quelques lames stockées ici, mais pas tant que ça – alors je renvoie le fouet vide. Et ce que l'on me renvoie est… intéressant.

Le fouet remonte alourdi par une outre pleine de liquide. Ça sent le vin, mais il y a un X crayeux dessiné sur le côté. J'hésite à goûter. Je jette un coup d'œil à l'outre de vin qui se trouve sur le plateau que Tenor, l'assistante d'Ero, a apporté tout à l'heure et je me mords la lèvre inférieure.

J'efface alors le X sur le côté qui se trouve sur la nouvelle outre et je l'échange rapidement avec l'outre qui se trouve à côté du plateau. Je fais descendre l'autre outre et, comme on ne me renvoie rien, je deviens nerveuse. *C'est donc comme ça que ça va se terminer ? C'est comme ça que je vais le tuer ?*

Je suis dans les grottes. Je viens de promettre à Frey que je lui offrirai des brosses à dents. Elle accepte de me parler maintenant, et elle est moins nerveuse que lorsque je l'ai présentée à Jia, Chayana et Haddock. Je vois qu'elle est bien contente d'avoir brosses à dents. Elle fixe avec bonheur les bâtons qu'elle a maintenant regroupés dans ses mains.

– Au revoir Frey, merci pour ton aide, lui dis-je maladroitement, avec le vocabulaire limité que j'ai à ma disposition.

Elle me regarde dans les yeux et hésite avant de murmurer :

– Tes cheffes souffrent. Tu devrais aller leur parler.

Elle me montre le chemin de la grotte principale. À ma grande surprise, elle est vide pour une fois. Je n'ai aucun mal à approcher Leanna et Kenya. Elles ont l'air surprises de me voir, et soulagées aussi.

– Nous pensions que tu étais morte, déclare Kenya.

Leanna se rapproche de moi, les genoux ensanglantés.

J'aimerais avoir quelque chose à lui donner. Quelque chose qui pourrait l'aider... mais je suis couverte de merde, et je ne vais pas beaucoup mieux.

— Tu es toujours vivante ? Comment est-ce possible ? Tu as défié Ero ! Tu devrais être dans le ventre des crocodiles à l'heure où nous parlons.

— Allons à l'essentiel, affirme Leanna en tirant sur le collier métallique autour de son cou. Nous n'avons pas beaucoup de temps. Dis-nous ce que tu as fait pour assurer ta survie. Pourquoi ne t'a-t-il pas tuée ? Où étais-tu la nuit dernière et pourquoi es-tu couverte de...

Elle renifle, puis lève à nouveau la tête.

— Pour l'amour du ciel, Halima, tu es couverte de merde ?

Je souris.

— Oui, c'est de la merde. Je me suis échappée par le trou à merde de ses quartiers privés. C'est là qu'il me garde.

À cette nouvelle, Kenya et Leanna échangent un regard qui en dit long. On pourrait écrire des romans entiers avec un regard comme celui-là.

— Tu devrais être morte, me répète Kenya.

— Peut-être, mais je ne le suis pas. J'ai parlé aux Omoros et ils veulent s'associer avec nous pour préparer une évasion. Les Danians sont déjà en train de planifier leur sortie et je pense que je peux les persuader de se joindre à nous aussi.

Kenya sourit de toutes ses dents et ses yeux brillent d'étincelles qui ressemblent à de l'espoir. Du moins, c'est ce que je veux croire.

— Leanna, on dirait que tu as bien fait de la choisir.

— Tu ne crois pas si bien dire. Elle nous donne accès aux autres prisonniers, mais le plus intéressant, c'est l'emprise qu'elle a sur Ero.

— Quoi ?

Je manque de tomber à la renverse du rocher.

– Tu penses qu'elle...

Leanna coupe la parole à Kenya, s'avance un peu plus, et me prend la main.

– Il a l'air de tenir à toi. Tu dois le séduire. Tu dois le séduire et tu dois le tuer.

C'est ce que je devrais faire... mais il m'a dévoilé ses sentiments et il s'est montré tendre même quand il était en colère; alors j'ai du mal à me faire à l'idée qu'il doit mourir. Peut-être qu'une grande partie de lui devrait s'éteindre, mais pas la totalité.

J'ai encore plus de mal à croire que je vais pouvoir le tuer. Je disais la vérité quand je lui ai avoué que je ne voulais pas qu'il soit mon premier. Ce n'est pas seulement parce qu'à mes yeux, il est un monstre. Mais qu'est-ce que ça ferait de moi s'il était mon premier et que je le tuais ?

Je serais un monstre moi aussi. Tout comme lui. Non, je serais alors parfaite pour lui.

Je jette un nouveau coup d'œil au vin. Puis plus le temps passe, plus je deviens nerveuse. Je n'ai rien d'autre à faire dans sa chambre que de comploter. Et c'est ce que je fais. Je sais que j'ai épuisé toutes les possibilités de m'évader à partir de cette pièce, alors je passe une bonne demi-journée à étudier les grandes fissures du plafond par lesquelles la lumière filtre.

En les évaluant toutes, je décide qu'il n'y a aucune chance de s'échapper par là non plus. Elles sont trop hautes pour être atteintes, d'une part, et elles ont l'air sacrément dangereuses, d'autre part.

Peut-être qu'avec des outils, je pourrais le faire, mais je n'ai pas beaucoup d'options. J'ai les fouets, dont je pourrais user comme de cordes, mais parmi les autres outils à ma disposition, aucun ne pourrait faire office de pioche.

Ce qui veut dire que ma dernière et seule option est... je déglutis difficilement... de sortir par la grande porte. Je vais devoir passer devant Ero. *Une fois que je l'aurai tué.*

Je passe le reste de la journée trempée de sueur froide et lorsque la nuit arrive et qu'Ero ne revient pas, je suis soulagée. Je dors d'un sommeil profond et sans rêve.

Quatre autres nuits de sommeil s'ensuivent. Elles sont précédées de quatre jours interminables, remplis de stress et d'ennui. La cinquième nuit, je me réveille contre la chaleur d'un corps dans mon dos. Des lèvres sont posées sur ma joue.

– Tanishi, réveille-toi, dit sa voix bourrue.

Sa chaleur enveloppe mon corps comme un cocon. Son souffle, lui, s'engouffre dans mon conduit auditif et me fait penser à des choses terribles, des choses charnelles.

– Putain, maugrée-t-il.

Surprise, je constate qu'au cours des derniers milliers d'années, les grossièretés n'ont pratiquement pas évolué.

– Tu portes une de mes tuniques, fait-il remarquer.

– Je l'ai trouvée, je murmure.

Je peine à m'arracher à une chaleur si agréable. J'essaie de me lever d'un bond, mais le poids de son corps m'enfonce dans le matelas et pour tout avouer, cela ne me dérange pas du tout. Je me demande avec quoi le matelas est rembourré. Il est confortable et son poids sur moi l'est tout autant.

Je cligne rapidement des yeux avec étonnement. La pièce est bien plus claire que ce à quoi je m'attendais. Je suis moins surprise de constater qu'il ne sourit pas du tout. Son air est dur, rigide, presque... furieux. Khara ! Le froid qui émane de ses yeux me traverse les os. Je me demande s'il a bu le vin qui, je pense, pourrait le tuer.

Ou pire encore : sait-il ce que j'ai fait ?

Est-ce mon heure ? Après tant de délibérations, les plans de Leanna, de Kenya et de l'Omoro ont-ils échoué avant même d'avoir commencé ?

J'essaie de me redresser, mais ses doigts se resserrent autour de ma nuque. Il déplace davantage son poids sur moi pour que nos hanches soient alignées et j'étouffe un gémissement.

Mais il l'entend tout de même.

– Halima, grogne-t-il contre ma bouche et je serre les genoux tandis qu'une vague de chaleur frappe l'espace entre mes cuisses, puis les parcourt.

J'adore la façon dont il prononce mon nom, j'adore son accent. C'est tout à fait original, et c'est tout à lui.

J'émets un autre petit son involontaire. Sa main libre trouve mes cheveux et les serre dans ses poings. Il renverse ma tête en arrière et je gémis plus fort, submergée par des vagues de peur et de désir qui se chevauchent. Je ne sais pas quelle sensation est la plus puissante. C'est peut-être le désir. Je sens qu'il commence lentement à vaincre la peur.

– Ero…

Il grogne contre mon cou comme il l'a fait auparavant, et comme tout à l'heure, ce son met le feu à toutes mes terminaisons nerveuses – et à ma retenue. La seule raison pour laquelle je ne me contente pas d'écarter les jambes et de le laisser faire ce qu'il veut me faire, c'est à cause du monstre que je vais devenir lorsqu'il aura bu le vin.

Mais après tout, ce sont les ordres que j'ai reçus : je dois le séduire, je dois le tuer.

– J'aime te voir porter ma tunique, dit-il contre mes lèvres.

– C'est confortable, je réponds.

Je n'aime pas trop la tournure que prennent les choses. Il me touche trop librement. C'est comme si je lui appartenais déjà.

Il expire. Non, c'est un rire. Il *rit* doucement.

– *Confortable*, répète-t-il. C'est un mot ancien. Tu veux dire « *inoffensif* ».

– Il y a une grande différence entre inoffensif et confortable.

Il secoue la tête.

– Il y a la douleur et l'absence de douleur. Et puis il y a ça.

Il passe ses doigts sur ma jambe gauche et remonte le tissu de ma tunique pour pouvoir toucher ma hanche de sa main nue.

J'aspire une bouffée d'air... et je me laisse aller. J'entoure son cou de mes bras, je passe mes mains dans ses cheveux, je l'embrasse à mon tour. Il m'embrasse fort et ses hanches commencent à aller d'avant en arrière contre les miennes. Je suis submergée par la sensation. Quelle putain de sensation ! C'est tellement bon.

– Ero, je gémis.

Mon souffle se fait plus fort, mon corps s'échauffe.

Il détache brutalement ses lèvres de ma bouche et dépose un baiser sur le coin de ma mâchoire, il est si doux qu'on pourrait presque le qualifier de tendre. Je suis à deux doigts de me désintégrer entre ses doigts. Je serre les genoux encore plus fort, puis je les ouvre et je me jette sur lui.

– Putain, Halima.

Il frémit au-dessus de moi et pousse à nouveau un juron.

– Je ne suis pas venu ici pour ça. Je suis venu t'amener

à la grotte minière principale. Mets tes chaussures et n'enlève pas cette tunique.

Il se détache de moi et se tient au pied du lit en me regardant m'éloigner lentement pour obéir aux ordres qu'il m'a donnés.

J'essaie désespérément de ne pas fixer le vin. Je me demande s'il s'est contenté de le goûter ou s'il en a bu beaucoup. Il glousse légèrement. Ce son fait remonter des bulles dans ma poitrine qui explosent dans ma bouche comme de petits feux d'artifice.

– Ne t'inquiète pas. Nous pourrons boire du vin plus tard, à notre retour. J'aimerais voir toutes tes *denss*.

Mes chaussures bien lacées sur mes pieds bandés jusqu'aux tibias, je frissonne un peu en me redressant. Mon cœur bat plus fort et j'acquiesce.

– Peut-être que cette fois, tu pourras te joindre à moi ?

– Peut-être, répond-il.

Je souris, mais un peu tristement. *Il ne pourra pas danser avec moi s'il est mort.*

Je croise les bras et regarde le sol, en essayant de ne pas laisser ma culpabilité impacter mon expression. Ce vin est là depuis quatre jours. Peut-être qu'il n'est plus bon – ou peut-être qu'il est encore plus puissant.

– Qu'est-ce qu'il y a ? Qu'est-ce qui ne va pas ?

– Rien, je mens.

– Tu mens. Regarde-moi.

Je lève les yeux et j'essaie de ne pas faire de grimace, mais je ne suis pas sûre d'y arriver. J'ai l'impression qu'il sait que je mens. Personne ne sait comment il fait, mais il a comme un sixième sens. Son expression se refroidit immédiatement. Toutefois, elle ne se fige pas, comme je m'y attendais. Il me scrute intensément, l'air hargneux, avant de se mettre à examiner la pièce.

– Quelqu'un est-il entré dans mes appartements pendant mon absence ?

– Non.

– Pas même Tenor ou Brin ?

Je ne sais pas quoi répondre. Je ne veux pas leur causer d'ennuis.

– Ils m'ont apporté de la nourriture, comme tu le leur as demandé, je crois.

Il me regarde par-dessus son épaule. Il se tient tout près du plateau de nourriture. Maintenant, il jette un coup d'œil vers le bas. Il écarte les choses que je n'ai pas mangées et fronce les sourcils.

– Tu n'as pas beaucoup mangé.

Je m'étonne de son ton. Cela a l'air de le troubler.

– Tu t'inquiètes pour moi ?

Cette supposition hilarante me fait sourire et atténue ma culpabilité jusqu'à ce que son regard s'aiguise et que je me refroidisse à nouveau. Oh khara...khara khara khara khara...non.

Il n'a pas seulement l'air inquiet... Il est vraiment inquiet !

Il détourne rapidement le regard. La tension dans la pièce est à couper au couteau. D'habitude c'est le désir qui empoisonne l'atmosphère. Empoisonne ? Arrête de penser au poison !

– Je ... Y'ani... Je suis prête à aller avec les crocodiles, dis-je soudainement.

Il me regarde et son visage se plisse.

– Quoi ? Les crocodiles ? Comment ça ?

– Je suis prête. C'est là où nous allons, n'est-ce pas ? Tu vas me jeter dans la fosse aux crocodiles ?

Il grogne en fonçant sur moi et m'attrape par l'épaule. Nous nous dirigeons vers la porte et je trébuche, bien contente d'avoir mis les chaussure qu'il m'a offertes. Elles me vont étonnamment bien maintenant que le gonflement de mes orteils s'est résorbé et je rougis en repensant au fait qu'il me les a fabriquées de ses propres mains.

– Je ne te jetterai pas dans la fosse, dit-il en m'entraînant par la porte ouverte dans le hall frais.

C'est rafraîchissant. Je sens déjà une partie de la tension qui m'habitait se dissiper. Puis tout revient en trombe lorsque j'entends des voix provenant de la caverne principale. Ce sont des voix de Pikosas, à en juger par le volume, et elles n'ont pas l'air joyeuses.

J'enfonce mes talons dans le sol pour ralentir notre progression. Cela ne sert pas à grand-chose. Ero se place près de moi et m'attrape par le cou. Il me serre légèrement avant de faire glisser ses doigts le long de mes bras jusqu'à mes poignets. Il les serre aussi. C'est agréable. C'est rassurant. C'est... *déroutant*.

– Personne ne te fera de mal, dit-il dans l'obscurité.

Le hall n'est éclairé que par quelques torches.

– Tout le monde sait que tu es à moi.

– Qu'est-ce que ça veut dire ? je murmure, à nouveau déconcertée par l'étrange changement que je ressens en lui.

– Cela signifie que tu es sous ma protection. Lorsque nous intégrerons les prisonniers les plus forts dans nos rangs, tu feras partie de ce groupe et je te garderai avec moi dans ma maison au village.

Je suis sous le choc. Il veut me *garder* ? J'ai l'audace de me sentir légèrement flattée, puis la culpabilité m'envahit. On parle d'*Ero* là. Celui que je comparais au diable en personne, cet homme qui est loin d'être bon.

– Qu'arrive-t-il au reste des prisonniers après la

sélection ?

– Rien. Ils resteront ici et travailleront jusqu'à la fin de leurs jours.

– Jusqu'à la fin, je répète.

Je repense à Kur et à ses sombres et insondables profondeurs. Je secoue la tête.

– Tu n'as pas l'air contente.

Il m'observe par-dessus mon épaule, l'air figé dans un froncement de sourcils si sévère qu'il pourrait couper du verre, mais dans ses yeux il y a une honnêteté, une certaine vulnérabilité, qui me blesse au plus profond de mon cœur.

– Tu pensais que je le serais ?

La vulnérabilité qu'il révélait disparaît soudain comme un membre coupé sous la pointe d'une épée aiguisée.

Il me fait tourner de façon à ce que mon dos heurte la paroi du tunnel et plaque ses deux paumes contre la roche de chaque côté de mon visage.

Il baisse la tête jusqu'à ce que ses yeux soient plongés dans les miens. Je déteste cette proximité qui me donne envie de lui. Il grince des dents et me regarde d'un air transi, à moitié fou, avant de s'élancer d'un seul coup vers l'avant.

Il prend une grande inspiration, puis une autre, et même si j'ai un peu peur de le toucher, je le fais quand même et j'effleure le sommet de sa tête. Je passe mes doigts dans les boucles de satin. Elles ont beau être de la même couleur que les miennes, elles sont si différentes ! Mes cheveux sont plus rêches, moins soyeux, mais aussi plus légers. Les siens sont lourds et me rappellent les rochers lourds et lisses du fond de la rivière.

Il expire profondément lorsque les voix des Pikosas deviennent plus fortes, puis s'éloignent à nouveau. En se relevant, il s'approche de moi et colle sa bouche à la mienne. Je ne sais pas si le baiser devait être bref, mais si c'est le cas, les choses ne se passent pas comme prévu.

Je ne peux empêcher la réaction de mon corps. J'ai désespérément besoin de contact, j'ai désespérément envie de ce monstre qui, avec ou sans vin, a déjà été empoisonné par ce monde hostile et brutal. Je passe mes mains dans ses cheveux pour maintenir ses lèvres collées aux miennes et j'essaie d'aspirer le venin de cet univers violent. *Les choses pourraient être différentes.*

Au fond de moi, j'en suis persuadée. Peut-être suis-je aussi naïve qu'il le dit.

Il saisit ma taille d'une main tandis que l'autre s'attarde sur le devant de ma tunique – sa tunique – avant de se retirer aussi brusquement. Il respire difficilement, encore plus que moi.

Lentement, au bout d'un certain temps, il ouvre les yeux et me fixe avant de poser son regard sur mon avant-bras balafré. Il le frotte du pouce. De son autre main, il effleure mon épaule, qu'il caresse très doucement.

– Ça te fait encore mal ?

Pendant une seconde, je n'ai aucune idée de ce dont il parle et je hoche la tête bêtement.

Ses dents de derrière s'entrechoquent et un pli apparaît entre ses sourcils. Il ouvre la bouche pour dire quelque chose qui, je le sens, va changer les choses entre nous... quelque chose de profond... mais il n'en fait rien.

– Viens, finit-il par dire.

Le moment passe comme un nuage précédant un orage.

Il m'entraîne par la main dans la salle principale où les soldats pikosas parlent fort, où les esclaves danians nettoient leurs vêtements dans la rivière et où les esclaves omoros vont et viennent en transportant des provisions d'une grotte à l'autre. Cet état des choses me tue – il me *tuera* si je ne m'échappe pas. L'ignore-t-il vraiment ?

Je jette un coup d'œil nerveux à Ero, mais l'Ero que j'ai découvert, celui qui est capable de baisers doux, de rires discrets et de sourires de loup, a disparu. Il a été remplacé par un Ero froid, mécanique et violent. Cet Ero n'est que violence.

La grotte se calme. Tous les regards se tournent vers nous et nous suivent quand Ero me prend soudain dans ses bras et traverse la rivière. Il ne me dépose pas une fois arrivé sur la berge, mais attend que les guerriers pikosas s'éloignent pour se frayer un chemin jusqu'à son trône, où il monte sur les pierres et s'assoit promptement sur le tas de métal déformé. Je suis sur ses genoux.

Il glisse une main sur l'accoudoir de son trône, puis l'autre sur ma cuisse nue, sous l'ourlet de sa tunique. Cela m'excite et m'embarrasse tout autant.

– Chut, murmure-t-il. Tu es en sécurité ici.

Chose étrange, chose détestable : je me calme à son contact et je le crois.

Les guerriers Pikosas ne cessent de nous observer. Je ne sais pas ce qui me heurte le plus : la surprise ou la colère qu'ils expriment. Un guerrier mâle a l'air particulièrement énervé. Il a une cicatrice sur le côté droit de son visage et des bleus vraisemblablement assez récents couvrent sa mâchoire. Sa bouche est violette et sa lèvre inférieure est fendue en son centre.

Je regarde la main d'Ero qui recouvre l'accoudoir du trône. Pour être précise, je regarde ses jointures. Elles sont ensanglantées, ornées d'égratignures cicatrisées et d'ecchymoses jaunissantes. Je frissonne. Je l'avais presque oublié mais je m'en souviens maintenant : l'homme sur lequel je suis assise est un homme violent. Ils sont tous violents, car c'est un monde violent, un endroit hostile, un enfer qui ne convient pas à ceux qui ne se battent qu'avec leurs mots.

Ma seule issue, c'est le vin... Je me mords la lèvre et je frissonne. Certaines parties d'Ero ne méritent peut-être pas de mourir, mais peut-être que ces parties sont trop petites pour être protégées. Peut-être qu'il s'agit de quantités négligeables si le tuer permettra de libérer tant d'autres personnes honnêtes et bonnes.

Je déglutis difficilement, je me sens coupable et effrayée. La main d'Ero remonte le long de ma cuisse, puis frotte la jointure de ma jambe et de ma cuisse. Je m'accroche à son poignet. Ma gêne s'enflamme et je le regarde dans les yeux avec un feu que je dois puiser au plus profond. Du fond des enfers s'il le faut.

– Non, je siffle, la voix basse.

Mes yeux brûlent même si mes doigts sont froids et moites.

– Ero, non. Pas ici. Pas comme ça.

Il croise mon regard, impassible, comme si les derniers jours n'avaient pas eu lieu. Il n'est même pas là. Quelqu'un d'autre porte sa peau.

– Nigusi, je murmure et quelque chose de sombre brille dans son regard.

Il retire sa main de ma tunique en fronçant les sourcils, avant de déplacer ses jambes ; ce qui m'empêche de m'asseoir. Je me retrouve debout sur le rebord de pierre, juste devant lui, avant même de comprendre ce qui se passe.

– Agenouille-toi, dit-il sans me regarder.

Je transpire à nouveau. Je transpire de partout. Je ne sais pas quoi faire. Une partie de moi le *hait*. L'autre partie de moi a trop peur de le défier.

Alors que je suis là, incertaine devant lui, je comprends aisément comment les factions se sont formées.

Je veux juste rester en vie. Je devrais céder.

Non.

– Ero…

Il se penche en avant et appuie son coude droit sur son genou droit. Son autre main tient toujours l'accoudoir de son trône.

– Ce n'est pas une punition.

Son regard se pose sur mon bras, puis sur le sol à droite de son trône, où des chaînes vides pendent mollement.

– Halima, agenouille-toi.

Ma respiration s'accélère. J'ai l'impression que mes poumons vont éclater. Je m'agenouille à côté des chaînes en prenant soin de ne pas m'en approcher, et je frotte mes paumes moites sur ma tunique.

La pierre est fraîche sous moi, mais cela ne m'apaise pas. Je suis envahie par l'angoisse. Il dit que ce n'est pas une punition, mais en regardant les chaînes déverrouillées, je pense à ce qu'il a fait à Leanna et à Kenya. Je jette un coup d'œil vers la rivière. Sont-elles dans le ventre des crocodiles maintenant ? Sont-elles mortes parce que je lui ai dit que je ne voulais pas lui donner ma virginité ?

– Wyden, tu sembles t'inquiéter pour ma Tanishi. C'est gentil à toi de te préoccuper de son bien-être. Tu devrais peut-être te rendre utile et lui apporter un plateau de viande et du vin.

Le choc m'ébranle, tout comme il ébranle le dénommé Wyden.

– Tu te fous de ma gueule ? fait l'homme. Je ne vais pas apporter à boire et à manger à une Tanishi. Je ne suis pas un serviteur. Je suis un guerrier Pikosa. Tu nous insultes tous en exigeant cela de moi.

– Tu es un guerrier Pikosa et ton Nigusi t'a donné un ordre. Tu me défies encore ? C'est la deuxième fois en trois jours. C'est un record qu'aucun guerrier pikosa n'a jamais égalé.

Il fait claquer sa langue contre l'arrière de ses dents d'un air désapprobateur.

– Et pourtant, tu te prends pour un guerrier, reprend-il. Tu n'es rien, Wyden. Je t'aurais déjà donné en pâture aux crocodiles si je n'éprouvais pas autant de plaisir à te vaincre au combat, encore et encore et encore et encore.

– Tu placerais une esclave faible et pathétique au-dessus de la tribu ?

Des inspirations de surprise et des cris d'indignation attirent mon attention. L'homme à la cicatrice – Wyden – a sorti son fouet de sa ceinture et l'a déployé. Il me regarde et je retiens mon souffle. Je ne me suis pas préparée à la douleur qui va suivre.

Je le vois lever son fouet. Je vois trois autres guerriers s'élancer pour l'arrêter – l'une d'eux est la jeune apprentie d'Ero, Tenor. Un autre guerrier essaie de retenir deux d'entre eux. Ils sont tous trop lents.

Wyden s'élance sur moi et le fouet vole. Je n'ai pas le temps de crier. Je connais la douleur du fouet. Cette douleur brûlante. La brutalité du souvenir me revient, mais... ce n'est qu'un souvenir. Son fouet ne me touche pas.

Ero s'élance sur la trajectoire du fouet en se déplaçant

incroyablement vite. Il est assis, détendu dans son siège, et l'instant d'après, il a la queue du fouet de Wyden enroulée autour de son avant-bras. Ensuite, tout aussi rapidement, il tire le fouet avec force et il s'envole de la main tendue de Wyden.

Ero saute sur la pierre lisse de l'arène et les autres guerriers forment un cercle. Je regarde alors Ero enrouler le fouet autour de son poing plusieurs fois avant de lever ce poing et de frapper Wyden avec. J'assiste aux premiers coups de poing et je ferme les yeux. *Mon âme vient d'ailleurs et j'y retournerai.* J'entends quand même les bruits de douleur, la chair qui se heurte à la chair. Je sais qu'Ero fait cela pour *moi* et je sens aussi, au fond, que ce n'est pas facile pour lui non plus, mais je ne peux pas oublier que les choses pourraient être différentes. Il y a une autre option.

On peut parler, on peut s'unir, on peut faire preuve de compassion… On peut danser. *J'étais ivre, mais je n'ai pas oublié ce que c'était que de le voir essayer de danser avec moi.*

J'entends plus de rires et de cris. Les autres soldats parient, mais je pense que tout le monde peut deviner l'issue de ce match. Ero a clairement provoqué Wyden et le jeune guerrier est tombé dans le piège d'Ero. Le mâle a qui j'appartiens est un fou. *Ero n'est pas comme Hadès. Même Hadès aurait peur d'Ero.*

– Halima.

Mon corps entier tressaille en entendant mon nom. J'étais hébétée il y a un instant, mais quand je regarde à nouveau la fosse, je reprends vie. Horrifiée, je réalise qu'Ero a les bras écartés sur les côtés et qu'il reçoit volontairement des coups de Wyden alors que sa tête est rejetée en arrière sur son cou. Il rit. Il rit d'un rire noir et malsain que je n'ai jamais entendu et qui me donne envie de fuir. Ce n'est pas lui qui m'a appelée.

– Halima !

Je jette un coup d'œil par-dessus mon épaule. Sur les pierres en contrebas, derrière le trône, se tient Frey.

Mon visage se crispe. Je secoue la tête.

– Qu'est-ce que tu fais ici ? je lui demande dans mon meilleur Omoro.

Elle acquiesce et même si elle jette un coup d'œil par-dessus son épaule toutes les quelques secondes, elle semble étrangement calme.

– Leanna et Kenya m'ont envoyée... pourquoi n'as-tu pas donné le vin à Ero ?

– Leanna et Kenya sont en vie ?

– Oui. Ero leur a enlevé leurs chaînes…

D'autres mots que je ne saisis pas tout à fait passent avant que je comprenne ce qu'elle veut dire.

– ...le lendemain du jour où il t'a emmenée, ajoute-t-elle. Nous pensions que tu étais morte... jusqu'à ce que tu envoies des armes dans le harem... puis nous pensions que tu avais bu le vin que nous avions envoyé... que tu étais morte...

Je ne peux empêcher la joie de me faire sourire alors que les bruits de violence s'éloignent derrière moi. La joie est plus importante.

– Quoi ? dit-elle.

– Tu as dit « nous ».

Elle cligne des yeux. Je peux lire, dans ses yeux brillants, qu'elle a compris ce qui me réjouit. Elle sourit alors avec moi.

– Oui. Nous voulons savoir quand nous devrions planifier... Quand tu lui donneras le vin...

La tension et la terreur me traversent. C'est un fou et un monstre, mais ne vaut-il pas mieux se tenir à la droite du diable que sur son chemin ? Je suis une lâche car je ne suis pas un soldat. Je suis l'interprète. Je ne suis pas faite pour la mutinerie. Je ne sais pas donner la mort. *Pourtant, il va falloir que je le fasse.*

– Il faut que ce soit ce soir, dit-elle. Leanna m'a dit de te dire que *sétain nordr*.

C'est un ordre. C'est un ordre de ma générale.

Je me tords les mains.

– Je ne sais pas si je peux le séduire.

Elle secoue la tête, elle ne comprend pas.

– Pas le temps. Gerd et le Danian partent ce soir. Nous devons… avec eux ou pas… fermer...

Je comprends ce qu'elle veut dire et mon cœur bat encore plus fort. Anidi laye, je ne peux pas oublier. Il ne s'agit pas seulement d'Ero et moi, il s'agit de nous tous.

– D'accord, dis-je en hochant la tête.

La terreur brouille ma vision alors même que la détermination raidit ma colonne vertébrale.

– D'accord, je vais le faire. Je le tuerai ce soir.

Elle sourit. Ses dents se détachent en blanc sur son visage, et je pense à Jia et aux brosses à dents. Frey acquiesce et replace ses cheveux gris derrière son oreille.

– Je le dirai aux autres. Haddock, Gerd et moi, nous viendrons te chercher.

J'acquiesce, muette, la voix rauque.

– Anidi laye, dit-elle enfin, en me jetant un regard incertain.

– Anidi laye, je réponds.

Pour la première fois, je ne le ressens pas dans mon cœur. Je ne veux pas être comme lui. Je ne veux pas devenir un monstre.

– À ce soir.

– À ce soir.

9

Ero

Je ne suis pas sûr qu'Halima ait compris l'importance de ma démonstration. J'ai libéré ses cheffes Tanishis de leurs chaînes et j'ai ouvertement défié mes guerriers pour la garder près de moi. Cela ne s'est jamais vu. Aucun Nigusi n'est allé aussi loin.

Bien sûr, des Nigusis ont déjà jeté leur dévolu sur des captives par le passé, mais c'était rare et cela ne s'est *jamais* produit avant que ces captives n'aient fait leurs preuves au combat et pas avant qu'elles ne soient passées par le processus d'initiation.

Je n'ai pas l'intention de soumettre ma Tanishi à un tel processus. Je ne prendrai aucun risque avec elle. Je la veux. Il se pourrait qu'après l'avoir prise, je me lasse d'elle et que je décide de la donner aux crocodiles, mais c'est peu probable.

Quand je l'ai amenée ici, dans la grotte principale, elle n'a pas vu ce que j'avais fait pour elle. Elle avait peur, elle osait à peine croiser mon regard. Elle ne m'a même pas fait l'honneur de me regarder me battre. Cela m'a profondément déplu. J'ai voulu la réprimander, mais j'ai été trop distrait par son regard pour y songer.

Après avoir détruit Wyden, j'ai ordonné à Lopina de l'emmener chez les guérisseurs du village et je suis retourné à mon trône. Elle était debout à côté.

Je saute sur les rochers et j'avance vers elle. Mon sang bat à tout rompre. L'ardeur du combat coule dans mes veines. Ma tunique tombe sur son épaule droite et le brun de sa peau brille sous la lumière du jour.

Putain, qu'est-ce qu'elle est belle ! Oui, je ne peux plus me le cacher. C'est une évidence que j'ai refusée pendant trop longtemps. Je ne sais pas quand il m'est venu à l'esprit qu'elle était d'une beauté extraordinaire, mais quelque part, cela s'est imposé à moi, et maintenant, je suis certain qu'elle est la créature la plus stupéfiante sur laquelle j'ai jamais posé les yeux.

Et elle est à moi.

La fierté gonfle ma poitrine, elle est accompagnée d'une petite dose de peur – la peur qu'elle ne comprenne pas tout ce que j'ai fait et ce que je suis prêt à faire pour la garder. Soudain, elle respire et m'offre l'un de ses plus petits sourires. Un de ses bons sourires.

– Nigusi, dit-elle à bout de souffle.

Elle se décale sur le côté, en inclinant son corps vers mon siège. Je la saisis par la taille et l'attire contre moi. J'inspire profondément contre la courbe de son cou. Elle sent si bon.

Mon cœur bat à tout rompre – et ce n'est pas seulement à cause de la bataille – j'ai envie d'elle. *J'ai enfreint les règles pour elle. J'ai risqué mon trône pour elle. Maintenant, je veux ma récompense.*

Elle est ma récompense, mais pour que je savoure ma victoire, il faut qu'elle veuille de moi. Que dois-je faire ?

Je suis assis et je la serre dans mes bras. Elle ne se recroqueville pas, elle se tient droite et croise mon regard avec inquiétude. Elle n'est pas tranquille, ses pensées sont agitées. Elle a beau presser son corps mince contre mon torse et passer ses deux bras autour de moi, je sens que quelque chose ne va pas. Puis elle passe doucement ses doigts dans les poils à la base de mon cou.

Une vague de *chaleur* et de *plaisir* descend en cascade le long de mon corps. Les orteils tendus, j'oublie mon incertitude. Rien à foutre. J'ai bien assez de certitude pour nous deux.

Ma tête tombe en arrière et heurte mon trône de métal mais je ne sens rien d'autre que son contact. Je ne sens que son poids sur mes genoux. Je ne sens que ses hanches et les muscles souples de son cul qui se pressent contre la raideur qui se forme entre mes jambes. Mon bassin bouge et je la tire plus fort contre moi. Ma bite recherche désespérément le soulagement qu'elle est la seule à pouvoir lui apporter. Je la veux. *Maintenant.*

– Bientôt, je grogne sans le vouloir.

– Quoi ? Je n'ai pas compris…

Elle me tire à nouveau les cheveux, doucement, trop doucement.

– Plus fort.

Mes doigts la saisissent si fort que je crains de lui faire mal, mais elle ne se plaint pas. Elle me tire les cheveux plus fort, mais pas assez.

– Plus fort ! lui dis-je encore.

– Non, murmure-t-elle.

J'ouvre les yeux et elle détourne rapidement le regard de mon visage. Je ramène son attention sur moi en posant ma main sur son cou. Elle s'efforce de croiser mon regard et, lorsqu'elle se lèche les lèvres, je mène une bataille perdue d'avance pour ne pas les goûter. *Elle est ma récompense. J'ai tous les droits sur elle.* Mais au lieu de poser mes lèvres sur les siennes, je m'agite et je me retiens.

– Non ? je répète.

Elle tremble un peu et se mord à nouveau la lèvre inférieure. Elle parait bien trop fragile pour ce monde – bien trop fragile pour moi – mais cela n'a aucune importance.

– Pas de douleur, répond-elle.

Elle me tire les cheveux avec la même tendresse, une tendresse qui me brise les os et, en même temps, elle se penche vers moi et embrasse ma joue gauche, puis ma mâchoire.

Je me fige. J'apprécie et je savoure ses caresses bien plus que je ne le devrais. C'est juste que… ça ne m'arrive pas souvent. Il est rare qu'elle me touche. Elle ou n'importe qui d'ailleurs. Et jamais comme ça. C'est comme si elle se souciait de moi plus que ce monde ne le permettra jamais.

Distrait, je déclare :

– Une douleur légère permet de savoir qu'on est en vie.

– Pas de douleur. Pas pour ça.

Je souris. Elle me tire les cheveux un peu plus fort.

– D'accord, Halima.

J'ouvre les yeux et je vois les siens. Ils sont grands, bruns et pleins de surprises scintillantes. Putain, elle va me foutre dans la merde. Elle a déjà commencé. Je passe mon pouce sur la marque de son bras et j'essaie de me calmer. Sans succès.

Je caresse la cicatrice sur son épaule. Je ressens l'envie de voir les signes – le mot *El-li* – qui nous ont amenés à ce moment.

– Je peux regarder ?

– Tu… tu demandes ma permission ?

– Je te demande si je peux te déshabiller, jeter un œil sur tes blessures, vérifier que tu es en bonne santé et t'embrasser.

J'enroule mes doigts dans ses cheveux, puis dans le tissu au creux de son dos. *Retiens-toi, retiens-toi, retiens-toi…*

– C'est tout ce que tu veux faire ?

Putain. J'écrase son corps contre mon érection, je me frotte contre elle à travers nos vêtements. Mon front est brûlant et mon cœur bat plus fort que lorsque j'ai combattu Wyden. Je me penche et presse ma bouche sur son épaule nue pour me noyer dans le goût de sa peau.

– Tu ne veux pas de moi, je réponds.

Je ne veux pas me souvenir de ses propos, j'aimerais les oublier.

– Tu veux un homme bon, je fulmine.

– C'est toi que je veux, Ero.

Sa voix tremble. Je n'aime pas ça.

Je recule, mais elle se penche vers moi et m'embrasse. La passion qui se dégage de ses lèvres me fait craquer. Elle m'embrasse profondément avant de déposer des baisers langoureux sur ma pommette éclaboussée de sang jusqu'à mon oreille.

– J'ai envie de toi, Ero, dit-elle, et cette fois, elle semble tout à fait sûre d'elle. Je n'ai pas envie d'avoir ce désir, mais j'ai envie de toi. J'ai envie de toi depuis que tu as *dencé* avec moi.

J'éclate de rire et la repositionne sur mes genoux, juste pour sentir le frottement de sa hanche contre mon érection. Je suis dur comme de la pierre.

– Je me bats et je tue pour toi, mais toi tu veux de moi à cause de tes *denss* ?

Elle s'éloigne et me regarde dans les yeux : il y a là une humidité qui me terrifie.

– Qu'est-ce qui ne va pas ? Est-ce…

Elle m'interrompt. Elle seule a ce droit.

– Tu as mis tes mains autour de ma gorge.

Elle met ses mains autour de ma gorge.

– Tu as serré, ajoute-t-elle.

Elle serre.

Toute ma poitrine bat la chamade, je suis à la fois furieux et inquiet.

– Je ne t'ai pas tuée, dis-je pour me défendre.

Même moi je trouve cette excuse pathétique.

Elle sourit, regarde mon front, puis dessine la racine de mes cheveux avec son doigt. C'est comme si le système de la grotte s'était entièrement effondré. Nous sommes seuls dans l'univers – nous sommes seuls dans *son* univers – un univers où la douceur de cette Tanishi a force de loi.

Elle passe la main entre nous et touche mon sexe chaud et raide. Tous les muscles de mon corps se contractent. Mon putain de cul se soulève du siège de mon trône. J'ai l'air d'un putain d'imbécile. Je me sens comme un imbécile. Et ça n'a pas d'importance. Le trône n'est rien comparé à elle.

– Tu dis que tu ne m'as pas tuée à cause de ça.

Sa main caresse mon érection.

– Mais ce n'est pas vrai. Tu ne m'as pas tuée à cause de ça.

Elle touche ma poitrine, elle place sa paume à plat sur mon cœur. Peut-elle sentir la façon dont il bat pour elle ? Sait-elle qu'il est empli d'une incertitude qu'un Nigusi n'est pas censé ressentir ?

– Assez, je grogne. Si tu veux me baiser, tu devras me baiser moi, et accepter tout ce que je suis. Pas seulement ce que tu as cru voir de bon. Si tu t'attends à trouver un homme bon en moi j'ai une mauvaise nouvelle pour toi Tanishi : tu vas être déçue.

Je la tiens toujours, avidement, l'esprit en ébullition. Je suis en colère, mais le pire... Le pire c'est que j'essaie d'adoucir mes caresses et de lui faire du bien, parce que c'est ce que je veux qu'elle ressente. C'est *tout* ce que je veux qu'elle ressente avec moi. Mais je ne veux pas qu'elle oublie que je suis Nigusi et que je tuerai chaque âme sous cette montagne pour le rester, car ce n'est qu'en restant Nigusi que je pourrai la garder avec moi pour toujours.

– À quoi penses-tu ? je lui demande quand son sourire s'évanouit, emportant avec lui une partie des étincelles qui brillaient dans ses yeux.

Quelque chose scintille dans son regard et je n'aime pas ça. Elle se lèche les lèvres et recommence à sourire, mais ce n'est pas le sourire doux, reflet de son plaisir, auquel elle m'a habitué. C'est un autre sourire, tout aussi facile à lire. C'est un sourire faux, forcé. Elle essaie de me faire croire quelque chose.

– Tu as raison...

Je souris.

– Bien sûr que j'ai raison.

– ...mais je veux quand même retourner avec toi dans ta chambre.

– Ah oui ?

Je m'adosse à mon siège et retire ma main de ses cheveux. Je touche doucement quelques boucles perdues derrière son oreille droite. Je descends le long des textures sombres jusqu'à ce que j'atteigne les pointes plumeuses. Elles sont emmêlées contre sa poitrine. Contre ses seins. Je moule ma main sur son sein gauche à travers ma tunique et la serre. Je sais que ça ne lui plaît pas.

Ses doigts s'agitent sur mon poignet. Elle veut m'arrêter... mais elle ne le fait pas et mes soupçons se trouvent ainsi confirmés. Quelque chose ne va pas. Elle veut bien quelque chose de moi... mais ce n'est pas mon corps. Le défi va être de lui prouver que c'est pourtant mon corps qu'il lui faut.

– Oui, c'est ce que je veux. J'aimerais retourner dans ta chambre maintenant.

– Dans mon lit ?

Elle acquiesce, elle n'a pas l'air sûre d'elle. Je lui rirais au nez si je ne mourrais pas d'envie de jouer à ce jeu-là avec elle.

– Tu veux bien écarter les jambes pour moi maintenant ?

Elle acquiesce à nouveau.

– Oui. J'aimerais faire avec toi ce que je n'ai fait avec aucun autre homme.

– Hum. Je vois.

J'appuie ma paume sur son sexe à travers la tunique. Je le frotte grossièrement, ce qui trouble un peu le faux sourire encore placardé sur son visage.

– C'est parce que j'ai libéré Leanna et Kenya que tu es prête à te détendre pour moi ? C'est parce que tu n'as plus peur d'être enchaînée à mon trône ?

C'était mon plan. Je pensais qu'il n'avait pas fonctionné et la surprise qui s'inscrit sur son visage me confirme que c'est bien le cas.

– Euh... oui, c'est ça. Oui, c'est pour ça. C'est parce

que tu as libéré Leanna et Kenya. Du coup, je veux...

Elle emploie alors une expression ancienne qui désigne un concept que nous n'avons plus.

– Tu veux dire baiser.

Elle hésite, puis acquiesce.

– Quelle est la différence ?

– Il n'y a pas de sentiments dans la baise. Il n'y a que quand on parle de *Xiveri* qu'il y a des sentiments.

– Xiveri ?

– Ça n'a pas d'importance. Ce concept ne te concerne pas; ni toi, ni moi, ni ce que nous allons faire. Nous allons baiser. Nous allons baiser parce que tu es contente que je me sois battu contre Wyden et que j'aie libéré tes cheffes.

– Oui, répond-elle rapidement en se mordillant la lèvre inférieure.

Je n'en reviens pas. Elle a plusieurs langues à sa disposition mais elle est en ce moment incapable de trouver les mots dont elle aurait besoin pour me convaincre qu'elle n'est pas en train de préparer quelque chose.

– Et c'est aussi parce que tu as *dencé* avec moi et parce que je sais qu'il y a en toi un homme bon, du moins en partie.

Là, je sais qu'elle ne ment pas. C'est ce qu'elle croit.

– Halima, je fulmine.

Je voulais l'appeler Tanishi mais son nom m'a échappé.

Je l'attire contre moi et je me frotte contre elle. Elle me rend fou de désir. Ses paupières papillonnent. Ses doigts se pressent contre ma peau nue. Je me demande si elle se rend compte qu'elle les a laissé glisser de plus en plus bas. Sa main droite est toujours dans mes cheveux, mais sa main gauche est étalée sur mon nombril. *Ou plutôt, juste un peu plus bas...*

– Je peux t'embrasser ? demande-t-elle.

Il n'y a qu'une seule réponse à cela.

– Oui.

Elle s'étire. J'essaie de ne pas réagir au plaisir que je ressens lorsque sa bouche se pose sur la mienne – j'essaye de rester concentré sur cette petite comédie jusqu'au bout – mais je mets debout malgré moi et je l'emporte hors de la grotte principale avant même d'avoir réalisé que je bougeais.

Ses jambes sont enroulées autour de ma taille, je peux sentir son sexe chaud pressé contre mon abdomen. Je le frotte contre mon corps, je veux le sentir partout. Je veux m'imprégner de son odeur.

Son souffle est plus rapide et plus chaud – elle halète. Je ne sais pas si c'est à cause de son désir ou à cause de ce qu'elle a prévu, mais ça m'excite. Putain... elle veut jouer à ce petit jeu-là ? Eh bien on va y jouer tous les deux.

Je pousse du pied la pierre roulante qui bloque l'entrée de ma chambre, mais je dois ensuite la déposer et utiliser mes deux mains pour la remettre en place. Pendant le temps qu'il me faut pour le faire, elle se déplace jusqu'au pied du lit. Elle s'y assoit quand je me retourne, puis essuie ses mains sur ses cuisses. Elles doivent être humides. Elle a l'air nerveuse. Cela me rend un peu... triste.

– Tu vas te détendre maintenant que tu sais que je ne t'enfermerai pas ?

Sa poitrine se soulève et s'abaisse par vagues. Elle se lèche les lèvres.

– Je vais essayer.

Elle dit la vérité. Ma tristesse s'apaise, se transforme. Elle tinte à l'intérieur de moi comme la plus petite des cloches.

– Tu vas accepter de baiser avec quelqu'un que tu détestes ? Tu vas accepter de baiser avec un homme qui n'est pas bon ? Un homme qui n'est pas et qui ne sera jamais bon ?

Elle me regarde si tendrement que je l'aurais tuée si elle avait été quelqu'un d'autre.

– Seules deux de ces affirmations sont vraies.

Bordel… je sais de quelles affirmations il s'agit.

– Je m'en fiche, Tanishi.

Au moment où je l'atteins, le feu de mon aine s'est transformé en une flamme rugissante, mais ma concentration parvient à le traverser sans encombre. Je touche sa joue et lui renverse la tête en arrière pour qu'elle soit obligée de me regarder dans les yeux.

– Pas de douleur, lui dis-je.

Elle acquiesce et ses lèvres s'entrouvrent lorsque je descends pour les goûter. Elle s'ouvre pour moi et je ne manque pas de remarquer que ses jambes s'écartent un peu plus.

Je ne caresse pas son sexe tout de suite, je passe les instants suivants à vénérer sa bouche. Ce n'est pas difficile à faire. Elle a un goût divin. Nous nous embrassons pendant ce qui pourrait être une heure ou seulement quelques minutes.

J'interromps notre baiser avec un rire guttural qui la fait sourire.

– Qu'est-ce qu'il y a ?

– Tu as l'air ivre, lui dis-je.

Un éclair du mensonge qui déformait ses traits tout à l'heure passe sur son visage. Je ne sais pas ce qu'elle me cache mais je ne peux prendre le temps de m'en soucier car elle jette un coup d'œil sur la fermeture de mon kilt et commence à la défaire.

Ses doigts tremblent lorsqu'elle enlève la ceinture et pousse mon kilt vers le bas jusqu'à ce qu'il s'accroche à mon érection. Je saisis mon sexe avec précaution, il est plus sensible qu'il ne l'a jamais été. Elle déglutit à nouveau et tend la main. Elle hésite, je déteste ça.

– Tu vas me faire mal, Halima ? je lui demande.

C'est si bon de prononcer son nom.

– Tu plaisantes ? Vu ce que tu as entre les jambes, c'est toi qui vas me faire mal…

Je souris en l'écoutant. Son Pikosa est parfois parfait, et parfois plus qu'approximatif. J'attrape son poignet et place sa main sur mon érection tendue. Le sang afflue de toutes les autres parties de mon corps vers ce mât en colorant la peau brune d'un rouge sombre et dangereux.

– Je serai doux, je souffle. Et je serai bon… uniquement pour le sexe.

Elle rit, elle se moque de ces paroles en l'air. Je la comprends, je ne suis pas très sûr de pouvoir m'y tenir. Elle lâche ma bite et je pousse un juron, furieux d'avoir perdu la chaleur de sa main. Je glisse mes mains sous ses bras, je la rejette sur le lit et je la rejoins sur les oreillers.

Je l'attrape par les genoux et la tire vers moi, ce qui lui arrache un petit soupir. Sa tunique remonte, dévoilant ses lèvres inférieures et la peau douce qui les recouvre. Je la fais glisser vers moi et je passe doucement mon pouce dessus. Son dos se courbe et son visage reflète le choc qu'elle ressent.

– Khara, dit-elle.

Ce doit être un juron dans sa langue *harabe,* et elle le prononce avec force.

Le sourire aux lèvres, je commence à passer mon pouce sur son petit bout de chair sensible en formant de légers cercles. Je ne me souviens pas de la dernière fois où j'ai dû me concentrer autant sur des caresses. Son plaisir est important pour moi. Je ne sais pas ce qu'elle qu'elle me cache, mais je ne veux pas que cette expérience devienne par la suite l'un de ses mauvais souvenirs. Je ne suis pas un homme bon et je n'ai pas les qualités qu'elle aimerait voir en moi. Je suis un putain d'égoïste et je veux que ce soit bon pour moi. Pour cela, il faut que ce soit bon pour elle.

Pour gagner cette guerre, j'utiliserai la stratégie inverse de celle que j'utilise avec mes guerriers : au lieu d'employer mes poings, j'utiliserai ma langue.

– Pas de douleur, je chuchote.

Ma voix est si douce qu'elle me regarde avec étonnement. Elle ne m'a jamais entendu parler comme ça auparavant, j'en suis sûr. C'est peut-être parce que pour la première fois de ma vie, j'ai envie d'être sincère.

– Tu comprends ?

Je l'effleure du bout de mes doigts, des chevilles jusqu'au pli de sa cuisse. Je la titille doucement.

Elle frissonne.

– Oui…

Sa voix n'est plus qu'un souffle. Ses mains ont beau trembler contre les draps, les muscles de ses jambes ne font aucun mouvement pour se refermer et m'empêcher d'entrer. Pas comme la dernière fois.

– C'est bien, ma petite Tanishi…

Mes caresses ont eu l'effet escompté, je dois agir sans attendre.

Rapidement, je soulève ses genoux et les accroche à mes épaules. J'enfouis ma bouche dans son sexe trempé et je m'abreuve au parfum capiteux de son excitation. Elle crie et tout son corps se crispe, mais seulement le temps d'un souffle. L'inspiration suivante, un tremblement parcourt sa jambe droite, sa tête s'enfonce dans le matelas et elle tend la main vers moi, incapable de me toucher, mais cela ne l'empêche pas d'essayer. *Putain, elle est éblouissante comme ça.*

Je m'installe. Je suis prêt à mentir à sa chatte. Je suis prêt à lui faire croire que je suis doux – je suis prêt à le faire pendant des heures. Je suis prêt à la prendre encore et encore jusqu'à ce qu'elle s'effondre en morceaux sur mes genoux. Toutefois, je ne peux m'empêcher de rire lorsqu'elle jouit. Elle n'a tenu que quelques secondes.

Elle tremble et les muscles de ses jambes se contractent tandis qu'elle les ouvre au maximum et encore plus loin, en arquant le bas de son dos et en remontant ses hanches. Après ses mensonges, je suis étonné qu'elle veuille que j'aille plus loin. Je suis étonné qu'elle veuille de moi.

– Ero ! crie-t-elle.

Ses yeux s'ouvrent et elle me voit.

Elle me regarde pendant son orgasme et je jouis presque sur le lit en voyant le plaisir que je lui procure et sa gratitude. Elle a l'air tellement reconnaissante… Comment ai-je pu résister au plaisir de lui faire du bien ? Comment ai-je pu la faire souffrir ?

Dès qu'elle cesse de trembler et que ses jambes cessent de s'agiter, elle s'éloigne de moi en riant et en se tortillant sur le lit. Elle regarde fixement sa chatte humide, puis ma bouche et mon menton. Je m'attends à ce qu'elle crie d'horreur en réalisant ce qu'elle vient de faire, ou qu'elle m'incrimine d'une autre manière. Elle n'en fait rien.

Je ne lis aucun mensonge dans ses yeux quand ils se plissent et qu'elle dit :

– C'était bon. Merci, Ero.

– C'était juste *bon* ?

Elle hésite, puis secoue la tête.

– C'était transcendant.

Je grogne. Elle vient de mettre le feu à mon corps désirant. Je me jette en avant, je presse son corps sur le matelas avec le mien. Je tire sur ses vêtements jusqu'à ce qu'ils disparaissent et que ses petits seins soient exposés à mon regard. Mais je ne la dévore pas pas comme je le devrais. Je m'intéresse plutôt à son visage.

Les expressions de son visage sont fascinantes. Elle est incertaine un moment et désireuse d'en avoir plus l'instant d'après. Elle place ses mains dans mes cheveux et m'attire vers elle – puis elle plaque ses paumes contre mes épaules et me repousse. Enfin, elle m'attrape par le cou et écrase sa bouche sur la mienne si fort que nos dents s'entrechoquent.

J'éclate de rire. Pendant une seconde, j'oublie qu'elle me ment, j'oublie que j'ai ensanglanté le visage de Wyden pour en arriver là, j'oublie qu'elle a été horrifiée alors que je voulais l'impressionner. J'oublie qu'elle n'est qu'une Tanishi, qu'elle n'est pas prête pour ce que j'ai à lui offrir.

J'oublie tout cela. Elle est juste Halima.

Et moi, je ne suis qu'Ero, un homme ravagé par le désir.

Ses jambes s'écartent autour de mes hanches et me tirent vers elle. Je passe la main entre nous et fais glisser la tête de mon érection dans sa chaleur humide. Elle halète et ses yeux palpitent, tout comme les miens, lorsque je frotte ma bite contre sa chair sensible.

Elle frissonne et s'accroche à moi. Ce faisant, elle m'emplit d'émotions… précieuses. Je plante mes deux coudes de chaque côté de son corps, je la couvre complètement. Je ne suis pas un homme petit, et elle est tellement plus petite que moi…

J'embrasse tendrement ses lèvres, puis sa joue, et enfin son oreille.

– Halima.

– Ero…

Sa voix est tremblante.

– Tu es sûre que c'est ce que tu veux ?

– Oui.

J'essaie de lire son regard, je cherche à voir si elle ment… mais je ne trouve rien. Ou alors, je suis trop fou de désir pour voir quoi que ce soit.

Ma bite est contre sa chatte, elle presse doucement son entrée, elle sonde, elle essaie d'évaluer la douleur que je vais lui coûter aux dépens de mon plaisir. Je me délecte de savoir que je suis le premier homme à la prendre. *Je serai le seul.* Cette pensée me trouble. Je secoue la tête et cherche à nouveau sa bouche avant de lui offrir un baiser possessif.

Elle est délicieuse. Je ne sais pas comment décrire ce que je savoure. Toutefois, son goût est si distinct que je sais que je ne goûterai jamais rien de semblable. Elle a le goût de la paix. Elle a le goût de sa langue *harabe*. Elle a la saveur d'un soleil lointain, d'une histoire perdue dans les ténèbres et déterrée par sa langue.

– Je veux me fondre en toi, je lui dis.

– Quoi ? Je ne comprends pas…

C'est alors qu'une sorte de démon s'empare de mes cordes vocales et parle sans ma permission, en utilisant ma voix et mes lèvres pressées contre sa joue salée.

– Anidi laye, je murmure.

Elle frissonne et ses bras enlacent mes épaules, ou plutôt, essaient de les enlacer, sans y parvenir.

– Anidi laye, répète-t-elle.

Elle se retire juste assez pour que je puisse voir son visage et la regarder dans les yeux alors que je me fonds en elle. Je voulais m'assurer que tout allait bien de son côté.

Mais il est trop tard pour ça maintenant.

Elle est si mouillée que le moindre mouvement me transporte dans un ailleurs fait de folie et de volupté. Et aucun de mes mouvements n'est léger. Je pousse vers l'avant, je transperce sa chaleur avec ma taille. Je rencontre plusieurs points de résistance lorsque ses parois se resserrent autour de moi. Je sens bien que son corps tente de repousser le mien.

– Je suis plus fort que toi. Je vais gagner cette bataille.

J'ai beau être sincère, ma voix est tendue.

Je glisse une main le long de son corps et soulève ses fesses du matelas afin de changer l'angle de pénétration et ma capacité à aller encore plus au fond. Son excitation débordante m'appartient. Son corps est à moi. Sa langue, ses mensonges, ses sourires, ses cris… tout ceci est à moi.

– Ero !

Mes yeux s'ouvrent. Je jette un coup d'œil vers son bras, mais il m'est caché. J'ai soudain envie de le voir, de m'en délecter, de graver ses cicatrices dans ma mémoire. Mais je ne peux pas bouger. Je ne peux pas changer la trajectoire de mes hanches, ni mes pensées, ni mon intention, qui est seulement de m'enfoncer en elle aussi profondément que son petit corps le permet.

Je me glisse encore plus profondément, je l'étire au-delà du point de non-retour.

– Halima, je grogne.

Elle halète et émet des petits bruits de douleur. Je m'arrête, je regarde son visage, j'attends qu'elle croise mon regard.

– Détends-toi pour moi, s'il te plaît. Halima, je t'en supplie.

Je la *supplie*, putain.

– Ça fait un peu mal.

Je grogne. Je ne veux pas rompre ma promesse. Je m'assois et lui saisis la taille, mes doigts se rejoignent près de son nombril. Elle se cambre en arrière. Son corps se désarticule tandis que je passe ma langue sur sa poitrine. J'attrape un téton brun dans ma bouche et je tire vers le bas. Je fais glisser ma bite dans son corps. J'y suis presque. Je suis presque au fond. Ses hanches se tortillent, ce qui m'empêche de me concentrer, mais je réprime mon propre plaisir tout en m'efforçant de garantir le sien.

Quand ce sera fini, je veux que ce fait soit gravé dans sa mémoire : le premier homme avec qui elle a baisé était un homme mauvais, un homme cruel, un homme dur, mais il a su prendre soin d'elle. Je veux qu'elle se souvienne que c'est moi qui l'ai prise. Je veux qu'elle se souvienne... putain. Elle ne doit jamais oublier que c'était moi.

Je la saisis brutalement et lui donne une dernière secousse en la jetant complètement sur moi. Elle gémit, mais je me souviens d'où je suis, je me souviens qu'elle a mal, et je lèche une ligne le long de son sternum avant d'aspirer son autre mamelon dans ma bouche. Je mords assez fort pour laisser des marques sur son sein. J'espère la distraire de sa douleur en en générant une autre. Ses mains se posent sur mes épaules et me retiennent avec une certitude que je ne mérite pas.

Je m'avance, je la recouvre entièrement. Ses hanches relevées me permettent de frotter mon bassin contre sa douce bosse et de la faire frissonner. Ses yeux s'ouvrent et plongent dans les miens. Nous restons ainsi connectés alors que je commence à bouger. La peur se lit dans son regard et je ralentis.

– Douleur ?

C'est tout ce que j'arrive à dire. Je ne peux prononcer que ce seul mot alors que je fais tout ce qui est en mon pouvoir pour être doux. Je grince un peu plus doucement des dents et je me déplace avec un peu plus de fluidité.

– Douleur ? je répète en essayant de garder la tête droite et de ne pas perdre la tête.

Je mène une guerre interne impitoyable pour garder le contrôle de mon corps alors que je m'efforce de prendre soin du sien. Elle n'est pas prête à ce que je sois brutal. Un jour, elle sera prête, mais ce jour n'est pas aujourd'hui. Un jour, oh putain… Un jour, je la prendrai sauvagement. Mais aujourd'hui, je vais la laisser me rendre fou.

Je deviens un autre homme, un homme que je ne connais pas, lorsque des larmes coulent sur son visage. Sa bouche se relève et elle utilise sa langue pour mouiller sa lèvre inférieure. Elle s'accroche à mes épaules comme une femme sur le point de se noyer s'accroche à une bouée. Et moi je m'enfonce, j'entre en elle aussi doucement que je le peux.

– Non, pas de douleur, Ero, dit-elle.

Elle prononce mon nom. Je ne vais pas tenir…

– Juste… inondée.

Je souris.

– Tu es submergée ? Beaucoup de sentiments ?

Elle acquiesce.

– Je suis submergée.

– Alors laisse-toi submerger.

Elle halète. Je parviens de justesse à garder le rythme et à ne pas exploser dans son corps. Au lieu de cela, je reste immobile, je prends un moment pour me ressaisir. J'embrasse son cou, j'enfouis mon visage dans la creux au-dessus de son épaule.

– Comme je suis submergé, je grogne contre sa chair.

Je continue à bouger. Je glisse à l'intérieur et hors de sa chaleur alors que le jour s'effiloche en pluie d'heures et que les heures deviennent des secondes. Halima se débarrasse d'une partie de la peur qui l'habitait. Sa peur ne disparaît pas complètement, mais elle s'éloigne, en partie.

Ses mains s'approchent de mes épaules. Elle ne se retient pas, elle me touche. Elle enfonce ses ongles dans mon dos assez fort pour laisser des marques, c'est ce que j'espère en tout cas. Elle m'embrasse plus librement, elle mord ma jugulaire.

Je m'inquiète, mais seulement fugitivement. Je me souviens rapidement que je suis le seul meurtrier ici et qu'elle n'est pas là pour me tuer. Alors je la laisse me toucher où elle veut, m'embrasser où elle veut, me mordre où elle veut. Personne d'autre n'a jamais eu un tel privilège. Personne n'aura jamais plus un tel privilège.

Je la retourne sur le ventre et lui soulève les hanches. Elle tremble, mais elle n'est pas seule, moi aussi je tremble. Je ne sais pas depuis combien de temps nous avons commencé. Je passe la main autour de son corps pour caresser son clitoris. Ses parois internes pulsent autour de mon érection et me pressent avec une ardeur sauvage.

– Putain, Halima.

C'est la troisième fois ce soir que je sens sa chatte vibrer autour de moi, et j'ai du mal à me retenir de jouir à sa suite.

– Je ne peux pas… Je… Tu... À moi !

Je lui donne une claque sur le cul quand son torse tombe en avant. Elle abandonne. Son corps est en train de lâcher. Elle gémit des mots inconnus dans les draps. Je ne peux pas identifier ou interpréter ce qu'elle affirme dans cette pièce aux murs rocheux, mais je me sens comme un putain d'orage chaque fois que je l'entends murmurer mon nom.

– Ero… c'est transcendant...

Je fais glisser ses cheveux humides sur son épaule. Elle transpire et j'adore ça. Putain, j'adore tout ce qu'elle fait et tout ce qu'elle dit

– Tu es à moi. Et je vais te remplir maintenant, je grogne.

Mais je n'en fais rien. Je ne peux pas. Je ne peux pas risquer d'avoir un enfant. C'est une faiblesse pour laquelle je ne suis pas prêt.

Les Nigusis n'ont des enfants que lorsqu'ils se retirent, et rares sont ceux qui survivent assez longtemps pour pouvoir se retirer. Je refuse de laisser cette petite humaine aux mille faiblesses parcourir ce monde avec notre enfant, seule.

Incliné sur son épaule, je la mordille et commence à me retirer. J'ai l'intention de jouir sur son dos, mais elle halète lorsque je me libère d'elle. Son cul plonge maladroitement vers l'arrière.

– Non. S'il te plaît. Tu peux... à l'intérieur. Pas de bébé, bafouille-t-elle.

– Quoi ?

– Pas de bébé. Je n'ai pas…

Elle dit un mot que je ne connais pas, puis précise.

– Du sang. Pas de sang. Je n'ai pas encore saigné. Aucune de nous n'a saigné. Tu ne peux pas… me mettre enceinte.

La panique m'envahit. Mes guerriers ont peur de féconder les captives, c'est ce qui les éloigne de toutes ces femmes. Ça, et la maladie. Mais si les femmes Tanishis sont vierges et ne peuvent pas tomber enceintes, alors elles sont en danger.

La rage me glace le sang quand j'imagine l'un de mes guerriers avec Halima. Son corps est si souple. Se donnerait-elle à lui de son plein gré ?

J'attrape ses cheveux d'un seul poing et elle gémit. Je lutte pour relâcher ma prise alors que je m'enfonce plus profondément en elle. Puis ma retenue s'envole au vent et quitte ma paume, comme une feuille qui fuit dans le courant de la rivière.

Je m'enfonce en elle. Je l'imagine avec quelqu'un d'autre. C'est tout ce qui me vient à l'esprit. Non, ce n'est pas tout. Je l'imagine enceinte, je l'imagine avec mes enfants…

Je n'entends que le claquement de mes hanches contre son cul. Elle essaie de se redresser sur ses bras et de s'accrocher aux draps pour rester immobile, mais elle n'y parvient pas. Elle rebondit dans toutes les directions, elle absorbe chaque poussée. La sueur dégouline de son corps et se mélange à la sueur dégoulinant de mon corps.

J'agrippe à nouveau son cou, je cherche désespérément à attirer son attention. Elle essaie de me regarder par-dessus son épaule, mais mes doigts caressent à nouveau son clito. Elle tombe... et cette fois, elle m'entraîne avec elle. Anidi laye. Nous tombons ensemble.

Je lutte contre le plaisir qui menace de déformer mon corps et mon visage. Je veux garder mon regard fixé sur ses yeux. Je veux la regarder, je veux tout voir quand mes couilles s'accrochent à mon corps et que je glisse à l'intérieur en me vidant en elle avec force.

J'espère vraiment qu'elle ne m'a pas menti, parce que sinon sa grossesse est assurée. Je n'ai pas joui comme ça depuis une éternité, du moins c'est ce que je ressens. La dernière femme avec qui j'ai été... putain. Je n'arrive même pas à m'en souvenir.

Si je ne me fie qu'à ma bite, il n'y en a jamais eu d'autre.

Si je ne me fie qu'à ma bite, il n'y en a aura plus jamais d'autre.

Je gémis puis je tombe sur elle. Mes hanches continuent de se heurter à ses cuisses et ma bite continue de s'enfoncer dans son corps avec ivresse.

Je la touche partout, mes mains se promènent aveuglément, désespérément sur son corps. Je serre tout ce que je peux, je serre tout, je ferme les yeux. Je n'arrive pas à me raccrocher à quoi que ce soit, il ne me reste que ma raison, mon esprit. Et je peux à peine compter sur eux. Je ne pensais pas que ça se passerait ainsi... Je n'imaginais pas que je me trouverais ébloui par sa grandeur.

Elle est la vie à l'état pur.

Alors que je m'enfouis dans son corps et que j'essaie de toutes mes forces de ne pas l'écraser, une soudaine prise de conscience commence à m'envahir comme une ombre se déplaçant sous le soleil... elle est peut-être une

Tanishi et elle est peut-être à moi, mais je vais sans doute devoir me battre impitoyablement pour la garder et pour la *conquérir. Je ne suis pas prêt.*

Je ne me sens pas prêt. Je devrais me lever du lit et mettre un peu de distance entre nous. Alors que mes couilles abandonnent chaque goutte de sperme qu'il leur reste, je me sens brisé. Mais je ne me lève pas.

Au lieu de cela, je la serre si fort que je crains de la briser, je l'étreins de toutes mes forces. J'attrape son cou, chaque côté de son visage et j'enfonce ma langue dans sa bouche pour goûter la saveur salée de ses lèvres. Elles sont molles et sa respiration est saccadée, mais cela n'a aucune importance. Je ne peux pas m'arrêter de la baiser avec ma langue.

Je l'attrape par la taille et la maintiens de façon à ce que nos estomacs soient pressés l'un contre l'autre. Ma bite est toujours profondément enfoncée dans son corps, frissonnante, tressautante, désireuse de la savourer à nouveau. Désirante. C'est un mot dangereux, mais c'est tout ce à quoi je peux penser maintenant.

Je saisis sa mâchoire d'une main tremblante, elle se lèche les lèvres et, quand je me retire, elle fait ce qu'il y a de plus monstrueux. Elle me poursuit, éparpille sur mon visage de douces pressions de sa bouche en m'embrassant doucement, si doucement que je doute de pouvoir survivre à ce traitement.

Contre mon fouet et ma lame, elle brandit une épée faite de fleurs; et elle remporte à chaque fois la victoire. Je n'ai aucune chance contre elle.

– Putain ! je m'exclame.

– Mhmm, gémit-elle.

– Je vais t'avaler toute entière.

– Tu vas faire quoi ?

– Je ne vais rien faire.

Je vais tout te faire.

– Comment c'était ? As-tu ressenti du plaisir ?

Je parle vite parce que je veux absolument savoir. Je ne peux pas m'arrêter de la toucher et je la touche avec telle une intensité que je crains de lui faire mal.

Pendant ce temps, elle me caresse paresseusement le dos, comme si elle ne ressentait pas la même pression que moi dans sa poitrine. Elle me caresse comme si rien d'autre au monde ne comptait, comme si à ses yeux, j'étais le seul à avoir une quelconque importance. Elle ne se retire pas. Elle est là, avec moi.

– Réponds-moi, Halima.

J'écarte ses cheveux de son visage et je regarde les étoiles s'éclaircir dans ses yeux.

– S'il te plaît.

Sa bouche s'agite, ses yeux brillent. Elle me sourit mais son expression est hésitante et sa lèvre inférieure tremble. Elle ne parle pas. Elle ne peut pas. Et je ne peux pas lire en elle. Pas maintenant. Parce qu'en ce moment, je suis aussi brisé à l'intérieur qu'elle l'est à l'extérieur.

– Et tu dis que tu n'es pas un homme bon… fait-elle.

Putain de merde. Elle a l'air si blessée que je n'arrive pas à comprendre son expression et ses mots.

– Putain. Je t'ai fait mal ? Tu as mal ?

Je commence à reculer, j'essaie de me retirer d'elle, mais elle gémit. Ses mains s'agrippent à mes épaules et me tirent vers le bas.

– Non. Non ! S'il te plaît, ne pars pas.

Ses cuisses serrent mes hanches et elle expire profondément lorsque je m'appuie plus fermement sur elle. Ma bite est si sensible que le moindre mouvement génère une vague de sensations qui confinent à la couleur, mais je n'en ai rien à foutre pour l'instant.

Je reste en elle parce qu'elle me l'a demandé et parce que je ne me souviens pas d'avoir jamais rien ressenti de tel. Il n'y a rien de mieux que le poids de son corps dans mes bras. J'embrasse son front, je goûte sa peau salée. Et ensuite, parce qu'elle a un putain de bon goût, je l'embrasse à nouveau. J'attends.

Le temps ralentit et s'étire, s'écoule dans la rivière et suit les courants. L'Histoire dont elle a parlé, celle qui a façonné mon bras armé toute ma vie, saigne aussi, comme un démon exorcisé qui est extrait d'un corps.

– Je t'ai menti, murmure-t-elle.

Ahh... Nous y sommes.

– À propos de quoi ?

– Je ne te déteste pas, Ero. Tu n'es pas un homme bon, mais tu as des qualités et je ne les déteste pas.

Je souris et secoue la tête.

– Je ne sais pas pourquoi tu t'entêtes à voir en moi des qualités. Ça t'aurait déjà coûté la vie si tu n'étais pas avec moi…

Et si elle n'était pas déjà à moi, comme l'ont écrit les lois de l'univers et les maîtres du temps.

Je passe ma main dans son dos, j'essaie d'imiter la douceur avec laquelle elle me touche. Le bout de mes doigts frotte sur des points de suture et elle sursaute.

– Tes points de suture ! J'avais oublié. Viens, je vais laver ta plaie. Je vais laver ta blessure.

– Non. Non, Ero, soupire-t-elle. Je vais bien. Je suis juste... inondée.

En me penchant prudemment pour vérifier son épaule, je vois que ses points de suture ne semblent ni déchirés ni enflammés et qu'ils ont déjà commencé à former une croûte.

– C'est bien. C'est exactement comme ça que tu dois te sentir… submergée.

– Inondée – ce n'est pas le bon mot ?

Elle plisse le nez et laisse retomber sa tête sur mon bras. Elle lève les yeux vers moi et je fixe ses yeux qui sont si bruns, que je m'y noie. Putain. Ma bite s'agite dans le foyer qu'elle a trouvé et une vague de stress et de panique m'envahit. Elle doit rester ici. Elle doit rester ici pour toujours. Elle doit rester ici aussi longtemps que je le souhaiterai. En sécurité, heureuse et vivante.

– C'est le mot parfait. Je veux t'inonder, pour que tu penses à ma bite en toi tout le temps. Je veux que tu en aies envie. Quand je reviendrai après avoir massacré nos ennemis, je veux que tu m'attendes en te touchant, les jambes écartées, prête à me recevoir. Tu feras ça pour moi ?

Elle cligne des yeux lentement, paresseusement, avec un air doux. J'embrasse son menton et, contre sa gorge, j'expire :

– Tu feras ça pour moi. Parce que tu es à moi.

Je tends la main au-dessus de moi à l'aveuglette et attrape une poignée d'oreillers que je place sous nous et autour d'elle. Elle est encerclée, elle ne peut pas s'échapper. Je fais glisser une couverture sur elle et elle se met à rire.

Mon érection a commencé à diminuer. Je pourrais la prendre à nouveau facilement, mais je ne pense pas qu'elle soit prête. C'est la seule force de ma volonté qui m'empêche de la prendre jusqu'au prochain lever de soleil – ça, et une peur bien réelle : quelle furie, quelle folie se sont emparées de moi ?

Je regarde l'endroit où nos hanches sont jointes, puis son visage. Je ne peux m'empêcher de rire de son expression.

– Qu'est-ce qu'il y a ?

– Je n'arrive pas à croire que nous en ayons mis partout. C'est toi... qui a joui autant ?

Elle regarde l'endroit où nos estomacs se rejoignent et le liquide clair et laiteux qui nous colle l'un à l'autre.

Je secoue la tête et frotte mes doigts dans le liquide gluant. J'en ramasse un peu et le porte à ses lèvres.

– Non, Halima. C'est le produit de ta jouissance. Mon sperme est ici. Ouvre.

Elle ouvre la bouche, sans que son regard ne rencontre le mien. Sa langue tourne autour de mon doigt le plus long avant de le libérer.

– Avale, je lui dis.

Elle m'obéit.

Puis elle imite mon mouvement et rassemble un peu de son liquide et de mon sperme sur son pouce pour le presser sur ma lèvre inférieure.

– Ouvre, Ero.

Ero. C'est mon nom, mais je ne crois pas l'avoir jamais entendu prononcé ainsi.

– Tu oses donner un ordre à ton Nigusi ?

Je lui pose cette question juste pour rire. Je la *taquine*. Incroyable. Je n'y crois pas moi-même. Je suis en train de me livrer à des putains de taquineries avec elle.

J'ouvre la bouche et elle sourit avec ravissement quand j'aspire le sperme de son doigt sur ma langue. Je n'avale pas, mais je me penche vers elle et l'embrasse en enfonçant ma langue dans sa bouche.

Elle aspire.

Mes yeux se révulsent et mes hanches s'agitent en elle une fois de plus.

– Putain, Halima, je siffle en me reculant. Si on

continue comme ça, je vais te baiser à nouveau et je ne m'arrêterai jamais.

J'appuie ma paume sur son bas-ventre, je passe mon pouce sur sa peau.

– Je vais sortir maintenant.

– Hum mmm.

Elle secoue la tête.

– Oh…

J'arrête de bouger.

– Je ne suis plus dur. Ça ne te fait pas mal.

– Ça, c'est à moi d'en juger, dit-elle en faisant la moue.

Je vois qu'elle est très fragile. Elle plaisante, mais elle a aussi les larmes aux yeux.

– Ne fais pas ça.

J'appuie mon pouce sur sa lèvre inférieure pour arrêter son léger frémissement. Je suis impuissant face à cela. Si elle me le demandait en faisant cette tête, en adoptant ce regard perdu, je lui céderais mon trône. Je lui donnerais ma vie. Je passe mon pouce sous ses yeux.

– Je ne pleure pas, murmure-t-elle.

Elle touche ma hanche, ses ongles se plantent dans mon flanc. Elle renifle.

– Arrête ça ! je m'exclame.

Je suis déstabilisé par le changement soudain que je constate en elle.

– Pourquoi fais-tu ça ? je demande.

– Je ne fais rien.

– Je sais que tu mens.

Je glisse un pouce sous son menton et lui fais relever le visage.

– Pourquoi est-ce que tu mens ?

– Parce que je n'étais pas censée prendre autant de plaisir à être avec toi.

Elle se penche en avant et embrasse mes pectoraux.

– Je vais m'attendre à ce que le prochain homme que je fréquenterai soit aussi bon que toi et je ne pense pas qu'il le sera.

La fureur transperce l'éclat de ce moment. Ma poigne se durcit.

– Quel prochain homme ?

– L'homme avec lequel je serai quand je m'échapperai à la surface. Ou l'homme que je fréquenterai quand tu m'auras tuée, celui que je fréquenterai dans une prochaine vie, murmure-t-elle. Je pense que je n'oublierai pas ce moment que nous avons passé ensemble, même à la surface, même dans une autre vie.

Putain. Putain de merde. Je roule sur elle et l'embrasse profondément. Je goûte sa peur et sa douleur comme si elles étaient miennes. Je déteste ce qu'elle vient de dire. Je la déteste pour avoir prononcé ces mots.

Je grogne :

– Tu as raison. Tu ne m'oublieras pas parce que je te prendrai comme ça tous les jours pour le reste de ta vie. Il n'y a pas d'autres hommes pour toi. Tu ne connaîtras que mon lit et si un autre homme ose s'approcher de mon lit, la dernière chose qu'il verra sera l'épée avec laquelle je l'empalerai.

Elle se contente de secouer la tête. Elle touche ma poitrine. Elle sourit.

– Tu peux être *shar-mand* quand tu veux.

Elle me dit un mot que je connais, mais dont le sens ne m'est pas familier.

– Quoi ? Immature ? Tu me traites d'enfant ?

Elle rit et cela illumine tout mon corps, toute ma chambre.

– Non. Ce mot doit être ancien. C'est triste qu'il

s'applique uniquement aux enfants aujourd'hui. Ce que je veux dire, c'est que…

Son regard se pose sur ma poitrine. Elle rapproche le bout de ses doigts sur mon cœur.

– Ce qu'il y a là, ces bonnes parties de toi, elles… elles me *touchent*.

Mon cœur bat plus fort, plus vite. J'ouvre la bouche pour lui dire que je suis tout aussi ému – ravagé, détruit par ses caresses, ses petits baisers, et la façon dont elle est quand elle s'ouvre, mais ce qu'elle dit ensuite m'ôte ces mots de la bouche.

– Mais elles sont condamnés à disparaître.

– Quoi ? Pourquoi tu dis ça ?

– Parce que je m'échapperai et je serai libre ou alors tu devras me tuer. Dans tous les cas, je ne te verrai plus, murmure-t-elle tristement tout en me caressant. Nous ne nous retrouverons plus jamais ensemble ici.

Furieux, je fais brusquement glisser mon sexe hors de son corps et elle se recroqueville comme si je l'avais frappée à l'estomac. En entendant le son qu'elle émet, je me sens comme une merde. Sa douleur reflète la mienne. Ma bite est sensible, exposée et énervée par ce que je viens de faire.

Je me frotte brutalement le visage, toujours maladroitement courbé, incapable de me tenir debout. C'est de sa faute. Je devrais la punir, mais la seule punition que je veux lui infliger consiste à la prendre, encore et encore. Et je ne le ferai que pour lui apporter du plaisir, aucune douleur. Je ne veux pas la faire souffrir.

Jamais plus.

– Putain.

Mon cœur est un tambour de guerre et je lutte pour

respirer à travers la mélodie. Il attend quelque chose de moi. *Dis-le-lui. Fais-le. Dis-lui que tu es désolé. Donne-lui envie de rester.*

– Je…

Je ne peux pas. Je ne me suis jamais excusé.

– Ça ne se passera pas comme ça. Tu feras ce que je te dirai de faire et si je te veux pour toujours, alors tu resteras ici pour toujours, les jambes écartées, à attendre que je te donne du plaisir.

Je n'attends pas sa réponse – il n'y a rien de plus à ajouter – et je vais rapidement dans la salle de bains pour prendre un chiffon, une bassine d'eau en pierre et de la crème cicatrisante. Je reviens vers le lit et y dépose les objets, puis j'attrape le flacon de vin sur le plateau de nourriture. Je débouche le bouchon avec mes dents et lui passe l'outre de vin, mais je constate quelque chose d'étrange.

Ma Tanishi m'observe, complètement figée. Je jette un coup d'œil derrière moi. Peut-être que mes appartements ont été pris d'assaut alors que j'avais le dos tourné et que mon attention était entièrement concentrée sur elle ? Mais il n'y a rien. Nous sommes seuls.

– Quoi ?

Son regard se porte sur le vin. Je le lui tends.

– Tiens, c'est pour tes nerfs. Ça va atténuer toute douleur persistante.

Ses doigts se recroquevillent dans les couvertures. Sa voix se bloque. Puis elle secoue la tête, ses yeux s'arrondissent et je comprends enfin. *Le mensonge. Voilà ce qu'elle me cachait. Voici le mensonge qui la perturbait dans la grotte principale.*

Cette petite Tanishi a mis du poison dans mon vin.

Ça doit faire longtemps que ce mensonge doit lui

peser car cela fait plusieurs jours que je ne suis pas retourné dans ma chambre. *Cela signifie que cela fait un petit moment qu'elle a décidé de m'empoisonner...*

Un petit aiguillon obscur me pique le ventre. Ce n'est pas suffisant pour me blesser *mais ça fait mal. Bien plus que n'importe quelle blessure que j'ai jamais subie.* Peut-être que ce qui fait le plus mal, c'est de savoir qu'elle pense que je mérite d'être empoisonné. Je sais que c'est ce que je mérite.

Mais je ne veux pas qu'elle pense cela.

Je pense à ce qu'elle vient de dire. *Dans tous les cas, je ne te verrai plus.* Était-ce un avertissement ? Ou une menace ? Je sais maintenant à quoi elle joue.

Je lui souris et je me demande ce qu'elle voit. Elle se crispe. Elle attend que je sorte un couteau. Au lieu de cela, je souris :

– Si tu n'en veux pas, je ne vais pas te forcer.

Je porte le vin à mes lèvres et je fais mine d'en avaler plusieurs gorgées. Je bouche l'ouverture de l'outre avec ma langue, mais je laisse quelques gouttes s'échapper et couler sur mon menton pour la forme.

Alors que je fais semblant de finir l'outre de vin, l'expression de son visage me coupe presque le souffle. Ses yeux sont mouillés et ses lèvres sont légèrement entrouvertes. Elle serre une couverture contre sa poitrine comme s'il s'agissait d'un bouclier. L'aiguillon dans mon cœur recule d'un poil à ce regard. Elle veut peut-être me tuer, mais au moins, une partie d'elle va me regretter.

Ce n'est pas une tueuse. Je doute qu'elle tue quelqu'un de son plein gré. Elle le ferait peut-être si sa vie était en danger. Je l'espère en tout cas. Mais je n'en suis même pas sûr. Elle est si fragile. Et elle veut m'échapper ? Elle veut être libre ? Je secoue la tête. Elle a tort. À la surface, seule dans les mines, n'importe où, elle se fera tuer. Elle a besoin de moi et je le lui ferai comprendre. Je dois le lui faire comprendre.

– Quoi ? murmure-t-elle, la voix tremblante et effrayée.

Elle a encore peur de moi. Elle pense que je la soupçonne. Elle pense que je vais la tuer. Elle n'a pas conscience du changement, elle ne sait pas que tout a changé.

– Tu sais qu'il y a une troisième option ?

Muette, elle secoue la tête.

– Tu pourrais me tuer.

Je prends une autre fausse gorgée de vin et je regarde sa mâchoire se contracter. Elle ne dit toujours rien et la douleur enfonce ses talons dans mon cœur, elle essaie de l'empêcher de battre.

Je retourne la couverture et siffle à la vue de ses jambes, toujours légèrement écartées comme si elles attendaient mon retour. Je suis sur le point de céder à l'envie de lui faire ce plaisir jusqu'à ce que je me souvienne qu'elle vient d'essayer de me tuer.

– Il y a même une quatrième option, j'ajoute tout bas en touchant sa cheville de la main et en la déplaçant sur sa voûte plantaire. Une option qui implique que nous vivions comme ça tous les jours. Aucun de nous n'aurait besoin de mourir.

Elle pousse une petite exclamation étouffée et son regard tombe sur la couverture. *Non, ma petite Tanishi n'a pas le cœur d'une meurtrière.*

– Putain.

Je secoue la tête et grimace. Mon regard tombe sur l'intérieur de ses cuisses exposées.

– C'est une tâche qui conviendrait mieux à une serviette qu'à un petit chiffon. Tu as vu tout ce qu'on a mis partout ?

Je la regarde dans les yeux. Elle fait un petit signe de tête.

– Anidi laye, je déclare.

Elle ne répète pas les mots, c'est bien la première fois. Elle déglutit, manifestement rongée par la culpabilité. *Ma Tanishi n'est décidément pas une tueuse.* Elle n'a pas besoin de l'être, je tuerai pour nous deux. Pour l'instant, je continue à jouer le jeu. Cette petite comédie n'est pas encore terminée.

– Attends ici.

La bouche sur l'outre de vin, je me dirige vers la sortie de la pièce. Dès que je suis hors de vue, je bouche la bouteille et laisse tomber l'outre de cuir dans une pile d'armures, bien au fond, là où il n'y a aucune chance qu'elle la trouve.

Ensuite, je prends une outre de vin frais dans l'armoire de la salle d'entrée. Je le débouche et le bois librement avant d'attraper un grand drap blanc et de retourner au lit où j'écarte soigneusement ses jambes avant de la nettoyer encore plus soigneusement.

– Tu es silencieuse, dis-je en passant le chiffon humide sur sa fente et en éliminant le plus de sperme possible.

Cela me rend nerveux de voir comment le blanc s'écoule de sa chatte rose pour tacher sa peau brune. C'est comme de la pluie. Non. C'est comme… n'importe quoi d'autre. C'est *dégoûtant*.

Elle acquiesce et semble à nouveau au bord des larmes. Pour enfoncer le clou, je vide le reste de la bouteille de vin et je regarde son expression se transformer. *Elle n'a pas un cœur de pierre.* Elle est peut-être bien la seule dans ces grottes à ne pas avoir le cœur assez dur pour ôter la vie.

– Ça va, Halima ?

Elle renifle, secoue la tête, puis elle m'arrache brusquement le vin des mains et le jette sur le lit. Elle prend les chiffons et les jette aussi, avant de m'attraper les deux poignets et de me tirer contre elle. Je la prends dans mes bras. Les torches autour de ma chambre sont encore allumées et cela m'agace, mais je n'ai pas l'intention de faire quoi que ce soit pour les éteindre.

Non, je resterai ici jusqu'à ce qu'elle me tue.

Pas avec son vin empoisonné, bien sûr, mais avec les battements de son cœur, la tendresse avec laquelle elle me tire les cheveux et la douceur avec laquelle elle me serre dans ses bras.

À plusieurs reprises, elle commence à dire quelque chose, puis elle s'arrête. À la fin, je me dis à contrecœur que j'ai assez attendu et je fais semblant de m'endormir.

Elle attend longtemps avant de faire quoi que ce soit. Si longtemps que je me demande fugitivement si je ne me suis pas trompé. Peut-être qu'elle ne m'a *pas* empoisonné et que son expression bizarre vient de la façon brutale dont nous avons baisé. J'ai essayé d'être doux, mais peut-être qu'elle est blessée. Peut-être que je n'ai pas été assez doux. Quand je l'ai nettoyée pourtant, je n'ai pas vu de sang...

Elle se déplace, sans aucune prudence, sans chercher à être discrète, mais je suppose qu'elle pense que je suis mort ou au moins incapable de bouger, donc c'est logique. Elle ne prend pas mon pouls et ne s'arrête pas pour vérifier ma respiration, soit parce qu'elle est sûre que le poison utilisé a fait effet, soit parce que son instinct de tueuse est si faible qu'il est totalement inefficace.

J'attends le signe révélateur qu'elle essaie de

repousser la porte pour s'élancer dans le couloir avant de me lever pour la suivre, mais à ma grande surprise, elle ne se dirige pas du tout vers la porte. Au lieu de cela, mes oreilles attentives au bruit qu'elle fait perçoivent un mouvement... on dirait qu'elle manipule du cuir.

La curiosité me titille les paupières, mais je résiste à la tentation. Je l'écoute plutôt fouiller dans mes armoires pour trouver du linge. Je devine le bruissement des tissus pendant qu'elle s'habille.

Elle murmure doucement pour elle-même en se déplaçant, en amassant des objets dans ma chambre que j'aimerais pouvoir voir, mais je ne peux pas risquer d'ouvrir les yeux. Je ne peux pas prendre le risque d'ouvrir les yeux. Pas tant que je ne saurai pas exactement quel est son plan afin de pouvoir l'arrêter la prochaine fois, avant qu'il ne se produise.

Puis, horreur, la porte de ma chambre s'ouvre – pas de l'intérieur, mais de l'extérieur – et des putains de captifs entrent.

Ils parlent. Ils sont trois, sans compter Halima. Je ne peux identifier aucun mot de leur langue, mais je peux entendre le stress dans la voix d'Halima qui les presse de faire quelque chose. Puis les bruits de pas s'intensifient. Je m'efforce de garder une respiration régulière et un pouls long et bas. Faire le mort est un art que maîtrisent tous les guerriers pikosas. C'est utile quand on est torturé.

Des doigts touchent ma gorge, puis mon poignet. La main est assez grande, je pense qu'il s'agit d'un homme. C'est lui ? C'est le mâle auquel elle pense lorsqu'elle me baise au point de me propulser jusqu'aux étoiles ?

Les mots s'égrènent et chaque once de retenue dans mon corps se renforce tandis que je me bats pour garder la raison et aller jusqu'au bout. Un Tanishi est venu sauver Halima. Un Tanishi est venu dans mes appartements privés me voler quelque chose que je n'ai pas l'intention de perdre.

Je me concentre sur le son de sa voix. Je sais que c'est tout ce que j'aurai plus tard pour l'identifier. J'attends quelques instants après leur départ avant de me lever, de m'armer jusqu'aux dents et de me lancer à leur poursuite dans le tunnel. Chaque pensée qui me porte vers elle est parcouru par une soif de sang. Chaque once de tendresse a disparu.

L'idée qu'elle essaie de me tuer ne me dérange pas autant que l'idée qu'elle essaie de me tuer pour pouvoir être avec quelqu'un d'autre. C'est inacceptable. Je me fais donc une promesse, aussi simple que sûre. Pour éliminer mes concurrents, je tuerai chaque Tanishi dans mes grottes ce soir, mâle ou femelle.

Tous sauf celle qui est à moi. Je n'ai pas besoin d'y réfléchir davantage. J'en sais assez, je n'ai que faire des signes que l'univers m'envoie.

10
Halima

Je suis surprise de voir arriver le trio qui vient me chercher dans la chambre d'Ero. Je m'attendais à ce qu'Haddock soit là, mais je ne m'attendais à ce qu'il soit accompagné de Chayana – la personne la moins apte à se faufiler dans tout le réseau de grottes – et de Frey, que je ne pensais pas capable de nous faire suffisamment confiance pour se joindre à un groupe de Tanishis.

Les deux femmes me regardent fixement alors que nous nous tenons dans le couloir de pierre. Nous attendons qu'Haddock finisse de remettre le rocher en place.

Chayana apaise son angoisse en parlant. Elle parle anglais mais bien trop rapidement et trop bas pour que je puisse la comprendre. Soudain, sans que personne lui ne lui ait demandé quoi que ce soit, elle chuchote : « Très bien ! ». Elle se dirige alors vers Haddock et pousse de toutes ses forces sur la porte. Frey tressaille, comme si elle voulait se joindre à eux, mais semble figée sur place.

Son regard me met mal à l'aise. Je me racle la gorge.

– Tu es venue, je fais remarquer.

Elle acquiesce. Elle comprend manifestement mon Omoro, même si ma voix est rauque et que je suis terrorisée. Ma peur m'empêche de comprendre ce qu'elle me demande ensuite. Lorsque je lui demande de répéter pour obtenir des éclaircissements, je réalise ce qu'elle veut dire et je grimace.

– Non. Non, il ne m'a pas violée, dis-je en utilisant le même mot qu'elle.

Elle ne semble pas me comprendre, alors je répète une fois, deux fois, puis une troisième fois. Ensuite j'ajoute :

– Je lui ai donné mon corps. Cela l'a aidé à boire le vin.

Pourquoi a-t-il bu le vin ? Je suis furieuse contre lui. Il voit tout, il devine tout. Pourquoi n'a-t-il pas compris que quelque chose clochait ? Pourquoi m'a-t-il laissée devenir un monstre, moi aussi ? Pourquoi m'a-t-il laissée devenir comme lui ?

Je lis sur son visage qu'elle a bien compris mon explication, mais je la sens aussi inquiète.

– Je comprends, finit-elle par dire.

Je renifle. Je me sens si mal que je n'arrive même pas à savoir ce qui me fait le plus mal. Mon corps ? Mon esprit ? Mon cœur ?

– Tu as mal ?

Mal… C'est un mot que je connais dans toutes les langues. Je secoue la tête avant de réaliser que j'ai effectivement un peu mal. Pas beaucoup, mais il y a une pression dans mes tripes. De plus, mes lèvres inférieures sont sensibles et à vif, même si elles sont cachées par un pantalon en lin d'Ero que j'ai serré à la taille et coupé aux chevilles. *Elles sont aussi encore dégoulinantes de son sperme… et du liquide de ma jouissance.*

– Non, ça va.

Ses yeux sombres parcourent mon corps et je me demande si elle me croit. Je ne pense pas. Ce n'est pas seulement ma chatte mouillée qui me dérange, c'est ma poitrine ravagée, détruite car mon cœur en a été violemment arraché.

Faites qu'il ne soit pas mort ! Ne meurs pas Ero, s'il te plaît, ne meurs pas, ne meurs pas, ne meurs pas.

J'espère que je ne l'ai pas tué, mais... j'espère aussi qu'il ne se réveillera jamais – pas parce que je le déteste ou parce que je veux qu'il meure – mais parce que je ne veux plus jamais croiser son regard et y lire le reflet de ma trahison. Je ne veux pas me trouver face à un regard d'homme trahi. *Son regard de monstre me convenait mieux.*

– D'accord. Allons-y.

Haddock me serre l'épaule et nous partons en courant à travers les tunnels. Enfin, nous ne courons pas véritablement, nous nous traînons plutôt un silencieusement. Je profite de ce bref répit pour pleurer. Je verse des larmes pour Ero, pour ce qu'il avait de bon, aussi infime que ce soit.

Frey ouvre la voie et parvient à manœuvrer dans le réseau de grottes avec une étonnante agilité. Je reste à sa droite pour traduire du mieux que je peux alors que nous arpentons les tunnels du nord-est avant de nous diriger directement vers le nord, là où se trouvent les Omoros.

Nous traversons la chambre remplie de bougies. Elle nous les distribue afin que nous puissions les utiliser pour nous frayer un chemin dans l'obscurité. Il fait exceptionnellement sombre là où sont enfermés les Omoros. Il fait si sombre que je vois à peine les Omoros présents. C'est Frey qui les signale en s'arrêtant périodiquement devant.

Je ne connais pas le plan, et cela m'arrange bien. Je ne veux pas être responsable des opérations. Je ne suis pas faite pour ça. Je suis heureuse d'avoir joué mon rôle et d'avoir contribué à rendre tout cela possible, mais je suis encore sous le choc.

Tout ce que je peux faire, c'est me concentrer pour faire un pas après l'autre, garder ma chandelle bien haute et empêcher mon cœur de se briser. Je l'ai trahi en utilisant ce qu'il voulait : un peu de tendresse. Je suis aussi détestable qu'il l'est. Qu'il l'*était*. J'espère que nous serons partis depuis longtemps quand il se réveillera... Oui, j'espère qu'il se réveillera.

S'il te plaît, Ero, réveille-toi après mon départ.

Je traduis pour les Omoros craintifs qui se joignent à notre groupe grandissant. Ils restent aussi loin que possible des Tanishis rassemblés derrière Haddock et Chayana. Chayana continue de parler.

– Il ne faut pas faire de bruit, me dit Frey alors que nous entrons dans un petit tunnel entièrement noir qui ne contient pas de mine.

Elle s'accroupit. Je peux entendre les trente corps derrière moi qui se traînent sur leurs fesses.

Je donne un ordre rapide à Haddock qui plaque sa main sur la bouche de Chayana, ce qui provoque un petit rire de l'Omoro agenouillé près d'eux. C'est un homme souriant ou peut-être un garçon. Il a l'air beaucoup, beaucoup trop jeune pour être ici à se battre pour survivre. La femme agenouillée à côté de lui semble plus âgée.

Elle lui prend le poignet et le fait taire. Elle surprend mon regard alors que je les fixe et elle m'offre un petit sourire blanc. Je lui réponds par un sourire en pensant fugitivement aux brosses à dents de Jia. Ces derniers jours, sous les soins d'Ero, je n'ai pas eu la mienne et j'ai utilisé des linges pour me frotter les dents. Ce n'est pas la même chose.

J'ouvre la bouche pour demander à Frey ce que nous attendons, mais comme en y repensant je me dis que cela n'a pas d'importance, je ne le fais pas. Le temps passe et Frey commence à s'agiter.

Haddock pousse un juron derrière moi.

– Leanna devrait être là maintenant.

Le tunnel dans lequel nous sommes est étroit. Je n'ai aucune idée de l'endroit où nous nous trouvons dans le réseau de grottes. Je sais seulement que je n'ai jamais été dans ce tunnel auparavant et je ne sais pas où il mène. Dans l'obscurité, je ne peux même pas voir sa longueur, s'il tourne, s'il bifurque ou quoi que ce soit d'autre.

Frey me jette un coup d'œil par-dessus son épaule. Le regard de fillette effrayée qu'elle avait quand je l'ai trouvée pour la première fois dans les grottes a disparu. Elle a l'air d'une guerrière. Elle a tout d'une Pikosa, elle semble même plus impressionnante encore.

– Nous ne pouvons pas les attendre plus longtemps. Nous devons partir maintenant. Nous n'avons que peu de temps avant que les gardes Pikosas ne reviennent. Ta cheffe et les Danians devront... aller... à la surface sans nous.

Je reconstitue des phrases à partir des mots que je comprends et j'en transmets le sens à Haddock. Il serre les dents.

– Pourrons-nous les retrouver à la surface ?

Je traduis du mieux que je peux. Frey secoue la tête.

– Si elle est avec les Danians, alors elle ira à l'un des... villages Danians... nous ne pourrons pas la trouver...

leurs tanières sont cachées, comme les nôtres.

Je transmets ses paroles à Haddock qui secoue la tête. Il a de la terre sur les joues et les mains. Il a l'air vraiment menaçant dans la faible lumière des bougies.

– Alors on y retourne, déclare-t-il.

– Si… on nous attrape, nous sommes tous morts. Si votre cheffe… est capturée *et* que nous nous échappons, alors elle aura… plus de chances… de survivre… si nous sommes partis. Les Pikosas auront… moins d'esclaves. Ceux qui resteront auront plus de valeur.

Haddock écoute ce que je traduis et croise mon regard.

– Qu'en penses-tu ?

Je n'hésite pas.

– Il faut s'éloigner d'ici. Si Ero se réveille, il me tuera ou il me fouettera et tous ceux qui m'accompagnent souffriront avec moi. Nous ne pouvons pas prendre ce risque. Nous devrions écouter Frey. Elle connaît les tunnels, les Pikosas et la surface mieux que nous. C'est son monde.

Haddock ne parle pas. Chayana lui prend le coude.

– Je suis d'accord avec Halima et Frey.

– Tu es prête à les abandonner ? grogne Haddock. Et anidi laye ?

Je pense alors à Ero et je ploie à nouveau sous la douleur. Le tuer fait de moi un monstre, comme lui. La peur de *ne pas* l'avoir tué fait de moi un monstre, tout comme lui.

Il n'y a pas d'issue, je suis comme lui maintenant.

– Khara, dis-je en secouant la tête. Tu as raison, Haddock. Nous devons retourner les chercher…

Frey se retourne et me plaque sa paume couverte de poussière et de cire sur la bouche.

– Chut ! aboie-t-elle.

Nous nous taisons tous. Même les battements de mon cœur brisé se suspendent dans la terreur tandis que nous attendons....

...et attendons...

Les tunnels sont sinistres. Des échos voyagent depuis ce qui semble être d'autres mondes, d'autres histoires séparées de celle-ci par des portes magiques dans la pierre. Si seulement nous pouvions les trouver !

J'ai l'impression d'être dans une sitcom télévisée diffusée depuis l'ancien monde. Il y a des mots étouffés, puis un grondement trouble, comme si plusieurs personnes riaient. La voix est soudain plus forte.

Les yeux de Frey deviennent si ronds que je peux voir du blanc de tous les côtés de ses iris sombres. Elle dit quelque chose dans sa langue. C'est soit un juron, soit un appel.

Elle me relâche, se lève et donne des ordres à son peuple. Je n'ai pas besoin de connaître sa langue pour savoir ce qu'elle leur dit et je me lève après elle, puis je me retourne pour crier :

– Les Pikosas arrivent ! Nous avons été découverts. Courez !

Derrière moi, Frey hurle et, lorsque je me retourne, c'est pour voir une ombre gigantesque qui ne peut appartenir qu'à un guerrier pikosa émerger du bord du couloir et tirer son corps dans l'obscurité.

Je cours à l'aveuglette, je trébuche sur les gens. Une main sur mon bras me maintient debout et je me retrouve plaquée contre le flanc de Haddock. De l'autre main, il tient Chayana par le poignet.

– Courez ! Courez tous ! rugit-il.

Les Omoros et les Tanishis s'élancent dans toutes les

directions.

Certains regards se tournent vers moi, comme si je pouvais les aider, mais je ne suis pas une cheffe. La cheffe que nous suivions tous vient d'être enlevée et maintenant, d'autres Pikosas arrivent dans les cavernes, pour capturer ou pour massacrer. Cela se termine par des cris, dans les deux cas. Les gens meurent. *Et c'est de ma faute.*

Un couteau jaillit et Haddock me tire hors du chemin, dans un tunnel qui bifurque vers la droite. Bien que ce ne soit pas une bonne option, la plupart des Omoros vont à gauche. D'autres Pikosas nous attendent. Ils sont partout. Ils nous encerclent.

– Là ! crie Chayana en haletant.

Je regarde vers l'endroit qu'elle indique. Plusieurs Omoros disparaissent dans une crevasse de la paroi de la grotte. Elle est étroite.

– Haddock, tu ne pourras pas passer, je souffle quand il me pousse vers elle.

– Vas-y !

Il me pousse la tête vers le bas. Je me cogne le front sur le sol et le sommet de la tête sur le bord supérieur de l'ouverture lorsque je tombe à plat ventre et me faufile à travers, en suivant le chemin que trois Omoros ont emprunté.

J'entends Chayana murmurer des jurons aux dieux hindous derrière moi et je suis surprise. La religion a été effacée de la mémoire de la plupart d'entre nous, mais elle parle maintenant à ses dieux comme si elle les connaissait. Comme s'ils étaient de la famille.

En me faufilant de l'autre côté de l'ouverture, je tire Chayana par les bras et l'aide, ainsi qu'un autre Omoro, à passer. Comme personne d'autre ne suit, j'essaie d'ignorer les cris derrière nous, assourdis par la paroi de la grotte qui nous sépare du tunnel où a eu lieu le massacre.

C'est un massacre que j'ai provoqué au moment où je l'ai trahi. J'aurais dû rester dans son lit, là où il n'y avait que de la tendresse. J'aurais pu le changer. Si j'avais été assez gentille, il aurait changé. J'aurais pu lui montrer que les choses pouvaient être différentes. J'aurais pu lui montrer ce qu'est anidi laye. J'aurais pu lui montrer ce qu'est l'amour.

Les Omoros tournent à gauche et s'enfoncent dans un autre tunnel. Je les suis jusqu'à ce que nous arrivions dans une autre grande grotte. Ici aussi, il y a des Pikosas. Ils réussissent à attraper deux Omoros pendant que le troisième Omoro s'empare de mon poignet et me tire vers la droite.

Je tombe dans une mare et, à la lueur de ma chandelle qui vacille sauvagement à la surface de l'eau, je peux voir que le tunnel est à moitié submergé.

– Oh merde... Je ne sais pas si je vais pouvoir nager, Halima, dit Chayana alors que l'eau atteint nos mentons.

Je garde ma main à plat sur le plafond au-dessus de moi pour ne pas m'ouvrir le crâne. Il n'y a pas d'autre issue.

C'est alors que l'Omoro devant moi se retourne et prononce un seul mot qui m'emplit de terreur : « dessous ». Puis, elle disparaît.

– Oh, non, non, non ! Putain ! crie Chayana. Je préfère me battre contre l'un de ces sauvages.

Elle commence à reculer. Son vêtement gris en lambeaux est moulé sur son corps. Ses longs cheveux noirs collent à son cou et flottent entre nous. Les bougies dans ses mains et les miennes constituent la seule source de lumière qu'il nous reste.

– Ce n'est pas possible. Nous ne pouvons pas nous battre... Je... nous devons les suivre !

La terreur envahit mes poumons et je laisse tomber ma bougie sous l'eau. Elle s'éteint.

Chayana pousse un cri à glacer le sang et commence à s'éloigner de moi. J'essaie de nager vers elle et de saisir sa main quand, d'un seul coup, elle disparaît complètement sous l'eau. Quand elle remonte, elle n'est pas seule.

Un guerrier Pikosa se tient à quelques mètres devant moi, Chayana se trouve dans ses bras musclés. Il me sourit et son expression est terrifiante. Ses yeux sont pleins de chaleur. Le frisson de la poursuite infecte son regard, l'exacerbe.

Je recule et, comme il ne me suit pas ou ne m'attrape pas, mon cœur manque d'exploser. Abandonnant Chayana comme une lâche, je plonge sous l'eau et nage à la poursuite de l'Omoro. Je garde la main sur le rebord rocheux au-dessus de moi pendant que je nage, nage... et nage... Mes poumons commencent à s'agiter. Oh, non. Je vais mourir ici, je vais mourir noyée. Il y avait une bifurcation quelque part... il devait y avoir quelque chose ! J'ai dû le manquer. Je dois faire demi-tour. Mieux vaut mourir éviscérée dans les bras d'Ero que de mourir ici dans l'obscurité, condamnée à devenir un cadavre boursouflé qui sera découvert dans un mois.

Ma bouche s'ouvre, j'aspire de l'eau, mes poumons s'agitent... puis mes doigts s'élancent à l'aveuglette, s'attendent à de la pierre et ne trouvent... rien. Je pose mes pieds sur le sol rocheux en dessous de moi et je pousse.

La rupture de la surface de l'eau me remplit de peur et d'un désir sauvage de vivre. Je me débats sans espoir jusqu'à ce que mes poignets se heurtent à la roche et que j'utilise le peu de force que j'ai pour me hisser hors de l'eau et sur le rivage rocheux.

Je respire. Je m'étouffe. Je suis allongée, mourante. Puis je me relève, bien vivante.

Je vacille sur mes pieds et je ne vois rien. Je n'exagère pas, je ne vois rien. Il fait noir comme dans un four – il fait plus noir que lorsque je ferme les yeux – et il n'y a pas d'autre bruit que celui de l'eau qui clapote doucement derrière moi. L'Omoro que je poursuivais a dû continuer à avancer, elle a dû déjà s'échapper... *J'espère qu'elle n'est pas morte. Faites qu'elle ne soit pas morte.*

J'avance en trébuchant, je ne sais pas où je vais. Quelques pas plus loin, je me heurte à un mur. J'y appuie mon épaule et je serre les poings. Je ferme les yeux et j'essaie de penser à autre chose pendant une minute, à quelque chose d'apaisant. À contrecœur, je constate que c'est le fait de penser aux baisers d'Ero qui m'apaise.

« *Sois submergée... comme je suis submergé.* »

Je titube lorsqu'un son lointain attire mon attention sur la gauche. Il est lointain, mais il semble que ce soit un son produit par un être humain, il ne provient pas d'un canal sous-marin. Peut-être que c'est le bruit... du métal sur de la pierre ? Je n'en suis pas sûre, mais je fais un pas tremblant et terrifié vers le bruit, puis un autre. Mes mains tombent sur une autre paroi rocheuse. Je me dirige vers la droite et trouve une ouverture.

– Merci, je murmure.

Alors que je m'engage dans le tunnel suivant, je suis seule dans la grotte qui m'entoure.

Le couloir est un peu plus lumineux – du moins, il l'est sur la droite. Je ne peux pas dire par quoi il est éclairé, je sais seulement qu'au bout du tunnel, je peux voir de la roche grise avant un tournant. C'est aussi la direction d'où vient le son. Il semble... étrangement familier. C'est un sifflement, peut-être ? Un chant commun des Tanishis ? Une chanson destinée à nous rallier sans trop attirer l'attention ?

Je n'en sais rien, et quand j'entends des éclaboussures dans la rivière derrière moi, je n'ai pas le courage d'attendre pour voir si le corps qui émerge de la rivière est celui d'un ennemi ou d'un allié. Je prends mes jambes à mon cou, terrifiée, bien contente qu'Ero m'ait fabriqué des chaussures avec ses mains monstrueuses.

Je cours, je cours, je cours sans m'arrêter. Je tourne à droite au virage suivant, de même au virage d'après, avant d'émerger soudainement dans une grotte bien éclairée. La lumière qui l'inonde agresse, puis paralyse mon regard – et mes pensées.

Ero est vivant... *et il fredonne.*

Il fredonne ma chanson. Il fredonne la chanson que je chantais quand j'étais ivre à cause du vin – du vin tiré d'une outre comme celle qu'il tient en ce moment dans sa main. Ensuite nous avions dansé et il m'avait regardée avec un tel... désespoir ! Avec un tel désir. Je l'ai trahi. Il a le droit de m'en vouloir et de ne pas me le pardonner.

Moi je n'ai pas le droit de ressentir un tel soulagement en le voyant.

Des Pikosas font le tour de la pièce. Ero se trouve au centre, assis sur son trône. Ironie du sort, je suis revenue dans la grotte principale. *Ironie ou coup du sort ?* Derrière moi, des rochers laissent place à d'autres rochers plus gros. Lorsque je me retourne, Tenor, comme par hasard, se tient juste derrière moi.

Je sursaute. Elle ne réagit pas du tout, ses lèvres

restent serrées, comme si elle était profondément mécontente de me voir ou ennuyée par la mission qu'on lui a confiée. D'ailleurs, quelle est sa mission ? De l'eau coule de la tresse qui pend sur son épaule. Est-ce qu'elle me suivait déjà quand j'ai plongé dans l'eau ?

— Tu me suis depuis longtemps ? je lui demande.

Elle penche la tête, le visage stoïque, impassible.

— Même dans le noir ?

Elle cligne des yeux, sans rien dire. Je sais ce que cela signifie.

— Merci.

Elle fait une grimace, elle ne comprend pas pourquoi je la remercie. Je souris maladroitement en guise de réponse.

— Merci, tu… je sais que tu as essayé d'éviter de m'effrayer. J'étais terrorisée mais tu as essayé. Tu m'as aussi apporté de la nourriture et tu n'as pas été méchante avec moi ces derniers jours. Tu aurais pu être cruelle, mais tu ne l'as pas été.

Elle détourne le regard, probablement agacée ou dégoûtée par mes remerciements, mais je m'en fiche un peu. Je m'avance et, en me voyant, Ero sourit. Il porte l'outre de vin qu'il tient à la main à ses lèvres et boit profondément. Je sais alors qu'il a pris sa décision. Il va me punir, sans tarder. Cette fois-ci, il y aura de la douleur. Il s'assurera que j'aurai très, très mal.

Il me fouettera… C'est ce que j'ai dit à Haddock ? Peut-être qu'il me poignardera ou qu'il me brûlera vive. À moins que je ne finisse dans le ventre des crocodiles. Non, ce serait trop facile. Je ne peux probablement pas deviner. Il veut que je souffre.

Ero tourne un peu la tête, me voit et sourit, comme s'il était resté assis toute la journée à attendre mon arrivée.

Il retourne son outre et laisse le vin éclabousser les pierres à ses pieds. Le vin rouge ressemble à du sang. Il est déjà couvert de sang et si je devais deviner, je dirais qu'il s'agit en grande partie du sang des Tanishis. Mon cœur saigne. Cet homme ne me doit rien. Il n'épargnera ni ma vie, ni la leur. Ce que nous avons partagé n'a aucune importance.

C'est ce que je me dis, mais je ne sais pas si j'y crois. J'ai vu des qualités en lui, mais peu après, je les ai toutes brisées.

Je me suis abaissée à son niveau alors que j'aurais dû l'amener au mien. *Les choses auraient pu être totalement différentes.* Nous aurions pu vivre en bonne entente, tous ensemble, anidi laye.

Il laisse tomber l'outre vide et me fait signe d'avancer d'un geste de la main. Je fais un pas. La lumière des torches montées haut dans les murs scintille sur les visages. Des dizaines d'yeux se tournent vers moi, je ne suis clairement pas la seule à avoir manqué mon évasion.

Toutes les tribus d'esclaves sont représentées. Le nombre de captifs est écrasant, même si je sais que des vies ont été perdues dans cette tentative d'évasion. J'ai moi aussi échoué, je n'ai pas rempli ma mission. Haddock a pourtant *vérifié* ses signes vitaux. Il m'a assuré qu'il était froid, mais pas mort. Il a vérifié. Comment Ero a-t-il pu le tromper ?

Je fronce les sourcils. Ma lèvre inférieure tremble, je me sens à nouveau idiote. Ero n'a eu aucun mal à tromper Haddock. Il n'a aucun mal à tromper qui que ce soit.

Il n'a aucun mal à tuer.

Si je ne fais rien, nous allons tous mourir ici ce soir. À commencer par Haddock.

Je fais un pas de plus et mon regard tombe sur le corps étalé sur les rochers aux pieds d'Ero. Je renifle, les larmes me montent aux yeux à la vue de notre médecin, peut-être mort ou au moins battu à mort. Bien que Kenya soit de nouveau enchaînée, Leanna a été remplacée par Haddock.

Alors que j'avance lentement, sous le choc, mes pieds se ratatinent dans mes chaussures. J'ai mouillé le cuir en plongeant dans l'eau et apparemment, ce n'était pas une bonne idée. Quand il va sécher, je sens que ça va me faire mal. Les chaussures se resserrent autour de mes mollets comme des serpents constricteurs. Je devrais enrouler un peu de ce cuir autour de ma gorge pour épargner à Ero l'ennui et la peine d'avoir à m'achever.

– Tu pensais vraiment que j'allais laisser ton amant entrer dans mes appartements privés et t'enlever ? Tu pensais vraiment que tu allais me quitter comme ça ?

La voix d'Ero résonne dans le silence et porte loin, même s'il n'élève guère la voix.

Il me parle comme si nous étions seuls. Il me parle comme s'il s'agissait d'une conversation privée, à laquelle je pourrais peut-être me soustraire en usant de raison. Mais je sais que nous avons dépassé ce stade. Nous sommes hors de portée de la raison.

Je suis sur le point de lui faire savoir qu'Haddock et moi nous ne sommes pas amants, mais cela me semble futile alors j'économise mon énergie.

Je secoue la tête et me racle la gorge. C'est d'une voix peinée, chargée de larmes, que je déclare :

– Je pensais que tu dormais.

Les Pikosas rassemblés autour du périmètre de la pièce, qui bloquent toutes les issues, se mettent à chuchoter furieusement. Un guerrier plus âgé s'avance en donnant un coup de pied à un esclave danian.

Je grimace. Je saigne pour le Danian qui se redresse et me regarde. Je porte la main à mon cœur, comme pour exprimer mon chagrin, mes excuses et mes regrets pour cette journée. Il aurait dû en être autrement, mais nous avons échoué. J'ai échoué.

Il se contente de hocher la tête. Je ne vois aucune accusation dans son regard, juste du regret. Au moins, nous sommes ensemble dans cette émotion.

– Tu as appris notre langue à ta Tanishi ? s'écrie le guerrier.

– Je ne lui ai rien appris. Elle a appris notre langue dans les jours qui ont suivi sa capture. Quand je l'ai découvert, je l'ai séquestrée pour qu'elle n'apprenne rien aux autres. Pourquoi penses-tu que je l'ai gardée dans mes appartements, Gerarr. Ce n'était certainement pas pour le plaisir de sa compagnie.

Il crache le nom de l'homme comme si c'était une insulte.

– Tu l'as déclarée *tienne*. Tu as fait tienne une Tanishi qui a enfreint les lois de ce lieu. Si ton père pouvait te voir...

– Tu penses que je vais faire preuve d'indulgence à ton égard parce que tu es son frère ? Pars d'ici ou meurs par mon épée. Nous savons tous les deux que cela fait longtemps que je veux t'étriper comme le poisson que tu es. Que tu sois de ma famille ne signifie rien. Maintenant, incline-toi devant ton Nigusi ou je te forcerai à te couper les jambes au niveau des genoux.

Le guerrier âgé – l'oncle d'Ero – se crispe et crache, mais il finit par se laisser tomber sur les genoux au milieu des esclaves. Je grimace en reprenant mon souffle alors que des battements de cœur terrifiés me traversent.

J'ai l'impression de n'être qu'une pulsation personnifiée.

Mes pieds m'amènent au bord de la rivière. J'observe attentivement les vagues mordantes et écumantes. Peut-être que je devrais me jeter à l'eau. Cette fin serait sûrement plus rapide que ce qu'Ero me réserve.

Non.

Non, je ne peux pas faire ça.

Les esclaves sont pour la plupart entassés sous le trône, de l'autre côté de la rivière. Mon regard scrute leurs visages. *Sois courageuse, Halima. Sois courageuse*, me chuchote une voix des profondeurs de la caverne sombre de mes souvenirs oubliés. Ont-ils été effacés... ou refoulés ?

Sois courageuse, murmure un homme. Est-ce un père ? Serait-ce mon père ? Je n'en suis pas sûre. Ce dont je suis sûre, par contre, c'est que je ne peux pas et que je ne veux pas abandonner les autres tribus à leur souffrance. Si nous n'avons pas pu nous échapper ensemble, alors nous mourrons ensemble.

– Halima, siffle Ero.

« Halima. » Je cligne des yeux et je vois des vagues, mais ce ne sont pas celles de la rivière. Je suis face à un océan. Je lève les yeux et un homme me sourit. Il a mes yeux et mon menton têtu, du moins, c'est ce que me dit ma mère. Je pleure, mais il ricane légèrement en avançant la main et en retirant le sac en plastique de ma main.

Je suis dévastée de voir autant de déchets sur la plage, mais mon père se contente de sourire doucement et de dire : « L'océan résiste. C'est ainsi qu'il survit, malgré tout le mal que nous lui faisons. Il résiste, il reste intact. Nous ne le détruisons pas, c'est lui qui pourrait nous détruire. Il y a trop de gouttelettes d'eau. Lorsqu'elles se rassemblent, elles sont capables d'une magnifique violence. Son calme actuel n'est qu'une illusion, alors sois prudente avec l'océan, habibty. Respecte-le, mais sache que si les actions des hommes n'ont pas réussi à le détruire, alors rien ne pourra te détruire. »

Il brandit le sac en plastique et le met dans sa poche. « Maintenant, viens. Rattrapons ta mère, ton oncle et ta tante, et tous tes cousins. La famille t'attend. »

– Halima.

Je lève les yeux. Ero fronce les sourcils et toute la pièce s'écroule.

Je vacille en sortant du rêve et ma sandale en cuir lisse glisse sur quelques pierres. Je retombe sur mes fesses et je m'empresse de retirer mes orteils du ruisseau. Lorsque je lève les yeux, Ero est perché sur le bord de son siège, les veines de son front apparaissent fièrement. Je peux voir sa tension même d'ici. Il ouvre la bouche, mais ne dit rien, alors j'en profite.

– Tu n'aurais pas dû faire ça à Haddock. C'est moi qui t'ai trahi. Je voulais que tu dormes, pas que tu meures. J'aimerais que personne ne meure.

Les coudes sur ses genoux, il ricane :

– Il est un peu tard pour ça, tu ne crois pas ?

– Non, je ne le pense pas.

Son expression s'enflamme, devient encore plus dangereuse. Il tire fortement sur les chaînes qui relient son trône à Haddock, envoyant le corps de ce dernier rouler lamentablement sur les rochers.

Kenya rugit, mais un bandage a été enroulé autour de son visage et de sa bouche pour étouffer sa voix. Elle se bat contre ses chaînes, mais n'arrive à rien. Ero la regarde quand elle s'élance vers lui, mais sa chaîne est trop courte pour l'atteindre.

Ma respiration est saccadée et je me sens à nouveau

submergée, mais de peur cette fois. Pas du tout comme tout à l'heure. Je suis envahie par la peur et la culpabilité. Ils vont mourir parce que j'ai été gentille avec Ero... avant de le trahir.

« *Rien ne pourra te détruire.* »

Je cligne des yeux vers la rivière, puis je lève les yeux vers Ero. J'hallucine momentanément. Je ne sais plus si ce que je vois est réel ou pas. C'est peut-être à cause de l'adrénaline ou de l'épuisement, ou c'est dû à ce qui s'est passé quand je me suis cogné la tête sur les pierres. Je commence à sentir les touches douces et légères de souvenirs lointains, très lointains. Des souvenirs *refoulés, mais pas effacés.*

J'entends l'océan sur les rochers. Je sens quelque chose de chaud et de rugueux contre ma paume... la main d'Ero. Non, celle de mon père, de ma mère, de ma tante... Je ne sais pas ce qu'est cette pression dans ma poitrine et mes deux tempes, mais je n'ai pas l'impression de me rendre. J'ai l'impression d'être dans l'océan, ou dans une rivière.

– Halima !

Je lève les yeux et le temps ralentit. Je ne me donne pas la peine de regarder Ero. Je ne me soucie plus de lui. Au lieu de cela, j'évalue mes options – je ne cherche pas seulement à sauver ma vie, je veux nous sauver tous. Je ne suis ni physicienne ni mathématicienne, mais je suis sûre que je peux rassembler tous les éléments à ma disposition et trouver une solution.

Haddock avait raison. Nous aurions dû faire demi-tour quand il nous l'a dit – quand j'ai oublié anidi laye – nous aurions dû aller sauver Kenya, Leanna et tous les autres. À ce moment-là, j'avais oublié qu'une simple gouttelette n'a aucun pouvoir, mais que l'océan ne peut pas être détruit.

Je jette un coup d'œil aux sorties. Ero ne perd pas un instant, il lit en moi comme dans un livre ouvert.

– Attrape-la ! Tenor, attrape-la tout de suite !

Le bruit des pieds m'indique que Tenor est presque sur moi. Même si cela me rapproche d'Ero, je me précipite sur l'un des ponts pour atteindre le palier principal où tous les esclaves sont rassemblés.

Au moins quarante Omoros sont à genoux sur le sol juste devant moi, certains battus, d'autres fouettés, d'autres encore ruisselants. Je croise le regard d'un Omoro que je pourrais reconnaître, mais je n'en suis pas sûre vu l'état de son visage. Il a un œil noirci et une lèvre éclatée, mais il soutient mon regard du mieux qu'il peut.

– Cours, je murmure du mieux que je peux en Omoro. Courez tous ! Vous êtes plus nombreux ! Nous sommes beaucoup plus nombreux qu'eux. Ils peuvent attraper certains d'entre nous, mais pas tous.

Je répète la directive en français, en espagnol et dans tous les dialectes des deux langues qui me viennent à l'esprit.

Je m'avance au centre du groupe. Des yeux écarquillés et des visages gris sur lesquels se dessine une terreur sans égale sont tournés vers moi. Personne ne bouge, alors je scrute la foule pendant que Tenor dégaine sa lame.

– Non ! je crie alors qu'elle frappe un Omoro dans le dos qui lui barre la route.

– Omoros, bougez ! Ecoutez cette Tanishi !

Je me retourne à temps pour voir Frey se mettre debout à quelques pas de moi. Elle est séparée de moi par des dizaines de corps agenouillés. Elle boite sur une jambe, mais son expression est résolue lorsqu'elle se tourne vers moi. Ses cheveux mouillés s'agitent autour de ses épaules.

– Ero tuera tous ceux qui m'ont aidée. Cours ! je lui lance.

– Elle parle la langue des autres tribus d'esclaves et pourtant vous m'interdisez de la tuer ! rugit le guerrier âgé.

Il se lève de l'endroit où il est agenouillé parmi les esclaves et s'avance sur le trône, lame dégainée.

– Nous devrions nous lever et arracher notre Nigusi de son siège. Il est ensorcelé par une Tanishi !

J'utilise cette distraction à mon avantage.

– Frey ! Dis à ton peuple de fuir !

– Omoros !

Son accent est bien plus chantant que le mien.

– La traductrice Tanishi dit qu'Ero va tous nous tuer, poursuit-elle.

Ce n'est pas tout à fait ce que j'ai dit, mais j'apprécie le sursaut collectif que cela provoque dans la foule.

– Nous allons inonder la grotte du Nord.

Tenor est proche de moi et je lutte pour m'éloigner d'elle au milieu des Omoros paniqués. Les Tanishis n'ont pas besoin qu'on le leur dise deux fois. Je ne leur ai rien dit en anglais mais ils foncent dans toutes les directions à la recherche des issues. Leanna est quelque part dans la foule et a déjà dix pas d'avance.

– Suivez-moi ! Nous nous dirigeons vers l'ouest, vers les locaux de Surante. Ceux d'entre vous qui arrivent là-bas, récupèrent les armes de l'armurerie et reviennent pour le reste. Nous n'abandonnerons personne !

– Danians ! je hurle en pataugeant vers les Danians encore entassés, pour la plupart, à genoux. Fuyez maintenant ! Ero veut que tout le monde meure. Les

Omoros courent vers l'entrée nord de la grotte. Nous, les Tanishis, nous allons à l'ouest. Allez au Sud et retrouvez les Tanishis à la surface ! Nous avons des machines que les Pikosas ne peuvent pas combattre. Courez ! Fuyez immédiatement !

Je crie plus fort maintenant, j'espère que mes mots, dans quelque langue que ce soit, ont du sens pour les Danians. Je lutte aussi pour ne pas tomber. Ils sont plus nombreux à être debout maintenant et leurs corps pâles se déplacent comme un courant cruel. De temps à autre, j'entrevois une peau bronzée et un soupçon d'acier gris foncé, mais je parviens à l'éviter.

Bientôt, je tombe sur des prisonniers Tanishis, dont la plupart courent déjà et suivent Leanna alors qu'elle et les autres combattants Tanishis – peu nombreux – affrontent violemment les gardes Pikosas qui bloquent la grande caverne menant à l'ouest.

Bientôt, les combats font rage de tous les côtés et je tombe sur un Danian dont j'ignore le nom et le visage. Comme il ne bouge pas, je l'attrape par les épaules et le secoue violemment.

Il me regarde les yeux ronds alors que je lui dis dans un Danian plus qu'approximatif :

– Il y a une sortie à l'ouest ! Va à l'ouest. Suis Gerd !

C'est ce que je crie à chaque Danian que je rencontre et c'est en hurlant que je trébuche et tombe. Je me rattrape sur les paumes. Les pieds qui courent se précipitent sur mon dos, ils me coupent le souffle.

Dans l'agitation, j'entends d'autres ordres. Ero ordonne à ses guerriers Pikosas de bloquer toutes les issues. D'après les bruits qui me parviennent, ceux qui obtempèrent sont parfois dépassés. Ils sont en infériorité numérique. Ils sont tout simplement dépassés.

– L'océan ne peut pas être endigué ! je m'écrie.

Je ne parle à personne en particulier, ces paroles ont surtout du sens pour moi. Les Omoros qui se trouvent à côté crient en omoro. Les Danians parlent le danian. Les Pikosas échangent en pikosa. Les Tanishis sont les seuls à s'exprimer en plusieurs langues. J'entends des cris en anglais, en russe et en mandarin.

Je me relève péniblement sur les genoux, le goût du sang dans la bouche. Je suis dans les vapes. La journée a été longue. *Ero dépose de petits baisers sur ma poitrine. Il me suce les seins. Je suis bouleversée et je le lui dis. Il me dit : « Alors, laisse-toi submerger, comme je suis submergé. »*

C'est peut-être un homme épouvantable, mais cette journée n'a pas été entièrement épouvantable. Non, ce n'était pas une journée épouvantable, il y a eu de bons moments. Si je meurs aujourd'hui, je n'oublierai pas l'homme que j'ai découvert : un Ero qui a existé juste une fois et que j'ai presque... en quelque sorte... aimé.

Je m'accroche à ce sentiment de sérénité alors que des pieds foulent les doigts de mon bras brûlé et que la douleur illumine tout mon côté gauche jusqu'à l'épaule. L'Omoro qui me marche dessus est repoussé brutalement et des mains se glissent sous mes aisselles pour me soulever. Je lève les yeux vers un visage que je ne m'attendais pas à voir.

– Gerd !

Je lui souris.

– Ero vient te chercher ! hurle-t-elle.

– Je sais.

– Tu ne peux pas venir avec nous. Tu dois y aller seule.

Je ne comprends pas ce qu'elle affirme par la suite. Elle parle d'une dette de vie qu'elle a contractée. C'est dans l'incompréhension totale que je la suis lorsqu'elle m'emmène au bord de la rivière. Elle me pousse brusquement dans l'eau.

Je halète. J'entends Ero rugir mon nom, mais bientôt l'eau se précipite sur ma tête et je me noie… Contrairement à la dernière fois, je ne me noie pas seule. Gerd est toujours avec moi. Sa main est sur mon poignet. Elle nage tant bien que mal. Je ne sais pas nager, mais je fais de mon mieux pour battre des pieds en essayant de rester près d'elle.

Gerd me pousse brusquement vers la droite, contre les caprices du courant de la rivière. J'ai l'impression que mon bras va se détacher de mon corps. Tout à coup, elle m'étreint plus fortement et son bras, bien plus fort qu'il n'y paraît, s'enroule autour de mon torse afin de m'inciter à faire quelque chose… mais quoi ?

– Nage ! hurle-t-elle.

J'essaie de me hisser à l'aide des pierres qu'elle place sous mes mains. Finalement, je parviens à tirer mon propre corps ruisselant hors de l'eau et à le hisser sur une berge pierreuse. Nous nous écroulons toutes les deux sur la pierre froide. Je tremble, je suis certaine d'être à l'article de la mort. Gerd, elle, n'a pas encore abandonné.

– Viens, Tanishi, dit-elle.

– Halima, je corrige en me redressant sur des genoux gélatineux.

Elle s'arrête un instant. Ses yeux bleus sont perçants dans la faible lumière, l'obscurité n'est perturbée que par la lumière vacillante filtrant de la grotte derrière elle. Sa peau est claire, ses cheveux sont presque blancs et ses yeux sont bleus. Elle est aussi différente de moi que les Omoros le sont d'elle.

– Pas de temps à perdre, ajoute-t-elle.

Elle m'attrape le poignet et tourne dans le tunnel. Je ne cesse de trébucher; elle, elle semble voler.

Les mouvements brusques rouvrent mes blessures et mes cuisses sensibles picotent. Elle tourne à gauche, puis à droite, et le tunnel s'ouvre. Les lumières deviennent plus vives et les bruits du chaos, beaucoup plus forts. *Nous sommes de retour.* Nous sommes dans le tunnel Est et nous nous dirigeons tout droit vers une pièce que je ne connais que trop bien.

Lorsque nous arrivons dans la chambre d'Ero, la porte est encore ouverte. Je souris.

– C'est en effet le dernier endroit dans lequel on viendrait nous chercher.

Je dois dire quelque chose de travers, car elle me lance un regard curieux et ne me répond pas. Elle entre dans la pièce et lève les yeux vers les plafonds.

– Tu as passé pas mal de temps ici. Il doit y avoir un accès à la surface. C'est le cas de toutes les grottes de l'Est. Quel est le plus grand conduit... pour monter ?

J'acquiesce, surprise par sa capacité de déduction et d'analyse. Et dire qu'elle n'est jamais venue ici. Je suis ici depuis longtemps, mais je n'aurais jamais pensé à revenir par là pour m'évader. J'étais prête à mourir dans la rivière, ou même piétinée par les pieds des fuyards.

– C'est là.

Je l'attrape par un pan usé de son vêtement et l'entraîne dans la chambre d'Ero. Mes pieds trébuchent en sentant l'odeur de la pièce. Ça sent le sexe. J'ai partagé un moment sexuel avec Ero quand le monde semblait un peu moins hostile et peut-être même un peu clément.

Elle regarde la tige que je pointe du doigt et acquiesce.

– Ok. Il y a une corde ?

– Non, mais j'ai trouvé ça.

Je lui montre les fouets que j'ai attachés ensemble et cachés au fond de l'armurerie d'Ero. Je déniche aussi quelque chose qui me surprend : une outre de vin. Je l'attrape, distraite, même si je n'ai pas une seconde à perdre. Est-ce le vin empoisonné ? Est-ce qu'il l'a caché avant de prendre une autre outre de vin ?

Ma lèvre tressaille et une chaleur douloureuse fait pleurer mes yeux. Il me tenait dans ses bras avec tout le désespoir d'un homme qui se noie, il me tenait comme si j'étais une bouée de sauvetage. Quand je l'ai laissé boire ce vin, c'est comme si je l'avais laissé tomber.

Je ne nie pas qu'il méritait de tomber – il le méritait – mais je ne peux m'empêcher de me demander si les choses auraient été différentes si j'avais cherché à l'avertir, à l'arrêter. Puis je me souviens du corps brisé d'Haddock...

Peut-être pas.

– Ok. Tu... Aide-moi à monter et ensuite je te tirerai vers le haut. D'accord ?

J'ai à peine accepté que je me retrouve sur le lit avec Gerd debout sur mes épaules. Elle a le fouet autour du cou et crie tandis que ses doigts luttent pour s'accrocher à la pierre nue. Elle n'a pas de chaussures et la plante de ses pieds est noire et si calleuse qu'elle semble imperméable. De petits cailloux tombent d'une saillie sur laquelle elle parvient à poser son talon. Lorsqu'ils me tombent dans les yeux, la poussière m'aveugle un instant.

Les bruits du tunnel Est s'intensifient et je me retourne pour fixer la porte par-dessus mon épaule. Je m'attends à ce qu'Ero la traverse et me tranche la gorge.

Au lieu de cela, quelque chose me frappe à la tête depuis le haut. Je lève les yeux et vois le fouet qui pend devant mon visage. Je jette un coup d'œil à Gerd.

– Tu crois que tu peux me soulever là-haut ?

– Tu utilises de drôles de mots. Je peux supporter ton poids, si c'est ce qui t'inquiète. Tu ne fais que la moitié de ma taille. Tu dois quand même m'aider. Je ne peux pas te tirer jusqu'au bout.

Je tombe trois fois avant que Gerd ne souffle :

– Enroule le bout du fouet autour de ta jambe trois fois.

Je m'exécute.

– Maintenant, sers-toi du bout comme appui pour monter avec ton autre jambe. Sur ton mollet. Oui, comme ça. Maintenant, grimpe.

Khara ! Ça marche ! Le fouet est enroulé autour de mon mollet et je peux essentiellement l'utiliser comme une échelle pour rejoindre Gerd sans avoir à compter uniquement sur la force du haut de mon corps. Je suis tout étourdie par ce constat et je souris jusqu'à ce que je me rende compte que Gerd grogne sous l'effort. Elle porte tout mon poids; alors je me hâte un peu plus vite jusqu'à ce que j'atteigne le rebord sur lequel ses pieds sont posés.

Je grimpe. Nos mains se touchent presque. J'enfonce mes pieds dans le mur et je remercie tous les dieux de tous les univers car l'intérieur de ce puits de lumière est si irrégulier qu'il crée de petites corniches. Je peux maintenant me laisser tomber sur l'une d'entre elles. Gerd relâche le fouet avec un gémissement douloureux, toutefois, elle ne reste pas sans rien faire bien longtemps. Elle enroule rapidement le fouet autour de son cou et regarde vers le haut. Elle commence à grimper.

Je la suis comme je peux, mais c'est difficile. Je manque tomber à plusieurs reprises. Bien que nous ayons de la chance car l'intérieur de cette crevasse est rocailleux et non glissant, cette surface pose d'autres problèmes lorsque des pierres dépassent trop pour pouvoir passer.

Nous devons serrer nos corps contre les pierres pour passer – c'est plus facile à faire pour moi que pour elle. Je grimace en l'entendent crier lorsqu'elle se blesse contre les rochers.

Je ne me suis blessée qu'une seule fois, lorsque mes points de suture ont heurté un rocher et se sont rouverts. Le sang coule le long de mon dos tandis que ma plaie se referme. Je me concentre sur ce liquide qui coule le long de ma colonne vertébrale, plutôt que sur la douleur. Je continue à avancer.

L'intérieur de mes cuisses tremble tellement que je suis sûre de tomber... mais quand j'entends une femme crier juste en dessous de moi, puis le rugissement d'Ero qui suit : « *Halima* ! », je sais que tomber ne fait pas partie de mes options.

J'essuie ma paume droite et je me lève d'un coup sec en m'agrippant à la prochaine saillie rocheuse tandis que de petits cailloux s'éparpillent sous les chaussures qu'Ero m'a fabriquées de ses propres mains.

Les rochers ont des formes trop inhabituelles pour que je puisse encore le voir, lui ou une partie de sa chambre. Par contre, je peux encore l'entendre parler.

– Halima, ne fais pas ça ! Tu ne sais pas ce qui va t'arriver. Le climat de la surface va te tuer, et ça, c'est si les serpents ne t'attrapent pas avant ! Descends et je te laisserai vivre.

Pas question. Plutôt mourir. Je ne réponds pas, je

continue à grimper.

– Halima, descends et j'épargnerai les Tanishis.

C'est tentant, mais je suis trop près du but pour m'arrêter là. Je sens déjà la chaleur d'en haut caresser le sommet de ma tête. Mes cheveux noirs se réchauffent. L'humidité du système de grottes disparaît. Je sens le sable dans l'air, je le sens entre mes dents. Nous sommes presque arrivées. Je suis à la fois trop curieuse et trop terrifiée pour me laisser tenter par ses propositions.

– Halima ! Je te jure que ton peuple vivra ! Je le jure sur mes armes, sur mon bras. Descends.

J'hésite, mais seulement un instant.

Il a l'air si désespéré que j'ai instinctivement envie de lui obéir et de le réconforter. Je ne sais pas pourquoi. Je le déteste pourtant. C'est peut-être parce qu'il m'a dépucelée. C'est peut-être parce qu'après tout, je ne le déteste pas. Peut-être que je ne suis pas capable de le détester.

Au-delà du bien et du mal, il y a un jardin. C'est là que je te retrouverai.

Ce sont les mots de Rumi. Rumi. Jalal al Rumi. Le poète préféré de mon père.

Je suis tellement contente de me souvenir du nom de ce poète que je le dis à voix haute :

– Jalal al Rumi dit qu'au-delà du Bien et du Mal, il y a un jardin. C'est là que nous nous reverrons, Ero.

Je simplifie pour qu'il puisse comprendre, du moins j'essaie.

Le rugissement d'Ero emplit la pièce de sa douleur. Mais une fois la douleur disparue, il ne reste plus que la colère. Sa voix est plus acérée que les pointes d'un millier de couteaux trempés dans le sang de ma famille lorsqu'il dit :

– *Tu crois pouvoir m'échapper* ? Je te retrouverai et quand je te retrouverai, je te couperai les paupières pour que tu n'aies pas d'autre choix que de me regarder empaler les tiens un par un et disposer leurs corps sur des piques. Ils te rappelleront constamment ce qui se passera si tu essaies encore de m'échapper. Tu es *à moi*, Halima ! Les signes l'ont décrété !

Je veux grimper plus vite, mais je glisse. Calme-toi. Tu dois rester calme. Je pense à l'océan, toujours calme avant la tempête. Je respire profondément et j'essaie d'ignorer Ero dont les menace de plus en plus violentes ricochent dans le tunnel. Non, ce n'est pas Ero qui profère ces menaces. C'est Azazel, Baal, Hadès ou Lucifer. Selon les textes, il y a toujours un moyen de sortir de l'enfer. Il y a toujours un point d'ancrage pour revenir dans le royaume du Bien.

Je me souviens alors des qualités d'Ero.

Ces qualités disparues.

Je me hisse, je cherche les poignées que Gerd m'a montrées. La voix d'Ero s'éteint. Le silence soudain m'effraie encore plus. Je transpire en grimpant sans bruit. C'est douloureux. Tout est douloureux. Mes bras tremblent, mes muscles me font mal, mes os se brisent et prennent de nouvelles formes, jusqu'à ce qu'*enfin*, Gerd disparaisse et qu'il ne reste plus que sa main tendue vers le bas.

Je la prends, elle me hisse et nous atterrissons côte à côte sur le dos, sur du sable dur et compact. Après tant de jours dans cette nouvelle vie, je vois enfin la Terre qui nous a abandonnés – non, la Terre que *nous* avons laissée en ruine et que nous avons ensuite abandonnée.

Je cligne des yeux pour me protéger du vent qui pousse de grandes vagues de sable sur moi et je fixe l'horizon. Une lumière pâle et mauve brille au bord d'un monde plat et désolé, entaché de quelques affleurements pierreux.

– Il fait toujours clair ici. Il ne fait jamais sombre. C'était le bon moment pour s'échapper. Avant que le soleil ne se lève complètement. Maintenant, viens, Tanishi.

– Halima, je précise en haletant.

Ma poitrine est encore douloureuse. Je ne sais pas comment elle fait pour bouger; mais pour être honnête, elle bouge à peine. Elle vacille sur place, les yeux injectés de sang. Son teint autrefois pâle semble maladif dans cette lumière.

– Il n'y a pas de temps à perdre.

Elle lève une main, comme si elle allait se défendre contre l'horizon, et pendant un instant, elle me regarde droit dans les yeux. J'ai l'impression que nous avons passé des années ensemble. Une belle tranche de vie. Peut-être que je me trompe. Peut-être que nous avons juste partagé un moment.

– Halima.

– Merci de m'avoir sauvée, Gerd, lui dis-je dès que je suis debout à côté d'elle.

C'est difficile d'être debout. Mes jambes tremblent tellement que mon genou gauche se dérobe trois fois avant que je ne parvienne à le bloquer.

– Nous ne sommes pas encore en sécurité. Nous devons trouver ton peuple ou le mien.

– Ou les Omoros. Ils nous abriteront si nous les trouvons.

Elle me comprend. Je le vois dans ses yeux, mais elle n'accepte pas ce que j'ai dit.

– Je pense que je peux trouver l'entrée Est d'ici,

déclare-t-elle.

Elle se met en route et je la suis. Nous courons longtemps. Plus longtemps que je ne m'y attendais. Nous courons si longtemps que je commence à voir des pois à l'horizon là où je suis sûre qu'il n'y en a pas. Mais finalement, je me demande si Gerd les voit aussi. Elle vacille en marchant, elle ne court plus, elle ne marche même plus en ligne droite.

– Gerd ?

– Nous devons rejoindre ton peuple. Ils ont un abri souterrain.

– Oui, c'est vrai mais… Gerd, as-tu besoin de t'allonger ? Cela fait longtemps que nous avançons. Nous avons peut-être besoin de nous reposer.

– Je ne peux pas m'arrêter. Le soleil, il … il empoisonne ma peau. Les Danians souffrent de la maladie du soleil. C'est pour ça que nous vivons sous terre.

Elle trébuche. Je m'élance pour essayer de la rattraper, mais je délire autant qu'elle et c'est encore pire maintenant que le soleil a commencé à se lever.

Sous la lumière soudainement vive, la peau de mes os semble plus lourde. Il ne fait pas si chaud – pas encore – mais déjà la lumière noire, puis bleue, puis lavande, est passée au blanc et elle brûle tout ce qu'elle touche. Je cligne beaucoup des yeux en essayant d'attraper ses poignets et ses bras et de la hisser à la verticale.

– Tu ne peux pas rester là.

Je passe son bras par-dessus mon cou et je la soulève. Elle pèse une tonne. À cause de ma faiblesse actuelle, elle pèse vraiment une tonne. Je ne peux pas la porter. Mais je dois essayer. Et c'est ce que je fais.

Nous formons une bête à trois pattes qui titube vers

un but inconnu. Je commence à penser que notre destination n'existe peut-être pas.

– Nous y sommes… Gerd.

J'ai la gorge sèche. Je vois des formes floues à l'horizon.

– Est-ce que ça pourrait être eux ?

– Oui. Oui, c'est possible. Mais ça pourrait aussi être quelque chose d'autre...

– Quoi ?

C'est alors que j'entends un cri horrible qui ne peut en aucun cas être celui d'un être humain. Il est suivi d'un bruit de voix, puis d'une détonation si forte qu'elle pourrait être une explosion et, enfin, d'un cri de douleur humain.

J'hésite à laisser Gerd sur place pour aller voir ce qui se passe. En effet, quand je jette un coup d'œil autour de moi, je m'aperçois qu'il n'y a absolument aucun point de repère ici. Si je l'abandonne, je pourrai ne pas la retrouver. Alors je la traîne avec moi dans cet horrible voyage jusqu'à ce que ma bouche, ma peau et ma chair se dessèchent complètement et ne soient plus que des feuilles de peau drapées sur mon squelette.

Je la traîne jusqu'à ce que le soleil atteigne l'horizon. Je comprends alors pourquoi Gerd était ravie qu'il fasse nuit. Le jour n'apporte que douleur. Je la traîne jusqu'à ce que les silhouettes floues à l'horizon se cristallisent. Puis j'arrête de la traîner.

Ce que j'ai en face de moi me laisse sans voix.

Les bêtes qui dominent la plaine sablonneuse ne ressemblent à rien de ce que j'ai pu voir. On dirait les progénitures sauvages de rhinocéros et de chevaux. Des peaux grises et résistantes recouvrent leurs longs membres semblables à ceux du cheval, tandis qu'une énorme corne unique sort en spirale de leur front. Ils ressemblent à des licornes. Ils ressemblent à des licornes bizarres, grises, cuirassées et blindées...

Je suis tellement fascinée par les bêtes que je ne remarque pas les hommes qui les surplombent, jusqu'à ce que Gerd crie :

– Des Kawasharis !

Une autre explosion retentit et l'un des trois mâles – un Kawashari – s'envole du haut de sa bête. Il se déplace au ralenti. Tout est suspendu : le sable dans l'air, le soleil sur mes épaules, la respiration lourde et laborieuse de Gerd à mes côtés. Elle tire maintenant, elle essaye de s'éloigner de moi et je suis si confuse que je ne cherche pas à comprendre pourquoi.

Leanna rugit quelque chose que je n'arrive pas à saisir et mon regard se pose sur elle. Elle est entourée des deux autres mâles Kawasharis et de leurs bêtes, tandis que vingt, ou peut-être trente Tanishis se pressent derrière elle.

Je souris d'un air larmoyant et renifle profondément. *Je ne pensais pas qu'ils seraient si nombreux à s'en sortir. Nous étions des milliards autrefois, et nous ne sommes plus que quelques dizaines. Mais c'est mieux que rien.*

L'océan est composé de gouttelettes. Les Tanishis s'avancent comme un seul homme pour attaquer le Kawashari de droite au sommet de sa terrifiante licorne.

Parmi les Tanishis rassemblés se trouvent quelques Danians et même un Omoro, reconnaissable à sa peau et ses cheveux sombres. Les Danians et les Omoros se battent avec les Tanishis contre les hommes sur les bêtes. Ils lancent toutes sortes d'armes de fortune sur les animaux. Ils n'ont que peu de temps pour attaquer s'ils veulent éviter de se faire piétiner et je retiens mon souffle quand un Tanishi roule sous les sabots de la créature. Il hurle de douleur, mais deux Danians parviennent à l'attraper par les bras et à le sauver avant qu'il ne soit tué.

Anidi laye.

Je renifle. J'ai beau être terrifiée, je me sens rassurée.

Une autre explosion retentit. Elle est si forte que je sens le sol trembler sous mes pieds. Un mâle kawashari s'envole dans les airs. Son corps n'est plus qu'une ombre sur le ciel d'un blanc éclatant.

Comme le premier Kawashari tombé, lorsqu'il touche le sol, il ne bouge plus. La bête sur laquelle il se trouvait se cabre, recule et s'élance. Ses sabots martèlent le sol avec une panique surprenante. Je n'aurais pas pensé que ces chevaux démoniaques venus de l'enfer auraient peur de quoi que ce soit – et encore moins d'un rassemblement de Tanishis – mais peut-être est-ce l'arme de Leanna qui les effraie ?

Non, ce doit être autre chose.

Oh non… Je sais ce qui provoque leur panique : c'est *ça*.

Mes tripes se creusent et je perds tout contrôle sur mon esprit. Je me précipite afin de me rapprocher des cris de liesse des Danians et des Tanishis rebelles, qui combattent encore le dernier mâle Kawashari. La tâche est plus aisée pour eux, parce qu'il est seul et parce que sa bête est agitée, elle aussi. Je semble être la seule à savoir pourquoi.

On peut pourtant le percevoir à l'horizon. Il est immanquable. Il est terrifiant.

– Halima ! s'écrie Chayana.

Elle commence à courir vers moi, mais je poursuis ma course.

– Khara ! Alhaouny !

Dépassée, j'implore l'univers qui nous entoure.

– Qu'est-ce que c'est que ce bordel, Gerd ? je demande.

Elle s'accroche à mon épaule, la tête ballante, et essaie de se maintenir debout. Elle s'en sort moins bien que ses homologues danians, qui sont tous capables de marcher seuls. Deux d'entre eux titubent, mais ils n'ont pas l'air aussi mal en point qu'elle.

C'est d'une voix d'outre-tombe qu'elle répond :

– Serpent du désert...

– Un serpent ! Un serpent ?

C'est un mot que j'ai déjà entendu dans les grottes, dans toutes les langues. Je m'imaginais alors un petit serpent de jardin avec une jolie petite langue et des petits yeux de fouine. Pas... *ça* !

– Un serpent ! Tu te fous de ma gueule, Gerd ? Ce n'est pas un putain de serpent ! Chayana !

Je crie en anglais pour l'inciter à se retourner et faire face à la créature qui rampe vers nous dans la lumière.

Sa carapace d'un brun glissant reflète le soleil. Le sable se détache de sa coquille tandis qu'il émerge de ce que je *croyais* être une dune, et non une tanière de serpents. Alors qu'il se débarrasse du reste du sable et s'élève vers la lumière, son dard s'élève avec lui et se recourbe sur son énorme queue.

Ses trois têtes ont trois paires d'yeux, mais seulement une paire de bras entre elles. Ses pattes arachnéennes se déplacent comme un seul homme et se comptent par centaines.

– C'est un putain de scorpion massif à trois têtes ! je hurle.

Gerd, qui ne parle pas anglais, se contente de hocher

la tête et de répéter.

– Un serpent. Oui. Un serpent. Nous devrions nous allonger... faire les mortes pendant qu'il mange les autres. Peut-être... qu'il ne nous mangera pas.

– *Quoi ?*

Je titube, j'essaie d'avancer plus vite que mes os ne le veulent. La souffrance dans mes entrailles n'a d'égale que la souffrance de mes membres inférieurs et supérieurs. Je me rapproche de notre cheffe Tanishi.

– Leanna !

– Ils sont condamnés. Laisse-les. Sauve-toi.

– Tais-toi, Gerd ! Leanna !

Je hurle jusqu'à ce que mes poumons deviennent si lourds qu'ils me font tomber dans le sable.

– *Leanna, tourne-toi* !

Elle est trop lente. Les Tanishis sont toujours distraits par le mâle Kawashari. Chayana et l'Omoro sont les seuls à se retourner quand je leur dis de le faire.

Chayana crie plus fort que je ne pourrais jamais le faire.

– Putain de merde ! Leanna, attention !

Le serpent scorpion est malheureusement stimulé par l'agitation accrue et détale rapidement. Il se déplace si vite que j'en ai le souffle coupé. Il est déjà sur le groupe. Les autres courent mais Leanna ne bouge pas.

Elle se tourne pour lui faire face et tire avec l'arme qu'elle a dans les bras sur son ventre, mais il ne bronche pas face à l'assaut. Au lieu de cela, son dard flotte haut et frappe bas. Il clignote dans la lumière. Il bouge si rapidement qu'en moins de temps qu'il ne faut pour le dire, son attaque est finie.

Leanna est prise au milieu d'un virage. Le monstre réussit à piquer l'un de ses bras. Elle tourne malgré tout sur elle-même. Le pistolet qu'elle tenait lui tombe des mains. Un autre Tanishi – Donovan – court vers elle et ramasse l'arme. Il pose un genou au sol et commence à tirer sur la créature des rafales de balles rapides.

Le serpent pousse un cri et recule face à l'assaut des balles, mais sa queue est redoutable. D'un seul coup, elle envoie Donovan voler. L'arme échappe de nouveau à sa prise. Le reste du groupe s'éloigne en courant vers Gerd et moi.

– Gerd… qu'est-ce qu'on peut faire ?

– Rien. C'est trop tard. Il nous a vus. Il mangera tous ceux qu'il pourra atteindre, mais comme il mange lentement, ta meilleure chance de survie est de m'abandonner… essaye de rejoindre le vaisseau dans lequel vous, les Tanishis, vous avez des machines… La machine que ta cheffe utilise pourrait blesser la créature. Je crois que je vois…

Sa voix s'éteint.

– Il… il saigne déjà.. reprend-elle.

– Je ne vais pas t'abandonner Gerd !

– Alors tu es déjà morte…

Dans un dernier soupir, elle expire et s'agenouille. Elle est si lourde et je suis si faible qu'elle m'entraîne dans sa chute.

Le sable dur ronge mes tibias à travers mon pantalon. Je lève les yeux vers la horde qui s'approche, mais mon regard s'accroche à autre chose. Une tache sombre sur un blanc-jaune éclatant. *Le pistolet.*

Je le pointe du doigt et je crie :

– Attrapez l'arme ! Tirez sur cette chose !

Je pointe du doigt n'importe qui – tout le monde – même si cela ne fait aucune différence. Ils s'élancent tous vers moi, paniqués. Je suis la seule à courir vers l'arme.

Courir ? Je suis plutôt en train de ramper, c'est ce que mes membres gélifiés me permettent et ce n'est pas idéal parce que le scorpion réduit rapidement la distance qui me sépare de lui.

Alors que des hommes et des femmes me rejoignent, le scorpion tourne son attention vers moi et je me baisse. Je m'aplatis au sol pour éviter le coup de sa queue mais il m'aurait tout de même attrapée si un sifflement aigu n'avait pas attiré son attention à la dernière seconde. Je lève les yeux. La créature s'éloigne de moi en se tortillant.

Sa queue se lève encore plus haut et entonne une terrifiante ballade. Plaquée au sol, je peux goûter la terre calcinée et sentir les grains de sable entre mes dents.

Mes pensées ma ramènent vers l'océan... vers celui que j'appelais mon père. Il est étrange que *ce* souvenir me revienne alors que j'en ai si peu en mémoire. Il est venu à moi quand j'en avais besoin. Merci, père. *Ebi, bahibak...*

Halima...

– Halima !

Mon menton se relève brusquement. Enlisée dans le flot de la mémoire, je ne sais pas si cette voix est réelle ou si c'est le fruit de mon imagination.

C'est alors que j'aperçois les silhouettes au loin. Obscurcies et défigurées, elles ressemblent à des mirages, je sais toutefois qu'il s'agit d'Ero et de ses guerriers. Je l'ai trahi, mais il vient quand même me sauver.

Il vient plutôt sauver ses esclaves, il est là pour nous capturer, pour emmener tous ceux qu'il pourra attraper. Il est là pour nous punir lui-même. Non... Ça n'a aucun sens. S'il voulait me tuer, il n'aurait qu'à laisser le scorpion s'en charger.

Mais il n'en fait rien.

– Où sont mes soldats armés ?

La voix de Leanna s'immisce dans mes pensées. Je lève les yeux. À ma grande surprise, elle est debout, à une douzaine de pas de moi, entre le scorpion et moi.

Elle tient un couteau – un couteau qui se trouvait dans les quartiers d'Ero, le couteau que je lui ai donné – et elle se rapproche du scorpion par derrière, toute seule. C'est une guerrière, c'est certain. Elle est ce que je ne pourrai jamais être. En ce moment, je suis en admiration devant elle. *Ce n'est pas étonnant qu'elle soit notre générale. C'est une cheffe facile à suivre*, et c'est ce que je ferai. Je ne l'abandonnerai pas.

Anidi laye.

Je jette un coup d'œil à ma droite, je vois l'arme et je la saisis. En grimpant sur le sable, j'arrache l'arme du sol et je la soulève même si elle pèse une putain de tonne. Je me lance à la poursuite de Leanna et, lorsque je l'atteins, je lui remets l'arme.

Elle me regarde à peine, elle fixe la créature qui agite sa queue d'avant en arrière. Le serpent frappe sans crier gare, poignarde et attaque comme une explosion qui fait s'envoler trois Tanishis. L'une d'eux est Chayana.

Elle crie et s'envole en arrière avant d'atterrir près d'un des Kawasharis allongés. Quand je jette un coup d'œil autour de moi, je vois que le dernier Kawashari est toujours debout, il est toujours là. Bien que leurs teintes de peau varient du brun clair, comme celui d'Haddock lorsqu'il est bronzé, à la teinte plus foncée de Chayana, tout comme le reste d'entre nous à la surface, ils se distinguent par leurs cheveux.

Ils possèdent des crinières qui partent du sommet de leurs têtes, entourent leurs visages et forment des barbes épaisses. Elles sont toutes de la même nuance de rouge. C'est la couleur qui prédomine maintenant. Alors que je suis allongée sur le dos et que je cligne des paupières face au soleil impitoyable, je ne vois que du rouge. Du rouge sang.

Le Kawashari est à la périphérie de la foule, derrière moi. On dirait qu'il ne sait s'il doit attaquer ou reculer. Son regard est férocement fixé sur Leanna, comme si rien d'autre ne l'intéressait ici : ni l'armée des Pikosas qui avance, ni l'effroyable *serpent* démoniaque qui va tous nous tuer.

– Halima ! aboie Leanna.

Je me lève en titubant. Je touche son épaule. Son bras est bizarre, il a l'air de changer, mais avant que je puisse lui demander si elle va bien, elle se détourne de moi.

– Dis-leur de se disperser. Ils ne nous servent à rien, serrés les uns contre les autres comme ça. Formation alpha ! crie-t-elle aux autres Tanishi.

Je peine à relayer ses ordres; heureusement, les autres Tanishis forment un double demi-cercle autour de la créature. Leanna est au centre. Les Tanishis qui se rassemblent portent une misérable panoplie d'armes, allant d'épées longues et courtes en acier et de couteaux, à des lances en pierre, en passant par des morceaux de métal et des pierres.

Chayana, qui se met en formation en titubant, a le courage de s'approcher de l'énorme créature écaillée en tenant un lance-pierre en bois. Elle compte affronter ce féroce scorpion avec une fronde ! Elle n'a peur de rien. Mon cœur bat plus fort. Je crois que je n'ai jamais été aussi fière.

– Espèce de sac à merde ! crie Chayana à la créature.

Les autres Tanishis armés se rapprochent par l'arrière

tandis qu'Ero et ses guerriers se rapprochent par l'avant sans aucune formation ou schéma que je puisse comprendre.

De mon côté, je crie d'abord en danian :

– Dispersez-vous ! Comblez les espaces entre les Tanishis. Tenez bien vos armes !

Je répète la même chose en omoro. Heureusement, ils arrivent à me comprendre – ou alors, ils se contentent d'imiter les autres. Dans tous les cas, ils font ce que je leur demande de faire.

– Halima ! Demande-leur s'ils connaissent la faiblesse de cette créature.

Je fais ce qu'on me dit, d'abord en danian, puis en omoro. Seul un Omoro me répond :

– Ses fentes pour respirer. Il faut les poignarder.

– Où sont-elles ? je demande.

– En bas à gauche et à droite.

– Leanna, cette créature a des sortes de branchies, je lui crie dans le dos tandis que le sable tourbillonne plus fort autour de nous et que le soleil tape plus fort sur mes épaules. Sous le ventre, à gauche et à droite.

Elle hoche la tête une fois et je suis distraite par son bras droit, celui qui tient le pistolet. Il devient *bleu*.

– Leanna, ton bras...

– Soldats, nous visons les branchies sur les côtés gauche et droit du ventre de la créature à mon commandement.

Je dis aux Danians et aux Omoros d'attendre le signal de Learna. Pendant ce temps, devant nous, Ero affronte la créature en premier. Il envoie une lance d'acier sur la créature. Elle atteint son but. La lance brille dans la lumière et se déplace dans un mouvement de couleur pour transpercer l'une des trois têtes de la créature, juste au-dessus de la bouche.

La créature hurle si fort que je dois me boucher les deux oreilles tandis que la tête centrale s'enfonce pour toucher le sable. Enragée, la queue s'envole et mon cœur remonte dans ma bouche. Ero...

– Maintenant ! Attaquons les flancs avant gauche et droit ! crie Leanna.

Leanna n'a pas besoin de me dire de traduire, je transmets immédiatement les ordres aux Omoros et aux Danians qui font alors comme les Tanishis et s'élancent sur les flancs de la créature. Pendant ce temps, Leanna plante un genou dans le sol et ouvre le feu sur le bout de la queue de la créature. Elle doit en savoir plus que moi, car sous mes yeux ébahis, sa mitrailleuse frappe encore et encore, et tire sur ce sac rouge et gonflé juste en dessous du dard jusqu'à ce qu'il explose enfin.

Une petite acclamation se fait entendre – les Danians et les Omoros sont ceux qui applaudissent le plus fort. L'un des Danians se tourne vers moi et s'écrie :

– Il ne peut pas nous empoisonner maintenant ! Il faut attaquer !

– Attendez les ordres de Leanna. Leanna, la deuxième rangée doit-elle attaquer ?

– Non ! Attendez ! Repliez-vous ! Flancs avant gauche et droit, faites le tour de la créature pour rejoindre les Pikosas !

Les Tanishis se mettent en ligne, mais les Omoros et les Danians ne bougent pas quand je leur dis de se rapprocher des Pikosas.

– Halima, donne-leur l'ordre !

– Je l'ai fait ! Ils ne veulent pas s'approcher des Pikosas !

– Putain !

Leanna pousse un juron et se met difficilement debout. Je me précipite vers elle et passe mon épaule sous son aisselle. Elle s'appuie sur moi lourdement, je peux à peine la soutenir. Non loin de nous, le scorpion s'approche rapidement lorsqu'il se retourne.

Elle essaie de lever son fusil – j'essaie de l'aider – mais nous sommes trop lentes. La queue plonge vers nous. Le sac à venin est vide, mais le dard toujours brillant et chromé peut tout de même blesser ou tuer.

Je crie. Quelque chose doit faire dévier la créature de sa trajectoire, car alors qu'elle aurait dû nous poignarder, elle ne fait que s'élancer vers nous.

Woosh ! C'est le bruit que j'entends. C'est un bruit sourd, celui de l'impact de la queue sur nos corps accompagné du souffle de vent alors que nous passons au travers.

Nous atterrissons brutalement quelques instants plus tard et le bourdonnement dans mes oreilles s'estompe juste assez pour que j'entende une voix masculine m'appeler par mon nom. C'est un véritable rugissement..

Je cligne des yeux. Le scorpion n'en a pas encore fini avec nous. Leanna gémit, ses membres sont emmêlés aux miens. D'une manière ou d'une autre, la mitrailleuse est toujours prise dans sa main molle et, très bleue. Leanna ne bouge pas.

– Halima, gémit-elle.

Je sais ce qu'il me reste à faire.

J'attrape l'arme et je la soutiens en m'appliquant, même si je n'ai aucune idée de ce que je fais. Je trouve la gâchette et je tire. L'arme se retourne si fort que la crosse me frappe au centre de la poitrine. Mon tir n'est pas cadré et je m'écroule.

J'essaie de rester lucide et présente. C'est bien trop

d'émotions et d'efforts pour mon esprit, mais mon corps n'est pas prêt à lâcher prise. Je me redresse et tente de couvrir Leanna de mon propre corps pour la protéger pendant qu'elle essaie de me tirer en arrière. La créature est presque sur nous maintenant, elle est suffisamment proche pour que je puisse voir les pinces jumelles de deux de ses bouches de près. Ces pinces s'agitent, tandis que la troisième tête centrale pend, pas encore complètement morte. Les pinces de la troisième tête essaient de déloger la lance avec la troisième paire de pinces.

Une petite voix courageuse me souffle que c'est le moment de s'élancer vers la bête pour essayer de finir le travail qu'Ero a commencé, et j'aimerais pouvoir le faire. Cependant, paralysée, ce que je voudrais vraiment faire, c'est détourner la tête pour ne pas avoir à regarder la mort dans les yeux. Je ne fais ni l'un, ni l'autre.

Au lieu de cela, je reste assise là et j'observe, horrifiée et hypnotisée, la queue brillante se soulever. Elle est couverte de plaques de métal empilées les unes sur les autres qui semblent peintes à la bombe d'un brun boueux. La beauté de cet appendice le rend encore plus terrifiant. J'inspire. La queue se déplace trop vite pour que je puisse la suivre. Toutefois... la mort devra attendre. Une épée s'abat, encore plus rapide que la queue, et parvient à l'attraper et à la trancher à la dernière seconde.

Le sac à venin vide, le dard tranchant et dentelé, ainsi que tout le bout de la queue, tombent sur mes genoux. Du sang bleu coule sur mes jambes et sur le sable. Je m'en éloigne et je lève les yeux. Ero me tourne le dos.

– Dis-leur d'attaquer maintenant, Halima. Pendant qu'Ero le distrait. Dis-leur d'attaquer les branchies.

Tiens, donne ça à Ero. Dis-lui de distraire le serpent.

La voix de Leanna est faible et je n'ose pas la regarder parce que l'inquiétude me détournerait de ma tâche. Je la laisse pousser l'arme qui m'a échappé plus loin vers moi. J'acquiesce, l'attrape par la lourde poignée et m'en sers pour me mettre debout.

J'essaie de crier des ordres, mais nous avons été séparées de la foule et ils ne m'entendent pas. Alors je me lève et je me précipite près d'Ero. Le scorpion hurle son désir de vengeance, sa colère ou sa douleur, et ses milliards de petites pattes s'agitent au rythme de mes mouvements. La créature me suit à la trace ! Mais lorsqu'elle s'élance sur mon chemin, Ero s'élance aussi.

Il brandit son épée et garde son corps bien planté devant le mien. Mon cœur bat plus fort et ma gorge se contracte. Si j'avais quelques secondes à perdre, je ne manquerais pas de lui prouver ma gratitude.

La créature s'élance vers lui avec ses pinces, mais Ero dévie avec sa lame. Je me déplace jusqu'à ce que je sois juste dans son dos.

– Ero, prends ça.

Je pousse son bras avec le pistolet et il jette un coup d'œil rapide vers le bas.

– C'est une arme.

Je vérifie rapidement que son épée est dans sa main droite et je lui dis :

– Tiens ça avec cette main.

Je tends la main vers lui et lui prends la main droite. À ma grande surprise, il me laisse prendre son épée sans broncher. Je place sa main sur la gâchette et je prends sa main gauche pour la placer autour de la poignée.

– Utilise cette main pour t'aider à viser.

Je lui tapote l'épaule gauche, puis la droite en lui

disant :

– Garde le bout sur ton épaule. L'arme te donnera… comme un coup de pied quand tu tireras.

Je n'ai pas trouvé mieux pour expliquer la sensation de recul.

Ero n'attend pas d'autres instructions. Les pieds bien plantés au sol, l'un légèrement devant l'autre, il se prépare au combat alors que le scorpion plonge à nouveau vers nous et que je me mets à hurler face à cette réaction rapide de la bête. Les tirs se logent dans la bouche droite ouverte de la créature, mais ce n'est pas suffisant pour tuer le *serpent*.

– Distrais-le ! je lance. Nous allons le tuer !

Je commence à courir, mais sa main se pose soudain sur le col de ma tunique et me tire en arrière.

– Reste près de moi.

– Je ne peux pas. Je dois relayer les ordres de notre Nigusi.

J'improvise, je sais qu'il n'y a pas d'équivalent en pikosa pour le mot « générale ». Il n'y a que des Nigusis, des guerriers, des esclaves et des ennemis.

– Je ne peux pas te protéger si tu ne restes pas près de moi, dit Ero en me relâchant assez longtemps pour raffermir sa prise sur l'arme.

Il tire à nouveau.

– Si, tu le peux. Protège-moi pendant que je donne les ordres. Distrais-le. Et protège Leanna.

Je ne sais pas s'il m'aurait laissée partir de bon gré, mais lorsque le scorpion s'élance à nouveau, il doit utiliser ses deux mains et écarter ses pieds, l'un devant l'autre, pour rester stable alors qu'il tire encore et encore sur la chose.

J'en profite pour partir en courant. Je tombe d'abord

sur les guerriers Pikosas qui semblent troublés : ils ne savent pas quoi faire. Je les contourne rapidement pour me diriger directement vers Donovan.

– Maintenant ! Attaquez les branchies ! C'est un ordre de Leanna !

– C'est un ordre de Leanna ! Dispersez-vous ! Allez vers les branchies ! répète Donovan.

Il mène la charge vers le flanc gauche, emmenant quatre Tanishis et des Omoros avec lui tandis que Chayana est la première à foncer vers la droite en hurlant. Peu rassurée par ses hurlements de sauvage, mais contente qu'elle ait au moins réussi à se trouver un couteau dans ce chaos, je la suis rapidement. C'est alors que je me souviens des Danians.

Ils ont l'air perdus, ratatinés… Leurs armes paraissent faibles. Seul l'un d'entre eux possède une lance dont la pointe est ébréchée et un autre brandit une moitié d'épée brisée. Je m'approche de l'homme à la lame brisée et lui offre l'épée d'Ero.

Au moment où je lui remets l'épée, une main lourde me fait tournoyer et je me retrouve nez à nez avec une guerrière pikosa que je reconnais. Elle est toujours près d'Ero dans la salle du trône. Elle a souvent l'air méchante et en colère, mais pas elle ne va pas jusqu'à le défier comme celui qui s'appelle Wyden. Aujourd'hui, sous le soleil brûlant, elle a l'air plus méchante que jamais.

– C'est l'épée du Nigusi ! Tu ne peux pas la donner à un esclave !

Une deuxième voix, féminine elle aussi, se fait alors entendre. Elle saisit la femme par le bras.

– Ne touche pas à cette esclave, Ellar. Elle appartient au Nigusi.

La rage monte en moi et me permet de repousser la femme beaucoup plus forte que moi.

– Espèce d'idiote ! je crie en pikosa. Qu'est-ce qu'on en a foutre de l'épée ou des esclaves ? Il y a un putain de scorpion en liberté !

Je ne sais plus ce que je dis. Je suis sûre que ça ne veut rien dire pour elles parce qu'un mot sur trois n'est pas pikosa. Toutefois, ma véhémence doit être éloquente car les guerrières – qui n'ont de guerrières que le nom étant donné que pour le moment, elles ne font *rien* – s'immobilisent. La méchante – Ellar – sursaute quand je m'élance vers elle avant de l'attraper par les épaules et de la secouer.

– Il faut attaquer les flancs gauche et droit. C'est l'endroit où il faut la poignarder ! Nous devons tuer la bête ! Allez ! Ce sont tes ordres, guerrière !

La guerrière me regarde en clignant des yeux. Ses yeux s'arrondissent et les guerriers derrière elle se déplacent comme s'ils étaient mal à l'aise ou agités. Puis la confusion disparaît. L'autre femme – celle qui était là pour me défendre contre la première – se redresse et se retourne.

– Le Nigusi a transmis les ordres par l'intermédiaire de sa femelle, crie-t-elle aux autres Pikosas rassemblés.

– Nous attaquons les flancs gauche et droit avec les autres guerr… avec les esclaves.

Je l'ai entendue. Nous l'avons tous entendue. L'accalmie momentanée qui suit son appel n'est rompue que par le cri du scorpion derrière moi. *Elle a failli parler des esclaves comme si c'était des guerriers.*

– Êtes-vous avec moi ?

Un cri collectif s'élève du contingent de Pikosas, ce qui me surprend quand on sait que ces êtres qui se disent guerriers ne font rien ensemble. Ils ne se battent même pas ensemble.

La femme se retourne, mais Ellar l'attrape par le bras. Leurs poitrines cuirassées s'entrechoquent et elles se retrouvent nez à nez.

– Qu'est-ce que tu fais, Lopina ? siffle Ellar.

Lopina se dégage de son emprise avec violence et quand Ellar commence à avancer sur elle, elle brandit son épée. Elle semble prête à s'en servir.

– Je fais ce que nous aurions tous dû faire il y a longtemps. Maintenant, bouge si tu ne veux pas être considérée comme la seule guerrière qui ne s'est pas battue.

– Tu es folle, déclare Ellar, mais elle se retourne malgré tout et rejoint la gentille tandis que les autres Pikosas se faufilent autour de moi comme le vent autour des arbres jusqu'à ce que je me retrouve seule avec Lopina.

Elle se met à courir pour rejoindre les autres, mais avant qu'elle ne le fasse, je murmure :

– Merci, Lopina.

Son regard se pose sur moi et elle fronce les sourcils. Elle ne paraît pas particulièrement ravie par ma présence maintenant que nous sommes seules ici, mais après un autre moment de réflexion, elle penche la tête en avant, presque comme en signe de… respect. Puis elle disparaît.

Je me retourne et la suis jusqu'aux autres, qui s'approchent déjà du scorpion. De l'autre côté, loin de moi, séparé de nous par ce qui semble être des légions de terreur, Ero est à genoux, il tire sur la créature… mais il fait aussi quelque chose d'étrange. Il s'agenouille juste devant Leanna… On dirait… On dirait qu'il suit mes recommandations. C'est comme si le Nigusi de la tribu

Pikosa suivait mes ordres, même lorsque le scorpion représente une menace imminente.

– Tuez-le ! je crie.

La panique me saisit, mais je n'approche pas. Sans arme, je suis inutile. Tout ce que je peux faire, c'est essayer d'aider les autres blessés. Et il y en a pas mal, surtout quand on sait à quel point les Danians sont sensibles au soleil. Un Omoro est agenouillé sur le sol, tout près de moi, alors je m'approche de lui en premier.

Il se tient les flancs, et, lorsqu'il écarte ses doigts, je vois une entaille. Je fais passer ma tunique par-dessus ma tête et commence rapidement à la déchiqueter en longues lanières. J'en attache quelques-unes autour de sa taille et il me remercie tandis que je m'enfuis avec mes lambeaux pour essayer d'aider quelqu'un d'autre.

Je m'approche ensuite d'une guerrière pikosa. Elle ne semble pas blessée, mais elle tient sa tête dans ses mains comme si elle allait s'envoler.

– Tu t'es cogné la tête ? je lui demande.

Elle me repousse au niveau de la poitrine quand j'essaie de toucher son épaule.

– Si tu relèves tes jambes et que tu mets ta tête entre tes genoux, tu te sentiras mieux, dis-je.

Je n'ai pas le temps d'en dire plus. Je me relève soudain, interpellée par le cri d'une femme qui vient de la direction opposée à celle du scorpion.

– Gerd !

Je m'élance.

– Gerd !

Je l'entends mais je ne la vois pas.

– Halima ! répond-elle enfin.

Elle est à l'écart de la mêlée, quarante pas en arrière. Elle a dû essayer de s'échapper, peut-être s'est-elle attaquée à l'un des chevaux des Kawasharis. Je peux voir des traces près d'elle, mais la bête est introuvable. Tout ce qui reste de la bête, c'est l'homme qui la montait. A califourchon sur sa poitrine, les mains autour de son cou, on dirait qu'il essaie d'agresser ou de tuer Gerd.

Je ne le laisserai pas faire.

Les lambeaux de ma tunique déchirée à la main, j'agite le tissu au-dessus de ma tête comme je l'aurais fait avec un fléau, si j'en avais eu un à portée de main ou si je savais m'en servir. Je lance ensuite un cri de guerre qui ressemble beaucoup à celui des Pikosas.

Le Kawashari, surpris, lève les yeux quelques secondes avant que je ne lui fonce dessus. Je profite de mon élan et de tout le poids de mon corps pour l'éloigner de Gerd. Malheureusement, je ne sais pas comment *arrêter* cet élan et nous basculons tous les deux l'un sur l'autre, la tête en bas, et nous nous retrouvons emmêlés l'un à l'autre. J'ai du sable dans la bouche et un poids énorme sur la poitrine. Je pense qu'il est assis dessus.

– Aïe…

Je gémis pitoyablement, totalement incapable de bouger.

Le Kawashari se redresse plus vite que moi et il est sur moi en une seconde. Il a une barbe rousse touffue et des yeux bruns un peu trop rapprochés. J'attends qu'il fasse quelque chose et, comme il ne le fait pas, j'essaie de me libérer en luttant. Il m'immobilise facilement. Ses genoux bloquent mes jambes, ses mains sont sur mon cou.

Bon… Je ne vais pas pouvoir me libérer en faisant usage de la force. Il est quatre fois plus grand que moi, il est au moins aussi grand qu'un Pikosa. Alors je m'arrête.

Je reste allongée, toujours tendue et agitée – je ne peux pas empêcher la réaction naturelle de mon corps – mais j'ouvre la bouche et je lui demande dans toutes les langues possibles et imaginables :

– Qu'est-ce que tu veux ?

En m'entendant parler anglais, il me plaque la main sur la bouche et me regarde, ébahi. Il dit quelque chose. Je ne saisis qu'un seul mot – *langudar* – et je ris sous sa main, puis plus bruyamment quand il me relâche.

Je hoche la tête.

– Langudar English.

– Langudar Kawashari.

– Bien sûr. C'est la même chose. Il y a juste quelques milliers d'années de différence.

Il secoue la tête, plonge son regard dans le mien, puis fixe intensément ma bouche. Il dit quelque chose que je ne comprends pas, mais son expression m'indique ce qu'il veut savoir donc je réponds.

– Oui, je parle la langudar Kawashari.

– Ouire ?

– Ouire, je répète.

Je range mentalement ce mot dans un coffre-fort. Je le garde pour plus tard. Une chose est certaine, dans ce monde, il y aura toujours un plus tard.

Je hurle lorsqu'il se détache de moi et m'attrape par un bras et une jambe. Il jette mon corps nu sur ses épaules en me faisant une prise de pompier tandis que je hurle comme un cochon qu'on égorge.

– Arrête !

Je lui griffe le dos de ma main libre, mais il ne semble pas s'en préoccuper et s'éloigne à toute vitesse du chaos et du diable qui m'a capturée. Un diable qui ne semble pas si mal en ce moment.

– Ero ! je hurle.

Ce n'est pas à Kenya que je pense, ce n'est pas vers Leanna ou vers Donovan que je me tourne. Je ne demande pas d'aide à Gerd ou Frey. C'est Ero que j'appelle.

Quelques secondes s'écoulent, rien ne se passe. Au moment où je me dis que ce mâle inconnu pourrait bien s'en tirer, un énorme impact nous percute par derrière et m'envoie voler dans les airs. C'est en tout cas ce qui ce serait passé si une main charnue ne s'était pas refermée sur mon bras et ne m'avait pas ramenée contre une poitrine large et chaude.

J'atterris dans des bras familiers. Je ferme les yeux. J'attends la chute, mais je ne ressens qu'une secousse lorsque son corps heurte le sol sous le mien. La cage de ses bras se resserre autour de moi tandis que nous roulons ensemble. Ils me serrent fort et se déploient au fur et à mesure que nous ralentissons.

Il continue de rouler, sans s'arrêter. Je suis allongée sur le dos, j'essaie de comprendre ce qui vient de se passer. Lui, il se lève et se relève en un seul mouvement fluide. Il a un poignard en main. Je suis la direction dans laquelle il a pivoté et j'aperçois le dos du Kawashari qui cherche à fuir.

J'ai vu assez de morts pour toute une vie. J'en ai vu assez pour plusieurs vies.

Pour la troisième, voire la quatrième ou la cinquième fois aujourd'hui, je défie le chef de guerre Pikosa.

A plat ventre, j'attrape la cheville gauche d'Ero et je tire aussi fort que possible. Le genou d'Ero cède et il s'effondre. Il me grogne dessus avec rage par-dessus son épaule et je me recroqueville, les bras relevés pour protéger ma tête. Contrairement à ce que je pensais, il ne me frappe pas. Lorsque j'ouvre les yeux, je le vois à nouveau s'arc-bouter pour lancer son arme. Je me lève et m'agrippe à la fronde de cuir qui s'entrecroise sur son torse et son dos.

Mes muscles sont en bouillie, mais mon poids mort suffit à décaler légèrement son tir lorsque la dague qu'il tient dans sa main est projetée vers l'avant. Elle tombe à moins de vingt pieds du Kawashari qui bat en retraite. Je relâche rapidement Ero, prête à affronter la pureté sans tache de sa rage alors qu'il se rue sur moi.

Il me rugit au visage et j'inspire d'un coup sec avant de me retourner sur le dos pour attendre le châtiment. Il grogne, gronde et fait des gestes violents en tendant la main, vers moi. Cependant, il ne me touche pas. Pas une seule fois. Il est pourtant furieux, je le vois.

Puis il ferme les yeux et tout en lui se tend. Il lève sa main droite et je sursaute, mais surtout je hurle, lorsqu'il l'abat et frappe le sable juste au-dessus de mon oreille gauche. Il rugit pendant tout ce temps et lorsqu'il a terminé, il balance sa jambe gauche au-dessus de moi, la plie et y dépose son avant-bras. Sa jupe de cuir flotte sur mon corps nu et je peux sentir son pantalon épais sous la jupe, qui appuie sur mon ventre. J'attends...

J'attends...

Je me demande s'il va me tuer, je sais qu'il va me tuer.

Il se contracte de plus en plus, il est si tendu que je suis sûre que d'une seconde à l'autre, il va se briser et se désintégrer. Il se lève d'un bond et m'attrape les cheveux si fort que la douleur se propage de mon cuir chevelu à toutes les autres parties de mon corps. Des larmes me montent aux yeux tandis que je me lève. Mes doigts glissants de sueur s'agrippent à sa main pour essayer de me libérer. C'est peine perdue.

Il me crie des mots inintelligibles et secoue tout mon corps. Mes yeux s'agitent dans mon crâne, s'entrechoquent comme des billes. Soudain, je suis contre lui, nos corps s'effleurent, attachés l'un à l'autre par les minces fils du soleil.

– Je devrais t'étrangler, Halima, dit-il contre ma joue en resserrant son emprise sur moi avec plus de férocité. Ce Kawashari pourrait alerter sa tribu et révéler notre emplacement. Les Kawasharis pourraient revenir. Lui, il pourrait revenir *pour toi.*

Il me serre si fort contre lui que j'ai du mal à respirer. Ma tempe touche sa mâchoire, puis ses lèvres lorsqu'il tourne son visage vers le mien.

– Je me battrai contre tous les Kawasharis s'il le faut. Ils ne pourront pas t'éloigner de moi.

Des sensations s'allument sur toute ma peau lorsque sa main charnue se referme sur ma fesse gauche et la serre. Je ne sais s'il s'agit d'un geste affectueux ou d'une menace. Je serre les fesses et j'incline mes hanches plus près de lui pour essayer de m'échapper. Il grogne à nouveau, mais ce son n'est pas comme les autres, car il s'étouffe à mi-voix.

Je garde les yeux fermés. J'attends la chute. J'attends la suite. Mes mains s'agrippent à ses épaules et j'essaie de monter plus haut sur lui pour soulager la tension dans mes cheveux. Pour ce faire, j'accroche ma jambe autour de sa hanche. Il pose sa main sur ma cuisse et cette nouvelle position rapproche mon sexe chaud de la chaleur encore plus intense de son corps.

– Ero… je murmure..

– Tu as laissé un autre homme entrer dans mes quartiers, gronde-t-il directement dans mon oreille.

Son souffle se propage dans mes tempes, sa langue

s'avance pour goûter le lobe de mon oreille.

– Tu t'es laissée capturer.

Euh... quoi ?

– J'ai surtout essayé de t'empoisonner... je précise bêtement.

Il me coupe la parole.

– Je m'en fous. Ce qui m'importe, c'est que tu sois allée avec ce mâle. C'est ton amant ? Tu m'as menti ? Combien de fois a-t-il eu ton corps sous le sien ?

– C'est pour ça que tu es en colère ? Tu penses que Haddock et moi nous avons couché ensemble ?

– Had-dock…

Il scinde le mot en deux parties, chaque partie est crachée aussi férocement que l'autre. Sa main se resserre autour de ma jambe, se rapproche de la zone dangereuse.

– Dis-moi combien de fois il a eu ton corps sous le sien, Halima. Si tu me le dis, cela diminuera sa punition et la tienne.

– Quoi ? Non ! Non... Haddock et moi n'avons jamais, jamais, jamais couché ensemble. Nous n'avons jamais fait l'amour. Je ne l'ai fait qu'avec toi. Je ne savais même pas qu'il venait pour m'emmener. Je pensais que Leanna ou Kenya viendraient. Quand je l'ai vu, je lui ai seulement demandé de venir dans ta chambre pour prendre ton pouls. Je voulais m'assurer que je ne t'avais pas tué.

– Ne me mens pas, Halima, rugit-il. Je lui arracherai les yeux et je te les donnerai à manger si tu me mens encore.

– Je ne mens pas ! je hurle.

La panique affûte mon désespoir. Chose étrange, dans mon désespoir, je m'accroche férocement à lui. Je parle contre son cou, je goûte par inadvertance sa peau à chaque mot. Ce n'est peut-être pas totalement involontaire pour être honnête. Il a le goût du sel, de la chaleur et du sang. Ce sang me rappelle que deux fois aujourd'hui, il m'a sauvée alors que moi, j'ai cherché à le tuer.

– Je ne mens pas. Tu sais que je ne peux pas mentir. Je ne sais pas comment faire. Si je savais mentir, tu aurais bu le vin empoisonné.

Le silence accueille ma réponse. Une long silence. C'est, du moins, mon impression. Ce silence dure une éternité. Des milliers d'années. Je ne suis plus Tanishi, il n'est plus Pikosa. Pour un instant, nous sommes tous les deux humains.

Ses doigts se détachent de mes cheveux et sa main dure et lourde se glisse à l'arrière de ma tête pour l'enserrer complètement.

– Halima, exhale-t-il.

Son souffle caresse mon front tandis qu'il frotte ses lèvres sur le sommet de mon crâne. Il mord mes cheveux et tire avec ses dents; pas fort, mais assez fort pour faire descendre la sensation jusqu'à mes orteils.

– Ero…

Il serre à nouveau les dents lorsque je prononce son nom et appuie ma tête contre son épaule.

– Je t'ai trahi… Tu n'es pas fâché ?

– Non.

Un éclat de rire sinistre sort de sa bouche. Ce bruit sombre et terrible est en totale contradiction avec la tension dans sa poitrine, ses épaules et son abdomen...

Cela me donne envie de pleurer. C'est tellement... triste ! Dans cette tristesse, il y a un Ero que je reconnais.

– Je ne voulais pas te trahir. Je ne voulais rien de tout

ça.

– Qu'est-ce que tu veux alors ?

– Je veux que nous soyons unis. Tous ensemble. Je veux que tout le monde vive.

– Ce n'est pas comme ça que ce monde fonctionne.

– Si, je réplique.

Un feu embrase ma voix et durcit mon ton comme de l'argile dans un four. Je lève les yeux vers lui et croise immédiatement son regard parce qu'il me regarde déjà de haut.

Mon poing frappe légèrement son torse et je secoue la tête.

– Tu vois maintenant ce que nous pouvons faire ensemble. Nous pourrions vivre ainsi, unis. Plus de trahison. Plus de mensonges. Il n'y aura que la vérité.

Le bord dur de sa bouche tressaille et je me demande quel mot j'ai utilisé de façon incorrecte ou quel mot ancien j'ai employé, mais je ne pose pas la question, alors il ne me le dit pas. Au lieu de cela, je lève mon doigt et frotte le bord de ses lèvres, je désire...

– Je ne sais pas quoi faire de toi et de ton cœur tendre, grogne-t-il à la racine de mes cheveux.

Il me soulève, fait glisser sa main sur le bas de mon dos et me tient comme ça, très doucement.

– Tu as semé le chaos, Halima.

– Je sais.

– Je vais devoir te punir.

– Je sais, je souffle. Mais... Ero ?

– Oui, Halima ?

Il parle plus bas lui aussi.

– Je ne te laisserai pas punir l'un des miens. Tu le regretteras si tu essaies.

– C'est une menace ? dit-il dans mon oreille en me

faisant frissonner.

– Oui. Tu n'imagines pas tous les ennuis que je ferai pleuvoir sur toi si tu punis l'un des miens.

Il gémit, comme si j'avais dit quelque chose de drôle.

– Oh, je peux très bien l'imaginer. C'est déjà fait.

– Ça peut être pire. Je te le promets. Je ne mens pas.

– Je sais.

– Mais d'abord...

Je déglutis difficilement.

– Tu dois sauver Leanna, j'ajoute.

– Je dois sauver ta cheffe Tanishi ? C'est ce que tu viens de me dire ?

Il m'attrape le cou par derrière. Ce n'est pas la première fois qu'il me tient comme ça. Il tire ma tête en arrière juste assez pour qu'il puisse voir en moi et que je puisse voir en lui. Je me lèche les lèvres et ignore les vertiges qui remontent de l'arrière de mon cerveau vers mes yeux.

J'acquiesce.

– S'il te plaît, Ero. Je t'en prie.

– Comment oses-tu... grince-t-il, mais il ne resserre pas son étreinte.

Au contraire, il se dirige vers le scorpion. Il semble que la créature soit maintenant morte. En voyant arriver Ero, les gens qui l'entourent se regardent les uns les autres, comme s'ils ne savaient pas si une deuxième bataille, encore plus terrible, allait commencer. Une bataille qui les monterait les uns contre les autres.

Le temps que je m'attaque au Kawashari et qu'il s'échappe, le groupe a réussi à tuer le *serpent*. Il gît, mort, sur le sable. Il est énorme et occupe une vaste portion de l'espace. C'est terrifiant. Ero aussi est effrayant, mais c'est à lui que je m'accroche lorsque nous passons à côté de la bête et j'apprécie la façon dont il me serre plus fort contre lui.

– Il ne peut pas te faire de mal, murmure-t-il juste avant de me déposer.

Je cligne des yeux devant cette gentillesse inattendue, muette, tandis qu'il donne un ordre à l'un de ses guerriers. L'instant d'après, il me passe par-dessus la tête une tunique qui appartient à quelqu'un d'autre – à une guerrière pikosa, je pense, car la matière est plus belle que celle que l'on voit sur une Daniane, une Omoro ou une Tanishi. Elle me couvre jusqu'aux cuisses. Ero m'enserre le bras dans un étau.

– Ellar, donne-moi ton épée, aboie-t-il à l'adresse de la femme qui m'a crié dessus pour que je lui rende l'épée d'ego tout à l'heure.

– Tu ne veux pas récupérer ton épée auprès du Danian ? demande-t-elle en tendant quand même son épée à Ero.

– C'est lui qui a porté le coup de grâce au serpent, répond Ero.

Ils pensent toujours qu'il s'agit d'un serpent ! Ils ont tous perdu la tête !

– Il l'a bien méritée, conclut-il.

Ses paroles sont accueillies par des chuchotements rauques et une certaine agitation de la part des autres guerriers Pikosas. Cela m'inquiète, m'effraie et me rend anxieuse. Ironie du sort, je me retrouve à me rapprocher du dos d'Ero. J'appuie ma main juste sous son omoplate lorsqu'il me relâche et retire son fouet.

– Soulevez la guerrière Tanishi. Dénudez son bras blessé.

Les protestations fusent. Elles ne viennent pas seulement des guerriers Pikosas, elles fusent de toutes parts. Ce qui me surprend le plus, c'est la mixité du groupe que j'ai sous les yeux. Les formations d'attaque mises en place contre le serpent ont été conservées.

Les Pikosas se tiennent près des Danians qui se trouvent à côté des Tanishis. L'Omoro agenouillé sur le sol soigne toujours la blessure à son estomac, avec des pans de ma tunique. Khara. J'aurais dû demander à Ero de les sauver *tous*.

– Mais… mais c'est une esclave Tanishi, Nigusi , commence un guerrier.

Ero lui coupe la parole.

– Attrapez ses bras ! hurle-t-il.

Deux guerriers Pikosas soulèvent Leanna sous les bras et tendent son bras bleu sur le côté. Donovan, qui a récupéré une arme sur le champ de bataille, tente d'attaquer Ero. Je sursaute et lui crie d'arrêter, mais Ero s'avance vers Donovan et, d'un coup vif, le désarme avant de le pousser sur le côté.

– Ne pointe plus jamais cette arme sur ma Tanishi, siffle-t-il.

La surprise me fait trembler. Je cligne rapidement des yeux, confuse, et je regarde Donovan lorsqu'il me demande de traduire ce qu'a dit Ero.

– Il… il a cru que tu me menaçais. Il n'aime pas ça.

Tous ceux qui peuvent me comprendre grognent et chuchotent. Donovan a l'air abasourdi par mes aveux embarrassés. Il jette un coup d'œil entre Ero et moi, puis recommence, encore et encore. Ero grogne et avance un pied d'un air menaçant.

– Non, non, Ero, je gazouille.

Je m'élance vers Donovan pour empêcher Ero de le faire passer de vie à trépas, mais ce dernier utilise le bout de l'arme pour me retenir.

– Ne bouge pas.

Lorsqu'il se tourne, son regard est si brûlant que je ne peux le maintenir. Je baisse les yeux.

– Ne fais pas ça, Halima. Viens te mettre à côté de moi. Dis à ta Tanishi de se préparer.

– Qu'est-ce que tu vas faire ?

Je me place de l'autre côté, *loin* de Donovan. Ma tête est plus chaude que les feux de l'enfer. La chaleur est étouffante. J'ai passé trop de temps sous ce climat. Je transpire à grosses gouttes. Je n'arrive pas à suivre.

– Tu veux qu'elle vive ?

J'acquiesce.

– Alors il faut couper le bras avant le point d'infection. Tout ce qui se trouve en dessous du coude doit être enlevé avant que le venin ne se propage dans le reste du corps. Préviens-la. Sinon, je peux commencer tout de suite.

Je commence à avoir la nausée à l'idée de ce qui va se produire. Je m'avance à côté d'Ero et j'élève la voix.

– Leanna, tu m'entends ?

Sa tête est tombée en arrière. Elle me fixe les yeux mi-clos, mais comme c'est une battante quoi qu'il arrive, elle acquiesce.

– Dis-lui de me couper le bras, dit-elle sans se faire prier. Je ne suis pas prête à mourir.

Les larmes me montent aux yeux. Je jette un coup d'œil à ma gauche, vers Ero. Il observe mon visage et son expression devient de plus en plus dure lorsqu'une larme s'échappe. Je hoche la tête parce que je ne peux rien dire de plus. Du moins... pas à lui.

À la place, je m'éclaircis la gorge et je hausse le ton de ma voix vacillante. Je m'adresse aux Tanishis et leur dis :

– Rassemblez-vous autour de notre générale. Elle a

besoin de votre force. Ero va lui couper le bras pour lui sauver la vie.

Le nom de Leanna est chuchoté à plusieurs reprises par des voix différentes, avec des accents différents – des accents tanishis, certes, mais aussi par des accents danians et omoros.

Ils se rapprochent d'elle et je renifle un peu plus fort. Les Pikosas font de la place pour que les autres se rassemblent autour de Leanna, mais seulement sur l'ordre d'Ero. Je passe devant Ero. Il essaie de m'arrêter, mais je tiens son bras – celui qui me bloque – et je le regarde en face.

– S'il te plaît, je chuchote.

Une bataille se joue dans son expression jusqu'à ce que sa mâchoire se fige. Il relâche mon bras, ce qui me permet d'aller voir Leanna. Deux guerriers pikosas maintiennent l'avant-bras de Leanna en attendant le prochain ordre d'Ero.

– Ça va aller, Leanna, je déclare.

C'est un mensonge, mais je le dis quand même.

Des voix se font l'écho des mots que j'ai prononcés. D'autres sont plus réalistes.

– Putain, ça va faire mal. Tiens, chérie, mords ça ! s'exclame Chayana.

Elle enfonce un morceau de cuir entre les dents de Leanna. Je passe la main devant le corps d'une femme qui s'appelle Meera, je crois, et je touche le cou et le bras de Leanna. Nous transpirons tous abondamment. Nous dégoulinons tous et nous sentons tous mauvais. Nos odeurs nauséabondes cuisent ensemble sous le soleil.

Le son du fouet crépite et secoue le corps de Leanna. Je jette un coup d'œil à son bras, même si je m'étais promis de ne pas le faire. Je vois que la queue du fouet d'Ero s'enroule fermement – ça a l'air vachement douloureux – autour du bras de Leanna, juste au-dessus du pli de son coude.

Derrière moi, Ero demande :

– Est-elle prête ?

– Es-tu prête, Leanna ?

Leanna acquiesce. Nous nous serrons tous autour d'elle. Je marmonne une prière au soleil et aux étoiles. Par-dessus mon épaule, je crie :

– Elle est prête, Ero !

Les mots ont à peine quitté mes lèvres que son corps tressaille. Sa bouche s'ouvre. Son cri monte et je ne peux pas m'en empêcher, je crie avec elle. Nous crions tous. Sa douleur semble collective. Partagée. Nous perdons tous quelque chose d'important dans le sable. Anidi laye.

Nous crions.

Nous crions jusqu'à ce que ses cris s'étouffent et que son corps tombe dans nos bras qui l'attendent. Ensemble, nous la portons hors de la lumière pour la ramener dans l'obscurité.

//
Ero

– Que fait-on maintenant ?

Ellar se tient devant moi. Elle vient de poser la question que tous mes guerriers ont en tête alors que nous nous précipitons vers la grotte principale où les autres esclaves capturés ont été enfermés.

Mes soixante-dix-huit guerriers Pikosas rassemblés ont pu capturer cinquante-quatre Danians, quarante-deux Omoros et cent trente-trois Tanishis, soit quasiment tous les esclaves. Seuls six captifs manquent à l'appel. L'une des évadés est la cheffe Tanishi qui était d'ordinaire enchaînée à mon trône.

Mon cou s'enflamme et je jette à nouveau un coup d'œil à Halima. Je sais que si les esclaves qui sont parvenus à s'échapper sont capturés par les Wickars ou les Kawasharis et dirigent nos ennemis vers mon village, ce sera de sa faute. J'inspire.

Quand ils viendront, nous serons prêts car je connais déjà la réponse à la question d'Ellar. Par contre, je sais que mes guerriers seront loin de l'apprécier. Je ne l'apprécie pas particulièrement non plus. Pour être honnête, je préférerais de loin me couper les deux bras que de donner cette réponse, mais si les événements de la journée m'ont appris quelque chose, c'est que lorsqu'ils sont unis, ces captifs ont beaucoup, beaucoup plus de valeur qu'on ne leur en accorderait au premier regard.

– Emmenez les Tanishis au village, j'ordonne.

La réaction de mes guerriers est immédiate. Elle est immédiate... et prévisible.

– Quoi ?

– Quoi ?

– Il veut que les Tanishis vivent...

– ...au village.

– Il a dit de les emmener au village...

– Comment oses-tu ?

Gerarr est assis sur mon trône. Entre son opposition constante et les conneries de Wyden, je ne sais pas comment j'ai réussi à garder le trône. Toutefois, alors que je jette un coup d'œil à Halima, je suis sûr d'une chose : je ne peux pas me permettre de le perdre. Nous sommes à l'aube d'un grand jour. Halima avait déjà essayé de m'avertir, mais je ne l'ai pas écoutée. Pas étonnant qu'elle ait essayé de me tuer et de s'enfuir ! C'est de ma faute. J'aurais dû l'écouter. Je ne peux qu'imaginer ce que j'aurais perdu si je n'avais pas vu de mes propres yeux le succès des Tanishis. Je ne peux qu'imaginer ce que *nous* aurions tous perdu.

Gerarr est debout quand je traverse la rivière. Je tiens toujours Halima par la main, mais je la laisse derrière moi juste assez longtemps pour tirer l'arme mécanique autour de mon corps et la pointer vers lui. J'appuie sur le bouton qui libère les billes de métal. Elles s'enfoncent dans son corps. Il meurt sur le coup.

Derrière moi, Halima s'arrête, surprise. Puis, ses pieds claquent sur les pierres alors qu'elle recule. J'en ai marre qu'elle essaie de me fuir, alors je la pousse vers l'avant jusqu'à ce qu'elle se heurte à mon dos. Il me faudrait une chaîne pour l'attacher à moi. Je n'ai pas l'intention de la perdre à nouveau.

– Ne t'apitoie pas sur son sort. Il n'aurait pas hésité à te tuer s'il en avait eu l'occasion, lui dis-je à l'oreille.

Elle secoue la tête, elle continue à s'agiter. Je me bats pour empêcher mes lèvres de former un sourire. Je me dis qu'elle résistera sans doute toujours et que c'est peut-être cette ténacité qui assurera sa survie.

Elle tressaille sous mon emprise et parvient presque à se libérer. Ses yeux s'enflamment lorsqu'ils rencontrent les miens.

– C'est ce que tu comptes faire à Haddock ? Il…

Elle utilise un mot que je ne connais pas, et je suis frustré que notre communication s'interrompe ici.

– Je ne comprends pas.

Halima souffle. Son visage se couvre d'un rouge vif et glorieux.

– Les blessures… puis la guérison. Il nous soigne, mais maintenant, c'est lui qui a besoin d'être soigné.

– Il n'était pas censé survivre.

– Il doit survivre !

Je ris. Je ris fort et méchamment , puis je l'attire plus près de moi.

– Tu crois que je vais dire aux guérisseurs de soigner le mâle qui t'a aidée à quitter mes appartements ? Tu es folle.

Je m'acharne sur elle, mais elle s'acharne aussi sur moi. Elle abat son bras si fort que la sueur sur sa peau lui permet de se dégager. Furieux, je tremble de colère. Je suis envahi par une colère maladive qui s'envenime.

La colère d'Halima semble égaler la mienne lorsqu'elle s'écrie :

– Je ne suis pas folle, je veux sauver des vies !

Elle s'élance vers l'avant et déjoue mon emprise – non pas parce qu'elle est plus rapide, mais parce que je suis ralenti par la douleur et la souffrance qui se dégagent de son expression. Elle atteint les pierres et commence à grimper en tremblant.

C'est la plus petite ici et pourtant, elle ne s'avoue pas vaincue. J'ai envie de la tuer en cet instant, mais moi non plus, je ne veux pas m'avouer vaincu.

– Tu n'as pas besoin de lui. Tu ne mourras pas, lui dis-je.

J'entends bien mes guerriers s'inquiéter de ma déclaration, mais pour l'instant, je ne me soucie pas d'eux. Aucun d'entre eux n'a d'importance. Il n'y a qu'Halima, moi et… ça.

Halima éclate de rire en grimpant jusqu'à la pierre où le Tanishi appelé *Haddock* est allongé sur le dos, immobile.

– Il a des connaissances du passé. Il peut aider toutes les tribus ici, pas seulement les Tanishis.

Ses doigts s'agitent sur son corps pour essayer de l'aider. Elle a beau être petite, elle le défend. Ferait-elle la même chose pour moi ? Elle l'a fait une fois lorsqu'elle a demandé à ce guérisseur Tanishi de s'assurer que je vivais encore après sa tentative d'empoissonnement, si ce qu'elle a dit est vrai. Je comprends alors que si ce mâle Haddock meurt, peut-être qu'elle ne vivra plus jamais. Peut-être que le lien sera brisé entre nous.

Mon regard se porte sur le sang qui coule le long de

son dos. Il tache l'extérieur de sa tunique. Ma poitrine se serre, je méprise cette tension, cette émotion; mais je ne peux m'en libérer.

– Halima, si tu ne t'éloignes pas de lui, ta punition sera encore plus sévère.

– Qu'attends-tu ? Punis-moi ! Tu vas me tuer de toute façon… Fais-le, c'est tout. S'il n'y a plus d'espoir, alors fais-moi souffrir !

Sa voix monte en décibels, elle hurle.

Elle m'observe et je lui rends son regard. Le temps s'écoule. Beaucoup, beaucoup trop de temps. Je ne peux pas admettre ce que je ressens, parce que je ne comprends pas ces sentiments. Ils m'agitent, ils m'accablent. Ils m'inondent.

Ils sont sans doute transcendants.

Je saute sur le rocher entre elle et mon trône. Elle crie en se penchant sur le torse du mâle pour le protéger avec son petit corps. Les blessures de son dos se sont rouvertes. Forment-elles toujours le mot El-li ? Est-ce que cela a une quelconque importance ? Le mal est déjà fait.

– Non.

Elle cligne des yeux. Elle ne comprend pas, mais ce n'est pas grave. Je suis trop en colère pour prendre le temps de lui expliquer de toute façon. Un gémissement émane du corps mou de Gerarr et je jette un coup d'œil à mon trône où il gît, affalé. Des trous de plombs constellent son torse et son abdomen.

Je fronce les sourcils avant de vérifier qu'il y a bien des marques sur son torse. Trois plombs ont touché son côté droit, mais mon tir a dû passer à côté de son cœur. Je m'apprête à finir ce que j'ai commencé, mais je m'arrête avant de mettre fin à ses jours. Un coup d'œil à Halima m'en dissuade. Elle se recroqueville sous moi d'un air craintif comme si j'étais un monstre affreux. Elle ne me regarde pas comme si j'étais le mâle qui a pris et possédé son corps détendu tandis qu'elle m'invitait à presser ma bouche sur sa chaleur dégoulinante.

– Lopina, Ellar, Goja, Quin et Meret.

Je tire le mâle qui m'est apparenté de mon siège et le laisse tomber sur la pierre en contrebas. Je ne vais pas l'achever – pas encore, pas devant Halima – mais je me fiche de savoir s'il survivra à cette chute.

– Emmenez tous ceux qui sont blessés directement chez les guérisseurs. Dites-leur de s'occuper de la cheffe des Tanishis en premier et de Gerarr en dernier. Je me fiche qu'il vive.

Lopina, Quin et Goja passent à l'action, mais Ellar hésite. Elle traverse ensuite la rivière et penche le menton vers Gerarr.

– Pourquoi devrions-nous aider leur peuple avant nos guerriers ?

Ma rage mal maîtrisée se presse contre la surface de ma peau, elle veut sortir. Je jette un coup d'œil à Halima. Elle s'est redressée et m'observe, les lèvres légèrement entrouvertes, mais elle recule quand je croise son regard. Putain, je déteste quand elle fait ça. J'inspire profondément, je lutte pour rester calme, et je détourne le regard.

Je saute sur mon trône, un pied sur le siège, l'autre sur le bras, et j'élève la voix assez fort pour que tous mes guerriers l'entendent.

– Quinze Tanishis ont abattu un serpent du désert adulte.

Des murmures s'élèvent parmi mes guerriers, mais aucun n'est assez fort pour constituer un défi.

– C'est peut-être difficile à croire mais vous étiez

présents, vous avez été témoins de cette bataille. Que ceux qui ne me croient pas le nient !

J'attends, mais c'est le silence.

Finalement, Ellar s'éclaircit la gorge.

– Ils n'étaient pas seuls. Ils ont été aidés.

– Ils ont été aidés en effet, mais pas par les Pikosas. Ils se sont battus avec les Danians et les Omoros. Les Pikosas sont restés en arrière, incertains, ils ne voulaient pas se battre avec des esclaves. Qu'est-ce qui t'a poussée à rejoindre la mêlée, Ellar ?

Son visage s'illumine et ses joues se colorent. Elle a la décence de soutenir mon regard, et ne le détourne que le temps de jeter un coup d'œil à Halima.

– Nous nous sommes battus sur vos ordres, relayés par votre Tanishi.

J'éclate de rire.

– Ce n'est pas moi qui ai donné cet ordre. L'ordre que vous avez suivi aujourd'hui a été donné par une Nigusi, mais ce n'est pas moi qui l'ai donné.

– Il n'y a qu'un seul Nigusi ! s'écrie un guerrier.

Des cris de protestation s'élèvent.

– Il n'y a qu'un seul Nigusi et je ne permettrai à personne de contester mon trône, mais aucun Nigusi n'a jamais été témoin de ce que j'ai vu aujourd'hui. La tribu des Tanishis s'est battue main dans la main avec les Danians et les Omoros. Ils se sont battus…

J'ai du mal à prononcer le mot qui vient ensuite, parce qu'il me semble étrange et laid :

- *Anidi laye*. Ils se sont battus ensemble. Les ordres donnés par la cheffe des Tanishis ont amené les combattants à se mettre en *formation*. Les Danians connaissaient les faiblesses du serpent. En agissant rapidement, ils ont pu travailler ensemble pour l'abattre, tandis que nous, les guerriers Pikosas, nous nous sommes contentés de le distraire. Et les Tanishis avaient ceci.

Je lève haut l'arme que je tiens dans ma main.

– C'est un instrument magique. D'après ma Tanishi…

Je m'arrête. Je réfléchis longuement à ce que je vais dire. Mon visage se couvre de sueur. Je serre les dents.

– D'après *Halima*, le vaisseau d'où nous avons tiré ces Tanishis regorge d'autres instruments magiques de ce type. D'après elle, il s'y trouve des instruments qui nous permettraient de construire des villages à la surface et même de replanter de la végétation.

Je secoue la tête. Cela me semble tiré par les cheveux, même moi j'ai du mal à l'imaginer. Je n'ai pas cru Halima la première fois qu'elle me l'a dit. J'aurais dû la croire. J'aurais pu éviter tout cela. Mais peut-être que cela n'aurait pas eu d'importance. Peut-être que mes guerriers, comme moi, avaient besoin de le voir pour y croire. Voir les formations qu'ils adoptaient lorsqu'ils se battaient a tout changé. Grâce à ces formations et à leurs instruments magiques, ces Tanishis ont pu combattre un serpent des sables. Ils se sont battus ensemble et *ensemble,* ils n'ont pas eu besoin de nous.

Cela signifie-t-il qu'Halima n'a pas besoin de moi ? Je m'insurge contre cette idée. Elle a besoin de moi et si je dois changer pour le lui prouver et la lier à moi pour toujours, qu'il en soit ainsi.

Qu'il en soit ainsi.

– Le simple fait d'apprendre certaines de ces formations nous permettrait d'affronter de plus grands adversaires. Nous pourrions nous étendre et reprendre certaines des oasis que nos ancêtres ont perdues.

– Ces sauvages n'en font qu'à leur tête. Il faudra les

dompter pour qu'ils nous soient utiles, dit un homme appelé Carven.

Je secoue la tête.

– Nous allons nous y prendre autrement. Nous allons essayer de communiquer. Halima, relaie ce message aux autres tribus. Dis à tes Tanishis, aux Danians et aux Omoros ce que j'ai décrété aujourd'hui.

Il y a un silence après mon ordre. Trop de silence.

Je baisse alors les yeux vers Halima. Je me perds un instant dans le brasier de ses yeux qui continuent de s'enflammer.

– Si je le fais, tu les épargneras ? Tu le feras vraiment ?

J'acquiesce en me demandant si je vais devoir rompre cette promesse. J'espère pour elle que ce ne sera pas le cas.

– Oui, je les épargnerai. Ils formeront tous une seule tribu.

J'essaie, mais je n'arrive pas à dire "nous". Je ne suis pas prêt à inclure les Pikosas dans cette tribu et je ne suis pas sûr de l'être un jour. J'ai beau avoir prononcé le discours rendant tout cela possible, ce n'est pas facile pour moi.

– Haddock aussi ?

Je serre les dents. J'ai le sang chaud, et la tête encore plus chaude. Elle est partie avec lui de son plein gré, il ne peut pas survivre. Sinon, c'est moi qui ne ne survivrai pas à cet affront. Je ne pourrai pas supporter la jalousie que je ressens. Je jette un coup d'œil à son corps et constate que ses yeux sont ouverts. Sa respiration est superficielle. Il a l'air encore plus mal en point que la dernière fois que j'ai quitté les grottes. Je me demande si l'un de mes autres guerriers ne l'a pas attaqué en mon absence. Je fronce les sourcils, je n'aime pas cela non plus.

– Il peut vivre pour l'instant, mais si je découvre que tu lui as donné une partie de toi – ton corps ou ton cœur – je le détruirai et je te forcerai à regarder.

Elle fronce les sourcils. Ses lèvres se retroussent et ses sourcils sombres se froncent. Ses joues rubicondes trahissent sa rage en tremblant. Des larmes mouillent ses cils inférieurs, mais je ne les laisse pas m'affecter. Je ne peux pas. La jalousie n'est pas une chose à laquelle un Nigusi est habitué. Le fait que je lui laisse la vie sauve est une grâce. C'est la première grâce que j'accorde à qui que ce soit.

Enfin… c'est peut-être la deuxième, si on compte toutes les fois où j'aurais dû tuer Halima mais où, au lieu de cela, je me suis retrouvé de plus en plus proche d'elle dans un abîme effroyablement chaud et tendre.

Elle acquiesce et pose délicatement la tête d'Haddock sur la pierre. Elle lui murmure quelque chose, ce qui me rend fou de rage, et il acquiesce. Ensuite, elle bouge trop vite pour que je puisse décider de le tuer maintenant ou d'attendre qu'il soit guéri.

Elle se hisse sur ses genoux, mais vacille là où elle se tient. Elle porte une main à sa tête comme si elle était dans les vapes et pour chaque manifestation de douleur qui se joue sur son corps, mon cœur se brise encore et encore.

Elle tombe sur moi, mais seulement parce que je franchis le pas qui nous sépare et l'attrape par les poignets. Je l'attire contre moi et la fais tourner dans mes bras. Dos à moi, ses mains sur mes poignets, j'expire un peu plus facilement. Peu à peu, je me calme.

– Dis-leur, je lui chuchote à l'oreille, en penchant la tête vers la foule.

Elle se lèche les lèvres et, après une dernière hésitation, elle calme sa voix vacillante et déclare en pikosa :

– Je traduirai les messages dans les langues des tribus. J'enseignerai aussi les langues aux différentes tribus.

Les guerriers qui n'arrivaient toujours pas à croire en ses capacités poussent des cris de rage et de surprise. Moi-même, j'ai du mal à y croire. Mais je ne me soucie pas d'eux. Tandis qu'ils lui crient dessus avec colère, elle s'appuie davantage sur ma poitrine. Ses doigts s'enroulent autour du bracelet de cuir qui recouvre mon avant-bras gauche. *Sait-elle que je la protégerai ?* Oui, elle le sait. Elle le sait même si elle déteste ça, même si je l'aime et que je déteste l'aimer, elle sait que je le ferai.

Je me souviens de ce que j'ai ressenti en voyant le serpent des sables pointer son dard chargé de venin directement sur elle. Je me souviens de ce que j'ai ressenti en voyant son corps nu rebondir sur le dos de ce salopard Kawashari. Je me souviens ce que j'ai ressenti en voyant la Daniane la jeter dans la rivière. Elle aurait dû mourir, mais heureusement, miraculeusement, Tenor m'a trouvé et m'a dit qu'elle était retournée dans mes appartements. Mes guerriers étaient à sa recherche – c'était leur seule mission – alors qu'ils auraient dû se préoccuper d'attraper les autres esclaves.

Elle a failli y passer. J'ai bien cru qu'elle était allée dans les fosses aux crocodiles, et j'ai failli la poursuivre jusqu'à une mort certaine et sanglante.

– Halima, dis-je.

Ma voix n'est qu'un gémissement.

Elle frissonne et, se rendant compte de notre étroite proximité, elle commence à essayer de s'éloigner de moi, mais je ne la lâche pas. Finalement, elle me regarde, les yeux pleins d'étoiles, et elle lèche ses lèvres cendrées pour les faire briller. Ma bite s'agite alors qu'elle ne devrait pas et je suis de nouveau en colère contre la facilité avec laquelle elle m'affecte. Elle m'empêche de penser. Elle me perturbe tellement que c'est comme si je lui appartenais.

– Puis-je transmettre tes paroles aux membres des autres tribus, Ero ? Il faut qu'ils sachent que tu ne compte pas les tuer, sinon ils pourraient tenter de s'enfuir à nouveau.

Ma mâchoire se fige, mais je lui fais un signe de tête et garde ma main enroulée autour de sa taille, la paume solidement collée à sa hanche. Ses paupières papillonnent et lorsqu'elle aspire un souffle, je retiens le mien. Une tension enflammée s'installe entre nous.

Se tournant rapidement vers l'avant, elle parle d'abord dans sa propre langue Tanishi avant de passer aux autres. L'une de ses déclarations est accueillie par des rires des Danians et je fronce les sourcils. Je déteste le fait de ne pas savoir exactement ce qu'elle leur a dit.

– Qu'est-ce que tu as dit ? je grogne contre sa joue.

Elle hésite et je serre sa hanche plus fort, jusqu'à ce qu'elle grimace.

– Je leur ai dit que je disais pas mal de conneries. Je ne connais pas le mot danian pour désigner des *erreurs*.

Ma bouche s'agite en réponse. Puis je me souviens qu'elle a cherché à me trahir quelques heures plus tôt.

– Tu ne leur as rien dit de plus ? Tu n'as pas parlé de rébellion ?

Son regard se durcit et elle se retourne pour me regarder.

– Je te l'ai déjà dit, Ero, je ne sais pas mentir. Je n'y arrive pas.

– C'est bien.

Je passe ma main dans ses cheveux et lui relève le menton pour pouvoir parler contre sa bouche.

– C'est bien, je répète en me penchant pour la goûter.

Elle a l'air hébétée et en colère, mais elle ne recule pas.

Je lèche doucement un bord de sa bouche avant de me redresser brusquement.

– C'est bon alors.

Je lève les yeux vers la foule. Tant de corps, de couleurs et de formes différents me font face... Et dire que je n'avais jamais pensé que cette diversité pouvait avoir une valeur.

– Malachi, Ovide et Chalor – retournez à la surface pour récupérer le serpent. Apportez-le au village et laissez Berna le découper. Ce soir, nous festoyons. Les autres, emmenez les prisonniers au village. Laissez-les remplir les maisons vides de l'île centrale pour qu'ils ne puissent pas s'échapper. Nourrissez-les avec nos réserves. Pas des portions d'esclaves, mais de vraies portions. Ceux qui ont reçu des ordres, soignez les blessés. Ne laissez pas la cheffe des Tanishis mourir.

Je lance un regard à ceux qui détiennent actuellement la femme qu'Halima appelle *Leanna*.

D'autres Tanishis se pressent autour de Leanna. Ils semblent angoissés parce que je leur demande de patienter avant de la porter à l'est. Puis, même si cela me tue, j'ajoute en grognant :

– Ne laissez pas le guérisseur tanishi mourir non plus. Halima, traduis.

Elle le fait et un dernier moment d'attente suit sa dernière déclaration. Je ne peux pas accepter cela. Le silence permet de réfléchir, au besoin, de changer d'avis. Comme Halima, ils doivent m'obéir.

– Au boulot ! je hurle.

Ma voix résonne dans toute la grotte, ce qui incite tout le monde à agir simultanément.

Même Halima commence à s'éloigner de moi, mais je la serre contre ma poitrine, j'absorbe les battements de son cœur à travers le tissu fin qu'elle porte, jusqu'à ce que nous soyons complètement et entièrement seuls. Les bruits de pas se sont éloignés et, dans le silence, la grotte semble immense.

Elle se remet à bouger et cette fois, je la laisse faire. En tournant sur elle-même, elle recule jusqu'à ce que son talon atteigne la courbe lisse de la pierre. Elle devrait sauter sur les pierres en dessous pour descendre, mais ses jambes tremblent et ce serait une longue chute pour elle.

Je fais un pas en avant et elle vacille dans les sandales en cuir que je lui ai fabriquées. Je fronce les sourcils. Les bandes de cuir autour de ses mollets ont l'air serrées. Je n'aime pas la voir dans cette tunique. Elle appartient à Brin. Il dormait quand j'ai réveillé les guerriers et il n'a pas eu le temps de se changer. Sentir son odeur sur sa peau m'échauffe le sang.

– Alors c'est donc là que tu vas me punir ? C'est ici que tu vas me faire souffrir ? demande-t-elle.

Je vois bien qu'elle fournit beaucoup d'efforts pour paraître courageuse. Des éclairs jaillissent au bout de mes doigts.

– Est-ce que j'ai l'air de vouloir te punir ?

– Oui.

– Putain, c'est vrai en plus.

Je comble l'écart entre nous, je l'attrape par la taille et je l'écrase contre ma poitrine. Ma bouche trouve la sienne et l'attaque sans pitié.

Je l'embrasse comme un fou, je l'embrasse sans raison, je ne suis plus que désir. Je glisse ma langue dans sa bouche, ses lèvres s'écartent sous le choc et je la savoure avec ma langue. Mes lèvres se pressent contre les siennes si fort que je peux sentir la pression de ses dents. Je ne m'attends pas à ce qu'elle réagisse. Je m'attends à sa fureur. Mais elle s'élance vers moi et ses bras entourent mon cou. Elle saisit une poignée de mes cheveux et tire si fort que je vois des étoiles. Je suis obligé de reculer. Puis elle lance un siège contre lequel il ne me reste que peu de moyens de défense.

Elle se penche sur moi et me mord le cou si fort que, pendant une seconde, je me demande si elle n'essaie pas de briser la peau et de me noyer dans mon propre sang, mais elle est trop douée pour cela. Au lieu de cela, elle passe sa langue sur mon pouls battant et embrasse ma clavicule, puis descend jusqu'à ma poitrine.

Je gémis et la laisse tomber. Lorsque ses pieds touchent le sol, elle continue de descendre en embrassant. Elle passe la main entre les pans de mon armure et saisit ma bite à travers mon épais pantalon de peau. Je m'en débarrasse en moins de temps qu'il ne faut pour le dire.

Je sors ma dague de son fourreau, coupe sa tunique en plein milieu et jette tous nos vêtements sur les pierres. Je les écarte ensuite d'un coup de pied pour m'agripper à elle une seconde fois. Elle saute sur moi et je l'attrape contre mon corps. Sa chatte humide et chaude se presse sur mon abdomen. Je l'attrape brutalement et enfonce deux doigts en elle. Elle rejette la tête en arrière et hurle mon nom.

Je grogne et j'embrasse sa mâchoire, d'une oreille à l'autre, tout en faisant pénétrer mes doigts en elle. Elle commence à trembler trop rapidement, son corps est prêt à recevoir le mien parce qu'il sait que nous n'avons pas fini ce que nous avions commencé plus tôt. Nous ne l'avons pas vraiment fait. J'avais l'intention de la prendre pendant des heures, jusqu'à l'oubli, et elle, elle avait seulement l'intention de me distraire puis de me tuer.

– Ero, je vais jouir, halète-t-elle.

Elle n'aurait pas dû me dire ça. J'arrache ma main de sa fente chaude et serrée. Elle se met alors à s'agiter avec désespoir.

Je maintiens ses hanches loin de mon corps, en m'assurant qu'elle ne jouit pas. Pas encore. J'embrasse toujours sa mâchoire pendant qu'elle lutte pour se frotter contre moi. Elle attaque mes bras de ses ongles cassés et me titille en mordant ma mâchoire et mes clavicules. Elle sait que j'aime ça... ou peut-être que j'aime cette caresse parce qu'elle vient d'elle. Je crois que j'aime tout ce qui vient d'elle. Je m'en rends maintenant compte avec frustration.

Libérant ma colère dans un grognement bref, je la porte jusqu'à mon trône et l'installe sur le métal troué et éclaboussé de sang. Puis je me mets à genoux et accroche ses jambes sur mes épaules.

Elle n'arrive pas à reprendre son souffle quand je couvre son sexe de ma bouche. Je frotte mon menton dans ses plis, je crée une friction à laquelle elle répond par des cris de douleur et des cris de plaisir.

– Ero, je suis...

Elle halète.

Je recule.

– Lèche ma bouche, j'ordonne.

Ses yeux sont vitreux et ses lèvres luttent pour former des mots. Ses mains sont crispées sur les bras de mon trône et l'intérieur de ses cuisses tremble violemment. On dirait qu'elle est sur le point de pleurer.

C'est bien.

– Qu…quoi ? demande-t-elle, la voix brisée.

– Ton Nigusi t'a donné un ordre. Vas-tu le suivre ?

Elle fronce les sourcils, son nez se fronce aussi. Elle s'éloigne de moi en grimaçant, se recroqueville contre le dossier de mon trône, et je la laisse faire. Ma bite me fait mal et mes couilles menacent d'exploser, mais il y a une chose dont je suis sûr : elle craquera avant moi, parce que je suis furieux.

Ses mains s'agitent inutilement vers sa chatte dégoulinante. L'état de ses cheveux est désastreux. Tombés sur le côté, ils forment des nœuds ensablés. Elle a des coupures et des éraflures sur tout le corps. Elle est beaucoup trop maigre. Il y a du sang sur son bras et je sais que c'est en partie le sien. Il y a des cicatrices sur son corps, des cicatrices que j'ai faites et même si je déteste la voir souffrir, je ne peux pas les regretter.

Ces cicatrices l'ont menée ici, jusqu'à moi, dans mes bras. Ces cicatrices m'ont mené ici aussi, et même s'il ne peut véritablement y avoir de bataille entre nous, je ne perdrai pas. Je ne peux pas me permettre de la perdre.

– Tu es une bête, lance-t-elle.

Je suis sûr qu'elle aurait été bien plus insultante si elle pouvait exprimer sa pensée avec exactitude en pikosa.

– Je ne peux pas te laisser essayer de me fuir à nouveau pour disparaître dans les grottes ou pour explorer la surface toute seule. Tu dis venir d'une autre époque, d'une époque où les Tanishis régnaient. Les Tanishis ne sont plus assez forts pour ce monde. Ce monde est habité par des serpents de sable, des crocodiles, des tribus Wickars et des tribus Kawasharis. Il y a des poisons dans les minéraux, des pièges dans le sable, des eaux dangereuses à traverser. Je suis peut-être une bête, mais je suis ta putain de bête et tu as besoin d'une bête pour survivre dans ce monde. Je ne peux te protéger que si tu m'obéis. Vas-tu m'obéir, Halima ?

Son visage se tord en signe de défi, elle s'adosse aux pierres et passe sa main entre ses jambes. Elle ferme les yeux et je suis tellement excité par la vue de ses caresses que j'en oublie presque mon objectif.

Clignant à nouveau des yeux, j'attrape sa main et l'éloigne de son corps. J'attrape également son autre poignet et j'étire ses bras de part et d'autre pour les ancrer aux bras de mon trône. Lorsqu'elle gémit et tente de serrer ses cuisses l'une contre l'autre, je glisse un genou entre chacun de ses pieds et l'oblige à écarter les jambes.

Je la fixe comme un aigle observe sa proie. Je regarde son corps et mes yeux manquent sortir de ma tête à la vue du liquide clair et visqueux qui s'écoule de ses lèvres brunes, semblables à des pétales, sur mon trône. Ses yeux se remplissent d'eau et elle émet un son de fureur en essayant de se défaire de mon emprise. Elle sait qu'elle ne peut pas. Tout comme elle sait que c'est la seule offre qu'elle recevra de moi.

Je me lèche les lèvres et lui offre un cadeau qui dépasse de loin tout ce que j'ai pu offrir à qui que ce soit.

– Si tu m'obéis, Halima, et que tu ne te mets pas en danger, je te promets qu'aucun des membres de ta tribu ne mourra inutilement de ma main ou sur mon ordre. Je te promets que je t'écouterai quand tu parleras ou que tu me conseilleras. Je te promets que je te croirai. J'essaierai de te faire confiance. Mais si jamais tu me fuis, et si jamais tu romps à nouveau cette confiance, tu me compliqueras la tâche. Je ne pardonne pas facilement, car je n'ai jamais pardonné à personne. Mais je te pardonnerai d'avoir failli te tuer en allant seule à la surface.

Elle m'écoute maintenant et elle m'entend, même si elle n'est qu'à moitié concentrée. Ses yeux larmoyants sont rivés aux miens et j'essaie d'ignorer les battements de mon cœur qui s'y perdent. Elle tressaille à nouveau sous mon emprise, mais elle sait qu'elle a perdu. Elle renifle.

– Et si j'essayais de te tuer ?

– Je te l'ai déjà dit, je m'en fiche.

Une larme coule de son œil gauche. La voir pleurer m'atteint avec la violence d'une balle.

– Dis-le, dit-elle d'une voix épaisse.

– Je ne comprends pas.

– Dis que tu me pardonnes de t'avoir donné du vin empoisonné.

Elle se mord la lèvre inférieure et se ronge l'intérieur de la joue.

– S'il te plaît, Ero.

Elle expire en frissonnant. Mon cœur, mon corps et mon âme se brisent.

La panique et quelque chose d'autre, bien plus sombre et exigeant, s'emparent de moi. Je ne supporte pas le regard qu'elle me lance. Je relâche la prise que j'ai sur ses poignets et fais glisser mes bras le long de son corps. J'enfonce le bout de mes doigts dans le bas de son dos et la rapproche de moi. Je respire l'intérieur de sa cuisse et mords légèrement la peau délicate qui s'y trouve. Elle sent le sable, la fumée et la surface enflammée au-dessus de nos têtes.

– Halima, ton cœur est trop doux pour ce monde.

J'embrasse le bout de chair que j'ai mordillé et je continue d'un ton sombre :

– Je te pardonne d'avoir essayé de m'empoisonner, mais seulement si tu me pardonnes ceci…

J'étale le sang de son épaule sur le bout de mes doigts et les porte à son avant-bras meurtri.

– …et ceci.

Elle me regarde et secoue la tête. Je me durcis, puis elle dit :

– Je te pardonne la douleur, Ero, mais pas d'avoir tué cet Omoro malade, ni d'avoir blessé Haddock, ni d'avoir ordonné aux captifs de se battre entre eux, ni d'avoir fait ce que tu as fait aux femmes que tu gardais dans ton harem.

Je bouge rapidement. Je me soulève et me jette en avant pour écraser ma bouche sur sa joue. Je me bats mais je perds cette bataille alors que cette victoire est essentielle.

– Je n'ai pas touché à ces femmes, Halima. Elles ont été mises à l'écart parce qu'elles étaient belles et que je ne voulais pas que mes guerriers s'en prennent à elles. Les Pikosas ne violent pas. Et pour le reste, tu me pardonneras. C'est ainsi que nous vivons. Tu devras accepter que la violence fasse partie de ta vie et même si je ne tuerai pas pour le plaisir de tuer, je n'hésiterai pas à le faire si c'est pour te protéger. Je me fiche de l'identité de la personne ou de sa tribu : si elle s'interpose entre nous ou interfère avec la façon dont je te protège, elle devra mourir.

Elle se secoue avec plus de force maintenant et cette fois, je la laisse pousser mes épaules et mettre de l'espace entre nous.

– Ce n'est pas suffisant.

– Ce n'est pas suffisant du tout, dis-je en ricanant. Mais tu avais raison tout à l'heure. Je ne suis pas un bon mâle et je ne ferai pas de compromis sur ce point.

– Alors je ne te pardonnerai pas.

– Tu le feras avec le temps.

– Non, je ne te pardonnerai pas.

– Tu le devras, parce que je ne t'abandonnerai pas. Tu vois cette marque sur ton bras ? Celle que je viens de faire avec ton sang ? C'était le premier signe. Dans l'ancienne écriture pikosa, on peut lire le mot – *anidi laye* – et la marque sur ton dos est le signe qui l'a solidifié – *el-li*. Il signifie « à moi ». Tu es à moi, Halima, comme l'a décidé l'univers, et je protège ce qui est à moi. Pour l'instant, je n'ai pas besoin de ton pardon. J'ai besoin que tu acceptes de m'aider à assurer ta sécurité. Ne t'enfuis pas et obéis-moi. Je te donnerai tout ce que j'ai promis de te donner. Du respect pour toi, pour ton peuple, pour les Danians et les Omoros. Nous reconstruirons ce qui a été détruit, Halima, comme tu l'as dit un jour, et nous le ferons ensemble. Mais je ne peux pas diriger et protéger tout le monde sans toi. J'ai besoin de toi.

Elle attend longtemps, très longtemps, et je la laisse faire. Je suis serein car je connais déjà sa réponse. Elle finit par hocher la tête.

– D'accord, j'accepte, même si je sais que je vais le regretter.

– Oh, crois-moi, tu ne vas pas le regretter.

Je souris et ses yeux s'écarquillent d'inquiétude, ce qui me fait rire. Je rôde vers elle et elle écarte les jambes, impatiente à cause du temps passé à conclure des marchés sur ces pierres qui n'ont jamais vu un Nigusi négocier, au sommet d'un trône qui n'a jamais accueilli de captif auparavant.

Une main sur le bras métallique de mon trône, je glisse ma main libre dans la moiteur qui recouvre l'intérieur de ses jambes avant d'atteindre leur jonction. Là, à l'endroit où elle est la plus chaude, je la pénètre de trois doigts, je l'étire jusqu'à l'inconfort.

– Ah… gémit-elle. Oui…

Elle soupire.

– Oui, là…

Je me retire d'elle et je souris face à ses yeux furieux.

– Pourquoi me tortures-tu ? gémit-elle.

– Parce que c'est tout ce que je sais faire.

Je lèche mon index avant de lui offrir les deux autres. Elle hésite un instant avant de se pencher, puis elle lèche mon majeur et l'aspire profondément dans sa bouche, si bien que je peux presque toucher le fond de sa gorge. Ce faisant, je ne peux m'empêcher de l'imaginer léchant ainsi ma bite. Je grogne, retire mes doigts de sa bouche et lèche sa salive, juste pour le plaisir.

– Je pourrais te poser la même question. Pourquoi me tortures-tu ?

Elle fait la moue, l'air adorable.

– Je ne fais rien.

– Tu plaisantes ? Tu as tout changé. Tout ce que j'ai fait aujourd'hui, je l'ai fait pour toi. Ma tribu est peut-être condamnée...

– Elle n'est pas condamnée. Tu sais que tu as pris la bonne décision.

C'est vrai, mais cela ne change rien à la tension et à la peur que je ressens.

– Mais même si tu as pris la bonne décision, cela ne te change pas. Tu es toujours un monstre et je te déteste. Tu avais raison. Tu n'as pas de qualités, affirme-t-elle.

Elle ment. Je le vois, mais pour une fois, je ne le lui

fais pas remarquer.

– Non, je n'en ai pas. Je suis un chef de guerre Pikosa, un protecteur. Je te protégerai même si je n'ai pas été capable de me protéger contre toi. Alors déteste-moi autant que tu veux Halima, cela m'importe peu. Tout ce qui compte, c'est que tu vives.

Je me retourne et la laisse sur mon siège. Je saute sur le palier en dessous.

– Viens. Nous avons du pain sur la planche. Mais d'abord, je dois panser tes blessures et te nourrir.

Elle émet un son étranglé et je sais ce que cela signifie. Je sais ce qu'elle veut, car je veux la même chose.

J'attends et je regarde son visage se contorsionner. Elle se tord les mains et titube maladroitement jusqu'au bord de la plus grosse pierre. Tous les instincts de mon corps se déchaînent. Je veux aller au bord de cette pierre et l'aider à descendre. Elle est trop petite, elle ne peut pas descendre seule sans difficulté. Et ses pieds... saignent. Putain de merde.

Je veux aller vers elle. Tout en moi me pousse vers elle, mais je n'en fais rien. Je me retiens.

Elle avance en traînant les pieds. Elle ressemble à s'y méprendre à un animal blessé et moi, je suis comme un prédateur avide. Je ferme les yeux, je me lèche les lèvres, je déglutis.

– Je... on peut... finir ? demande-t-elle d'un air contrit.

Je renifle et secoue la tête.

– Tu as déjà oublié que tu étais punie ?

Elle inspire bruyamment. Je suis sur le point de sourire, mais au dernier moment, je me retiens.

– Mais dans ce cas... tu es puni aussi.

Elle me montre ma bite, toujours en pleine érection, qui oscille quand je marche. Je hoche la tête.

– J'ai mis du temps à retenir la leçon, mais je ne désobéirai plus aux signes.

– Qu'est-ce que tu veux dire ?

– Désormais, nous ferons les choses ensemble. Anidi laye, Halima. Maintenant, viens.

– Arg. Attends, Ero. Mes jambes... la douleur... je ne peux pas...

J'inspire profondément, je lutte contre l'envie de courir vers elle.

– De quoi as-tu besoin, Halima ? je demande doucement.

Elle tourne la tête et me regarde.

– Tu… tu veux vraiment le savoir ?

– Oui.

Ma poitrine gronde.

Elle secoue la tête, l'air confus.

– J'ai besoin de ton aide pour descendre parce que mes jambes…

Elle n'a même pas fini sa phrase que je suis sur elle. Ses chevilles sont à la hauteur de mes épaules, je les attrape et je la soulève. Elle crie et s'agrippe à mes épaules pour ne pas tomber.

Je la soulève, puis je laisse tomber ses chevilles et je l'attrape par les fesses. Je l'embrasse entre ses côtes supérieures, juste sous ses seins, puis je l'emporte dans le tunnel ouest jusqu'au village.

12
Halima

Je contemple le village des Pikosas, ébahie.

– Vous vivrez tous ici dorénavant, déclare Ero.

Je lutte contre l'envie de m'enfoncer dans la chaleur calme et accueillante de son corps, tandis qu'il m'emmène au bout du tunnel ouest, jusqu'à une plate-forme massive qui s'avance dans un espace complètement vide. C'est tout à fait terrifiant, mais ce qui se trouve en dessous est… absolument transcendant.

– Qu'en penses-tu, Halima ?

Je ne trouve rien à répondre, je suis sans voix. Le seul mot qui me vient à l'esprit, c'est jemila, jemila, jemila… beauté, beauté, beauté…

La grotte qui nous entoure, si tant est qu'on puisse l'appeler ainsi, est tellement immense qu'elle doit être au moins aussi grande que toutes les autres grottes du système supérieur réunies, multipliées par dix. Massive, elle s'étend très loin; si loin que l'horizon semble éloigné d'ici. Des fissures dans le monde d'en haut laissent entrer une lumière étincelante qui couvre le village d'un tendre soleil. C'est surréaliste.

Le village lui-même est entièrement constitué de maisons en pierre taillées directement dans les murs. Elles font le tour de cet espace impressionnant. Je remarque cependant qu'il n'y a pas de centre ville. Il n'y a pas d'endroit où les villageois pourraient… se retrouver. Du moins, pas à ma connaissance. Il y a pourtant suffisamment d'espace pour cela.

La rivière se jette dans la caverne à partir d'une grotte située juste en dessous de nous. J'entends les éclaboussures de l'eau qui se déverse dans un lac suffisamment grand pour que les bateaux puissent y pêcher. Deux d'entre eux sont encore sur l'eau.

Le lac serpente à travers la caverne massive comme une rivière paresseuse. Là, sous mes yeux, s'étendent eau, pierre et mousse. Au beau milieu de ce décor bucolique, quelques personnes assignées à des tâches diverses s'affairent. Je me demande s'il leur arrive de se prélasser.

Une oasis recouverte de mousse a l'air particulièrement accueillante. Je me demande si Ero me laissera y aller un jour pour me baigner – s'il n'y a pas de crocodiles bien sûr.

– Réponds-moi, Halima.

Je lui donne un coup de coude dans les côtes. Comme à son habitude, il se retient de sourire alors qu'il en a envie. Je déteste quand il fait ça. Quand il sourit, cela réveille l'éclat des qualités que j'ai cru voir en lui….

– C'est magnifique. Je comprends pourquoi tu t'es tant battu pour le protéger.

– Maintenant que nous sommes plus nombreux, ce sera plus difficile.

– Je vais t'aider, dis-je.

Il hésite à répondre. Il déglutit et cherche mon visage du regard.

– Oui, nous le protégerons ensemble.

Il se penche vers moi et lèche la commissure de mes lèvres, mais lorsque je gémis et tente de poursuivre le baiser, il se redresse et s'éloigne hors de ma portée.

– Tu n'as pas fini pas de me punir, Ero ? je demande, en serrant mes cuisses l'une contre l'autre.

– Non, je n'ai pas fini.

Quinze jours passent et il continue de me punir. Dans sa maison de pierre moussue, nous partageons le même lit chaque nuit; et chaque nuit, il me torture comme le monstre qu'il est. Il me touche, il me caresse, il me tripote... mais sans jamais me permettre de jouir. Et le pire, c'est que je ne suis jamais seule, alors je ne peux pas vraiment me soulager.

Si je ne suis pas avec lui, je suis sur l'île centrale où sont logés tous les esclaves. Il n'y a que quatre-vingts petites huttes sur l'île environ. Elles sont toutes faites d'immenses feuilles de mousse drapées sur des structures de pierre et d'acier. Elles offrent une protection satisfaisante mais, contrairement aux grottes de pierre sèche, elles sont assez humides. Ce n'est pas terrible, mais ce sont des hôtels cinq étoiles comparé aux grottes exiguës, humides et sombres dans lesquelles Ero nous avait enfermés lorsque nous étions prisonniers.

Nous sommes toujours prisonniers cependant, cela ne fait aucun doute. L'île sur laquelle tous les *anciens* captifs sont maintenant logés se trouve au centre du lac, et on ne peut accéder à l'une des issues principales qu'en passant d'abord par plusieurs autres îles, toutes habitées par des Pikosas.

On peut aussi passer d'une île à l'autre sur l'eau, à

condition d'avoir un bateau, ce qui n'est pas notre cas. L'île est beaucoup, beaucoup trop éloignée pour espérer la quitter en nageant. En outre, personne ici, à part quelques Tanishis et quelques Danians, ne sait nager.

Alors, au bout de sept autres jours de punition, contaminée par l'agitation et l'énervement des autres captifs, je décide que je devrais faire quelque chose pour mériter ma punition. Je sais qu'Ero ne va pas aimer ça. Mon petit acte de rébellion lui rappellera de mauvais souvenirs parce que je vais encore m'attaquer au vin... Toutefois, je ne vais pas essayer de l'empoisonner, je vais me contenter de voler du vin.

Je pille sa réserve et j'apporte plus de deux douzaines d'outres sur l'île des captifs. Tenor n'est pas d'accord, mais elle ne m'en empêche pas. Ero lui a seulement demandé d'assurer ma survie et de faire en sorte que je reste dans les grottes. Quant à moi, ma seule mission est d'apprendre aux tribus à parler anglais.

Oui, les tribus vont apprendre l'anglais.

J'étais persuadée qu'Ero voudrait que les tribus parlent le pikosa, mais au lieu de cela, il m'a demandé de leur enseigner – à tous – le tanishi, et comme l'anglais est la langue la mieux représentée chez les Tanishis, c'est celle que je vais enseigner. Je n'ai pas compris pourquoi Ero avait fait ce choix jusqu'à ce que Leanna me l'explique.

Elle a ri et m'a dit qu'elle commençait à respecter ce salaud. Il était plus logique qu'il garde le pikosa comme langue privée et qu'il apprenne notre langue pour que nous ne puissions plus avoir de secrets pour lui mais qu'il ait la possibilité d'en conserver grâce à sa langue.

Je n'ai pas aimé sa réponse. Je ne sais pas pourquoi je m'attendais à quelque chose de plus altruiste, mais c'est bien la raison pour laquelle je dois enseigner l'anglais aux tribus.

Rebelle comme je le suis, je ne résiste donc pas à l'occasion de voler du vin. Je l'apporte ensuite sur l'île sous l'œil désapprobateur de Tenor, puis je fais circuler les trente outres que j'ai apportées pendant que nous dégageons un espace au centre d'un cercle de huttes. Nous utilisons ensuite des couvertures qui semblent faites de filets de mousse tressés pour nous asseoir.

Nous mettons en commun notre nourriture et nos boissons et les disposons sur une longue bande de pierre. Il s'agit des rations pour une journée entière, auxquelles s'ajoutent des choses que les gens ont mises de côté pour plus tard. Les Danians et les Omoros donnent moins que nous, les Tanishis, mais ils donnent quand même pour la cause et c'est appréciable.

Le ciel s'assombrit par l'ouverture couverte d'une grille dans l'immense réseau de grottes et de l'huile brûle dans des fosses à la périphérie de notre petit groupe. La plus grande fosse se trouve au centre.

Nous mangeons et buvons, puis une femme Tanishi appelée Sorena nous montre l'objet qu'elle a créé pendant son temps libre. C'est un instrument qui est presque aussi grand qu'elle et qui ressemble à un arc, mais dont les cordes sont constituées de morceaux de peau en patchwork. Je suis surprise et ravie de voir combien de personnes différentes parviennent à bricoler des armes de fortune ou à faire de la *musique* ensemble.

Les Danians et les Omoros ne savent ce qu'ils doivent en penser. Ils observent la scène depuis les abords de la piste de danse. Tenor a l'air horrifiée par tout cela. Elle est complètement terrifiée lorsque nous commençons à danser.

C'est moi qui danse la première.

Chayana me rejoint peu après. Jia et plusieurs autres manquent à l'appel – ils aident toujours les guérisseurs Pikosas à soigner les blessés. Ils ont ramené Haddock hier. Ses coupures ont été désinfectées. Il a l'air d'aller bien mais il a aussi l'air... absent. Alors que d'autres se lèvent et commencent à danser, je le trouve dans l'ombre face à la piste surpeuplée.

– Je peux m'asseoir ?

Je tapote du bout du pied le bord de la couverture de mousse qui se trouve près de lui.

Il peine à croiser mon regard et hausse les épaules. C'est bizarre.

– Je comprends que tu t'inquiètes pour Ero, mais il m'a promis de ne plus te faire de mal.

– Et tu le crois ?

Il ricane et porte à ses lèvres l'outre de vin qu'il tient dans ses mains.

Ses genoux sont relevés et ses coudes sont posés dessus. Il a l'air sombre, il ne va pas vers les autres, contrairement à son habitude. Je me demande ce qui a pu le transformer à ce point... à part le fait d'avoir été battu à mort. Peut-être que... Est-ce qu'il se pourrait qu'il soit fâché contre moi à cause d'Ero ?

Je hausse les épaules et je m'assois quand même, puis je tends les bras pour attraper l'outre de vin qu'il tient dans ses mains. Je la prends et je bois avidement. Je suis sûre que je le regretterai demain, mais je ne veux pas m'en soucier pour l'instant. Pour l'instant, je danse, je chante et je suis traversée par une joie hésitante et vacillante. Je suis heureuse. En ce moment, tout n'est que joie.

– Oui. Je crois que oui.

– Tu ne peux pas lui faire confiance.

Haddock répond si violemment que je renverse mon vin sur le devant de ma tunique. Ero ne va pas apprécier. Il l'a taillée lui-même à partir d'une de ses propres chemises pour qu'elle m'aille. C'est lui qui fait tous mes vêtements.

– Tu ne peux faire confiance à personne, Halima. Tu ne peux pas me faire confiance non plus.

Je fronce les sourcils.

– Qu'est-ce que ça veut dire ?

– Je veux dire que le type avec qui tu vis t'utilise. Il se sert de toi comme ceux qui ont créé le projet Surante se sont servi de toi. Ils ont pris le contrôle de ta vie. Sachant tout ce que tu étais prête à faire pour te sauver… Ça ne te dérange pas ?

Le regard d'Haddock est glacé et ses mains forment des poings. Ses cheveux ont poussé pendant qu'il était avec les guérisseurs et lui tombent maintenant sur les épaules. Sa barbe est également épaisse et hirsute. Je sais qu'il ne voit pas que du feu quand il fixe les flammes orange vif.

Mon pouls s'accélère et des sueurs froides se répandent sur ma nuque. En fait, j'ai peur quand je tends la main pour toucher doucement le haut du bras de Haddock.

– Haddock ?

Il sursaute et je renverse encore du vin. Il me reprend brutalement l'outre, la porte à sa bouche et, lorsqu'il a fini, il la jette si fort dans la cabane la plus proche qu'une partie de sa surface moussue s'en détache en morceaux.

– Haddock !

Je sursaute et me penche loin de lui. Il est furieux.

– Tu sais quoi ? Peut-être que tu devrais faire

confiance à Ero finalement. Après tout, il ne t'a pas menti, il n'a jamais prétendu être autre chose qu'un meurtrier. En attendant, regarde-nous. Regarde ce que nous faisons, et tout ça, au nom de la préservation de notre *humanité !* lance-t-il.

Tout en parlant, il se retourne vers moi. Son corps plane au-dessus du mien. Il est si grand qu'il projette une ombre à laquelle je ne peux échapper.

– Pff ! Quelle humanité ? Je préfère l'abandonner plutôt que de vivre avec des monstres – c'est la dernière chose que Kenya m'a dite avant de s'échapper.

Je cligne des yeux, choquée, confuse.

– Elle s'est échappée et elle ne t'a pas libéré ?

– Me libérer ? La bonne blague ! Elle sait qui je suis. Pourquoi crois-tu qu'elle m'a fait ça ?

Il désigne du doigt son visage. Il n'est plus couvert de croûtes ou d'égratignures, mais de cicatrices.

– C'est grâce à elle que j'ai retrouvé la mémoire. J'ai d'abord été très surpris.

Il secoue la tête.

– J'ai été très surpris quand elle a commencé à me battre, mais je n'aurais pas dû. Sa réaction était tout à fait logique. Elle aurait dû aller plus loin. Je devrais être mort.

Mes tripes se retournent.

– C'est elle… C'est elle t'a fait ça ?

– Oui.

Il se frotte rudement le visage et étire son col déjà tendu. Il a l'air déstabilisé.

– Qu'est-ce que tu racontes, Haddock ? Tu me fous la trouille…

Il m'attrape par le devant de la chemise et me secoue si fort que mes dents s'entrechoquent et que je m'étouffe avec ma salive. Je pousse un cri aigu, mais mon appel à l'aide est étouffé par le grognement grave de Haddock :

– *Ne me fais pas confiance. Ne fais confiance à aucun des Tanishis. Et surtout, ne fais pas confiance à Leanna.*

– Haddock ! je crie.

L'air est traversé par un éclair cinglant. C'est un son que je connais bien. Il me remplit de peur à cause de la douleur à laquelle il est associé, mais aussi d'un plaisir coupable, à cause de l'homme qui en est à l'origine.

La main d'Haddock arrache mes vêtements et tout mon corps tressaille, mais lorsque je retombe sur mes fesses, que je roule sur ma hanche droite – loin de lui – et que j'ouvre les yeux, je comprends pourquoi.

Le fouet d'Ero est enroulé autour du poignet d'Haddock, il pend sur tout son corps. Haddock ne semble même pas réaliser ce qui s'est passé. Son corps est toujours tourné vers moi et ses yeux sont enflammés. Son visage est rouge vif, rongé par le stress, la rage et l'obscurité qui semble l'habiter.

De la salive s'échappe de ses lèvres alors qu'il fulmine :

– Ne fais pas confiance à Leanna. Ne me fais pas confiance. Utilise ton monstre pour te protéger de nous. Il pourra au moins te servir à ça.

Je reste bouche bée, confuse et ébranlée. Je lève les yeux et repousse mes cheveux sur mon épaule, en les plaçant derrière mon oreille gauche. Je m'agite, je cherche à me lever, mais j'ai bu du vin et j'ai du mal à me redresser. Quand je lève les yeux et que je vois Ero, je suis comme clouée sur place.

Les feux brûlent encore, mais la fête est morte. La musique a disparu. Tout le monde retient son souffle. Tout ce que j'entends, ce sont les pieds lourds d'Ero qui frappent la pierre. Bam, bam, bam.

– Ero, s'il te plaît, dis-je à bout de souffle, déjà paniquée.

Pourquoi Haddock s'est-il emporté comme ça ? Pourquoi l'a-t-il fait ici ? Pourquoi Ero l'a-t-il vu ?

– Il ne me faisait pas de mal. Il a juste... mal.

Je me précipite et Ero traverse le centre de la place, il est presque sur nous.

Il s'arrête à un mètre de nous. Je suis à genoux, je lève la main droite et la gauche vers Haddock, comme pour les séparer. J'agis comme si je pouvais protéger Haddock.

Les muscles ondulent sur la poitrine d'Ero et le long de ses deux bras. Son ventre est si tendu et sa mâchoire si serrée qu'il ressemble à une statue.

– Ero…

Son regard passe de Haddock à moi. Il observe... il déchiffre. Son attention se porte sur une partie de ma chemise et quand je baisse les yeux, je vois que le bouton du haut est abîmé, qu'il ne tient qu'à un fil comme un poisson sur une ligne, et qu'une partie du tissu est déchirée.

J'ouvre la bouche pour essayer d'expliquer ce qui s'est passé, mais c'est Ero qui parle en premier.

– Halima, dit-il.

Il inspire comme pour se calmer.

– Dis-moi pourquoi *Haddock* a empoigné ta tunique aussi brutalement.

Je suis tellement prise de court que je bégaye sans savoir que répondre.

– Il…y'ani...il...

Je déglutis.

– Il est en colère contre la cheffe des Tanishis qui l'a battu. Je pensais que c'était toi, mais il dit que c'est elle qui a fait le plus de dégâts. Kenya.

Je jette un coup d'œil aux corps dans son dos. Ils regardent la scène silencieusement. Ils la suivront jusqu'à la fin. Nous devons leur réserver une bonne fin. Je n'aime que les histoires qui se terminent bien. *Ce n'était pas le cas de mon père. Lui, il aimait les tragédies.*

– Pourquoi ne m'as-tu rien dit ?

Ses sourcils se froncent.

– Haddock constitue-t-il une menace pour notre tribu, Halima ? Te menace-t-il ?

Notre. Il a dit notre.

La mousse se froisse sous mes genoux. Elle dégage une odeur riche et parfumée. C'est l'odeur d'Ero et de toute sa violence, mais pour l'instant, il la retient pour moi.

– Je…

Je refuse de mentir. Je jette un coup d'œil à Haddock, en baissant les bras. Il s'est remis à genoux, mais il n'a pas l'air d'avoir peur d'Ero ou d'une punition imminente. Au contraire, il fixe à nouveau les feux lointains, l'air triste et perdu.

– Je ne pense pas qu'il le soit, mais il est très en colère contre Kenya.

Il est colère contre nous tous pour être honnête, ou du moins contre certains d'entre nous, semble-t-il. C'est à propos de quelque chose sur la confiance et la mémoire…

– Il serait peut-être judicieux de demander à quelqu'un de garder un œil sur lui, mais je te promets qu'il ne fera de mal à personne, j'ajoute.

– Tu ne peux pas le promettre.

Il relâche le bras de Haddock d'un coup de poignet. Il enroule à nouveau le fouet et le range à sa ceinture. J'expire, soulagée.

– Halima ?

Je me retourne et je vois Leanna légèrement derrière moi. Elle se tient à côté de Donovan et de deux autres Tanishis qui ont combattu le serpent des sables avec nous.

– Tu peux dire à Ero que je lui donne ma parole que je garderai Haddock loin de toi s'il l'épargne cette fois-ci.

Haddock a un petit rire noir.

– Tiens donc… J'aurais pensé que tu chercherais à m'éliminer, Leanna. Est-ce la culpabilité qui te pousse à agir ainsi ?

– Qu'a-t-il dit ? demande Ero.

– Il a dit quelque chose que je ne comprends pas. Il est en colère contre Kenya, mais aussi contre Leanna. Leanna promet qu'elle le surveillera et qu'elle s'assurera qu'il ne fait rien d'étrange.

– On s'occupe de lui.

Leanna fait un pas en avant, mais Haddock se lève d'un bond. Il se balance et fait des embardées spectaculaires pour éviter le groupe de Tanishis alors qu'il s'éloigne en titubant.

– Reste avec ton barbare, Halima ! C'est lui qui a raison. C'est le seul bâtard qui a assez de couilles pour être honnête.

Il arrache une outre de vin de la main de Donovan en passant devant lui puis la porte à ses lèvres. Il disparaît autour d'une hutte et Leanna le suit.

Ero tressaille et sa main se porte à son épée, mais il ne la prend pas. Au lieu de cela, il déplace son poids entre ses pieds, inspire profondément, puis expire tout aussi profondément.

– Dis-moi quelle insulte il a utilisée pour parler de moi.

– Il ne t'a pas insulté. En fait, il m'a dit que je devais rester près de toi.

Il me scrute avec méfiance. Il ne me croit pas.

Je me lève et lui fais face.

– Il pense que les cheffes Tanishis sont des menteuses et que je ne dois pas leur faire confiance. Il pense que tu es le seul ici à dire la vérité.

Il fait rouler sa langue contre le palais en cherchant des traces de la vérité dans mon regard. Puis il change brusquement d'attitude. Il regarde par-dessus son épaule les personnes rassemblées qui nous observent encore. Il s'attarde à la vue de l'instrument que nous avons pris l'habitude d'appeler *harpe*, alors qu'il s'agit plutôt d'un tambour, avant de se retourner vers moi.

– Tu vas bien ?

– Je vais bien.

J'expire. Le soulagement, comme un sirop chaud, glisse à travers mes os.

– Pas de douleur, reprend-il.

– Pas de douleur.

Ma bouche se plisse.

– Je me sens bien. On fait une *fête*, je précise en employant avec un mot qui, je l'espère, signifie "*rassemblement*".

– Je t'ai vue danser avec d'autres Tanishis. Tu ne dansais pas avec eux comme tu dansais avec moi dans les grottes supérieures.

– Non...

Je suis surprise qu'il m'ait regardée si longtemps et encore plus surprise qu'il m'ait vue danser et que sa première pensée ait été de se joindre à moi, pas de m'arrêter. La chaleur s'épaissit dans mon sang.

– Je n'ai pas dansé avec eux comme j'ai dansé avec toi.

– Mmm.

Le grondement qui sort de sa poitrine m'émoustille. Et cela ne fait que s'intensifier lorsqu'il dit :

– J'aimerais danser à nouveau avec toi comme nous l'avons fait autrefois. Maintenant. Pendant cette *fête*.

Il se lèche les lèvres. D'autres pieds se déplacent. Une bouffée d'air chaud effleure mes joues à cause des flammes qui dansent non loin de là.

– Veux-tu danser avec moi, Halima ?

Un sourire se dessine lentement sur mon visage et je n'y fais rien. Je ne peux lutter contre ce sourire, je ne peux lutter contre lui. Il n'est pas chef de guerre pour rien, on ne peut le vaincre.

– Oui, je veux bien.

Il s'approche de moi. Sa chaleur m'envahit, elle est plus chaude que celle de la surface. Il glisse ses deux énormes mains dans mes cheveux, incline ma tête en arrière et parle contre ma mâchoire.

– Je n'ai dansé qu'une fois, avec toi, Halima. Je ne sais pas comment faire. Il va falloir que tu me montres.

Un frisson remonte le long de mon corps, de mes talons jusqu'au sommet de ma tête. Ma bouche est sèche. Ma voix est épaisse. Je ne peux que hocher la tête.

– Il nous faut de la *musique*.

– Qu'est-ce que c'est ?

– De la musique, je répète en anglais en pointant du doigt Sorena, qui expose sa harpe.

– Muu-zick, répète-t-il, avec un accent lourd et épais.

Je souris à nouveau.

– Oui.

Il suit la ligne de mon doigt jusqu'à Sorena et la désigne du menton.

– Nous avons besoin de *muuzick*, dit-il en anglais, ce

qui est plus que surprenant étant donné que, de tous mes élèves, Ero semblait être le moins doué.

Sorena reste bouche bée et je ne peux m'empêcher de rire.

– La fête n'est pas encore finie ! je crie en Tanishi, en Omoro, en Danian, puis en Pikosa. Vous devriez tous danser avec nous. Les Tanishis vont vous montrer comment faire.

Montrant l'exemple, je prends le poignet d'Ero et l'entraîne vers le foyer central. L'espace s'est libéré autour de nous et je suis un peu gênée que tout le monde nous regarde – y compris la dizaine de guerriers Pikosas qui ont dû rejoindre Ero sur le bateau jusqu'ici – mais je fais comme si de rien n'était, je me retourne de façon à être dos à Ero et je commence à me déhancher d'un côté à l'autre en suivant le rythme du tambourharpe de Sorena.

Bien qu'il soit lent à apprendre l'anglais, Ero apprend vite à danser. Ses hanches suivent les mouvements des miennes et ses bras entourent les miens. Il prend mes mains et les ramène sur ses épaules, puis je les ramène autour de son cou. Je joue avec ses cheveux. Mes hanches s'enfoncent plus profondément. Il me mord le côté du cou.

Quelques autres âmes courageuses finissent par arriver autour de nous – évidemment, Chayana est la première. Audacieuse, comme à son ordinaire, elle attrape un guerrier Pikosa par la main, l'entraîne avec elle dans le cercle et commence à danser autour de lui une danse indienne traditionnelle dont les pas sont si rapides qu'il ne peut pas espérer l'imiter. Mais il ne renonce pas et ne part pas non plus. Au lieu de cela, il observe Chayana, hoche de temps à autre la tête, et le guerrier mâle bourru parvient à prendre un air *amusé*.

Leanna apparaît et entraîne avec elle deux Omoros dans le cercle. Ce sont deux jeunes femmes qui ont l'air embarrassées. Donovan commence à danser avec une Daniane appelée Illyara et Frey danse avec Marlene.

Finalement, la piste de danse se remplit à nouveau et on fait circuler plus de vin, il y en a tellement que je ne sais même pas d'où il vient.

– Tu veux plus de vin ? Je te vois compter les outres, me dit Ero à l'oreille.

Je secoue la tête.

– Non, je regarde juste parce que… je n'en ai volé que trente. Mais d'après moi, il y a au moins cinquante outres ici.

– J'en ai apporté plus.

– Vraiment ? Pourquoi ?

Je lève les yeux vers lui.

Il glisse ses mains jusqu'à ma taille, me soulève et décolle presque mes pieds du sol pour m'enfoncer ses hanches dans le cul.

– Pour que tu te sentes bien.

– Mais j'ai volé du vin. Tu ne vas pas me punir ?

– Non, Halima. Ta punition est terminée.

Je brûle de tout mon corps et je relève le menton pour que ma tête repose sur sa poitrine. Il embrasse ma mâchoire et ma joue, mais lorsqu'il s'approche de mes lèvres, je tire sur ses cheveux pour maintenir une distance d'un cheveu entre ses lèvres et les miennes.

– Et la tienne alors ? je demande.

– Ma quoi ?

– Ta punition.

– Comment oses-tu…

Il plisse les yeux dans un geste effrayant, mais je

refuse de laisser la peur entrer dans mon sang. Il ne me fera pas de mal. S'il n'a pas fait de mal à Haddock. Il ne fera peut-être de mal à personne.

– Oui, je vais te punir, je déclare avec un air de défi.

Je me retourne dans ses bras et passe la main sur son abdomen, traçant la ligne de chaque cicatrice. Je lâche brusquement ma main et saisis son érection à travers son pantalon de peau. Il est épais, donc je ne peux pas bien le sentir, mais cela ne semble pas avoir d'importance pour Ero. Il gémit encore comme un animal sauvage, comme si je le touchais pour la première fois.

Il m'attrape par les cheveux, fait glisser ses doigts sur ma mâchoire, enroule ses deux mains autour de mon cou et serre.

– Tu joues un jeu dangereux avec moi, Halima.

Il serre un peu plus fort, juste assez pour que je panique, avant de tout relâcher. Il pose son front sur le mien.

– Mais j'accepte de jouer, ajoute-t-il. .

Et là, contre toute attente, une proposition audacieuse m'échappe :

– C'est bien. Alors ramène-moi aux piscines de notre maison.

Je ne sais pas pourquoi je l'ai dit. C'est sorti tout seul.

Ses narines s'enflamment. Ses lèvres s'écartent.

– Notre maison, dit-il à voix basse.

Ses yeux se posent sur mon épaule, même si je suis sûre qu'il fait trop sombre pour qu'il puisse voir les cicatrices. Je sais que c'est ce qu'il regarde.

– Pas la mienne, dit-il en s'extasiant, mais la nôtre.

– Oui. La nôtre, habibi.

Il sursaute; et soudain, je suis écrasée contre sa poitrine. Je ne peux plus bouger. Il n'y a que sa peau parfumée de minéraux sur mon front, chaude comme un fer à repasser. Son souffle brûlant sur le sommet de ma tête, ébouriffe mes boucles emmêlées.

– Je suis prêt à être puni maintenant, souffle-t-il.

13

Ero

Ma poitrine se soulève, les muscles du bas de mon dos sont noués. Mes bras sont écartés de chaque côté et mes mains agrippent le rebord de la piscine, comme si le fond de la piscine s'était ouvert et que la force du bout de mes doigts était la seule chose qui m'empêchait de plonger vers la mort.

Je n'en peux plus. Ma main se soulève et cherche à atteindre Halima avec la précision d'un boulet de canon, mais elle la bloque avec son avant-bras et arrête ce qu'elle est en train de faire. Ce qui me fait encore plus mal.

— Non, tu ne peux pas toucher. C'est ta punition.

Je raffermis ma prise sur le rebord de la piscine en poussant un rugissement et en rejetant la tête en arrière. Les grottes s'enfoncent dans la montagne et ma voix résonne. Pendant un instant, je me force à me concentrer sur les sons et à bloquer toute autre sensation avant de m'enfoncer encore plus dans les bruits que fait Halima.

J'entends des éclaboussures.

J'entends ses gémissements…

Et ses halètements aigus.

Elle chevauche ma bite pour la troisième fois et, bien que j'aie joui à chaque fois, elle ne me laisse pas la toucher. Je sais maintenant, le doute n'est plus permis, qu'elle est la seule femme que j'ai jamais voulue et dont j'aurai jamais besoin. Elle est faite pour moi, elle a été créée pour moi par une puissance supérieure et universelle. Elle me connaît sur le bout des doigts, elle me connaît mieux que je ne me connais moi-même car j'ignorais à quel point ce qu'elle m'ôte me manquerait, je l'ignorais jusqu'à ce qu'elle m'en prive. *Je ne peux pas la toucher.*

C'est *douloureux*. C'est douloureux parce que c'est trop bon putain de merde ! Je suis pétrifié à l'idée qu'à tout moment, elle va s'arrêter et que je ne pourrai rien faire pour l'en empêcher. Elle m'a enlevé tout contrôle et pire encore, cette petite sauvage m'a forcé à y renoncer de mon plein gré.

Ses hanches tourbillonnent en suivant des courbes irréelles. Elle a les doigts entortillés derrière mon cou et elle rebondit sur ma bite. Elle m'utilise pour son plaisir. Ma retenue se brise et je saisis ses hanches pour la faire tomber sur mes genoux. Ses parois intérieures se contractent autour de ma queue et le gémissement qu'elle émet m'enflamme.

– Oui, voilà, Halima.

Elle tremble dans mes bras, mais elle se retient. Puis elle s'arrête complètement. Putain !

Elle se relève et s'éloigne de ma bite en clignant rapidement des yeux. Ce faisant, elle nous affame tous les deux juste assez longtemps pour que mes mains retournent sur les bords lisses et humides de la piscine de pierre. Je la laisse faire. Je ne comprends pas ce qu'elle fait, mais je la laisse faire quand même.

– C'est moi qui décide, murmure-t-elle. Pas toi.

Tandis qu'elle continue à se frotter à mon corps, à s'accrocher à mon cou, à presser ses lèvres contre ma poitrine, à frotter son clito brûlant contre mon pubis pendant que ma bite entre et sort d'elle à la vitesse qu'elle choisit, je comprends enfin l'*anidi laye* dans tout son sens. Il y a du plaisir, oui, mais il manque quelque chose.

Nous ne sommes pas ensemble.

Je veux tout d'elle, mais elle ne se donne pas entièrement à moi.

– Arrête, Halima, je grogne.

– Non.

Ses yeux se révulsent et son rythme s'accélère. Elle a les pieds sur la banquette de chaque côté de mes hanches. Elle se déplace plus lentement que je ne le voudrais, mais elle ne m'empêche pas de pousser vers le haut.

Elle jouit rapidement sur ma queue. Ses parois intérieures tremblent et je m'agrippe au rebord glissant de la piscine avec une telle force que la douleur me traverse les deux poignets. Je me cambre, les muscles de mes jambes sont raides, ceux de mon dos brûlent. Mon cul est fléchi vers l'avant, mes hanches s'enfoncent dans les siennes alors que mon sperme explose en elle violemment. Comme d'habitude, je ne suis que violence. Son corps aspire ma semence et lorsqu'elle termine, je suis épuisé, vidé, *en manque*. J'ai tellement envie d'elle que c'en est à peine compréhensible.

– Halima, je gémis en m'étirant vers l'avant contre des entraves invisibles.

Elle est lovée contre ma poitrine. Son front humide est posé contre mon épaule. Ses cheveux sont collés à mon torse en cordes sombres. Elle doit les couper. Je les couperais pour elle, si elle me laissait faire. Je veux qu'elle coupe les miens. Je veux me rapprocher d'elle.

Je pousse mes hanches encore une fois, alors que les derniers tremblements de son corps commencent à s'estomper, qu'elle hoquette et qu'elle me sourit paresseusement. Elle reste là un moment et je n'arrive pas à décider ce que je préfère : la baiser ou l'avoir près de moi comme ça. J'aime beaucoup cette proximité.

J'aime cette proximité.

Elle ondule en moi comme le clapotis des eaux de cette piscine. Je pose mes lèvres sur la racine de ses cheveux, mais elle se relève et se détache de moi. Elle descend lentement et, même si elle me sourit paresseusement par-dessus son épaule en se détournant, elle me laisse là où je suis.

Je respire de plus en plus difficilement en la regardant me tourner le dos et se laver avec du savon. Ses joues sont rouges, ses yeux sont vitreux. Elle me regarde sans honte et sans gêne, mais elle ne me libère pas de cette prison.

– Combien de temps ? je demande.

Ma poitrine se soulève. Mes ongles marquent la pierre. J'ai envie de m'emporter contre elle, mais je ne le fais pas non plus.

– Comment ça ?

Elle sort de la baignoire et tire un grand linge d'une pile contre le mur. Je la regarde se sécher. Je déteste mon immobilité.

– Combien de temps va durer ta punition ?

Elle hausse les épaules.

– Je ne sais pas.

– Mais quelles sont les règles pour y mettre un terme ?

– Il n'y en a pas.

– Il doit y en avoir, Halima. Si tu ne poses pas de conditions, je te ravagerai, que tu le veuilles ou non. Je n'ai pas l'habitude qu'on se refuse à moi. Alors dis-le moi : combien de temps vais-je devoir attendre ?

Elle s'essuie les cheveux, puis les serre, les serre et les serre encore... Même ce léger mouvement m'excite et je grogne. Je devrais aller vers elle, arracher le tissu de son corps et la baiser contre le mur. Mais je ne le fais pas. Parce que je veux qu'elle me désire encore *plus*.

Cela ne devrait pas être possible, mais ma gorge s'assèche en même temps que ma bouche s'emplit d'eau. Je jette un coup d'œil vers le bas. La distance qui nous sépare est réduite maintenant, mais... elle est trop grande pour que je puisse la franchir. Je voudrais être comme ces rochers immobiles qui forment les ponts au-dessus de la rivière. J'ai besoin d'elle pour positionner ces rochers mais elle n'en fait rien. Au lieu de cela, elle regarde ma poitrine tout en continuant à se sécher.

– D'où te viennent toutes ces cicatrices ?

Son regard s'attarde sur la plus grande et la plus visible de mes cicatrices. Elle part de ma côte inférieure gauche et va presque jusqu'à l'aine. Je me souviens alors de la guerrière qui m'a fait cette cicatrice particulière. Je pense que l'intention de cette guerrière était de me couper la queue. C'était la mère d'Ellar. C'était une féroce guerrière dans la fleur de l'âge, cependant, elle avait dépassé ce stade lorsqu'elle m'avait défié pour mon trône. Je lui ai coupé la tête, mais la douleur des marques qu'elle m'avait infligées m'a poursuivi longtemps après que j'ai obtenu mon titre.

– D'après toi ? je siffle.

– Combien d'esclaves as-tu tués ?

– Quelle importance ?

Elle ne répond pas et je n'arrive pas à savoir si elle est en colère ou si elle a l'intention de me tuer. Elle me tend un piège, je le sens, et je n'ai jamais été piégé auparavant. Je détache mes doigts du bord en pierre de la baignoire. L'eau coule en cascade le long de mon corps lorsque je me hisse hors de la piscine et que je me tiens sur le bord. Je ne vais pas vers elle, mais je la domine même d'ici. Elle me regarde sans bouger. Elle attend que je frappe ou que je réagisse avec violence.

Cette violence ne surgit plus au bout de mes doigts comme avant. Aujourd'hui, le bout de mes doigts connaît la danse et comprend la douceur. Mes doigts connaissent l'intimité et le désir, ils comprennent l'impact de la punition. Depuis que la sienne a pris fin, elle est beaucoup plus confiante. *Elle a confiance en moi.* Je veux également avoir confiance en elle.

Je veux lui faire confiance. Avec mon corps. Avec ma bite. Avec mon cœur.

J'essaie de maîtriser mes propos et de parler d'une voix égale. Je n'y parviens pas. Mais j'essaie.

– Seize. J'ai tué seize esclaves. Neuf d'entre eux étaient blessés ou malades, deux essayaient de blesser d'autres esclaves, trois tentaient de se rebeller et l'un…

Ce n'est pas facile, mais je poursuis quand même :

– L'un d'eux était un homme. Il était en bonne santé. Le Nigusi qui m'a précédé m'a ordonné de le tuer pour m'initier à la tribu. C'est la première personne que j'ai tuée.

– Tu t'en souviens ?

Ses sourcils se froncent et elle utilise ce fichu linge

pour se couvrir.

– Tu te souviens de ceux que tu as tués ?

– Oui. Maintenant, enlève cette putain de serviette.

Elle ignore mon ordre. Qu'elle est têtue ! Qu'elle est sauvage !

– Et combien d'autres as-tu tués ?

Je souffle de colère.

– Je ne sais pas. Au moins autant de guerriers Pikosas pour me battre et garder ma position. Au moins deux fois plus d'hommes et de femmes d'autres tribus guerrières qui ont envahi ou traversé nos terres avec l'intention de s'en emparer.

– Tu n'en es pas sûr, pourtant tu te souviens des Danians et des Omoros que tu as tués. Pourquoi ?

Je ne comprends pas ses questions et je ne sais pas pourquoi elles ont de l'importance, c'est pourquoi ma voix est rauque lorsque je réponds :

– Parce que ce ne sont pas des guerriers. Les guerriers savent que s'opposer à un autre guerrier, c'est accepter la possibilité de mourir. Les tribus les plus faibles sont justement faibles. Elles n'ont pas de guerriers. Les tuer n'a pas augmenté ma valeur en tant que guerrier alors ça m'a marqué.

Non, je ne me suis pas senti plus fort. Au contraire, en les tuant, j'ai eu l'impression de valoir beaucoup moins. Ces morts sont comme des pierres pesantes que j'ai portées tous les jours, je les ai laissées m'alourdir de plus en plus. Et le pire, c'est de savoir qu'elles seront là pour toujours, en moi pour l'éternité. Même Halima ne peut pas me hanter comme ça, et elle est légère comme un souffle.

– Tu mérites une punition, Ero. Pour tout ce que tu as fait, tu mérites aussi ma haine.

Je me fige et m'immole de l'intérieur le temps qu'il faut pour qu'elle ajoute :

– Mais je n'arrive pas à te haïr.

– Ce n'est pas la première fois que tu dis ça, je sais que tu y crois.

Je sors de la piscine, je laisse l'eau ruisseler de ma peau sur le sol de pierre. Je la regarde, je saisis le bord de sa serviette et elle résiste, mais pas assez. Je la lui enlève et me sèche tandis que mon regard se délecte de la vue de tant de chair nue. Son ventre est plat, ses tétons sont foncés, tout comme les poils qui poussent entre ses jambes. J'ai envie de toucher sa lumière, mais pour l'instant, elle me laisse seulement me prélasser dans son éclat. Elle brille de mille feux.

– J'aimerais bien pouvoir te haïr, mais au fond je suis contente que ce ne soit pas le cas.

J'attrape sa poitrine. Tout ce que je veux, c'est frotter le dos de mes doigts sur son sternum. Je veux juste la goûter… mais elle arrête la progression de ma main dans la sienne et ma main forme un poing.

– Combien de temps ?

– Seize jours plus les quinze jours de punition que tu m'as donnés, ça fait trente et un.

– Et après ? je grogne.

Je n'aime ni ses calculs, ni la façon dont elle est arrivée à un tel nombre.

– Et après, on verra.

– Je veux des garanties, Halima. Je veux pouvoir te toucher librement. Je veux pouvoir dire que tu es à moi pour toujours. Je veux qu'il n'y ait pas de malentendus entre nous. Je veux que tu m'aides à assurer la sécurité des tribus et que tu me donnes aussi ceci.

Je touche sa poitrine deux fois à l'espace au-dessus de

son cœur.

– Tu as déjà eu mon corps plusieurs fois aujourd'hui, Ero.

Elle rit et j'en suis ébloui. Je bénis l'écho de la grotte qui me permet de l'entendre bien après qu'il se soit arrêté.

– Non, pas ça. Ça.

Je la touche encore au niveau du cœur.

Son sourire s'empreint de quelque chose de plus doux. Elle s'approche un peu plus et passe sa main sur mon propre cœur. Pendant un moment, nous restons là, ensemble.

– Je pense que ton cœur et le mien sont de très vieux amis, murmure-t-elle.

Elle renifle et fléchit sa main à plusieurs reprises pour rompre le lien qui nous unit.

– Viens. Allons au lit, mais reste *sage*.

– *Sage* ? je répète.

Elle acquiesce.

– Ne me touche pas. N'essaie pas de me tenter. Tu as encore trente et un jours de punition.

Je grogne. Je sais que je peux être sage, mais je sais aussi que je ne veux pas l'être.

– Je ne veux pas être sage. Tu t'es amusée à me tester quand je te punissais, tu sais que je vais faire de même.

– Ero… commence-t-elle.

Sa voix a le ton de la réprimande, mais elle me sourit aussi.

– Petite sauvage déroutante et inconstante.

– Quoi ? Je n'ai pas compris…

– Je me moque de toi. Maintenant, viens. Laisse-moi te montrer à quel point je peux être *sage*.

Je la suis à distance jusqu'au lit et, quand elle

s'allonge, je m'allonge à côté d'elle. Le lit est suffisamment grand pour que nous n'ayons pas à nous toucher lorsque nous sommes allongés sur le dos, mais je feins de ne pas en avoir conscience et je m'arrange pour que nos épaules se frôlent.

– Est-ce que c'est assez sage pour toi ?

Je la taquine. Elle émet un son doux. Son souffle effleure mon bras nu. Je la regarde et vois qu'elle a roulé sur le côté, face à moi. J'inspire profondément. Je me fige, je ne veux pas oublier ce moment.

– Oui, répond-elle.

– Sage, j'expire dans sa langue Tanishi.

J'essaie d'équilibrer le mot sur ma langue pour que les syllabes tombent parfaitement de part et d'autre de cette échelle invisible.

– Il y a tellement de mots dans ta langue qui n'existent pas en pikosa…

Les yeux fermés, elle répond d'un air endormi.

– Dans ce cas, *ya'ni*, tu devrais peut-être essayer d'apprendre le tanishi.

– Ne me mets pas à l'épreuve, Halima, ou quand ce sera fini, tu mériteras une autre punition, je grogne.

– Tu sais, je pourrais envisager de réduire la durée de ta punition si tu laisses les tribus captives quitter leur île pour aider à la construction d'un village à la surface, me dit-elle.

Je déteste la facilité avec laquelle j'ai envie d'être d'accord. L'idée d'avoir des captifs en dehors de l'île, l'idée de les laisser se rendre dans un endroit d'où ils pourraient s'échapper et amener des tribus rivales à nos portes m'effraie et m'inquiète. Mais... je veux toucher Halima à nouveau.

À contrecœur, je murmure :

– Qu'est-ce que tu as en tête ?

Vingt-quatre jours plus tard...

14

Halima

– Tirez !

La voix de Leanna fait durcir mes os et m'insuffle une poussée d'adrénaline.

– Tirez !

Je tire.

Je sais que j'en fais moitié moins que l'Omoro qui se tient devant moi, et encore moins que le jeune Pikosa de l'autre côté, mais je sais aussi que je dois essayer. Si Leanna peut se trouver là – la voix rauque, le visage rougi, déjà clairement affectée par les traces de coups de soleil qui touchent aussi son bras, alors je peux le faire.

– Tirez, bon sang ! Nous y sommes presque.

Nous. C'était mon idée. J'ai dit à tous les Tanishis d'utiliser le mot "nous" autant que possible pour renforcer l'idée qu'il n'y a plus de "eux" par opposition à "nous". Il n'y a que nous. Nous sommes ensemble et nous essayons de construire quelque chose d'inédit dans ce nouveau monde, quelque chose d'inédit aussi dans l'ancien monde.

Au bout du compte, après maintes caresses, maintes promesses – et après avoir sucé sa bite jusqu'à ce qu'elle touche le fond de ma gorge une demi-douzaine de fois – Ero a finalement accepté de laisser certains des captifs quitter l'île centrale pour s'installer dans quelques maisons en pierre sur le périmètre du village, contre les murs extérieurs. Aujourd'hui, certains Tanishis, des Omoros et des Danians vivent même juste à côté des guerriers Pikosas qui leur ont fait du mal par le passé.

Pour le moment, personne n'a essayé de s'échapper. Je crains qu'ils ne le fassent, mais je leur ai aussi fait des promesses, et jusqu'à présent, avec l'aide d'Ero, j'ai pu les tenir.

Nous avons de nouvelles missions et un nouveau but maintenant. Dans les cargos de la mission Surante, nous avons pu récolter assez de matériaux de construction pour bâtir une ville – une petite ville – et peut-être même assez pour quelques avant-postes supplémentaires.

Notre urbaniste Malachi, Chayana, Marlene et deux ingénieurs, se sont entretenus avec les constructeurs Omoros, Danians, Pikosas et des experts du terrain pour concevoir le projet. Ero a procédé aux derniers ajustements.

J'ai été surprise qu'il ait pensé à demander à Ellar et Leanna ce qu'elles pensaient de certaines de ses modifications, comme l'ajout de renforts supplémentaires au bas des murs extérieurs pour empêcher les serpents des sables de s'enfouir sous les murs d'acier ou l'ajout de poutres d'acier pour renforcer le dôme supérieur, afin qu'il ne soit pas entièrement constitué de matériaux biologiques. Apparemment, les Kawasharis utilisent de la poix brûlante comme arme et ils ont les outils nécessaires pour la lancer au-dessus de la hauteur de nos murs. Les poutres d'acier permettront d'éviter que la masse ne décime totalement la zone que les botanistes et les horticulteurs ont réservée à la plantation.

Nous avons des engrais destinés à rendre le sol cultivable. Nous possédons aussi des semences de fruits, de légumes et de légumineuses qui sont censés être robustes et capables de résister aux rigueurs du climat.

Marlène a même insisté pour planter des cactus, à la fois comme barrière naturelle pour empêcher les créatures d'entrer dans les champs et parce que les cactus peuvent manifestement servir à tout : ils peuvent être employés comme anti-inflammatoires ou servir à fabriquer des peignes par exemple.

Il faut donc planter des cactus mais avant de pouvoir faire tout cela, nous devons finir d'ériger la barrière.

Ero paniquait à l'idée que nous pourrions mettre trop de temps à monter les barrières, que nous soyons repérés par un éclaireur d'une tribu rivale et qu'il conduise une horde en colère jusqu'à nous. Il craignait qu'en un instant, tout soit perdu.

Je rectifie. Ero semblait calme, mais je pouvais sentir sa panique. Il a tendance à me regarder souvent quand il est inquiet. Je ne sais pas s'il se rend compte qu'il le fait, mais moi, il m'est impossible de l'ignorer.

– Tirez !

Mes talons s'enfoncent dans le sol. La sueur coule dans mon dos. Le soleil brille sur la surface d'acier du mur comme une torche dans l'obscurité. Il m'aveugle, ce qui me rappelle que la prochaine étape consiste à cacher l'acier. Mes mains glissent sur la corde et du sang coule de ma paume sur sa surface rugueuse. Je ne lâche pas prise – du moins, je ne l'aurais pas fait si le jeune Pikosa derrière moi ne m'avait pas attrapée par l'épaule et poussée brutalement.

Je heurte la terre de plein fouet et le sable s'éparpille autour de mes fesses. Je tousse et je lève la tête en plissant les yeux contre la lumière du soleil. J'ai hâte qu'il soit temps de faire tendre le filet biologique sur le toit de notre ville pour bloquer certains des rayons les plus durs.

L'apprenti guerrier Pikosa me regarde d'un air narquois.

– Les Tanishis sont faibles. Tu ne sers à rien.

Il me donne un coup de pied dans la cuisse – pas fort, mais suffisamment pour me faire comprendre ce qu'il pense de ma présence ici, au cas où ses paroles auraient laissé planer un doute.

L'Omoro devant moi s'avance vers le Pikosa et lève une main.

– Pas toucher Halima, dit-il dans un anglais très approximatif.

Le jeune Pikosa rougit et hausse les épaules. Bien qu'il ne puisse probablement pas comprendre l'Omoro, sa gestuelle est claire. J'hésite, je ne veux pas déclencher une bagarre. Il y a déjà eu tant de bagarres que j'en perds le compte. Ero a pris des mesures sévères à l'encontre des coupables. Je ne les ai pas approuvées, mais ses méthodes ont été efficaces, je dois l'avouer. Les bagarres ont diminué.

– Ne nous battons pas, dis-je en essayant de me remettre debout.

Le jeune Pikosa me repousse à terre.

Une femme Pikosa se précipite d'une autre ligne et attrape le garçon par la nuque. Elle le jette avec force loin de nous avant de tourner autour de moi et de poser durement son doigt sur mon nez :

– Ne parle pas de ça à Ero.

Je n'en avais pas l'intention, mais je ne veux pas qu'elle pense qu'elle peut me menacer ou menacer n'importe quel autre Tanishi ou Omoro librement, alors, même assise sur le sol, visiblement bien moins forte qu'elle, je redresse mes épaules et la fixe avec témérité.

– Si tu fais en sorte de contrôler ton garçon, alors je ne le ferai pas.

– Garçon ?

Pour un guerrier Pikosa, même en formation, être appelé « garçon » est une insulte.

– Je n'ai pas donné naissance à des garçons, j'ai donné naissance à des guerriers.

Cette guerrière est terrifiante, mais je ne me laisse pas impressionner et je grogne :

– Les guerriers suivent les ordres du Nigusi. Or, le Nigusi a ordonné aux guerriers de ne pas combattre les Tanishis. Ton fils n'est pas capable de suivre les ordres. Ce n'est pas un guerrier.

La femme me regarde bouche bée. De mon côté, j'essaie de ne pas vomir. Ses dents ne sont manifestement pas brossées et sa bouche dégage une odeur infecte. Je laisse l'Omoro m'aider à me lever. Debout, je croise les bras sur ma poitrine et tente d'imiter la façon dont Ero dévisage les gens. Ce serait sans doute plus efficace si je mesurais au moins deux mètres de plus, mais j'essaie quand même.

Nous nous toisons pendant un certain temps. Assez longtemps pour que Leanna m'appelle et me demande si je vais bien. Je ne réponds pas. Je ne veux pas baisser les yeux ou détourner le regard face à cette guerrière Pikosa. Je tiens bon ; c'est elle qui grogne et s'éloigne la première.

Elle recule, et à notre grande surprise, lorsqu'elle se retourne, nous voyons Ero, les bras croisés sur sa poitrine, à quelques pas derrière elle. Le jeune Pikosa est à genoux à côté de lui. Il a l'air pétrifié.

– Tout va bien ici ? demande Ero en pikosa.

Il s'adresse à moi, mais son regard se porte sur la femme. Elle déglutit difficilement et s'adresse à moi lorsqu'elle répond :

– Oui, il y a eu un petit *malentendu*, c'est tout.

J'acquiesce lentement. J'essaie de lui communiquer par mon seul regard ce qui lui arrivera si sa progéniture décide d'attaquer d'autres Tanishis. Je ne sais pas si ça marche ou si je la regarde comme une folle.

– Il y a eu un petit malentendu en effet, mais tout est réglé maintenant.

– C'est bien. Rita, tu peux partir. Emmène ton *garçon* avec toi.

Rita titube en entendant le mot qu'il a choisi d'employer, mais elle s'en va quand même. J'ai envie d'exprimer mon soulagement, mais soudain, Ero me prend dans ses bras.

– C'est la chose la plus sexy que j'ai jamais vue.

Je souris malgré moi.

– Se faire pousser au sol, c'est sexy ?

Ses sourcils se froncent.

– Verik t'a touchée ?

– Oh, hum, non.

J'ai apparemment mal évalué la partie de notre interaction qu'il a vue.

– Je me suis mal exprimée.

– Halima…

Il grogne et se relève, mais je l'attrape par la ceinture de cuir de sa taille et ramène son attention sur moi. Je touche sa joue et lui souris. J'aime la façon dont ses pupilles se dilatent.

– Qu'est-ce qui est sexy, Ero ? Dis-le-moi.

– Tu as détruit une guerrière Pikosa en te servant uniquement de ta langue.

– J'avais aussi ton bras armé dans mon dos.

Je tire sur sa ceinture pour donner plus de sens à mon geste.

– Et tu l'auras toujours, grogne-t-il, les yeux soudainement enflammés.

Ses bras s'agitent simultanément :

– Laisse-moi te toucher, Halima.

– Ça ne fait pas trente et un jours.

– Je n'en ai strictement rien à foutre.

J'attrape ses poignets quand il s'approche de moi et j'ai l'impression que je suis sur le point de perdre ce combat quand une voix nous appelle.

– Eh, oh ! Les tourtereaux ?

Le poing provocateur d'Ero échappe à mon emprise. Il caresse une mèche de mes cheveux, mais je me suis déjà retournée vers le son de la voix forte de Chayana qui vient percuter la bulle qu'Ero et moi avons construite autour de nous.

– Nous avons besoin d'aide.

Elle me fait signe depuis sa position à l'avant de la ligne, sur la corde que je tiens également. La sueur coule sur son visage, comme sur le mien.

– Viens !

J'écarte la main d'Ero et j'attrape la corde que l'homme Omoro me tend.

– Besoin d'aide, dit-il en anglais, avec la... qu'est-ce que c'est ?

Il secoue la corde et j'ouvre la bouche, mais la voix

grave d'Ero résonne au-dessus de moi :

– Corde. C'est de la corde.

Et là, je m'envole.

Je sais qu'il n'a pas pu soulever tout seul l'énorme mur d'acier de quinze mètres de haut, mais c'est l'impression que j'ai. J'ai l'impression d'être soudainement dans les airs.

Il s'avance et prend ma place si rapidement que je peine à comprendre ce qui s'est passé. Je me trouvais là, à tirer sur la corde en suivant les ordres de Leanna et la seconde d'après, je suis mise à l'écart, écartée de la corde. Un géant quatre fois plus grand que moi tire à ma place.

– Tirez ! Nous y sommes presque ! Nous sommes tout près du but. C'est la dernière pièce et ensuite le mur est... il est en place !

Je lève la main pour protéger mes yeux du soleil, mais je me rends compte que je n'ai plus besoin de le faire quand une ombre dure s'abat sur moi. Le mur élevé constitue un pare soleil efficace.

– Bon travail, soldats ! Le mur est en place ! Ingénieurs, à vous ! Chayana, toi aussi !

– Oh, merde. Il faut que j'y aille !

Chayana s'éloigne de la corde puis trébuche alors qu'il n'y a rien sur le sol. Elle se serait étalée de tout son long si je n'avais pas sursauté.

En me voyant, Ero se retourne à temps pour attraper le bras de Chayana qui s'élance vers l'avant. Il la redresse. Elle grimace, puis éclate de rire, avant de lui faire un signe de la main et de s'éloigner en dérapant et en trébuchant.

– Cette fille a deux mains gauches, je marmonne.

– Comment ça deux mains « gouches » ? dit Ero en anglais.

C'est toujours un choc de l'entendre parler anglais. Sa voix est riche et son accent est totalement étranger. C'est un accent venu d'ailleurs, il n'a rien d'humain. Je le regarde dans les yeux. Ma peau grésille, et cela n'a rien à voir avec le soleil. *Peut-être que trente et un jours, c'est trop long...*

– Qu'est-ce qu'il y a ?

J'éclate de rire et secoue la tête en me retournant pour lui faire face. L'Omoro qui m'avait aidée nous fait ses adieux et se dirige vers sa prochaine mission. Les autres assistants se dispersent autour de nous, en prenant soin de nous éviter.

– Rien, habibi, dis-je.

Le premier mot est en pikosa, le second en arabe. Il m'arrive de plus en plus souvent de parler arabe ces derniers temps. Des souvenirs lointains de mes parents, associées aux goûts de pistache et de sésame font irruption dans mes pensées avant de d'estomper. Je ne suis pas la seule dans ce cas. Ceux d'entre nous qui ont subi le plus de traumatismes crâniens semblent se souvenir davantage de leur passé. Certains ont même retrouvé *tous* leurs souvenirs. *Comme Haddock...*

– Avoir deux mains gauches c'est être très maladroit ou maladroite, comme Chayana.

– Heureusement que tu n'es pas comme ça, grogne-t-il. Sinon, je devrais construire toute la ville sur des millions d'oreillers.

Je lui donne une tape sur l'estomac et il sourit. Trente et un jours, c'est beaucoup, beaucoup trop long. Je m'apprête à le lui dire quand il ajoute :

– Es-tu satisfaite de ta ville telle qu'elle est aujourd'hui, Halima ?

– Elle est transcendante, Ero. Elle est plus grande et

plus accueillante que je ne l'imaginais.

Je regarde autour de moi tandis que les gens qui s'accrochent aux cordes se dispersent. Les énormes murs s'insèrent dans les sillons que nous avons creusés dans le sable les jours précédents. Plusieurs guerriers pikosas bien costauds doivent maintenir le mur de l'intérieur et de l'extérieur, tandis que six Omoros tiennent les énormes cuves de béton. Trois Tanishi utilisent des sortes d'étranges cuillères en métal pour couler le béton avec précaution.

– Tu ne trouves pas ? Regarde-moi ça !

J'applaudis et je me tourne. J'ai bien conscience de gêner le passage des travailleurs.

– Tu crois qu'on peut faire la fête ici ce soir, habibi ? On devrait faire une autre fête. La dernière fête avait vraiment rapproché les tribus. Je sais que nous manquons de vin, mais Jia t'a dit qu'elle et Marlene avaient réussi à faire du vin avec les fleurs roses qui poussent dans le réseau de grottes du sud. J'ai toujours l'impression qu'il y a beaucoup de tension entre les groupes. Peut-être que faire la fête et se détendre serait…

Ma voix s'éteint lorsque j'observe le visage d'Ero. Ses sourcils sont froncés, ses bras sont croisés, ses lèvres légèrement écartées. Il a l'air… non pas inquiet… mais intéressé. Peut-être *trop*.

– Qu'est-ce que j'ai dit ?

Je me mets à rire en réalisant que j'ai parlé anglais pendant tout ce temps.

– Est-ce que je vais trop vite ? dis-je en pikosa.

Il secoue la tête, puis hoche la tête et s'approche d'un pas. Il me touche le bras, peut-être veut-il juste me prendre dans ses bras, ou peut-être pas. Une clairière s'est formée autour de nous. Peut-être qu'il me touche juste pour enfreindre les règles.

– Ero, ça ne fait pas encore…

– Que veut dire *heu-bee-bee* ?

Khara. *Habibi. Je l'ai appelé habibi.* Je l'ai appelé *habibi* de très nombreuses fois. J'essaie immédiatement de ravaler ma langue dans ma gorge. Non. Pourquoi l'ai-je appelé ainsi ? Le mot est sorti tout seul.

– Je… euh… quoi ?

– Qu'est-ce que ça veut dire ? Ce n'est pas de l'anglais.

– Non, ce n'est pas de l'anglais, mais ce n'est pas important. Je ne voulais pas le dire.

Je ne suis pas sûre que ce soit vrai, mais il est toujours puni, alors… C'est toujours un chef de guerre violent. Mettre fin à sa punition et le laisser me toucher quand on baise, c'est une chose, mais avouer que je l'aime, c'est aller beaucoup trop loin. Je l'aime ? Est-ce que je l'aime ? Peut-on aimer quelqu'un et le détester en même temps ?

– C'est de l'arabe, dit-il.

Je suis sous le choc.

– Comment… comment le sais-tu ?

Il me fixe avec un regard dur, mais cette fois, il y a une lueur maléfique dans ses beaux yeux.

– C'est quoi *heu-bee-bee* ?

D'habitude, sa prononciation me charme; mais pas en ce moment. En ce moment, je veux qu'il se taise.

Je croise les bras sur ma poitrine et j'insiste :

– Rien.

– C'est une insulte ?

– Non, dis-je en grimaçant.

– Alors qu'est-ce que c'est ?

– Je ne te le dirai pas.

Je me mordille la lèvre inférieure et je le supplie du regard.

Soudain, il fait claquer sa langue contre l'arrière de ses dents et se redresse. Il lit à nouveau mon visage en essayant de comprendre ce qu'il ne peut pas saisir dans ma langue et ce que je ne veux pas lui dire dans la sienne. Puis, il prend une décision.

– Qui Tanishi parle arabe ?

Je comprends immédiatement sa question même si elle est mal formulée. *La réponse est simple : il y a d'autres Tanishis qui parlent arabe.* Un Israélien né à Londres et un Palestinien né en Israël. Mais au lieu de le lui dire, je secoue la tête.

– Ne mens pas, répète-t-il, les doigts tournés vers sa ceinture.

Une culpabilité passagère m'envahit et je secoue la tête.

– Je suis désolée. Je ne voulais pas.

Il repense à ma trahison. C'est la seule chose qui peut le toucher ainsi. Ça, et son désir de mettre un terme à la punition. Toutefois, je ne peux avouer. Son ignorance de mes sentiments est la seule chose qu'il me reste pour maintenir la distance entre nous. Si j'admets maintenant ce que je ressens, ce sera fini. Tout sera fini. Chaque once de contrôle que j'ai réussi à conserver me sera enlevée. *Je l'ai appelé habibi parce que c'est ce que je ressens. En arabe, habibi signifie bien-aimé.*

Il penche la tête en avant, comme pour accepter mes excuses. Il répète :

– Qui est Tanishi arabe ?

– Ero…

– Halima… habibi...

– Non, Ero. J'ai dit que je ne te le dirai pas. Maintenant, arrête.

Il serre les dents de devant, l'air énervé. Je ne suis pas

franchement ravie non plus.

– Je t'ai demandé d'être sage et tu dépasses les bornes. Tu continues à me toucher la nuit...

– Tu me touches aussi, *habibi*, dit-il, uniquement pour me torturer.

Frustrée par mon manque de contrôle sur la situation, je pousse sa poitrine.

– Tu sais, tu peux le découvrir par toi-même. Essaie de parler à un ou une *Tanishi* pour une fois, tu apprendras sûrement des choses intéressantes.

Il fronce les sourcils. L'une de ses mains forme un poing.

– Je *te* parle. J'apprends, réplique-t-il.

Qu'est-ce qu'il m'énerve ! Mon cœur se gonfle, mon corps souffre. Pour être honnête, je veux qu'il me touche. Je lèche mes lèvres. Il regarde immédiatement ma bouche.

– Halima, cela fait plus de vingt jours, dit-il en pikosa. Tu me manques, ajoute-t-il en anglais.

Je me fige, le cœur serré. Mon excitation se loge plus bas.

– J'ai peur.

– De quoi as-tu peur ? Dis-le en pikosa.

Je soupire et regarde nos pieds. Il m'a fait une nouvelle paire de chaussures. Elles me vont mieux. Je l'ai regardé couper le cuir et le coudre lui-même, comme il a recousu la chemise que Haddock avait déchirée.

– J'ai peur de te donner ça.

Je masse l'espace au-dessus de mon cœur où je peux encore sentir ses doigts épais. Ero s'avance vers moi en inspirant. Il se prépare pour une bataille que j'ai déjà perdue. Je le sais, mais je ne veux pas qu'il le sache.

– Halima, est-ce que tu m'as vu faire du mal à qui que

ce soit depuis je t'ai fait la promesse que ça n'arriverait plus ? demande-t-il dans sa langue maternelle.

– Non, mais ce n'est pas ce que je...

– Il n'y a pas de mais, m'interrompt-il. Je t'ai dit que je ne ferais de mal à personne, à moins que ce ne soit absolument nécessaire, et je ne l'ai pas fait. Je ne peux pas revenir en arrière, je ne peux pas effacer le passé. Je ne suis pas un autre homme. Je suis toujours celui qui t'a donné ces cicatrices.

J'attrape mon avant-bras et frotte mon pouce sur les lignes qui épellent un mot que la tribu Pikosa n'a pas vu depuis des générations. *Anidi laye.* Mes pensées reviennent au tout premier moment où son regard a croisé le mien. Agenouillée sur le sol de pierre, je le regardais alors en pensant qu'il n'était pas un monstre, qu'il était bien pire. J'étais persuadée qu'il ne méritait pas d'être aimé, parce que même les monstres peuvent être aimés.

Il doit lire quelque chose dans mon expression, car il se durcit. Il se referme sur lui-même. Sa vulnérabilité s'évapore comme une goutte d'eau sur une pierre chaude.

– Je t'ai fait du mal. J'aimerais ne pas l'avoir fait. J'aimerais pouvoir te prouver à quel point je m'en veux en entaillant profondément ma propre chair. Mais je ne peux pas effacer les cicatrices ou les souvenirs.

Il tend la main vers l'avant et touche ma joue, très, très doucement.

– Si c'est trop pour toi, dis-le moi, Halima. Parce que ce que je ressens ici, je ne l'ai jamais ressenti.

Il masse l'espace au-dessus de son cœur et, une fois de plus, nous formons des gestes qui se reflètent. Nous formons des gestes d'amour.

– Je ne connais pas ce sentiment. Peut-être que c'est quelque chose que vous, les Tanishis, vous ressentez tout le temps, mais moi, je suis novice dans ce domaine. Je découvre beaucoup de nouvelles choses quand il s'agit de toi, et je ne suis pas patient. Je t'ai dit une fois que je ferai en sorte de ne jamais perdre ce bien précieux entre nous, mais je réalise maintenant que je ne veux pas non plus me battre éternellement pour en jouir. J'ai besoin de savoir si tu vas t'ouvrir à moi ou si je dois arrêter de te courir après. Je ne peux plus être près de toi et ne pas te toucher. Je serai sage pendant trente et un jours, peut-être, mais pas un jour de plus.

Il jette un coup d'œil par-dessus mon épaule et se retire.

– Dis-moi ta réponse ce soir à la fête. Tu peux annoncer à ton peuple et aux autres que nous ferons la fête ce soir comme nous ne l'avons jamais fait auparavant. Nous ferons la fête sous les étoiles.

Il s'éloigne de moi tandis que mes lèvres continuent de s'agiter. Je n'arrive pas à y croire, mais à force de chercher à me préserver, je pourrai bien briser le cœur d'un monstre.

– Ça va ?

Je regarde par-dessus mon épaule et je vois Jia qui se tient à quelques mètres derrière moi, le visage crispé. Je me demande depuis combien de temps elle est là, ce qu'elle a entendu, ce qu'elle pense que je devrais faire.

– Je…

Je secoue la tête et je la vois s'approcher de moi d'un pas. Ses nouveaux habits pikosas flottent doucement dans le vent. Sa peau est beaucoup plus bronzée qu'elle ne l'était lorsque nous avons commencé. Elle a de nouveau l'air en bonne santé.

– Je ne sais pas.

– Tu veux en parler ?

– Je ne sais pas quoi dire…

– Tu l'apprécies ?

– Non. Mais je crois que je suis amoureuse de lui.

Je respire et je lui souris, soudain légère. Ça fait du bien de respirer. Ça fait du bien de l'avouer.

– Je le lui aurais déjà dit si je n'étais pas aussi lâche.

Sous le choc, elle bredouille une demi-douzaine de phrases avant de se résoudre à dire :

– Tu… je…

Je me mets à rire.

– Wow. Si tu voyais ta tête ! Ça valait la peine de l'admettre à voix haute finalement. Mais ne le dis à personne, d'accord ? Je sais que les autres Tanishis vont mal le prendre.

– Halima…

Elle s'approche de moi et fait quelque chose que personne ne m'a fait depuis très longtemps. Elle me serre dans ses bras. Ses cheveux sentent les fleurs roses avec lesquelles elle fait du vin. Je m'enfouis avec délices dans ces sensations glorieuses et lumineuses.

– Ceux qui prendront mal la nouvelle ne comptent pas. Ceux qui comptent, eux, ils ne le prendront pas mal.

J'éclate d'un rire mouillé et secoue la tête en me détachant d'elle.

– C'est bien dit.

– C'est ce que j'ai pensé quand je me suis souvenu de cette formule.

– Ça fait partie de tes souvenirs ? Tu as retrouvé ta mémoire ?

Elle penche la tête et son expression change. Ses yeux se plissent aux coins, mais le sourire a quitté ses yeux.

– Oui. Je les ai retrouvés.

– Tu as retrouvé tous tes souvenirs ?

– Oui. Je me souviens de tout. J'aimerais ne pas m'en souvenir mais je me souviens.

– Haddock a dit la même chose. Qu'est-ce qu'il y a, Jia ?

Je lui touche l'épaule, mais elle expire précipitamment et frotte sa frange avec violence.

– Je viens de me rappeler que le désespoir a poussé des gens à faire toutes sortes de choses terribles.

Elle me montre son bras. Comme moi, elle porte la marque du fouet. La sienne est beaucoup plus petite que la mienne, mais elle est toujours là, souvenir visible de l'homme qu'était et qu'est toujours Ero.

Elle prend mon poignet et incline son bras cicatrisé vers la lumière pour qu'il brille à côté du sien. Je me demande ce qu'on pourrait lire dans l'ancienne langue Pikosa. Je me demande s'il y a quoi que ce soit à lire.

– Mais je sais que ces gens ne sont pas terribles.

Elle sourit un peu plus et passe sa main sur mon bras.

– Haneul-i muneojyeodo sos-anal gumeong-i issda. Je m'en souviens aussi.

Il me faut un moment pour traduire. Ça fait longtemps que je n'ai pas entendu parler coréen. Je n'ai pas l'habitude de le pratiquer et je crains de l'oublier complètement un jour. Cependant, lorsque je comprends le message, je lui souris pensivement.

– Même quand le ciel tombe… il reste un trou ?

– Un trou pour sortir, une issue, un moyen de s'échapper; oui. C'est un proverbe coréen auquel j'ai beaucoup réfléchi. Les parallèles entre ce proverbe et ce que nous vivons sont trop évidents pour être ignorés.

– Tu veux parler du fait que nous ayons dû ramper

hors du sol comme des vers pour atteindre la surface ? J'espère bien que nous n'aurons plus jamais à la faire.

– Chayana ! Halima ! Venez ici ! crie Leanna du haut du mur d'appui situé juste à côté de celui qui vient d'être érigé. Je veux montrer à ces Danians comment fonctionne la machine en pierre de lode dans les mines. Pouvez-vous m'aider à expliquer ?

– Une minute ! je crie.

Jia lève les yeux au ciel et me tend la lourde corde enroulée sur son épaule. Je m'affaisse sous le poids de la corde et Jia rit. Ce sont des cordes épaisses destinées à nous aider à escalader le mur intérieur afin que nous puissions atteindre les plates-formes au sommet.

– Tu ferais mieux d'y aller. Je devrais y aller aussi. Je suis censée aider un groupe d'Omoros à labourer une partie du sol à l'ombre.

Elle secoue la tête et lève la main pour se protéger les yeux.

– Mais tout à l'heure... je ne parlais pas de ramper hors du sol comme des vers, précise-t-elle en riant. Je parlais de la mission Surante. La fin du monde a bien eu lieu. Le ciel est tombé, au sens propre du terme, après que l'apocalypse climatique a entraîné des guerres qui ont détruit nos civilisations. Certes, nous avions l'entrepôt et les vaisseaux de la mission Surante, alors nous nous en sommes sortis. Mais je trouve encore plus fou qu'après tout ça, nous n'ayons pas vraiment changé.

– Comment ça ?

– Je veux dire que nous étions des sauvages et que nous le sommes restés. Cependant...

Elle reprend mon bras brûlé et l'agrippe férocement, tout en soutenant mon regard avec autant de férocité.

– Il y a bien des trous par lesquels nous pouvons nous

échapper. Des issues en forme d'amour. Si tu aimes ton sauvage, alors approche-toi du bord de ce trou et saute. Ne te retourne pas.

Je ne sais pas pourquoi, mais ses mots me donnent envie de pleurer.

– Halima ! crie Leanna à nouveau.

J'acquiesce rapidement et je cligne des yeux tout aussi rapidement. J'ajoute d'une voix lourde:

– Je ferais mieux d'y aller.

– Vas-y. Je suis accompagnée, de toute façon.

Elle cligne des yeux et se retourne. À ma grande surprise, un grand mâle s'approche de nous. Ses yeux bridés et l'hostilité qui se dégage de lui me désarçonnent.

– Wyden ! dis-je d'une voix forte.

Je refuse de me laisser intimider, mais Jia se contente de sourire. Les sourcils furieusement froncés de Wyden s'écartent, ses yeux s'enflamment, sa mâchoire se crispe et il déglutit encore et encore. On dirait qu'il transpire. Est-ce qu'il transpire à la vue de son sourire ?

– Bonjour Wyden, dit Jia en anglais.

Il se concentre sur son visage et déglutit difficilement.

– Jia.

Il connaît son nom. Bon sang de bonsoir. Ils se connaissent ! Ils s'apprécient. Je reste bouche bée. Mon cœur bat la chamade, ma poitrine est emplie de papillons en délire, tous avides d'une évasion que je leur refuse.

– Tu te sens mieux ?

Elle fait un geste vers ses côtes.

Ero en a cassé plusieurs et Wyden a mis du temps à guérir. Le choc de cette interaction suffit à faire glisser ma corde de mes épaules.

Wyden s'élance vers l'avant pour l'attraper, mais ne parvient pas à le faire à temps. Cependant, comme il s'est avancé, il finit par se retrouver juste à côté de Jia. Cela me fait aussi sursauter. J'ai toujours peur de Wyden.

– Wyden, tu ne devrais pas soulever ça, murmure-t-elle en anglais.

Elle essaye de lui prendre la corde lorsqu'il la ramasse du sol avec un grognement douloureux. Il l'évite et tente de me la passer.

– Tu es insupportable ! souffle-t-elle.

Ils se disputent ensuite comme deux danseurs maladroits prenant part à une danse à laquelle aucun des deux ne semble vouloir participer. C'est trop marrant, mais le plus surprenant, c'est que même si Wyden est renfrogné, Jia sourit toujours.

– Wyden, ne fais pas ça, tu es malade.

– Je vais bien, je ne suis pas malade, corrige-t-il dans un anglais très accentué.

Je n'en crois pas mes oreilles. J'aurais mis ma main à couper que ce Pikosa serait de ceux qui n'apprendraient *jamais* l'anglais.

Comme elle a l'avantage dans cette petite dispute, Jia se redresse avec la corde sur son épaule. D'un petit geste entre Wyden et moi, elle fait les présentations, très tendue, avant de me rendre la corde. Je sursaute quand le Pikosa se retourne vers moi.

– Ero dit fête.

Il jette un coup d'œil rapide à Jia et déglutit.

– Toi, moi, y aller ? Rendez-vous ?

Jia rayonne. Elle va même jusqu'à rire.

– Qui t'a appris ce qu'était un rendez-vous galant ?

Wyden sourit aussi. Il essaie de le réprimer, mais le bord droit de sa bouche le trahit. Ce n'est pas Wyden. Ce n'est plus l'homme qui a essayé de détrôner Ero, ce n'est plus l'homme qui me déteste.

Je ne peux pas m'en empêcher. Je me mets à rire.

– Wow. Je ne le reconnais plus. Que s'est-il passé ?

Elle me regarde et sourit. Ce sourire franc et sincère me pousse à réfléchir. Wyden ne serait-il pas le trou de Jia dans le ciel ? Est-elle déjà tombée dedans ?

– Après notre évasion, je suis allée aider l'équipe des guérisseurs. Wyden était là, en pleine guérison; et comme Ero a considéré que son cas n'était pas une priorité, il s'est retrouvé coincé avec moi, deux Danians et un jeune guérisseur Pikosa en formation. Nous avons réussi à le remettre sur pieds et je l'ai aidé à surmonter sa colère. Nous nous sommes rapprochés. Je dirais même que nous sommes amis.

Elle lui sourit. Il doit être au connaître le sens de ce dernier mot, car il se redresse et ses joues s'assombrissent.

– Amis. Wyden, Jia, amis. Toi et moi, sortir ensemble ?

C'est au tour de Jia de rougir.

– Oui, Wyden. Sortir ensemble.

Ébahie, je constate qu'il rayonne en entendant sa réponse.

– Halima ! crie Leanna.

– Oh khara… euh...

– Nous te verrons plus tard à la fête, Halima.

Nous. Elle a dit « nous ».

– À plus tard, alors. Et... bien sûr !

Je m'efforce d'attraper ma corde sans grand succès.

Je trébuche sur un bout de corde, je trébuche et tombe. Wyden m'attrape le bras. Il me redresse rapidement et recule de quelques pas, les mains en l'air comme s'il se préparait à me rattraper si je tombais à nouveau tout en prouvant qu'il est inoffensif.

Son regard se pose sur le mien et je reste là à le

regarder. J'attends. J'attends... quelque chose... mais il recule encore d'un pas.

– Je...

Il secoue la tête et passe en Pikosa pour dire :

– Je sais que je n'ai jamais considéré ta tribu comme une tribu d'esclaves, mais votre magie, votre savoir et vos graines... prouvent le contraire. Vous, les Tanishis, vous croyez qu'elles vont grandir, vous croyez que nous n'avons pas besoin de craindre le soleil, que nous pouvons vivre encore plus ouvertement que les autres tribus de la surface. Vous croyez que les graines vont pousser. Je ne voyais pas en quoi c'était important, mais je commence à comprendre l'importance de cette croyance.

Son regard se porte sur Jia, puis il retourne rapidement à ses pieds, puis à son flanc, toujours recouvert d'épais bandages.

Je n'en reviens pas. J'ai l'impression d'être dans un rêve. Ma voix se brise lorsque je murmure un mot en anglais.

– Espoir. C'est de l'espoir, c'est comme ça que nous nommons cette « croyance » en anglais.

– Espoir, répète-t-il.

– Halima ! Dépêche-toi !

C'est encore Leanna.

– Je vais aider Halima à mettre ces cordes sur le mur et tu m'aideras à labourer le sol avec les Omoros, intervient Jia.

Il fronce le visage et je traduis ce qu'elle a dit. Il acquiesce, son front se détend et il cligne de grands yeux encapuchonnés vers elle.

– Oui. Parce que toi et moi, sortir ensemble.

Elle rit et je sens des souvenirs s'échapper par mes

oreilles. Son rire déroule le temps. J'ai presque l'impression que nous recommençons à zéro.

Encore une fois.

Elle m'aide à porter sa corde jusqu'à la base du mur. Wyden lui fait de l'ombre. Ils partent puis Donovan et deux Omoros : Na et Toosh, fixent une extrémité de la corde à une poulie et la tirent jusqu'au bord lisse et métallique d'un mur pour moi.

– Très bien, maintenant, monte ! ordonne Donovan quand les gens au sommet l'ont solidement monté.

Je regarde son visage, son sourire moqueur, la petite expression qui exprime toute sa suffisance lorsqu'il jette un coup d'œil entre la corde et moi.

– Qu'est-ce que tu attends ? demande-t-il.

– Tu crois que cette petite corde me fait peur ? Regarde-moi bien.

Les Omoros se mettent à glousser. Na s'approche de moi et pose son pied sur la corde à sa base pour la retenir.

– Nous verrons bien, dit-elle d'abord en Omoro avant de répéter « We see » en anglais. *Incroyable.*

Je commence à grimper le long de la corde. Il est bien plus facile de faire ça que de grimper sur un fouet avec Frey quand nous fuyions Ero, persuadées qu'il nous tuerait et que nous n'arriverions jamais, jamais à vivre libres.

Je suis à peu près à mi-chemin quand une voix m'appelle d'en haut.

– Halima, comment ça va ?

Je penche la tête en arrière jusqu'à ce que je voie le visage et les cheveux rouges de Leanna briller de mille feux au-dessus de moi. Je souris lorsqu'elle me fait un signe de la main avec son petit bras. *Elle est incroyable, quelle force de la nature !*

– Je ne pourrai pas aller mieux, je réponds en criant.

– Dépêche-toi ! On a besoin de toi ici. Chayana est déjà là-haut et on ne progresse pas avec ces Omoros.

Son visage entre et sort de l'ombre. Ses cheveux se balancent follement tandis qu'elle me regarde par-dessus le bord surélevé du mur. Il y a quelque chose dans l'angle. Le soleil qui m'éclaire et m'aveugle, tel un gros disque dans le ciel, me fait penser à Jia et à ce qu'elle vient de me dire.

Même lorsque le ciel s'effondre, il y a toujours des trous par lesquels on peut s'extirper. Le soleil ressemble à l'un de ces trous et le visage de Leanna semble en faire partie ou le bloquer. Le visage de Haddock apparaît à côté du sien. Je cligne des yeux et Haddock disparaît... ce n'est pas du tout Haddock, mais un autre soldat.

Je secoue la tête, troublée par l'étrange impression de déjà-vu qui me prend au ventre. Je pense aux souvenirs que Jia vient de faire renaître; je pense à tous les souvenirs qui ont refait surface quand nous sommes passés par ce trou ou quand nous sommes sortis de ces réservoirs.

Nos souvenirs reviennent. Kenya a été la première à en faire l'expérience. Haddock, le deuxième, et Jia est la troisième. *Kenya, où es-tu en ce moment ? As-tu le même soleil sous les yeux ?* J'espère pour elle qu'elle a trouvé de la nourriture et surtout de l'eau. J'aimerais pouvoir allumer une balise et l'aider à rentrer chez elle.

À la maison.

– Tout langage porte une aspiration à trouver un foyer, je murmure à voix haute.

C'est mon père qui me l'a dit.

– Halima ! Yalla, yalla ! Ramène ton cul ici, soldat !

crie Leanna.

Je suis distraite par les mots arabes qui sortent de sa bouche. C'est étrange de l'entendre parler arabe.

Je lève une main par-dessus l'autre. La corde se balance sauvagement sous moi. Je jette un coup d'œil par-dessus mon épaule lorsque les bruits reviennent et qu'un mouvement en contrebas attire mon attention. Ero est à la surface. Il crie des ordres aux guerriers au sol, il crie avec Leanna.

– Orushars repérés ! Formation de défense trois ! crie-t-il en anglais comme s'il s'était entraîné pendant sa courte absence, avant de passer au pikosa. Les Orushars approchent ! Ils viennent avec des chats des sables ! Halima, viens ! Où est Halima ?

– Halima ! crie Leanna. Yalla, Halima. On a besoin de toi !

– Halima, j'ai besoin de toi !

Les souvenirs m'envahissent.

– *Halima, ils ont besoin de toi.*

– *Non !*

Des mains se tendent, se raidissent vers moi. Je cligne des yeux et je crois voir la main de ma mère; mais la main n'appartient pas à ma mère, c'est celle Leanna.

– Halima ?

– *Halima, n'aie pas peur.*

– *Non !*

J'étire mon bras vers le haut et je tente d'attraper...

Je tente désespérément d'atteindre...

– Halima !

– Halima !

Deux voix, une masculine et une féminine, appellent mon nom alors que je tombe. Je tombe parce que j'ai complètement lâché la corde en essayant d'atteindre les ces voix familières, qui me parlent en arabe et prononcent mon nom comme il est censé être prononcé. Un hah long et profond, ainsi qu'un court « e » ta'marbouta.

— *Halima, tout va bien. Ils ont besoin de toi, me disent-ils dans une langue que je connais mieux que tout. Non, c'est une langue qui me connaît mieux que tout.*

Je parle la langue qui colore entièrement mon âme. Tout le reste n'est qu'une grossière copie synthétique.

— *Non, je ne veux pas partir, je veux rester avec vous, leur dis-je.*

— *Tu ne peux pas rester avec nous.*

Mon père me regarde en clignant des yeux, ses yeux se plissent aux coins. Ils sont bruns, ces yeux, comme les miens.

Ma mère est agenouillée à côté de lui et tient un chapelet de perles... des perles de prière. Elle s'agenouille sur un tapis vert foncé parce qu'elle prie, parce qu'elle est musulmane et qu'elle vénère Allah. Mais mon père, lui, ne prie pas. Il est athée. Il connaît l'existence de l'entrepôt de la mission Surante. C'est lui qui a donné mon nom aux autorités, il sait aussi quel est le prix à payer.

Quel est le prix à payer ?

Le vent siffle dans mes oreilles. Cela semble durer une éternité alors que je cligne des yeux vers le soleil et les longs doigts qui s'étendent, qui se tendent...

Mon père prend mon épaule d'une main. De l'autre, il étreint ma mère et la place à ses côtés.

— *Tu es notre fille. Nous ne te perdrons pas dans ce monde, nous t'enverrons en avant pour reconstruire le suivant.*

— *Je veux rester ici avec vous. Je veux rester dans ce monde. Avec vous.*

Je pleure. Je sens les larmes couler sur mes joues.

— *Ce monde n'est plus. Il ne reste rien. C'est pour ça que* nous avons accepté ton départ.

Je prends la main de ma mère dans l'une des miennes, celle de mon père dans l'autre et je les tiens farouchement. Je ne veux pas assister à ce qui va se produire. Je lève les yeux. Je constate que mes parents ne font rien pour s'y opposer alors je demande de l'aide aux autres personnes qui se pressent dans notre appartement du Caire.

– S'il vous plaît !

Le regard de Leanna croise le mien sous la capuche d'un casque de camouflage. Elle est en uniforme, tout comme la demi-douzaine d'autres personnes qui se pressent dans l'appartement de mes parents – à l'exception de Haddock, tout le monde est en uniforme.

Il reste en retrait jusqu'à ce que Leanna lève la main, puis il s'avance à grands pas, et se place aux côtés de mon père.

– Non ! Je hurle. N'approchez pas !

Je me lève d'un bond et j'insulte Haddock. J'emploie tous les noms grossiers qui me viennent à l'esprit dans toutes les langues que je connais, mais Leanna m'attrape par la taille et me projette violemment en arrière. J'atterris contre une petite table d'appoint.

Mon père se lève d'un bond tandis que ma mère vacille.

– Calme-toi, habibty, tu vas survivre, ce départ ne te brisera pas.

– Mais si ! je hurle.

Je crie, je me débats, je me tends vers mes parents mais des mains me retiennent et Leanna donne l'ordre à Haddock de faire une piqûre à mes parents.

Mon père acquiesce calmement tandis que Haddock enfonce son aiguille dans la nuque de mon père. Ma mère, qui vacille sur ses genoux, déclare :

– Souviens-toi, habibty, qu'il y a mille façons de s'agenouiller. Il y a aussi mille façons de rentrer à la maison.

Wahashteeny, habibty. Tu me manques. Behibek. Je t'aime.

Je tends la main, je la tends aussi loin que je le peux… et j'attrape la sienne, mais seulement brièvement.

Sa paume moite glisse de ma main moite et elle tombe sur le côté, avant d'atterrir sur le corps de mon père. Ils meurent tous les deux en paix. Leanna ordonne qu'on se débarrasse de leurs corps et je suis transportée hors de l'immeuble par deux soldats vêtus d'une volumineuse combinaison noire. Ils m'emmènent à l'extérieur dans un énorme camion blindé.

Des explosions illuminent le ciel et des balles ricochent sur l'extérieur de notre transporteur. Peu m'importe en ce moment que le ciel tombe et que mes parents m'aient montré l'issue par laquelle je sortirais quatre mille ans plus tard. L'issue qui m'amènerait dans l'univers des Pikosas.

L'issue qui me mènerait à Ero. L'homme que je déteste et que j'aime le plus.

Mes yeux s'ouvrent et je vois le ciel.

J'imagine un instant que le ciel est une feuille bidimensionnelle. J'ai grimpé par un trou dans sa surface plane et je suis tombée par ce trou sur un autre plan. Mais en regardant en arrière, le trou a disparu au-dessus de moi.

Un poids me heurte le dos. Non, je me heurte à quelque chose. Les ténèbres envahissent mon esprit et mes pensées.

– Halima !

– Non !

– Nogora…

– Havawe !

– Khara !

Ha. C'est moi qui lui ai appris ce juron-là.

La voix qui l'a poussé crie misérablement. Le cri devient de plus en plus fort et pénètre l'obscurité qui m'entoure alors que la lumière n'y parvient pas.

– Halima !

Je cligne des yeux. Je vois son visage. Il se penche. Je me lève.

J'effleure sa joue de ma main, je me penche et je l'embrasse tendrement... non, je ne le fais pas. Je m'imagine faire toutes ces choses, mais je ne peux pas bouger car l'air pénètre dans mes poumons avec toute la subtilité d'un éclair.

Je me cambre et je soupire.

– Aouuuuch…

Il sort de ma bouche une exclamation de douleur inhumaine.

Ero me maintient au sol. Une expression que je n'arrive même pas à catégoriser se dessine sur son visage. Le mâle stoïque qui m'a dit qu'il ne voulait pas changer, le mâle qui ne voulait pas attendre, a disparu.

J'ai sous les yeux l'homme vulnérable qui serre les couvertures du poing ou garde ses mains fermement plantées sur la chaise, le bord de la piscine ou tout autre objet se trouvant en dessous de lui, alors qu'il me laisse l'utiliser pour jouir.

Je suis impitoyable avec lui, et il me laisse le traiter ainsi parce qu'il en veut plus. Il ne le sait pas encore, mais il veut me garder, et pas en tant que captive. Il veut être ma famille.

– Haddock ! rugit Ero. Brin, va me chercher le guérisseur Tanishi.

La douleur me parcourt l'arrière de la tête, le cou et les côtes. Je ne peux pas bouger, mais je sais que je vais bien. Des larmes coulent, brouillent ma vision. Je ferme les yeux, mais je souris encore.

Un instant plus tard, des mains soulèvent mes paupières, et essaient de voir en moi pour évaluer ce que je sais déjà. Cette fois, je vois un visage, plus pâle que celui d'Ero, avec des cheveux sombres parsemés de traits rouges.

– Halima, tu m'entends ? demande Haddock.

Ses joues sont décharnées. Ses yeux injectés de sang semblent s'enfoncer dans son visage. Il ressemble à un fantôme et je comprends pourquoi. Je comprends ce qui a changé quand il a retrouvé ses souvenirs.

– Je me souviens, je murmure.

Je croise son regard. Je le vois changer.

Haddock sursaute légèrement, et Ero le voit. Il s'agenouille de mon côté et passe sa main à travers mon corps pour saisir l'épaule d'Haddock.

– Qu'est-ce qu'il y a ? Est-ce qu'elle va bien ? crie-t-il en pikosa.

Le visage blanchi de Haddock ne trahit rien, mais la voix d'un Omoro qui se fait alors entendre, lui épargne la contrariété d'avoir à répondre.

– Ero !

– Des Kawasharis ?

Il répond en tournant la tête sur le côté, mais en gardant les yeux sur moi pendant que j'inspire difficilement.

– Ellar dire Wickars ! répond le mâle Omoro dans un anglais mal maîtrisé.

– Khara ! s'exclame Ero, ce qui me fait sourire.

Tandis que mon cœur lent et tonitruant commence à réguler son rythme, répercutant la sensation de mes pieds au dos de mes paumes, je récupère suffisamment pour pouvoir dire :

– Ero…

Tout son corps est braqué sur moi. Il est si imposant qu'Haddock ressemble à une poupée à côté de lui. Rien ne semble plus important que ce que j'ai à dire. Ni les éclaireurs Wickars, ni la peur qui m'a empêchée de lui dire ce que Jia ne semble a dit sans mal à un homme qui a peut-être encore moins de qualités qu'Ero.

– Halima. Parle-moi, Tanishi.

– Je t'aime.

D'une manière ou d'une autre, ma déclaration rend son expression encore plus sinistre. Il enfonce son poing dans le sable près de mon épaule et je sursaute lorsque les sensations remontent de mes pieds à mes mollets, de mes bras à mon torse.

– Tu n'es pas en train de mourir. *Tu ne mourras pas* !

– Je vais bien, dis-je en riant et en essayant de bouger pour le lui prouver.

C'est Haddock qui me dit d'arrêter.

– Laisse-moi d'abord t'examiner... intervient Haddock.

Ero le pousse et Haddock bascule sur le côté. Ero abat un poing de chaque côté de ma tête et me regarde à l'envers. Il a l'air différent sous cet angle, il a l'air drôle, mais il a surtout l'air de m'appartenir corps et âme.

– Tu ne me quitteras pas, affirme-t-il.

– Non, je ne te quitterai pas.

Je me déplace à nouveau et je respire un peu mieux.

– Et je le pense vraiment, Ero. Je t'aime. La punition peut prendre fin.

– Halima, es-tu...

Ero saisit son cœur et frotte férocement l'espace au-dessus de son sternum.

– S'il vous plaît, murmure-t-il.

Il ne s'adresse pas à moi. Il parle aux dieux qui n'existent plus.

– Ero !

Une nouvelle voix l'appelle de beaucoup plus près. Celle-là, c'est clairement celle d'Ellar.

— Ero, des éclaireurs Wickars sont à l'horizon et se rapprochent rapidement !

Ses dents de derrière grincent. Il baisse les yeux vers moi.

— Je reste avec...

— Non, non, non. Ne sois pas bête, Ero. Vas-y ! lui dis-je.

Je bouge les bras et les jambes, j'incline la tête à gauche et à droite, juste pour lui montrer que je suis encore en vie, que je respire encore.

Ses yeux s'écarquillent. Il glisse timidement sa main derrière ma nuque. Il ne la remonte pas, ne la serre pas, il se contente de la tenir.

— Tu vas bien ? dit-il en anglais. Vraiment ?

Je ris.

— Habibi signifie « bien-aimé », lui dis-je en anglais.

Quand son visage se crispe, je soupire en pikosa :

— Tu peux me toucher quand tu veux et comme tu veux. Je suis à toi, Ero. Je t'aime. Je te déteste, c'est vrai, mais je t'aime encore plus.

Il cligne des yeux. Il recommence et sa main se crispe, un muscle de sa joue aussi.

— Ne me mens pas... ne me mens pas.

— Je ne mens pas.

J'attrape sa main et la porte à mon cou. Je sais qu'il aime me tenir là, il sait que j'aime qu'il me touche là.

Il n'hésite pas. Il écrase ses lèvres sur les miennes et, alors que sa chaleur envahit ma bouche et qu'un élan de vie délirant m'envahit, je me souviens de la façon dont je dois me servir de mes bras. Je lève d'abord les mains en inspirant son souffle et je glisse mes doigts dans ses cheveux. Il frémit au-dessus de moi, comme un nuage d'orage, comme il le fait à chaque fois.

Mon dos se redresse et mes muscles tremblent. Des vertiges envahissent mes pensées alors que je me lève du sol et que j'essaie de m'enrouler autour de lui.

– Doucement, Halima. Tu as peut-être une commotion cérébrale. Ero, dit Haddock en passant au Pikosa. Halima douleur.

Ce simple mot suffit à faire reculer Ero. Il s'éloigne tellement loin de moi que j'ai l'impression qu'il a arraché la peau de la moitié avant de mon corps. Il s'agrippe à sa poitrine et à son abdomen en se remettant à genoux.

Lentement, sauvagement, il me sourit.

– Ce sentiment que vous appelez *amour* en Tanishi, nous l'appelons Xiveri en Pikosa.

– Xiveri, dis-je en essayant de prononcer le mot comme il l'a fait. C'est bien cela.

Ses sourcils se froncent.

– Tu me le dis parce que tu es tombée ?

– Je te l'avoue à cause de ce que j'ai vu en tombant, oui.

Mon regard se porte alors sur Haddock et l'expression d'Ero se durcit.

– Dis-moi ce que tu as vu.

– Plus tard…

Ellar apparaît dans la périphérie, aux côtés de Lopina. Je n'ai nul besoin que des souvenirs de fantômes retiennent Ero ici alors qu'il pourrait aider à garder la mémoire de mes parents en m'aidant à rester en vie. Mourir maintenant après tout ce qu'ils ont sacrifié, ce serait les déshonorer.

– Va, Ero. Protège notre tribu. Protège-moi.

Il pose péniblement son regard sur Haddock et dit :

– Elle vivra ?

Haddock acquiesce, distrait.

Ero le fixe avec méfiance. Je sais qu'il sait que quelque chose ne va pas, mais il s'avance quand même et dépose un baiser exigeant sur mes lèvres.

Il s'adresse à Haddock avec son accent prononcé :

– Sauve Halima.

– Je donnerai ma vie s'il le faut, réplique Haddock et je traduis en pikosa.

Ero expire, se retourne complètement pour faire face à Ellar et, sans me regarder, rejoint le trio qui s'élance à une allure si rapide qu'elle me surprend. Au moment où il disparaît dans un tunnel qui s'enfonce dans le sol, Haddock se met à m'observer.

Je souris tristement. Je m'apprête à lui offrir le pardon qu'il ne mérite probablement pas, mais avant que je puisse dire quoi que ce soit, Haddock m'attrape par les épaules.

– Haddock ! crie Leanna au-dessus de moi tandis qu'Haddock me met une main sur la bouche.

Le sable autour de nous sombre dans le chaos. Les gens courent dans tous les sens. Je croise le regard de deux Pikosas, l'une d'elle est la femme dont le fils m'a poussée. Je lui fais un signe de la main tandis qu'Haddock plaque sa main sur ma bouche, passe un bras lourd autour de ma taille et commence à m'emmener. La Pikosa se contente de sourire d'un air malicieux et de détourner le regard.

Il y a bien du progrès mais tout n'est pas parfait; voilà où nous en sommes.

– Haddock, arrête ! crie Leanna.

Haddock ignore les ordres de son général. Il me traîne jusqu'à une entrée étroite et rarement utilisée des mines.

Je me mets alors à paniquer. Ero m'a déjà dit de ne pas utiliser cette entrée. Je ne sais pas pourquoi, mais je sens que je dois lui faire confiance sur ce point.

Je me tords contre la poigne d'Haddock, mais il est guéri maintenant et même s'il a l'air maigre et chétif, il a une poigne de fer.

– Haddock ! Pose Halima *tout de suite* ! Haddock, que fais-tu ?

Haddock ne prend pas la peine de répondre à Leanna. Il glisse dans l'obscurité. Les éboulis tombent avec nous lorsque nous atteignons le sol rocheux en contrebas. Le sable poudreux étouffe mes poumons alors que je lutte pour respirer entre ses doigts au goût métallique.

– Nous y sommes presque, me dit-il à l'oreille en relâchant son emprise sur mon visage.

Je recule vers l'entrée du tunnel, mais Haddock a les mains sur le dos de ma tunique et m'entraîne avec lui plus loin dans l'obscurité.

Je me tortille, mais ses doigts me pincent les flancs avec suffisamment de force pour y laisser des bleus. *Je ne suis pas une guerrière. Je suis une interprète. Je ne vais pas pouvoir le vaincre en utilisant la force, je vais devoir le raisonner.*

– Haddock, Ero m'a dit de ne pas utiliser ce tunnel. Nous ne devrions pas être ici.

Il saute sur un rebord rocheux et le tunnel qui coupe celui-ci en deux s'élargit. Il se dirige vers la droite.

– Haddock !

Il trottine, le souffle court. Le tunnel se divise. Un passage étroit, éclairé par plusieurs fissures dans la roche au-dessus de nous, mène vers le haut, tandis qu'un passage beaucoup plus sombre mène vers le bas.

– Haddock, si tu me tues, Ero te torturera…

J'enfonce mes talons dans le sol, je refuse qu'il me donne en pâture aux crocodiles.

– Après ce que tu as fait à ma famille, tu ne peux pas me tuer ! Tu me dois au moins ça !

– Tu crois que j'essaie de te tuer ?

– Qu'est-ce que je pourrais penser d'autre ?

Je me retourne pour le regarder alors qu'il desserre son emprise sur ma chemise, mais au lieu de répondre, il se jette en avant dans le tunnel plus sombre, et dégringole tête baissée en tenant fermement mon corps contre le sien. C'est moi qui subis le plus fort de la chute et mon crâne déjà sensible se cogne contre les rochers. Je me rattrape sur mes mains. J'entends au loin le bruit des explosions et derrière moi, une femme qui crie : « Halima ! »

– Halima !

Je roule sur le dos et, pendant un instant, je suis de retour à la plage. J'entends les éclaboussures et les remous de l'eau, même si je ne les vois pas. Des lumières jaunes et violettes s'échappent de mon regard tandis que je me hisse sur un siège.

Leanna est debout dans le tunnel de la grotte, les bras levés vers Haddock, qui s'est agenouillé entre nous. Elle fait un geste de la main et me jette un bref coup d'œil. En voyant ce petit mouvement, je sais qu'elle veut que j'essaie de l'atteindre. Je n'ai pas besoin qu'on me le dise deux fois, mais lorsque j'essaie de contourner Haddock, je calcule mal sa portée. Il s'élance, m'attrape par la cheville et je tombe sur lui.

Sonnée, je ne parviens pas à lui échapper. Confuse comme je le suis, je me bats alors que je devrais ménager mon corps affaibli. À un moment où je sursaute, je ressens une douleur juste en dessous de ma mâchoire droite. Un liquide chaud descend et mouille le col de ma chemise dans l'instant qui suit.

– Haddock.

Leanna se tient devant nous, la paume de la main vers le haut. L'espace où elle aurait normalement porté un fusil autour du cou est vide et, lorsque son petit bras droit s'élance vers lui, elle serre les dents comme si elle venait seulement de comprendre que son fusil ne l'aidera pas parce qu'il n'est pas là. Elle n'a ni l'arme, ni le bras qu'il lui faudrait pour la soulever.

– Haddock, calme-toi.

– Je ne peux pas. Elle sait. Elle sait tout.

Les yeux de Leanna se tournent vers moi. Ils sont bruns et paraissent éblouissants lorsqu'un éclat de lumière frappe le côté de son visage alors qu'elle s'avance. Des taches de rousseur couvrent presque chaque centimètre carré de sa peau, ce qui donne l'impression qu'elle est presque de la même couleur brune que moi, mais des taches d'un blanc pâle transparaissent, surtout sur ses bras et sa poitrine. Elle ramène ses cheveux derrière son oreille et ce geste la fait paraître plus jeune qu'elle ne l'est.

– C'est vrai ? Tu as retrouvé la mémoire ?

Je devrais mentir, je le sens, je le sais. Dis « non ». *Non*.

– Oui.

– Putain.

Un muscle sous son œil droit tressaille.

Haddock rit aux éclats.

– Putain ? C'est tout ce que tu as à lui dire ? Toi et moi, nous avons tué sa famille ! Cette mission t'a *détruite*, c'est pas possible. Qu'est-ce que tu es au juste ? Est-ce que tu as un cœur ? Est-ce que tu t'en soucies ?

– Haddock, les familles ont accepté les termes du

projet Surante. Et tu sais aussi bien que moi que les ordres sont venus directement de nos officiers supérieurs – de l'Architecte de l'entrepôt Surante lui-même. Personne ne pouvait avoir connaissance de l'entrepôt et les familles représentaient un trop grand risque. Nous ne pouvions pas les laisser revenir sur leur accord et tenter de retrouver leurs proches. Nous ne pouvions permettre à personne de révéler quoi que ce soit sur les personnes sélectionnées. Une fois l'information divulguée, d'autres personnes auraient tenté de retrouver les entrepôts et les vaisseaux pour embarquer et survivre à l'apocalypse d'une manière ou d'une autre. Pire, certains auraient pu essayer de s'en prendre aux familles pour se venger. Tu sais à quel point les gens sont désespérés et meurtriers quand ils n'ont plus rien à perdre...

– Tu mens !

Il pointe son couteau sur Leanna tandis que je m'assois sur ses genoux, couverte de sueurs froides. Je me demande si c'est le moment de fuir, mais en même temps, je suis trop effrayée pour saisir l'occasion.

– Tu m'as juré que ma mémoire ne reviendrait pas. Tu m'as juré que je ne me souviendrais pas de ce que tu m'as ordonné de faire à la famille d'Halima, à la famille de Kenya... à ma propre putain de famille !

Oh khara.

– Haddock... je chuchote pendant que Leanna continue de parler.

Il a de la salive sur les lèvres et des larmes dans les yeux. Il ne détourne pas le regard de Leanna, mais j'observe la façon dont il grimace quand il m'entend.

– Qui as-tu tué ?

– Ma femme, dit-il. Elle était scientifique, mais sa candidature a été rejetée. Ils avaient déjà un généticien, aboie-t-il avec un rire glacial. Ils avaient besoin d'un médecin et elle voulait que je rejoigne le projet pour nous deux. C'est moi qui ai planté cette aiguille dans son cou. J'ai vu la lumière quitter ses yeux. Je l'ai vue mourir. Et dire que nous pensions que les Pikosa étaient des monstres ! Putain ! J'ai tué ma femme sur tes ordres parce que tu m'as menti, Leanna !

Leanna reste parfaitement immobile et parle sans le moindre remords. Cela me fait froid dans le dos.

– Ce qui est fait est fait. Le passé c'est le passé. Notre tactique a fonctionné. L'entrepôt Surante n'a pas été attaqué, et les familles des personnes sélectionnées ont connu une fin bien plus facile que les autres. C'est dommage mais c'était nécessaire, Haddock. Maintenant, laisse les morts là où ils sont enterrés et bouge.

– Putain de salope de...

– C'est un ordre, soldat ! rugit-elle.

– Tu m'as fait tuer ces gens ! s'écrie Haddock.

Sa main tremble et le couteau oscille sauvagement entre Leanna et moi. Il va me tuer par accident s'il continue. Il faut que je fasse quelque chose.

Très calmement, je les interromps :

– Haddock, je te pardonne le rôle que tu as joué dans la mort de mes parents. Je sais ce que font les gens désespérés pour survivre et je sais que mes parents étaient eux aussi désespérés. Ils m'aimaient trop. Si ta femme était comme eux, elle comprendrait... elle serait fière de toi... elle te pardonnerait...

– Non...non... gémit-il, blessé.

– Je te pardonne.

– Tu devrais me tuer, dit-il contre mon oreille, ou du moins, tu devrais le vouloir.

Sa bouche descend jusqu'à mon épaule et je sens ses

lèvres humides se presser contre moi.

– Je suis tellement désolé, Halima. Je ne mérite pas de vivre.

– C'est…

Je cherche rapidement des mots qui pourraient l'apaiser.

– Nous avons tous fait des choses… des choses terribles…

– Qu'as-tu fait, toi ? Tu as uni les tribus. Tu as donné ton cœur et ton corps à un homme mauvais pour nous sauver. Tu étais prête à mourir pour nous. Tu étais prête à mourir pour tes parents. J'entends encore tes cris.

De l'eau coule sur mon épaule et je crains un instant que ce soit du sang, jusqu'à ce que j'entende Haddock inspirer en tremblant. Un sanglot s'échappe de sa poitrine.

Leanna s'agite, tendue alors qu'elle fait un pas en avant, presque imperceptible, puis un autre.

– Haddock, je ne peux pas te laisser la tuer. Si tu le fais, la colère d'Ero s'abattra sur nous. Tout ce pour quoi nous avons travaillé sera réduit à néant.

– Tu penses que je veux la tuer ?

Il rit et ce rire ressemble à de la misère enveloppée de fil de fer barbelé.

– Les deux seules personnes qui vont mourir dans ce tunnel, c'est toi et moi. Pourquoi crois-tu que je t'ai amenée ici ? Tu ne sais pas où ça mène ?

Il se met à rire aux éclats et je frissonne.

– Non, je murmure. Où mène ce tunnel ?

– Il mène à la fosse aux crocodiles. Ce sont les Danians qui me l'ont dit.

À peine comprenons-nous le plan de Haddock qu'un souffle terrible envahit le tunnel. Haddock me repousse violemment de lui et, sans prévenir, il renverse son coude en arrière pour lancer sa lame directement dans l'estomac de Leanna.

Je n'ai pas le temps de crier que Leanna se tortille. La lame atteint la partie charnue de sa cuisse droite. Elle s'effondre sur son genou, son bras valide s'abaisse pour amortir sa chute.

– Leanna ! je hurle.

– Les Danians m'ont aussi appris que les crocodiles ne s'approcheront de la surface que par ce tunnel, et seulement s'ils sentent une odeur de sang frais.

Je fonce et tente de rejoindre Leanna qui arrache la lame de sa jambe et la pointe sur lui, mais il se redresse sur ses genoux, m'attrape par l'estomac et m'entraîne au-delà de Leanna vers le tunnel qui m'amènera à la surface. Cependant, il ne vient pas avec moi.

Au lieu de cela, il me pousse assez fort pour que je titube en arrière et tombe contre un mur escarpé.

– Vas-y, Halima. Laisse-nous. Nous allons donner aux crocodiles le festin qu'ils méritent.

Il écarte les deux bras.

J'entends le bruit distinct d'un raclement dans le tunnel derrière lui. On dirait de la pierre contre de la pierre, mais si ce qu'il dit est vrai, alors c'est... je frissonne.

– Haddock, ne fais pas ça. Viens avec moi !

– Halima !

Une voix pikosa vient de hurler mon nom. Je me retourne. Tenor court vers moi, l'épée tendue, et Lopina la suit dans le tunnel.

– Halima, Ero a besoin de toi, dit Lopina, haletante.

Ses yeux sont braqués sur moi et les miens sur elle. Nous nous fixons l'une l'autre quand Tenor s'arrête net.

Lopina se heurte à son dos en poussant un « aïe » bien audible.

Je ne comprends pas les expressions soudaines d'horreur qui traversent leurs visages et je me tourne pour regarder par-dessus mon épaule ce qu'elles fixent...

C'est là que je vois un *crocodile*.

Je voudrais donner des ordres mais je me mets à hurler comme une truie qu'on égorge. Lopina prend le relais.

– Leanra ! Guérisseur ! Reculez !

Elle brandit sa propre lame avec un sifflement.

– Halima, viens derrière moi. Dis-leur de se mettre derrière Tenor et de courir !

Courir. J'ai bien compris ce qu'elle voulait qu'on fasse mais je n'arrive pas à bouger mes pieds, car ce qui s'avance vers nous dans l'obscurité n'est pas un crocodile, ou plutôt, je n'ai jamais vu auparavant un crocodile comme celui-ci.

15

Ero

– Qu'est-ce qui s'est passé ?

Mon cri retentit dans le tunnel alors que je guide une petite équipe de guerriers Pikosas et Tanishis.

A côté de moi, Warren a l'air confus. Il secoue la tête.

– Ellar a dit qu'elle les avait vus à l'horizon. Je n'étais pas de surveillance à ce moment-là, mais tu sais qu'Ellar ne mentirait pas à ce sujet.

Non, elle ne mentirait pas.

– Ellar !

Je hurle maintenant. La femme en question se fraye un chemin à travers le groupe et arrive à mes côtés, furieuse.

– Je ne sais pas ce qui s'est passé. Je les ai vus et j'ai entendu les hennissements de leurs chevaux. Ils ont dû partir en éclaireurs plus loin, nous n'avons pas pu les suivre des murailles. Ta Tanishi sait peut-être quel appareil Tanishi nous permettrait de voir assez loin pour les repérer. Je n'en suis pas sûre, mais nous devrions lui demander.

J'acquiesce.

– Tout le monde retourne à la surface. Je veux que le mur secondaire renforcé soit en place avant la tombée de la nuit. Nous repousserons la *fête* jusqu'à ce que nous ayons terminé.

Je fais de mon mieux pour répéter ce que je viens de dire en tanishi afin d'être compris de tout le monde. Un gémissement de lassitude s'élève de quelque part dans la foule. Il est repris par d'autres voix plus proches de moi : des voix Pikosas, Omoros et Tanishis.

Ma bouche s'agite, mais je ne cède pas à l'envie de sourire. L'heure n'est pas aux sourires, il y a encore du danger à l'horizon. Halima est toujours en danger.

– Lopina !

Je ne me donne pas la peine de me retourner pour voir où elle se trouve.

– Je veux que tu ailles voir Halima.

– Brin et Tenor sont déjà chargés de la protéger, fait remarquer Ellar.

Sa tresse se balance sur son épaule alors qu'elle se tourne vers moi.

– Et ?

– Ça fait déjà beaucoup de ressources consacrées à la protection de ta femelle.

– Ça te pose un problème ?

L'irritation fait flamboyer l'espace au-dessus de ma poitrine. Je m'agite d'avant en arrière. J'ai envie de repousser tout le reste derrière moi et de courir vers elle. Elle s'est si longtemps refusée à moi… Je ne rêve que de la toucher.

Elle a dit qu'elle m'aimait. C'est moi qu'elle veut pour son lien Xiveri.

Je veux lui parler, je veux savoir ce qui a changé. Je

veux savoir pourquoi elle a lâché la corde. Je l'observais au moment où elle est tombée, elle n'a pas l'air d'avoir glissé.

Mon premier réflexe a été de penser qu'elle avait fait exprès de se blesser et cela m'a fait mal au cœur. Mais elle a souri et elle a bougé. Elle s'est même légèrement déplacée pour me faire comprendre qu'elle n'était pas gravement blessée. Puis elle m'a dit qu'elle voulait être à moi, comme j'avais été à elle pendant tout ce temps. Elle était déjà mienne depuis longtemps, j'étais juste trop stupide pour le voir.

J'ai formé un signe sur *son* corps, et de nous deux, j'étais le seul à pouvoir le lire. Le signe indique qu'elle est *à moi*. Je suis maintenant sûr, si tant est que j'en aie jamais douté, que le signe m'était destiné.

– Lopina !

Je l'appelle à nouveau en criant au moment où une épaule vient heurter la mienne par derrière.

Les cheveux noirs lâchés de Lopina effleurent le milieu de son dos et se balancent contre moi tandis qu'elle secoue vigoureusement la tête.

– Ah, vous les *hommes* ! Pourquoi croyez-vous que vos femmes sont toutes délicates ? Tu crois que ta compagne est faite en sucre ou quoi ? Elle est plus coriace qu'elle n'en a l'air.

Ma compagne. Ma poitrine se gonfle. Je suis consumé par la fierté.

– Je le sais.

– Sa chute ne va pas la tuer et elle n'est pas grièvement blessée. Elle tombée à plat, ce sont ses fesses qui ont été les plus touchées.

Je la regarde de travers.

– Où veux-tu en venir ?

– Elle ne mourra pas.

– Y a pas intérêt, sinon je vous massacre tous.

Lopina cligne des yeux une fois, très lentement. Puis, comme je ne réagis pas, elle cligne à nouveau des yeux.

– Tu es sérieux ?

– Est-ce qu'il m'arrive de mentir ?

Tenor et elle échangent un regard.

– Dans ce cas, je devrais peut-être aller voir notre douce et délicate Halima. Peut-être que Tenor devrait se joindre à moi. C'est elle qui la connaît le mieux.

Elle rit et même Tenor se laisse un peu distraire.

– Merci, leur dis-je en tanishi.

Lopina fait une grimace. Elle a l'air à la fois exaspérée et amusée, mais elle continue à avancer au pas de course. Je veux me tourner vers Ellar et lui demander d'accompagner Lopina et la jeune guerrière, mais une Tanishi a pris la place que Lopina vient de libérer à ma droite.

– Bonjour ? dit-elle en tanishi.

Je me force à sourire. Ce n'est pas naturel chez moi, alors ses yeux s'écarquillent. Elle bégaie un instant avant de poursuivre :

– Bonjour, je voulais juste...

Elle dit d'autres mots, *beaucoup* d'autres mots, mais ce que je retiens de cette conversation, c'est que cette femme s'appelle Chayana. Chayana a inventé la machine à pierre de lode. Elle veut inventer autre chose. Je n'ai pas la moindre idée de ce que c'est.

Elle se désigne elle-même par l'un de ces termes que tous les Tanishis semblent utiliser pour se décrire. Je sais que mon âme sœur joue un rôle important parmi eux en tant que *laingoo-iste*. Chayana utilise un autre mot qui se finit par -iste pour parler d'elle. Je ne comprends pas pourquoi ils ont tous besoin de s'identifier par de tels titres, mais je peux sentir la fierté d'Halima quand elle le fait, alors je ne remets pas cette pratique en question.

– Tu es Chayana. Chayana, la… *gé-ho-leau-jist* ?

– Oui ! s'écrie-t-elle. Je suis géologiste ou géologue. C'est ce que je suis, et vous, vous êtes Nigusi. Nigusi, Chayana… amis ?

Elle rayonne et je lui lance un regard étrange.

Amis. J'ai entendu ce mot à maintes reprises, mais le concept m'est toujours étranger. Quoi qu'il en soit, je sais que mon âme sœur considère cette femme comme une amie, je vais donc employer ce mot avec elle aussi. Je vais essayer en tout cas. *Je suis prêt à tout essayer pour elle.*

– Oui, je souffle. Chayana, Nigusi. Nous sommes amis.

De l'autre côté, le mâle à côté d'Ellar – Carven – sursaute.

Chayana est manifestement ébranlée, mais elle essaie de m'apprivoiser, tout comme j'essaie de l'apprivoiser. Elle s'y prend en parlant rapidement et sans interruption, même si je comprends à peine la moitié de ce qu'elle dit.

Arrivés devant une bifurcation dans les tunnels, je l'interromps. Une bifurcation mène au nouveau campement de surface tandis que l'autre voie donne sur un autre couloir qui va jusqu'à la grotte principale de nos mines.

– Habibi ?

Elle fait une grimace.

– Euh… Halima ?

Je souris.

– Oui. Tu parles l'*harabe* ?

– Non. Seulement quelques mots.

Nous avons considérablement ralenti notre allure Chayana et moi, parce que nous nous efforçons de nous comprendre. Les autres guerriers, eux, ont pris de l'avance. Toutefois, je souris jusqu'aux oreilles lorsque nous parvenons à échanger et qu'elle m'explique dans quelles occasions on emploie le terme habibi. C'est un mot qui se termine comme Xiveri et qui est aussi lié à l'amour.

Je suis prêt à retrouver Halima quand, une fois de plus, mes plans sont perturbés – ou peut-être accélérés, mais pour de mauvaises raisons. Brin s'approche de la grotte principale en courant.

– Nigusi ! me crie-t-il. C'est ta compagne. Il s'est passé quelque chose. Viens vite !

Mon calme laisse place à la peur et je me précipite. Je sens des corps dans mon dos. Je suis le chemin que Brin a pris vers la grotte principale. Plusieurs guerriers – et l'étrange femelle Tanishi qui parle trop – sont sur mes talons.

Ellar ordonne à *Chayana* de faire demi tour en pikosa mais la Tanishi fait mine de ne pas comprendre. Elle se contente de lui faire un signe de la main et de trottiner plus vite avant de débiter une liste de choses. Je n'arrive à saisir que trois mots : *viens, aide* et *Halima.*

– Putain de Tanishi qui ne comprend rien, siffle Ellar.

Je lui lance un regard sévère qu'elle ne voit pas parce qu'elle s'élance en avant.

Je prends la tête du groupe en distançant Chayana et ses jambes plus courtes de Tanishi. Mais je ne peux m'en soucier. Comment le pourrais-je alors qu'un corps enveloppé dans des couvertures se trouve au pied de mon trône ?

Mon corps et mon âme se transforment en glace.

Goja est agenouillé au-dessus de la forme informe et secoue la tête tandis que je traverse la rivière pour les rejoindre. Je veux la rejoindre. Quatre autres Pikosas l'entourent. Ils ne font pas partie des Pikosas que je côtoie le plus : il y a trois jeunes et Gerarr.

– Qu'avez-vous fait ? je rugis en me laissant tomber à côté de la forme immobile.

Je déchire soigneusement le tissu qui cache son dos.

Alors que le tissu se retire pour révéler d'autres couches de vêtements, alors que mon cœur en ébullition ralentit et que le soulagement m'envahit, je me mets à rire. Mon rire profond se répercute dans la vaste grotte vide, bien plus fort que le « C'est quoi ces conneries ? » de Chayana.

Elle halète lorsqu'elle nous rattrape, elle n'a pas encore compris ce qui se trame.

– Bravo, Ellar. Tu m'as eu, tu es très forte. C'est Gerarr qui t'a poussée à faire ça ou c'est toi qui en as eu l'idée ?

Je me tourne vers elle en serrant les couvertures avant de les jeter sur le côté, vides. Elles sont vides. Que le soleil en soit béni.

Elle me fixe et je devine sa réponse avant qu'elle ne la donne. Je souris.

– Je vois. Tu me détestes. Depuis combien de temps ?

– Tu as tué les deux guerriers qui ont fait de moi ce que je suis, répond-elle, impassible.

– Tu mens bien mieux que je ne le pensais. Tu as dû jouer la comédie des années.

– Des décennies, corrige-t-elle.

Je m'adoucis. Je ressens un dégoût de moi-même qui me rappelle ce que j'ai ressenti lorsque Halima m'a demandé combien d'esclaves j'avais tués. Je ferme les yeux plus longtemps que nécessaire et penche la tête en avant.

– Tu les *aimais*.

– « Aimais » ? C'est un mot Tanishi galvaudé et vide de sens. Ils m'ont engendrée, c'est tout. Je les respectais; comme je t'ai respecté autrefois, avant que tu ne sois affaibli par les Tanishis.

Je continue d'acquiescer et soupire.

– Je suppose qu'il n'y a pas d'éclaireurs à l'horizon ?

– Bien sûr que non. Tu t'es tellement concentré sur un visage en particulier que tu as oublié comment lire les autres. Si tu n'avais pas oublié qui tu étais, tu aurais découvert la vérité.

Je me mets à genoux pour lui faire face, conscient que je suis maintenant entouré d'ennemis et qu'il est peu probable que je m'en sorte vivant. *Je survivrai quand même. Je survivrai coûte que coûte. Je n'ai pas le choix.* J'ai promis à Halima que je ne l'abandonnerai pas, qu'elle porte ou non mon enfant.

Je lève les yeux vers le visage d'Ellar. Il est lisse et de la même couleur que le mien. Ses cheveux sont tressés contre son cuir chevelu. Bien qu'on lui ait offert des instruments Tanishis, elle ne porte que des armes Pikosas.

J'aurais dû y voir un signe, mais je n'ai rien vu. J'étais plus concentré sur les lèvres d'Halima lorsqu'elle traduisait le mode d'emploi des machines. Je ne le regrette pas. Je devrais, mais je n'en ai pas la force.

– Oui, je suppose que tu as raison.

Chayana choisit ce moment pour comprendre ce qui se passe.

– Oh merde ! s'exclame-t-elle.

Encore haletante après avoir couru jusqu'ici, elle se retourne, essoufflée. lorsqu'elle tente de s'enfuir, Brin surgit à sa rencontre, l'attrape par les cheveux et la projette sur le sol. Elle atterrit durement sur le côté à environ six pas de là et se retourne avec un gémissement.

Elle cligne des yeux, croise mon regard et je lui fais fermement signe de ne pas bouger. Je me demande si elle me comprend, elle est bien trop occupée à marmonner d'autres jurons dans une langue qui ne semble être ni le tanishi ni aucune autre langue que j'ai entendue jusqu'ici.

Je pourrais essayer de sauver la vie de la petite Tanishi, mais je ne le fais pas. Ce serait une perte de temps et j'en ai besoin en ce moment. Je tourne mon regard vers les autres traîtres.

– Alors vous avez choisi la mutinerie ?

Personne ne répond. Je ne m'attendais pas à ce qu'ils le fassent. J'observe silencieusement les visages en face de moi : j'ai battu certains de ces Pikosas et j'ai sauvé la vie des autres. Je regarde mon oncle, je fixe les cicatrices fraîches sur son flanc et je souris.

– Mon père approuverait.

– Oui, en effet, fait-il. Après tout, c'est ta lame qui lui a coûté la vie.

– Tu oublies, Gerarr, que tu as essayé de le tuer toi aussi, sans succès. La seule différence, c'est la pitié qu'il t'a témoignée après que tu l'aies défié et que tu aies échoué. Je pense que tu as pris l'affection que je porte à ma Tanishi comme le signe que je pourrais aussi te témoigner de la pitié. Je n'ai pas pitié de toi– je n'ai jamais eu pitié de toi – et quand tout ceci sera terminé, tu n'en douteras plus.

La bouche de Gerarr se fige. Ce guerrier d'une certain âge dégaine son épée avec un bruit familier.

– Debout. Formez un cercle. Je veux le tuer moi-même. C'est la seule récompense que je demande pour t'aider à tuer les autres.

– Non ! aboie Ellar alors que les autres passent à l'action.

Il est peut-être son aîné, mais elle plus forte que lui maintenant qu'il est blessé – elle l'était peut-être même avant ses blessures – et elle est plus intelligente.

– Vieux fou, tu ne gagneras jamais contre lui ! Aucun d'entre nous ne le pourra. C'est pour cela qu'il est Nigusi, tu l'as oublié ? Pas de cercle. Nous l'exécuterons maintenant, puis nous tuerons tous les Tanishis, jusqu'au dernier. Après, nous reviendrons aux anciennes méthodes en profitant de leurs machines mais sans avoir à partager le peu de ressources que nous avons avec d'autres tribus.

Je hoche la tête en réfléchissant.

– C'est un bon plan. Qu'attends-tu ?

Ellar penche son menton vers l'entrée de la grotte du nord-ouest et garde la pointe de son épée dirigée vers moi. Elle me connaît mieux que beaucoup d'autres guerriers. Seul Wyden me connaît mieux qu'elle. Je suis surpris qu'il ne soit pas là ce ce moment...

– J'attends Wyden.

Ah. Quand on parle du loup...

– Il va aller chercher ta Tanishi.

Je ne montre aucune émotion extérieure, mais mes entrailles se sont durcies. *Gerarr et Ellar mourront dans d'atroces douleurs quand tout ceci sera terminé. Quant à Wyden. . S'il l'a touchée ou blessée de quelque manière que ce soit... il mourra plusieurs fois, je le ramènerai de la terre des morts pour le tuer à nouveau, encore et encore.*

– Je suis surpris qu'il n'ait pas voulu être là pour te voir m'achever.

– Je suis en train de t'achever.

Ellar me regarde. Il n'y a absolument aucune lumière dans ses yeux. Il n'y a rien. Notre dureté légendaire nous a peut-être épargné bien des maux, elle nous a notamment éviter de finir tués par des tribus encore plus vicieuses; mais elle nous a aussi ôté la capacité de *vivre pleinement*, de faire la fête, d'aimer.

Quelle saveur a la vie sans l'étincelle légère et crédule qui jaillit du regard d'Halima chaque fois qu'elle cligne des yeux ? La survie ne signifie rien sans fantaisie.

Je fronce les sourcils, ce qui semble plaire à Ellar. Elle sourit d'un air sinistre.

– Il veut tuer Halima devant toi. Il dit qu'il te comprend mieux maintenant et que ce sera le meilleur moyen de t'achever.

Ses yeux sont éteints, son sourire se fait de plus en plus diabolique. Je ne parviens pas à masquer ma réaction lorsque Gerarr éclate de rire. Ma mâchoire se fige. J'ai envie de me jeter sur eux deux. Je veux enfoncer mes doigts dans les blessures de Gerarr et arracher le cuir chevelu d'Ellar. Ma main droite tressaille et elle voit le mouvement. J'ai honte de ne pas avoir su maîtriser mes émotions.

Elle sourit.

– Tu es *faible*. Tu ne peux pas rester Nigusi plus longtemps. Nos réserves s'amenuisent. Tu donnes nos médicaments à des esclaves qui ne sont pas des Pikosas et qui ne devraient jamais être considérés comme des Pikosas. Nous n'avons plus besoin d'eux. Ils ont déjà rempli leur mission, et toi aussi.

Je hoche la tête une seule fois et garde les lèvres scellées. Je ne dis rien, je sais que communiquer avec elle ne servirait qu'à me mettre en colère. Elle ne comprend pas. Elle n'a pas ressenti la magie pure, elle n'a pas pu en faire l'expérience. Elle ne sait rien du Xiveri, elle ne peut pas savoir à quel point il vaut la peine de se battre pour lui. Et elle ne le saura jamais, car je lui couperai la tête et je démembrerai son corps avant la fin de la journée.

Le bruit sourd de pas attire l'attention des traîtres vers la salle de gauche. Wyden apparaît dans l'embouchure du tunnel. Cependant, je ne peux pas me permettre d'être distrait par la femme qu'il tient.

Je regarde à droite, directement vers Chayana, et je siffle pour attirer son attention. Elle me regarde avec terreur et colère. Ni la terreur, ni la colère ne l'aideront à s'échapper. Elle ne cherche pas d'issue. Si elle cherchait une issue, elle se serait rendu compte qu'on venait de lui en donner une. Les guerriers ont reporté leur attention sur Wyden, ce qui signifie que le seul capable de l'empêcher de fuir est Brin.

Brin, mon protégé. J'aurais dû m'attendre à cela de sa part. N'ai-je pas été un jour dans la même situation que lui ? Je souris, j'éprouve à la fois de la fierté et de la honte. J'ai été le meilleur des maîtres, j'ai été le pire des professeurs.

Dans quel monde vivrions-nous si nous avions travaillé ensemble dès le début ? Peut-être qu'aucun de nous n'aurait survécu. Peut-être que nous aurions tous survécu.

– Pied, dis-je à Chayana en tanishi.

Elle me regarde bizarrement, mais suit mon regard lorsque je le dirige vers la cheville gauche de Brin. Il porte un couteau à cet endroit. Ses yeux s'écarquillent de façon si spectaculaire que je lève les miens au ciel. Je serre les dents et baisse une main. Pas encore, lui dis-je du regard. Elle ouvre la bouche comme pour répondre à haute voix et je ferme complètement les yeux pour la faire taire. À la dernière seconde, une autre voix se fait entendre.

– Tu l'as trouvée ? demande Ellar.

Je me fige. Je dois être prudent. Je dois être prudent alors que ma seule faiblesse est tout près de moi. Je dois être prudent car notre avenir peut dépendre de ma réaction. Je dois être prudent car il s'agit de la vie d'Halima.

Wyden se contente de grogner. Une haine comme je n'en ai jamais connu ricoche dans ma cage thoracique comme un boulet de métal. *Il mourra avant la fin de la nuit dans une violence suprême et impressionnante.*

– Elle n'était pas difficile à trouver.

Un petit « oumpf » est suivi du sifflement de Wyden. Je me retourne et je vois Halima. Elle porte un sac de toile sur la tête. Quand il la pousse vers nous, je vois rouge. *Ils vont mourir. Tous. Jusqu'au dernier.* Un Nigusi qui tue des Pikosas pour défendre une tribu d'esclaves ? Ça peut sembler ridicule.

C'est pourtant nécessaire.

Ils mourront ce soir. Elle doit être effrayée et je ne veux pas la voir effrayée.

Elle porte des vêtements bleu clair couverts de sable brun et de poussière rouge. Ses mains sont attachées dans son dos pour que je ne puisse pas les voir. Je veux voir ses yeux, je veux lui dire que tout ira bien.

Je serre les dents et me concentre sur autre chose que sa poitrine, là où bat son cœur fragile.

C'est alors que mon regard s'arrête sur ses pieds. Elle porte les mêmes sandales que la plupart d'entre nous... mais ce ne sont pas les chaussures que j'ai fabriquées pour elle. Le cuir est trop léger. Et, plus étrange encore, la peau sous le cuir est différente. *Que se passe-t-il ?*

Je lève les yeux vers le sac sur sa tête. Je veux voir son visage mais comme ce n'est pas possible, je scrute ses cheveux. Ils sont sombres et dépassent de la toile qui recouvre sa tête. Certes, ils sont noirs, mais ils n'ont pas la même texture que ceux d'Halima. Les cheveux de cette femme sont lisses comme de l'eau plate, et plus courts. *Ce n'est pas Halima. Mais... Wyden a dit...*

Je ne comprends rien.

Tout dans mon être veut révéler que ce n'est pas Halima, mais je reste immobile et j'attends que les yeux de Wyden se détournent de moi.

Qu'est-ce qu'il prépare ? Où est Halima ?

– Halima ! crie Chayana.

Je lui suis reconnaissant pour cette diversion. Je ne veux pas que les autres voient ce que je vois. Je doute qu'ils puissent le voir cela dit. Pour ces Pikosas, seule la force physique compte, ils ignorent la puissance que peut cacher une apparence frêle.

Brin donne un coup de pied dans les côtes de Chayana, qui glapit et se met en boule autour de sa jambe. Je sursaute. Je n'aime pas qu'on la frappe sans raison. Elle a beau ne pas être Halima, je ne peux pas tolérer pas ça.

– Putain !

Chayana crie, ce qui lui vaut un autre coup de pied.

– Tu...

Je ne sais pas ce qu'elle dit ensuite et je sais que Brin non plus, mais c'est chuchoté avec assez de violence pour qu'on devine que c'est une insulte. Il lui donne un autre coup de pied. Puis encore un autre. C'est là que je comprends ce qui se trame.

Chayana veut attraper la lame sur sa cheville... mais elle ne l'a pas encore.

Brin arrête de donner des coups de pied à Chayana quand Wyden s'approche. Je choisis mes mots avec précaution :

– Tu n'as jamais appris aussi vite que Tenor, Brin. Je ne suis pas surpris de voir le rôle qu'on te réserve dans cette histoire. Tu es relégué à la surveillance d'une Tanishi et tu n'es même pas capable de la maîtriser avec des coups dignes de ce nom.

Brin pivote pour me faire face. Ça n'a jamais été un garçon très loquace – c'est ce que j'aime chez lui – mais il a toujours été beaucoup trop facile de lire en lui.

– Ton manque de loyauté est aussi impressionnant que le mal que tu as pu faire à cette Tanishi, j'insiste à nouveau.

– De la loyauté ?

Brin penche la tête vers la gauche et sa longue tresse glisse sur son épaule. J'ai envie de l'attraper par cette tresse et de le faire voler dans les airs.

– Tu ne m'as jamais appris la *loyauté*, tu m'as seulement appris comment faire usage de la force. Et maintenant tu es faible, tout ça à cause d'une femme sans valeur.

– J'ai perdu mon temps avec toi, c'est toi qui n'as aucune valeur. Regarde comment tu frappes cette Tanishi… Elle ne sent rien.

Il fait un mouvement brusque, comme s'il voulait me donner un coup de pied, mais il est trop intelligent – et trop lâche – pour essayer. Il sait que si je saisissais sa jambe, je la briserais en même temps que tous les autres os de son corps, alors il tourne à nouveau son attention vers Chayana.

Ses yeux s'écarquillent, mais elle se mord la lèvre inférieure en signe de concentration. Elle se prépare d'une manière si douloureusement évidente que j'ai envie de lui aboyer d'être plus subtile. Elle a de la chance que son adversaire soit aussi imbécile qu'aveugle et que les autres soient concentrés sur la femme sous l'emprise de Wyden – une femme qui, contrairement à ce qu'ils croient, n'est pas Halima.

Brin lui donne un coup de pied. Ma peau s'affine alors que mes muscles luttent pour se contrôler. Je ne réagis pas, même si j'en ai envie. Brin est beaucoup plus grand que la Tanishi, et il semble lui causer une grande douleur à en juger par son grognement sourd suivi d'un couinement plus fort et d'un cri aigu. Toutefois, Chayana fait quand même ce qu'elle doit faire.

Lorsque Brin s'éloigne, elle reste recroquevillée sur le sol – elle cache bien son couteau – et gémit tellement que c'en est insupportable. Elle a de la chance, Brin a une si piètre opinion des Tanishis qu'il n'y prête pas attention.

Au lieu de cela, il fixe Wyden lorsqu'il prend la parole.

– Tu l'as bien cherché, Ero, me dit Wyden.

– Je sais, je réponds en me retournant pour croiser son regard.

Je cherche quelque chose dans son expression, quelque chose à déchiffrer... mais il a soudainement acquis une capacité qu'il n'avait pas avant que je ne le batte brutalement. Je ne peux rien lire sur lui.

Ce que je vois dans son expression n'a aucun sens. Sous cette apathie, il a l'air d'avoir *peur*.

Mais de quoi a-t-il peur ? Il n'a jamais eu peur de moi auparavant. Il m'a toujours détesté, bien sûr. Mais il ne m'a jamais craint.

Il serre la femelle contre sa poitrine. Je serais devenu complètement fou s'il s'agissait d'Halima, mais ce n'est pas le cas parce que ce n'est pas elle. Il tient cette femme d'une manière étrange... comme s'il n'avait pas l'intention de la tuer. Il la tient comme si *elle lui appartenait*.

Cette évidence m'atteint comme un coup de poing. Lorsque je prends la parole, je me sens aussi mauvais acteur que Chayana.

– Si tu fais du mal à Halima, je te tue !

Je n'ai pas été bien convaincant. Je peux faire mieux que ça.

Wyden sort une lame du fourreau de sa ceinture et la porte à la gorge de sa compagne. Elle gémit et tout le monde peut sentir son angoisse. C'est la seule bonne actrice ici. Elle murmure des mots qui ressemblent beaucoup à :

– Ero... à l'aide...

Wyden se crispe derrière elle mais son bras tient bon. Le couteau s'enfonce dans le tissu qui couvre sa gorge.

– Qu'attends-tu Wyden ? Tue la femelle, siffle Ellar. On n'a pas que ça à faire.

– Attends. Je ne l'ai pas amenée ici pour que ce soit rapide. Je veux que sa mort soit lente, grogne Wyden. Retenez-le ! Je veux que tout soit parfait. Utilisez des fouets.

Je me lève d'un bond et je suis repoussé par l'extrémité libre d'un fouet autour de ma gorge. Ce ne peut être qu'Ellar et le fait que Wyden l'ait ordonné me fait douter. Quelles sont ses motivations ? Je me détends tout de même. Je sais que je ne pourrai pas me libérer comme ça, pas après qu'Ellar ait donné l'ordre aux autres de me tenir les bras et les jambes.

Lorsqu'ils ont terminé, mes bras sont écartés sur les côtés. Je suis à genoux, coincé dans cette position. Je vais avoir besoin d'une chose dont je n'ai jamais eu besoin de toute ma vie...

Je vais avoir besoin d'aide.

Je vais avoir besoin de l'aide d'une captive Tanishi et de l'aide de mon ennemi mortel.

Cette pensée fait tressaillir mes lèvres, mais je n'ose pas sourire. Au lieu de cela, je grogne:

– Ne lui fais pas de mal, Wyden ! Que se passera-t-il ensuite ? Qu'espères-tu ? Qu'Ellar te laissera prendre mon trône ? Tu crois que Gerarr te laissera régner ? Tu sais qu'il veut le titre de Nigusi depuis que son frère l'a remporté.

– Je ne veux pas de ton trône, grince-t-il, les yeux plissés. Je veux juste que tu souffres comme tu m'as fait souffrir depuis que nous sommes enfants.

Depuis que nous sommes enfants. Je me lèche les lèvres, les souvenirs m'envahissent soudainement. Je me souviens avoir joué dans la rivière avec Wyden. Je me souviens avoir appris à nager à ses côtés. La première fois que je suis remonté à la surface, il était là et je me suis tourné vers lui pour être fort, car je savais que s'il était fort, je pourrais l'être aussi. Il a toujours été une source de motivation pour moi. Il était plus qu'un frère d'armes. C'était un ami. Il a été mon ami. Et j'ai essayé de le tuer. Combien de fois ai-je essayé de le tuer ? Je n'en suis pas sûr; mais je suis sûr que je ne mérite pas son aide. Le fait qu'il m'offre son aide me prouve qu'il est meilleur que moi. Peut-être même est-il un homme bon au fond.

– Je suis *désolé*, Wyden.

Je prononce le mot en tanishi parce que dans ma propre langue, il n'existe pas.

Son visage se décompose. Le bruit du fouet m'arrache

à la confusion de son regard. Un picotement me traverse le dos, mais la douleur m'est trop familière pour que je m'en préoccupe. Je me contente de cligner des yeux lentement et longuement. Je regarde la femelle qu'il tient se tortiller, comme si elle essayait de se libérer – *ou comme si elle essayait de libérer quelque chose que Wyden tient.*

– Ne te venge pas sur la Tanishi.

Ma Tanishi. Putain. Heureusement que personne n'est attentif, je ne dis que de la merde…

Mais comme personne ne l'est, ça passe. Wyden continue et couvre rapidement ma voix.

– Dommage collatéral. Cela n'a rien à voir avec elle, tout est de ta faute.

– Tu peux prendre mon siège, Wyden ! Prends-le !

– Tu es pathétique, fait Ellar en ricanant. Abandonner ton siège de Nigusi pour une esclave... c'est dégoûtant. Wyden, tue-la maintenant ! J'en ai marre d'attendre.

Wyden n'hésite pas un instant. Il arrache la toile de la tête de la femme et révèle un visage que je reconnais, mais qui n'est pas celui d'Halima. Cette femme est pâle, son visage est rougi par l'adrénaline. Elle s'agenouille et lève les mains devant elle. Ses mains ne sont pas attachées, elles portent une machine. Elle ferme les yeux et appuie sur la gâchette en visant quelque chose au-dessus de mon épaule droite.

La réponse est immédiate.

Un grognement est suivi d'un bruit sourd et le fouet sur ma cheville gauche se relâche. Pendant ce temps, un autre fouet s'abat. Il vise la Tanishi. Il vise juste. Le fouet éclabousse de couleurs vives et horribles le devant de sa poitrine et la coupe de l'épaule à l'abdomen.

Wyden émet un son brutal, mais sa faiblesse ne l'empêche pas de réagir à temps pour l'empêcher d'être frappée à nouveau. Il lève le couteau dans sa main et le lance.

Je me retourne pour voir Gerarr tomber à genoux. La lame de Wyden dépasse de son épaule droite. Il la dégage et la lance en arrière, mais Wyden se jette en avant sur la Tanishi et la couvre alors qu'il l'emmène vers les pierres froides en contrebas.

– Chayana ! je rugis.

– Hiyaaaaaaaa !

Son cri est plus fort que n'importe quelle *cireine.* Quand le fouet m'a frappé, je n'ai rien senti, mais son hurlement me fait grincer des dents. *Putain de Chayana...*

J'entends un mouvement derrière moi, mais je ne peux pas me retourner, le fouet autour de ma gorge me maintient en place. Je bondis contre mes entraves et le fouet sur mon bras droit se relâche tandis que celui autour de ma gorge se resserre.

– Ne bouge pas ! rugit Ellar rugit en tirant son fouet.

Il me brûle comme une lame, mais je suis plus fort qu'elle.

Je resserre les muscles de mon cou jusqu'à ce qu'ils deviennent de l'acier et je crie en me remettant sur pieds. J'enroule le fouet autour de mon bras gauche deux fois de plus et je tire Carven vers moi. Il est assez intelligent pour lâcher le fouet et assez stupide pour me le laisser. Je lance la poignée vers le haut et l'attrape dans ma main au moment où la queue se libère. Sans hésiter, j'attrape Carven à la gorge. Je le mets à genoux. Le coup suivant atteint Ellar, derrière moi.

Je me retourne au hurlement de douleur de Brin. Chayana le poursuit vers la rivière alors qu'il court avec un couteau planté dans sa fesse gauche. J'ai presque envie de rire, mais je ne peux pas me laisser distraire.

Ellar rugit et je me retourne pour foncer sur elle. Je suis intercepté par Carven. Il a mis la main sur le fouet autour de ma cheville gauche et lorsqu'il lève le bras, je tombe.

Un coup de pied sur ma joue me secoue. Carven profite de l'occasion pour me frapper de toutes ses forces. Il me donne un nouveau coup de pied, cette fois dans la gorge, où la brûlure du fouet d'Ellar se fait encore sentir. C'est un homme intelligent. Il n'y a pas d'honneur dans la bataille. Seule la survie compte. Son pied fonce à nouveau vers moi alors je roule hors de sa trajectoire.

Une fois sur le dos, j'attrape sa cheville pour bloquer son attaque. Quand je l'attrape, je me tortille sauvagement.

La salive jaillit de ses lèvres accompagnée d'un cri de douleur lorsque je lui brise la cheville et que je le repousse. Il tombe en arrière et me donne juste assez de temps pour rouler hors de la trajectoire de la lame d'Ellar lorsqu'elle l'abat.

Je me redresse en sursaut. Wyden vient de m'appeler par mon nom. Je me retourne et attrape l'épée qu'il me lance, incapable de comprendre ce qui a changé entre nous.

– Jia ! hurle Chayana.

Je me retourne. Brin pousse Chayana vers la rivière. Il a récupéré l'arme plantée dans son cul. C'est un jeune guerrier, certes, mais il n'en reste pas moins un combattant entraîné – et par moi qui plus est. Chayana ne sera pas de taille contre lui et elle ne sera certainement pas de taille contre les crocodiles.

Je m'élance vers elle mais Ellar me barre la route. Gerrar et Carven, blessés, l'encadrent. *Ils ont beau mépriser les Tanishis, ils utilisent quand même leurs formations.* Je secoue la tête et prononce une expression tanishi qu'Halima m'a apprise.

– C'est parti.

Je fais pivoter mon épée et m'élance pour tuer, mais avant que notre combat ne puisse s'intensifier davantage, une voix transperce tout. C'est une voix que je connais dans ma chair, dans mon âme, dans mes os.

– Halima, je murmure.

– *Drahhh-gon* ! crie-t-elle.

Je n'ai jamais entendu ce mot auparavant.

La guerre autour de moi s'arrête brusquement. Nous levons les yeux comme un seul homme et nous sommes tous imprégnés de terreur, ensemble. *Anidi laye.*

Ma bouche se crispe et je sens une chaleur merveilleuse s'épanouir dans tout mon corps. Cette chaleur est suivie d'une panique sans égale.

Halima apparaît comme dans un rêve, entourée de l'obscurité de la grotte derrière elle. Elle traîne Leanna sur son bras droit tandis que Tenor la soutient de l'autre côté. La femme est à nouveau blessée et boite. Derrière elles, Lopina bouscule le mâle que je me retiens chaque jour de tuer. Il tombe violemment à quatre pattes.

– Putain Ellar, baisse ton épée ! crie Lopina en fonçant à toute allure.

Ce faisant, elle rompt la trêve momentanée qui s'était installée entre nous.

Ellar me charge comme si elle avait peur que ces Tanishis *affaiblis* ne me servent de renforts. Je ne peux m'empêcher de rire. Le plaisir, ou du moins l'*amusement*, me frappe à ce moment inopportun et mon envie de rire ne fait qu'augmenter lorsque Lopina trébuche et tombe à moitié dans la rivière. Elle jure en tirant son corps trempé et dégoulinant, traverse le pont et arrive à mes côtés à temps pour contrer Gerarr tandis que mon épée affronte violemment celle d'Ellar.

Je repousse l'arme d'Ellar juste au moment où l'arme Tanishi dans la main de Jia déclenche une petite explosion. Un corps tombe dans la rivière et j'entends la voix de Chayana appeler celle d'Halima. Le soulagement m'envahit lorsque j'esquive l'attaque suivante d'Ellar. Je la laisse me rapprocher du trône et de Wyden, qui se bat en duel avec Carven dans mon dos.

Ellar sait qu'elle ne gagnera pas. Je peux le lire sur ses traits. Et comme elle sait qu'elle ne gagnera pas, elle a déjà perdu. Je tourne autour d'elle et j'enfonce mon épée dans l'arrière de sa jambe, la transperçant de part en part. Je relâche la poignée de ma lame et la contourne. Je la fouette et saisis son bras avant qu'elle n'ait le temps de tomber. Je prends ensuite les chaînes qui pendent de mon trône et l'enchaîne avant même qu'elle ne touche le sol.

Puis je me mets à courir. Je fonce sur le pont après avoir tourné le dos à tout le monde, jusqu'à ce que j'atteigne Halima; et Leanna, qui s'agrippe à elle.

– Bonjour, dit-elle tout bas.

Elle sourit.

– Halima, je souffle.

Je me penche pour l'embrasser, mais elle recule brusquement.

Je fronce les sourcils.

– Qu'est-ce qui ne va pas ?

– Nous sommes venus te sauver.

Je cligne des yeux, surpris. Ça ne m'aurait jamais traversé l'esprit.

– Ah bon ?

– Oui, c'est ce qui était prévu… mais nous avons eu quelques problèmes. Haddock a essayé de tuer Leanna parce qu'elle avait commandité la mort de toutes nos familles.

Mon corps tout entier se crispe alors que je regarde pour la première fois la femelle qui grince des dents en se balançant au bras de ma femelle.

– Ta famille aussi ?

– Oui, mais ce n'est pas important. Enfin, si, mais pas maintenant. Nous réglerons ça après. Nous avons eu des problèmes parce que nous avons emprunté le mauvais tunnel. Maintenant nous avons de la compagnie.

– De la compagnie ?

Je touche son visage parce que je ne peux pas m'en empêcher. Je veux la toucher partout. Elle est à moi.

Elle acquiesce.

– Oui.

Sa réponse est interrompue par le son d'un cri reconnaissable entre tous, un cri terrible. Mon sang se glace dans mes veines.

– Tu as amené un *crocodile* dans la grotte principale ?

Elle a l'audace de se mettre en colère alors que *c'est elle* qui a introduit la bête dans le réseau de grottes.

– Ce monstre n'est *pas* un crocodile !

– Halima ! C'est toi qui l'as amené ici ?

Elle hausse les épaules. Des rides que je n'avais jamais vues auparavant se creusent sur son front.

– Je venais te sauver…

– C'est moi qui allais venir te sauver !

– Je suis plus rapide.

– Tu plaisantes ?

Un autre cri déchire le monde. Tous les poils de mon corps se dressent sur ma peau.

– Que fait-on maintenant ? demande-t-elle avec une grimace.

– Eh bien, maintenant, je vais vraiment te sauver.

Je me penche et lui arrache un baiser avant de jeter un coup d'œil rapide à Leanna. Mes épaules s'affaissent pendant un bref instant. Je me demande pourquoi cette femme est toujours en vie avec toutes les accusation qui pèsent contre elle.

– Je suppose que tu veux la sauver aussi.

Elle hésite, mais seulement le temps d'un souffle, avant de répondre :

– Oui, il faut la sauver, et Haddock aussi. Il faut sauver tout le monde. Anidi laye.

Je ne perds pas une seconde de plus. J'arrache Leanna à son emprise et j'attrape par la nuque le mâle qui ne semble pas blessé mais qui agit comme s'il l'était. Je ramène les Tanishis vers le trône tout en examinant le carnage que j'ai sous les yeux.

Gerarr et l'autre guerrier sont morts. Brin a disparu. S'il est tombé dans la rivière, il est mort lui aussi. Ellar est attachée au trône et Carven, assis, vaincu, tient sa jambe brisée. Je commence à courir devant eux, avec l'intention de cacher Halima dans le tunnel de l'Est, mais elle s'arrête à mi-chemin.

– Nous devons libérer Ellar, déclare-t-elle.

La rage me parcourt l'échine.

– Ellar était à la tête de cette mutinerie, elle…

– Leanna est celle qui a ordonné à Haddock de tuer mes parents. Haddock a essayé de tuer Leanna par remords; et toi, tu as essayé de me tuer une douzaine de fois. On n'aura jamais fini si on raisonne comme ça. Allez, détache-la !

Elle ne croit pas si bien dire. Les bruits produits par le

crocodile sont plus forts qu'avant. *Il avance rapidement vers nous.* Je ferme les yeux. J'ai furieusement envie d'étrangler Ellar mais je coupe ses chaînes marmonnant laconiquement : « Anidi laye ».

– Lopina ! Emmène les traîtres dans le tunnel Est et retrouve-moi ici ! je crie à Lopina.

Jia dit quelque chose et je me retourne. Elle est près de Chayana et Wyden est à ses côtés.

Je croise son regard quelques instants pour l'évaluer et définir quelle menace il représente.

– Je te déteste, mais je ne représente aucun risque pour toi ou ta femelle. Tu portes maintenant un bouclier que je ne peux pas percer, fait-il.

Il jette un coup d'œil à Jia et j'acquiesce. Je le hais aussi et je le comprends. Nous nous haïssons et nous n'en sommes pas moins liés. Liés par la compréhension et l'acceptation de ce qui est : l'amour que nous portons à ces étranges Tanishis.

– Aide Lopina, puis reviens ici. Rassemble les armes des traîtres et apporte-les. Nous aurons besoin de tout ce que nous pourrons trouver.

Il saisit sa femme et les autres par la nuque puis le groupe se déplace. Leanna et Haddock partent avec eux. En jetant un coup d'œil vers le tunnel sud, j'aperçois la première lueur d'un museau qui s'étire vers l'avant, renifle sauvagement et claque. La bête a senti l'odeur du sang et elle ne s'arrêtera pas tant qu'elle ne l'aura pas atteint.

– Quel est le plan, Nigusi ? me demande Halima en pikosa.

– Nous n'allons pas essayer de le combattre. Vous irez dans le tunnel de Est où vous serez en sécurité. Lopina, Tenor et Wyden garderont l'entrée et veilleront sur vous.

Je traînerai le corps de Gerarr jusqu'à la rivière. Il sera porté jusqu'au repaire des crocodiles et, avec un peu de chance, le crocodile...

– Le *drahgon*, interrompt Halima.

Le crocodile pousse un cri et entre dans la grotte au moment où elle finit de parler. Nous levons tous les deux les yeux. Le visage d'Halima se fait le reflet de sa terreur. Elle jette un coup d'œil vers l'embouchure du tunnel oriental et secoue la tête.

– Tu ne peux pas l'attirer avec un seul corps alors qu'il y a tant de sang par ici. Je vais t'aider. Je peux porter...

– Non ! je fulmine.

Je dirige ma fureur vers elle dans le but de la contraindre à retourner vers le tunnel oriental. À ma grande surprise, cela fonctionne.

Elle me regarde une fois, deux fois, puis une troisième fois. Sa mâchoire se fige en une grimace et lorsqu'une vulnérabilité brute traverse son expression, je manque céder et la laisser faire ce qu'elle veut.

– Ne... meurs pas, se contente-t-elle de dire.

Je glisse un doigt sous son menton et le soulève. Je l'embrasse brutalement.

– Je ne te quitterai jamais. Maintenant, vas-y.

Elle tâtonne autour des corps juste au moment où le crocodile s'avance complètement dans la chambre. Il se dresse sur ses pattes arrière et balance son long cou d'avant en arrière. Ses bajoues s'ouvrent et il pousse un cri aigu qui me fait mal aux os.

Lorsqu'il retombe à quatre pattes, ses griffes massives et dentelées raclent la pierre en contrebas. Sa tête pendulaire oscille d'avant en arrière. Aveugle, il cherche ses proies à l'odeur et au son. Je suis irrité de constater qu'Halima a raison. Il y a trop d'être vivants dans le tunnel oriental pour attirer la bête vers le cadavre de la rivière. Le crocodile se fraye un chemin à travers la rivière sur la pierre lisse près de mon trône, puis il pivote vers les guerriers Pikosas qui défendent les Tanishis.

Je me mets à crier et à m'agiter pour attirer son attention. Sa tête massive se tourne vers moi. Il fait quelques pas lents, mais je sais qu'il ne faut pas sous-estimer la créature. Les crocodiles peuvent être rapides.

Les écailles sur son dos brillent et les branchies sur ses flancs se soulèvent. L'eau en jaillit tandis qu'il ouvre la gueule et rugit à nouveau. Le son est suffisamment pénétrant pour faire perdre la tête à un Nigusi – c'est déjà arrivé – mais je serre les dents et je m'accroche.

Je tiens Gerarr par les cheveux et je le tire plus vite. Le crocodile concentre toute son attention sur moi. Je croise le regard de Wyden dans le tunnel oriental pendant que je le tire, je le vois lutter pour rester immobile.

– Ne bouge pas ! je lui crie. Ne le distrais pas ! Protège les Tanishis.

Protège les Tanishis ? C'est bien ce que je viens de dire ? À Wyden, qui plus est, l'un des êtres les plus abjects au monde ? Mes lèvres esquissent une grimace, puis... je ne peux pas m'en empêcher. Je ris. Je ris alors qu'un crocodile aussi grand que seize guerriers Pikosas s'abat sur moi.

Je jette un coup d'œil par-dessus mon épaule vers le petit pont rocheux qui mène à l'autre côté de la rivière. Je l'emprunte. Le cadavre de Gerarr me sert de bouclier. La bête arrive de l'autre côté de la rivière, juste en face de moi, et grogne en commençant à s'approcher par le pont.

J'attends... J'observe... Ses pattes avant sont sur la rive de la rivière la plus proche de moi et ses pattes arrière traînent sur le pont. Je dois agir *maintenant*.

Je lance le corps de Gerarr devant lui, puis, constatant qu'il n'est pas assez près, je lui donne un coup de pied pour le rapprocher du monstre. Ensuite, je me fige complètement. J'attends... J'attends que le crocodile se retourne et s'attaque au corps. Mais à ce moment-là, une voix derrière moi se fait entendre :

– Leanna ? Halima ? Ero ? Je... Oh, merde !

D'autres mots en tanishi, suivent ponctués par «... putain de *drahgon* ! »

Le crocodile rugit et s'élance vers le mâle tanishi qui s'avance nonchalamment dans le tunnel par l'entrée ouest, accompagné de deux Omoros et d'un guerrier pikosa. Le visage du Tanishi est brun foncé et je crois avoir entendu Halima l'appeler Donovan.

– Ne bougez pas, je crie en tanishi puis en pikosa.

Si le crocodile les poursuit dans les tunnels, cela se terminera par une effusion de sang. Il ne sera plus seulement question de nous et d'eux, tout le monde sera en danger, nous serons tous attaqués, ensemble. Anidi laye, mais de la pire façon qui soit.

Je dégaine mon épée, avec l'intention de faire ce que nous, les Pikosas, avons appris à ne jamais faire : affronter un crocodile en combat singulier. Toutefois, lorsque le bruit de mon épée ôtée de son fourreau fait tourner la grosse tête du crocodile et qu'il me fait face, mon pire cauchemar se réalise.

– Hé ! Par ici lézard de mes deux ! crie Halima.

Elle continue à crier dans sa propre langue jusqu'à ce que le crocodile se retourne enfin pour lui faire face. Elle se tient juste en face de moi, tout près, mais je ne peux l'atteindre.

Alors qu'il se retourne, le crocodile amène sa queue massive à quelques pas seulement devant moi. Je m'apprête à l'attaquer sur le champ, mais au moment où je m'élance pour le faire, Halima lève la main et me crie, cette fois en pikosa :

– J'ai un plan, Ero. Fais-moi confiance.

Lui faire confiance ? Avant que je puisse lui crier qu'elle est une putain d'idiote et que la prochaine fois que j'en aurai l'occasion, je l'étranglerai; elle fait l'impensable.

La seule personne que j'ai jamais aimée pousse un grand cri et saute dans la rivière.

Le crocodile plonge à sa suite.

16
Halima

Dans la catégorie « trucs que j'aurais pas dû faire », sauter dans une rivière infestée de monstres mangeurs d'hommes occupe la première place. Le plan paraissait pourtant simple dans ma tête.

Tout ce que j'avais à faire, c'était d'attraper les lianes que Gerd m'a tendues lorsqu'elle m'a sortie de la rivière pour m'emmener dans la chambre d'Ero. Le dragon, lui, serait passé à côté de moi avant de retourner dans sa belle tanière de dragon dans les bassins en contrebas.

C'était sensé être facile… n'est-ce pas ?

J'ai bien trouvé les lianes – ou plutôt, j'ai trouvé *des* lianes. Le problème c'est qu'il y a des lianes qui poussent *tout* le long des parois de la rivière; et celles que j'ai s'arrachent sous ma main.

Je crie et j'entends le bruit du dragon. Je suis entourée de sifflements et de bruits d'eau. Je tire sur les lianes, je tâtonne et je cherche sans trouver l'ouverture; jusqu'à ce que je sente… quelque chose de dur et de lisse qui effleure l'arrière de mes mollets.

Je me fige. Je me fige alors que toute ma vie défile devant mes yeux.

Je vois ma mère et mon père. Je revois notre petit appartement à Dokki. À la fin, c'était plus un abri antiatomique qu'une maison. Je repense aux cours que j'ai suivis à l'université du Caire avant sa fermeture. Je me souviens des cours clandestins qui ont perduré après le début des guerres de l'eau.

Je me souviens des gens que j'ai rencontrés dans tout le Moyen-Orient et en Afrique – je repense même aux expatriés et aux touristes qui se sont retrouvés coincés au Caire lorsque la situation est devenue trop dangereuse pour partir. Tous les vols ont alors été annulés, à l'exception de ceux opérés par diverses armées, alors que les différents gouvernements tentaient de s'approprier le peu d'eau potable qu'il restait.

J'ai traduit pour eux.

J'ai traduit à travers les lignes militaires lorsque les autres traducteurs ont été tués dans des frappes aériennes. J'ai traduit le traité de paix négocié entre les gouvernements palestinien et israélien. Il a duré trois jours avant que des attaques chimiques ne soient lancées par et vers les deux parties. Ils ont été les premiers gouvernements à s'effondrer complètement et lorsqu'ils l'ont fait, ils l'ont fait ensemble.

Je sens le frôlement froid d'une griffe d'acier contre ma jambe et je me fige, tout comme j'ai été figée dans ce réservoir après que mes parents aient transmis mon nom aux autorités pour un projet militaire secret appelé Surante.

Je suis la seule survivante d'Égypte.

Je devrais me sentir chanceuse. De nombreux pays n'ont pas pu être représentés dans la mission Surante et maintenant, tout ce qu'ils avaient et ce qu'ils ont été a disparu. Les langues que je ne connais pas ont disparu. Il y en a tellement que je ne connais pas...

Je cligne des yeux dans l'obscurité. Je me souviens de ce qu'a été mon réveil dans la violence des derniers moments. Il a fallu beaucoup de travail, de douleur et de tendresse, par-dessus tout, pour survivre à cette violence née de l'eau bleue. Il a fallu pardonner, parce que nous sommes tous des créatures de Dieu. Dieu. J'ai beau être la digne fille d'un père athée, je me souviens de la façon dont ma mère le priait cinq fois par jour, chaque jour. En ce moment même, je ne peux m'empêcher de mordre ma lèvre inférieure entre mes dents et de penser à lui. Je supplie l'eau autour de moi. *S'il vous plaît, faites que ce ne soit pas la fin.*

J'attends. Quelque chose de frais et de dur comme la pierre effleure l'extérieur de mon mollet, mon genou et ma cuisse... Et puis, whoosh.

Il n'est plus là.

Le dragon passe à côté de moi, porté par la grâce de la rivière. Je reste stable pendant encore une demi-douzaine d'instants avant de vérifier deux fois, puis trois fois, que je suis toujours en vie et qu'il ne s'agit pas d'une nouvelle profondeur d'un cercle de l'Enfer ou d'une autre vie après la mort.

Lorsque je réalise que mes bras tremblent et qu'une douleur silencieuse irradie tout mon corps, je pousse un cri de soulagement très audible... mais ce soulagement se transforme en panique beaucoup, beaucoup trop vite.

Je ne trouve pas le tunnel de Gerd et la liane autour de laquelle j'ai enroulé mon bras se détache de la paroi de la grotte. J'avance, mais le courant de la rivière est fort et je tiens bon depuis au moins soixante minutes – ou soixante secondes – assez longtemps en tout cas pour me dire que peut-être que ce plan, bien que réussi, est le pire plan que j'aie jamais eu.

La liane se détache. Je tombe au milieu de la rivière et je n'ai rien à quoi m'accrocher...

Un corps chaud et dur fend l'eau et m'attrape par la taille. Nous descendons la rivière, mais seulement sur une courte distance avant de nous arrêter brusquement. J'ai toujours la liane en main et elle doit être accrochée à quelque chose.

– Ero ? je croasse alors que l'eau me passe au-dessus de la tête et m'étouffe.

Ero, parce que bien sûr, c'est lui; me hisse plus haut contre lui et *nage* avec moi dans ses bras à *contre-courant* vers une destination inconnue.

– Lâche la liane et agrippe-toi à moi, me dit-il, comme s'il souffrait.

Je n'hésite pas à faire ce qu'il dit. Je m'agrippe à lui, mais je glisse trop loin en arrière. Ero attrape mon coude et ramène mes mains à sa taille. Il s'accroche au mur et enfonce ses doigts dans les rainures peu profondes. Puis il commence à tirer.

– Ne lâche pas. Quoi qu'il arrive, ne lâche pas.

Nous avançons lentement. Ero grogne de douleur et je peux voir le contour sinistre de son expression tous les trois coups quand ma tête dépasse la surface de l'eau.

– Attends… attends ! Ero, tu vas trop loin. Tiens.

Il ne voit pas la masse de lianes que j'ai à moitié déchirées.

– C'est juste devant ces...ces lianes, je bredouille.

Il m'écoute sans poser de questions et je peux sentir les muscles furieux de son corps réagir sauvagement tandis qu'il nous tire vers l'avant. Il tire et nage en rythme toujours vers l'avant jusqu'à ce qu'enfin... le courant de la rivière se coupe comme une valve bouchée. Nous sortons et entrons dans la petite crique qui m'est maintenant familière. Je me débats, j'essaie de nager.

Il grogne en me tirant contre lui, puis il fait du sur-place pour nous deux.

– Tu ne sais pas nager ? demande-t-il.

– Non.

– Putain. Tu aurais dû me le dire. Je t'aurais appris.

– Tu peux encore le faire... Tiens, c'est juste là, à droite.

Je m'enfonce dans la grotte et Ero nage avec moi dans ses bras, à l'abri de la lumière; jusqu'à ce que la crique tourne brusquement à gauche et qu'une petite corniche apparaisse, nichée dans la paroi plate du rocher.

– Aïe ! rugit-il.

Il m'attrape par la nuque assez fort pour me faire des bleus mais je m'en moque éperdument à ce stade. Il me soulève là où je ne peux pas aller et me pousse jusqu'à la corniche avant de se hisser derrière moi.

– Comment as-tu su que c'était ici ? demande-t-il, le torse bombé.

– C'est comme ça qu'on s'est échappées la première fois Gerd et moi, dis-je en haletant. Tu m'as vue tomber dans la rivière avec elle ce jour-là…

Sa main se détache et s'accroche à l'arrière de ma tête dans l'obscurité. Je sursaute lorsque ses lèvres s'approchent des miennes et qu'il parle contre elles.

– Ne passe plus jamais par là.

Je souris.

– J'ai sauvé ta vie parce que la Daniane, Gerd, m'a montré le chemin. Elle l'a déjà emprunté.

– Tu es une femme sauvage.

Il me soulève contre sa chaleur et fonce dans les

tunnels en direction de la lumière.

— Et tu ne m'as pas sauvé, reprend-il. C'est moi qui t'ai sauvée. Tu coulais dans la rivière quand je t'ai rattrapée.

— Mais avant cela, j'ai fait partir le dragon ! T'as plus rien à dire, hein ? C'est bien moi qui t'ai sauvé en premier !

Je ne vois pas son expression, mais je sens sa poitrine gronder sous ma paume alors que nous nous engouffrons dans les tunnels près de sa chambre.

— Ça mène ici ? Eh ben, putain, maugrée-t-il, avant de se mettre à rire. Si tu avais su plus tôt que ce tunnel menait à ma chambre, je ne doute pas que tu m'aurais tué dans mon sommeil.

— Heureusement que je ne l'ai pas fait.

— Oui… heureusement.

Il ouvre d'un coup de pied la porte de pierre de sa chambre et ne prend même pas la peine de la refermer. Il nous catapulte à travers sa chambre à coucher et m'aplatit sur le lit.

— C'est là que tout a commencé, je murmure alors que mon dos heurte le matelas et que son torse écrase le mien contre les draps.

Sa bouche se pose sur la mienne avec chaleur et il me touche partout en arrachant les vêtements mouillés de mon corps comme du papier de soie.

— C'est là où tu m'as menti, grogne-t-il.

— Juste un peu, dis-je en replongeant mes doigts dans ses cheveux.

Je frotte doucement mes ongles sur son cuir chevelu. Je sais qu'il aime quand je le touche comme ça, ça le fait frissonner à chaque fois. Aujourd'hui ne fait pas exception à la règle.

– Putain, Halima, ne t'arrête pas, souffle-t-il.

Ses paumes plates s'accrochent à ma taille et m'attirent sous lui jusqu'à ce que nos yeux soient au même niveau. Ses yeux sont si différents ! La première fois que je suis venue ici, ils étaient sombres. Ce soir, ils sont entièrement remplis de lumière.

– Je n'arrêterai pas.

– Ne te refuse plus *jamais* à moi.

– Je ne le ferai pas non plus. Je t'aime, Ero.

Ses sourcils se détendent, la tension dans son ton devient insupportablement douce. Elle est si douce qu'elle tremble... puis se brise.

– Je t'aime aussi, Halima. Plus que mon trône. Plus que ma vie.

J'expire. Il inspire et expire. Je n'ai aucune idée de la façon dont nous nous sommes retrouvés nus tous les deux, mais nous le sommes. Nous sommes peau contre peau, genoux contre genoux. Mes jambes sont mêlées aux siennes. Il s'avance dans les boucles taillées qui protègent ma chair la plus douce, l'endroit où je suis la plus vulnérable. La braise incandescente de son érection titille mon sexe trempé.

– Je suis si heureuse de t'avoir trouvé dans cette vie, Ero.

Il sourit, se penche et effleure mes lèvres avec les siennes avec tant de tendresse que la bulle dans ma poitrine gonfle dans ma bouche et éclate. Ma tête bascule en arrière tandis qu'il glisse vers l'avant et m'étire complètement. Mes jambes s'écartent le plus possible et j'accroche mon genou droit à sa hanche pour le maintenir et le serrer contre moi.

– Aïe, gémit-il.

Ses paupières papillonnent comme les miennes – elles

luttent pour rester ouvertes.

– Tu as tort, dit-il en se pressant contre moi et en commençant à entrer et sortir de mon corps. Tu ne m'as pas trouvé. C'est moi qui t'ai trouvée.

Il accélère le rythme. Son corps bouge brutalement et il me catapulte au bord de l'orgasme. Ma tête roule, mon cœur éclate et alors que mon âme se déchire, il me mord le lobe de l'oreille et prononce contre ma tempe des mots surprenants venant de lui :

– Ana behibek, habibty.

Mon corps se met à transpirer et je pousse un cri lorsque l'ampleur de ce qu'il vient de dire, de ce moment, de ce jour et de tant de vies vécues, oubliées et revécues s'abat sur moi. Il a appris ma langue pendant les minutes qu'il a passées loin de moi.

– Hmm… comment ? je halète.

– Chayana parle beaucoup, répond-il dans un anglais approximatif avant que son corps ne s'immobilise. Ana behibek, Halima !

Il s'agrippe à moi, il me tient comme s'il voulait m'attirer en lui. Je ne suis pas sûre que cela me dérangerait. Cette proximité m'a manqué. Elle m'a beaucoup manqué. Je crie et il émet un faible gémissement tandis que la chaleur se déverse de lui en un clin d'œil pour me remplir de plus en plus.

J'embrasse son visage sans pitié. Je tremble alors que des vagues de jouissance s'écrasent en moi et me rendent folle, me font désirer, me rendent heureuse. Je suis si heureuse.

J'agrippe les côtés de son visage et, entre les baisers, je crie :

– Ana behibak keman, habibi ! *Je t'aime aussi.* Enta elshamps, enta el'amr ! *Tu es le soleil et la lune.*

Je crie en lui donnant baiser sur baiser. Son rire m'indique qu'à partir de maintenant tout ira bien aussi même si ce ne sera pas tous les jours faciles.

– Enta elbi, enta hayati. Tu es mon cœur, ma vie, je poursuis.

Je me penche en arrière et embrasse juste le bout de son nez tandis qu'il se détend de plus en plus sur moi, sans avancer ni reculer. Il ne bouge pas, il est simplement là.

Son regard fouille mes yeux, d'abord à gauche, puis à droite. Il caresse les côtés de mon corps paresseusement. Nous semblons avoir oublié que quelques instants auparavant, nous étions pas en train d'affronter un dragon pour sauver nos vies.

Puis il sourit et dit, avec son accent pikosa, d'une voix grave et riche :

– Je crois que j'aurais besoin que tu traduises ça, habibty.

Soixante-deux jours plus tard…

17

Ero

Nos murs hauts et imposants respirent la richesse et l'abondance. La zone verte a prospéré grâce aux machines et aux herbes qui se trouvaient dans l'entrepôt tanishi, et grâce aux nouvelles méthodes de pompage de l'eau dans le sol que les Danians utilisaient dans leurs grottes d'origine. D'ailleurs, ils prétendent ne plus avoir envie de retourner dans ces grottes, ils veulent rester avec nous. En conséquence, nous avons produit des récoltes de plantes que je n'avais jamais goûtées, entendues ou vues auparavant. Certaines ont un goût incroyable. D'autres... ont un goût de terre.

Je me tiens au sommet des hautes murailles et je regarde les terres désolées qui s'étendent au-delà de notre oasis. Wyden est à mes côtés, mais nous ne parlons pas. Nous ne partageons ni camaraderie ni affection l'un pour l'autre, toutefois, ce que nous partageons est bien plus important. Nous sommes tous les deux tombés amoureux de femmes Tanishis. Wyden et la petite femelle appelée Jia sont inséparables. Il l'attend de pied ferme. Cette impatience et cet étalage d'émotions me répugnerait si je ne ressentais pas exactement la même chose.

Un vent chaud balaie ses cheveux, qui lui arrivent aux hanches. Il se tourne avant même que j'entende le son de sa voix. Il est tellement aux aguets que ça me fait sourire. Je continue à sourire, jusqu'à ce que je prête attention à ce qu'elle est en train de dire.

– Ero ! Ténor… Halima… douleur !

Je progresse moins vite que les autres Pikosas en tanishi et je déteste ça, mais je comprends tout de même ce qu'elle vient d'annoncer.

Des escaliers relient les murs intérieurs et extérieurs. Ils s'ouvrent sur des portes qui mènent à l'intérieur de la ville. Nous gardons les portes fermées en cas d'invasion. Si des ennemis parviennent au sommet, nous pouvons les enfermer entre les murs et les tuer rapidement pendant qu'ils sont piégés. C'est moi qui ai eu l'idée de faire construire cette partie de l'édifice.

Sans me préoccuper plus longuement des escaliers, je donne rapidement l'ordre à Wyden de garder sa position, d'attraper une des cordes qui pendent sur le côté et de me faire descendre rapidement vers le sol sablonneux en contrebas.

– Montre-moi, dis-je à la petite femme.

Elle me montre du doigt le jardin ombragé.

– Halima aide… les plantes…

Elle n'a pas besoin d'en dire plus. Je cours, à l'agonie. J'ignore tous ceux qui essaient de me parler. Savoir qu'elle est blessée et ne pas être près d'elle est insupportable.

Toutefois, mon angoisse s'atténue lorsque je passe sous la canopée. Elle me procure de l'ombre et une fraîcheur surprenante. Les plantes libèrent ici leur doux arôme. Je suis le chemin entre le mur et la terre brune labourée dans laquelle des tiges de maïs ont commencé à pousser. Je suis le chemin quelques instants encore, jusqu'à ce que j'entende sa voix crier plus fort que les autres.

– Je ne suis pas blessée, dit-elle en pikosa. Tout va bien...

Lorsqu'elle me voit près de Tenor, elle gémit.

– Tu l'as dit à Ero ?

Tenor et deux Danians se tiennent près d'elle. L'un d'eux est une femme appelée Gerd. Elle l'a aidée à s'échapper auparavant et je lui serai à jamais reconnaissant d'avoir montré à Halima le chemin pour sortir de la rivière.

Gerd gronde Halima en danian et Halima lève les yeux au ciel en secouant son poing. Puis elle gémit avec emphase, assise à plat ventre sur le sol sablonneux. Halima répond ensuite en danian. Je ne peux suivre la conversation, ce qui m'irrite.

– Dis-moi ce qui ne va pas, j'ordonne.

Les trois êtres regroupés autour d'Halima se tournent vers moi. Les Danians reculent de quelques centimètres. Ça m'énerve qu'ils aient encore peur de moi, alors j'essaie de détendre mes poings et d'avoir l'air plus sympathique en m'avançant à côté de Tenor.

– Qu'est-ce qui ne va pas ?

– Tout va bien ! crie Halima.

Tenor se contente de secouer la tête et de jeter un regard féroce sur tout ce qui l'entoure.

– Quand je suis arrivée, explique-t-elle La Daniane affirmait qu'Halima était blessée, mais ta compagne disait que c'était faux.

– Je saigne mais c'est juste…

Halima s'arrête, embarrassée.

Son regard se porte sur moi et une bouffée de couleur monte jusqu'à ses joues. J'aurais souri si je n'avais pas été aussi inquiet. Cette couleur me fait penser qu'elle se souvient peut-être de la façon dont je l'ai réveillée ce matin. Ma langue était enfoncée dans son corps, ses cuisses se serraient autour de mes oreilles et des gémissements liquides s'échappaient de ses lèvres. Dans un pays où il y a si peu d'eau, je savoure avec délices sa jouissance.

Je m'accroupis devant elle, irrité qu'elle recule sa jambe quand je lui attrape la cheville. La rougeur de sa joue monte encore d'un cran lorsque je lui lance un regard noir.

– J'ai gagné le droit de te toucher où je veux, quand je veux, je lui fais remarquer.

J'attrape à nouveau sa cheville et elle émet ce souffle langoureux qui me fait immédiatement souhaiter que les autres personnes qui nous entourent disparaissent. Ma respiration devient plus difficile, mais je me souviens qu'elle est censée être blessée.

Je prends sa cheville, je la presse doucement et je me débarrasse de mes pensées lascives.

– Qu'est-ce qui ne va pas ? je demande.

Elle se mordille la lèvre inférieure et m'observe. Je scrute cette lèvre, au bord de la folie.

– Halima ! j'aboie quand je me rends compte qu'elle me distrait intentionnellement.

Elle sursaute et dit quelque chose en tanishi que je ne comprends pas. Lorsque je lui demande des précisions, elle parvient à prendre un air profondément embarrassé. Lentement, elle prend ma main et me laisse l'aider à se mettre debout.

– Je saigne, dit-elle en se retournant pour que je puisse la voir.

Il y a une tache rouge au dos de sa tenue. Le sang a traversé à la fois sa tunique et son pantalon. Je peux en voir des traces autour de ses pieds.

– Ce sont mes règles. Je saigne beaucoup les premiers jours.

Je lui souris et elle sursaute, comme si ma réaction la surprenait. Je ne sais pas pourquoi ça la surprend. Je me penche et je l'embrasse passionnément.

– Laissez-nous ! je crie aux autres en attirant Halima contre moi.

Elle se hisse sur ses orteils et se presse contre moi. Mes émotions ne sont pas si pathétiques puisqu'elles reflètent sa passion, des émotions similaires l'habitent.

– Elle saigne, dis-je tout bas.

Je glisse une main autour de sa taille et attire son corps contre le mien. Sans attendre, je baisse mon pantalon et libère ma bite sans même prendre la peine d'abaisser mon kilt de combat.

Tenor pousse des jurons derrière moi et j'entends des pieds s'éloigner tandis que je plaque ma femme contre le mur d'acier. Il est chaud au toucher, mais pas brûlant, alors je la presse contre sa surface en m'enfonçant en elle.

Elle halète maintenant. Ses cuisses serrent les miennes alors qu'elle rompt le baiser juste assez longtemps pour crier :

– On va mettre du sang partout !

– Ce n'est que du sang.

J'écrase sa bouche avec la mienne et je me glisse à l'intérieur, encore plus profondément. Elle est plus lisse que d'habitude, ce qui n'est pas peu dire, et je meurs mille fois lorsque ses parois intérieures se contractent autour de moi, encore plus fort que d'habitude.

– Khara ! Ero, je me sens... je me sens...

– C'est comme si c'était la première fois !

– Oui...

De la sueur se forme déjà sur son cou. Je lèche une ligne sur sa peau, j'en savoure le sel jusqu'à son oreille.

Je mords sa mâchoire et son menton, je goûte sa bouche. Je la regarde se désosser dans mes bras tandis que ma bite plonge, cherche le fond de ce puits de plaisir sans le trouver. Le plaisir est sans limite et son corps est bien adapté à ma taille.

– La prochaine fois... je commence.

Je m'enfonce à fond en elle. Encore plus fort. Avec suffisamment de pression pour que mes bras tremblent et que mes yeux se révulsent.

– Quand tu ne saigneras plus... je te remplirai de ma semence... et nous ferons un enfant.

– Tu...tu veux un enfant ?

Son visage se crispe. Son expression torturée quand je ralentis me fait rire.

– Ero...

– Ouvre les yeux.

Il lui faut quelques secondes pour cligner des yeux et encore quelques secondes pour se concentrer sur moi.

Je souris.

– Je te veux. Si un enfant sort de ton corps, je le voudrai aussi.

Elle s'agite sur ma queue en poussant de petits gémissements qui me supplient de continuer. Immobile, je laisse mon érection la remplir. Savoir que je l'ébranle de la sorte me torture délicieusement.

– Je ne suis pas prête pour un enfant, je ne pense pas

être prête.

– Il faut que tu sois prête, parce que je n'ai pas l'intention de passer un seul jour sans te baiser, et ce, jusqu'à la fin de ma vie.

Je m'enfonce entre ses cuisses et elle pousse un grand cri.

– Ero ! Oh...khara ! Je vais jouir…

Son orgasme l'atteint et je ne peux résister – je ne pourrai jamais lui résister. Je jouis juste après elle. Son corps ondule autour du mien et assèche mon érection. C'est un miracle qu'il reste quelque chose.

Quatre fois en un jour, ce n'est pas assez.

Ce ne sera jamais assez.

– Es-tu la première femme Tanishi à reprendre son cycle ? je lui demande en aidant ses jambes flageolantes à rentrer dans son pantalon ensanglanté.

Je ne veux pas qu'elle ait à le porter, mais je refuse aussi qu'un autre homme voie une partie d'elle qui m'appartient.

Elle secoue la tête.

– Non. Quelques autres ont déjà eu leurs règles. Sharon pense même qu'elle est peut-être déjà enceinte. Elle fait l'amour avec un Omoro depuis notre arrivée. Elle ne l'a dit à personne... Ero ?

Je me suis arrêté de marcher. J'ouvre de grands yeux. Toute cette discussion sur les enfants m'a semblé un peu absurde – les bébés sont rares. Alors entendre qu'une femelle Tanishi pourrait *déjà* être enceinte d'un Omoro me... Honnêtement, je ne sais pas quoi ressentir. Je me racle la gorge en la fixant. Mon regard va d'un œil à l'autre. J'y trouve une demande à laquelle je ne pourrai jamais m'opposer et je relâche prudemment mon prochain souffle.

– Elle aura donc besoin de portions de repas supplémentaires.

Le visage d'Halima, marqué par l'attente fébrile, s'illumine d'une lumière si aveuglante que je ne peux m'empêcher de cligner des yeux. Elle passe soudain ses bras autour de mon torse et se blottit contre ma poitrine en m'embrassant à l'endroit même où mon cœur boursouflé est maintenant libre et constamment prêt à éclater. Ça fait un mal de chien. Mon cœur est maintenant trop gros pour la cage initialement conçue pour le contenir, mais chaque battement torturé me procure un plaisir inconcevable.

Elle expire contre ma poitrine pendant un moment. Puis, plantée au milieu du maïs et de quelques plantes à fleurs jaunes qu'elle nomme *Kour-jaite*, elle déclare :

– Oui, Ero. Je pense qu'il lui faudra un peu plus de nourriture.

Elle ne dit rien de plus mais je sais qu'elle me *remercie*. Son remerciement est visible, il vit dans les lignes de son corps. Avant, je n'accordais jamais de ration supplémentaire à ceux que je considérais comme des esclaves, je n'étais qu'un rat. Face à sa reconnaissance, je me sens comme un roi méritant l'adoration d'une reine.

– Ne t'inquiète pas, nous prendrons soin de toutes les femelles enceintes, quelle que soit leur tribu, habibty.

Elle lève les yeux vers moi, pose son menton sur mon torse et sourit.

– Je ne suis pas inquiète.

J'emmène Halima dans les grottes pour qu'elle se nettoie avant de revenir à la surface où le martèlement des pieds me met immédiatement en état d'alerte.

– Vous êtes là ! Venez vite ! dit Lopina.

Depuis que les traîtres Pikosas ont été exilés, Lopina

prend en charge les tâches d'Ellar. Haddock est parti lui aussi, ce qui, je le sais, perturbe mon âme sœur. Lorsque je suis allé le voir au nom d'Halima pour le persuader de ne pas partir, il m'a dit que certains crimes pesaient trop lourd. Après cet aveu, nous avons partagé quelque chose, un bref instant. Je n'ai pas cherché à le convaincre deux fois mais je lui ai préparé un paquetage qui devrait lui durer trois semaines. Passé cette période, c'est lui qui choisira de survivre ou pas.

Leanna m'a été d'un grand conseil; cependant, comme de plus en plus de Tanishis retrouvent tout ou partie de leurs souvenirs du monde d'avant, il y a eu des tensions. Elle reste maintenant au village et, bien qu'elle donne des conseils et aide mes guerriers à s'entraîner, elle ne donne plus d'ordres.

– Une caravane approche.

Une caravane ?

– Ce sont des Wickars ?

Lopina secoue la tête.

– Nous ne le savons pas encore...

Wyden apparaît juste derrière elle, sa compagne le suit de près.

– C'est confirmé maintenant, ce sont bien des Wickars, annonce-t-il,

Il est furieux. Il est prêt à tuer.

– Ténor ! Emmène Halima et Jia dans les mines puis scelle l'entrée, j'ordonne.

– Pas question ! crie Halima en se dirigeant directement vers l'escalier qui la mènera à la plateforme supérieure.

Le temps que je la rattrape, elle a déjà pris sa décision. Je me suis laissé convaincre trop facilement. Elle se retourne vers moi et plante son doigt au centre de ma poitrine.

– Tu as besoin de moi. Si les Wickars arrivent, peut-être qu'une fois qu'ils auront vu notre forteresse, ils voudront discuter.

– La discussion n'est pas le propre des Wickars, Halima, je grogne.

Elle plante ses mains sur ses hanches. Le vent fait voler ses cheveux autour de son visage. Je ne peux m'empêcher de les toucher. Je les ramène par-dessus son épaule pour les voir revenir à leur place.

– Pourtant, dit-elle en repoussant mes mains, on ne résout pas tout en se battant.

J'hésite, j'hésite trop longtemps.

– Ils seront bientôt là, Ero. Il faut faire quelque chose, dit Lopina. Devrions-nous nous positionner des machines de guerre ?

C'est le nom que nous avons donné aux machines solaires des Tanishis. Elles ont des roues et des châssis branlants qui nous permettent de nous déplacer sur le sable plus vite que si nous montions des chevaux Kawasharis.

– Ero, écoute-moi pour une fois. J'ai toujours raison de toute façon, souffle Halima avec frustration.

Elle lève les yeux au ciel.

J'éclate de rire et lui attrape la main. Je l'entraîne dans les escaliers puis sur le quai après avoir demandé à Lopina d'attendre. Je constate que Wyden est logé à la même enseigne avec sa compagne, car elle l'accompagne sur le quai quelques instants plus tard.

La femme qui n'arrête jamais de parler, Chayana, est avec eux. Elle est suivie de Tenor, Quin, Warren et Goja. Ces quatre derniers sont bien armés. Tenor et Quin portent des armes Tanishis. Warren et Goja ont des arcs plus grands qu'Halima. Ils s'enfoncent dans les fentes d'archer creusées dans le mur extérieur. J'entraîne Halima à côté de moi, tout en observant la caravane qui se dirige vers nous.

C'est un spectacle à couper le souffle.

– Khara ! maugrée Halima.

– Putain de merde ! s'exclame Chayana de l'autre côté.

Elle utilise souvent cette expression.

– C'est un *ma-moute* ? demande-t-elle.

Jia dit quelque chose que je ne comprends pas et Halima acquiesce.

– C'est quoi cet animal ? me demande-t-elle.

– Un éléphant.

Elle éclate de rire.

– Ce n'est *pas* un éléphant.

– Si.

– Un éléphant de la taille d'une petite montagne ? Ce truc doit faire dix tonnes !

Elle n'a pas tort. Les créatures à défenses qui forment les caravanes des Wickars sont presque aussi hautes que nos murs, et les grandes plates-formes qu'elles portent sur leur dos sont presque à notre niveau. Six de ces grandes bêtes s'avancent vers nous, accompagnées de nombreux chevaux. Toutefois, Halima n'arrête pas de me dire qu'ils ne ressemblent pas du tout à des chevaux.

Les chevaux tirent des charrettes remplies de gens et de marchandises. Quelques guerriers marchent à côté des charrettes en se relayant pour aider à les faire avancer. Il y a des centaines de personnes ici.

C'est effrayant à voir. Nous avons construit nos murs très hauts, sans jamais penser qu'une horde de Wickars pourrait tenter de nous attaquer en se servant de leurs caravanes. La hauteur des murs sera mise à l'épreuve bien plus tôt que je ne l'avais prévu et la panique qui s'empare de ma poitrine transforme mon cœur en neige fondue.

– Maintenant que tu les as vus, tu sais ce que tu as à faire. Je veux que tu retournes dans les grottes *immédiatement*, Halima !

– Non ! Attends…

Son visage se plisse, ses joues creuses et marron clair s'arrondissent sous l'effet de l'effort.

– Jia, Chayana… c'est blanc...

Je ne comprends pas.

Les femmes se taisent. Wyden et moi échangeons un regard lourd de sens par-dessus leurs têtes.

– Nous devrions préparer les machines de guerre, Nigusi, me dit-il.

Surpris par sa déférence, je m'apprête à lui répondre par l'affirmative lorsque Jia pousse un cri. Halima se lève juste après et je manque perdre la tête.

– Halima !

J'attrape sa tunique et la ramène à côté de moi.

– Qu'est-ce qui te prend ? Tu pourrais être...

– C'est un tissu *blanc* ! s'écrie-t-elle comme si cela clarifiait les choses. C'est un symbole de paix Tanishi et il y a une Tanishi avec eux !

– Tu ne peux pas en être sûre ! dis-je en la tirant vers le bas.

– Chayana ! crie-t-elle.

Chayana se lève et… Putain ! Elle enlève sa tunique ! Les seins à l'air, offrant à tous le spectacle de ses mamelons foncés plats et larges et distrayants; elle commence à agiter sa tenue au-dessus de sa tête comme une folle.

– Qu'est-ce qu'elle fait ? siffle Wyden.

– C'est une méthode de communication Tanishi. Elle leur dit que nous ne leur voulons aucun mal, explique Halima.

C'est pourtant un mensonge. Nous leur voulons du mal. Nous voulons du mal à tous ceux qui osent attaquer notre tribu.

Je regarde Wyden et je m'apprête à donner l'ordre de libérer les machines de guerre quand Halima me tire par le bras, me fait tourner, saisit mon visage de chaque côté et presse ses lèvres contre les miennes.

Déstabilisé et je n'ai d'autre choix que de l'entendre murmurer...

– Fais-moi confiance, habibi.

Je me lèche les lèvres, ouvre les yeux et plonge mon regard dans le sien. L'indécision me saisit un instant, mais je sais déjà quelle sera ma réponse avant de la donner. Je grogne. Elle sourit. Elle tient ma main et fixe mon regard aussi longtemps qu'elle le peut, elle me distrait jusqu'au dernier moment.

– Ils sont là, Nigusi. Ils sont à portée de voix.

Je fais un signe de tête à Wyden en me libérant de la transe provoquée par Halima. Je pousse son corps derrière le mien et je fais ce que je n'aurais jamais fait avant, avant de rencontrer Halima : je me tiens debout, face aux Wickars, sans arme, et sans intention de tuer qui que ce soit. Pour l'instant.

Argh.

Je fronce les sourcils face à la lumière. Le sable tourbillonne paresseusement dans l'air, comme s'il se demandait avec insouciance s'il voulait ou non inciter à la violence. L'énorme bête la plus proche de nous claironne par son long nez pour annoncer son arrivée, tandis que la plate-forme sur son dos oscille délicatement à chaque pas lourd qu'elle fait.

Un rembourrage sépare la peau dure de la bête des planches de bambou qui constituent le palier. Une bâche blanche recouvre le tout. Dix individus se tiennent sur la plateforme, celui qui est à l'avant, je le sais instinctivement, est le roi Wickar.

Il m'observe. Un roi reconnaît facilement un autre roi. Alors que mon regard rencontre le sien, il fait l'impensable. Sans me quitter des yeux, il penche la tête en avant en signe de respect. Je répète le geste même si cela me fait mal et juste au moment où je le fais, Halima, insolente comme elle peut l'être malgré son statut de reine, sort de l'ombre de ma protection.

– Kenya ! Hé, Kenya ! Kenya…

Elle agite sauvagement ses bras au-dessus de sa tête. Jia, à l'image de son amie Tanishi insouciante, se met aussi debout.

Bientôt, toutes les femmes Tanishis crient comme des poules tandis qu'une femme familière à la peau sombre et aux yeux brillants se jette sur le bord de la plate-forme du roi Wickar et leur fait des signes en retour.

Le choc me traverse de part en part. Le roi Wickar et moi échangeons un regard et je lutte pour rester impassible. L'homme, un peu plus âgé, a la peau un peu plus claire que la mienne et des cheveux où brillent plusieurs nuances d'or. Rasés sur les côtés, ils sont tressés grossièrement au centre et tombent en nœuds épais jusqu'au milieu de ses omoplates. Je me demande si je l'aurais battu en combat singulier. Il est légèrement plus petit que moi, mais plus costaud au niveau du torse et des bras.

Oui, j'aurais pu le battre.

Je me demande s'il peut lire en moi comme je peux lire en lui, car il hausse un sourcil. Je sais qu'il pense la même chose que moi.

– Que...pourquoi avec la tribu Wickar ? dit Halima en tanishi. Tu souffres ? Tu es blessée ?

Kenya secoue vigoureusement la tête. Elle semble en bonne santé et de bonne humeur. Je demande à Halima de traduire ses paroles.

– Elle dit qu'il a été gentil avec elle dès le début. Contrairement aux Pikosas, il s'est montré intéressé par les Tanishis dès qu'il les a vus et il les a écoutés, m'annonce ma compagne.

Ses paroles me font grimacer. Le roi des Wickars fait lui aussi la moue. Il aboie quelque chose à travers le sable, mais je ne comprends pas sa langue. Plus douce que la langue des Pikosas et des Tanishis, elle frappe mes oreilles sans que le sens ne suive.

Halima, à côté, semble aussi surprise que moi. Toutefois, elle répond sans mal au roi. En quelques instants, le roi va du mépris à l'ébahissement en passant par la confusion choc. Kenya prononce quelques mots, mais ils ne semblent pas aussi fluides que ceux d'Halima. Elle frappe le roi à l'épaule alors qu'il tourne son regard vers elle, puis elle sourit et lui donne un nouveau coup de poing dans le bras.

– Halima, je murmure. Que se passe-t-il ?

– Il parle espagnol, répond-elle en riant. Enfin, ce n'est plus de l'espagnol, mais il semble comprendre les mots que j'utilise. Kenya parle un peu l'espagnol, ce qui explique comment elle a pu communiquer avec lui jusqu'à maintenant.

– C'est sa femme ?

Quand Halima pose ma question, Kenya rit. Elle la

répète encore pour le roi Wickar et il sourit aussi; lentement, avec un plaisir évident. Je n'aime pas la façon dont il regarde Halima et je me rapproche d'elle en glissant ma main derrière son cou, sous le rideau de ses cheveux encore humides.

Le regard de l'homme se porte sur moi, puis s'arrête non pas sur moi ou sur Halima, mais descend jusqu'à Chayana, dont la poitrine est encore nue. Son regard parcourt son corps avec une telle avidité qu'elle réagit immédiatement.

Elle saisit sa tunique, la repasse sur sa tête et lui crie dans sa langue :

— Plus haut les yeux… regardez là !

Elle pointe son visage et le mâle Wickar s'exécute lentement.

La mâchoire d'Halima manque toucher le sol lorsqu'il finit par répondre à ma question. Je dois serrer la presser pour qu'elle traduise rapidement. Elle se retient de rire en disant :

— Il dit que Kenya n'aime pas les hommes et que sa priorité à lui est ailleurs.

Elle éclate de rire.

Le roi Wickar en dit plus et Halima acquiesce, puis me sourit très doucement.

— Il dit que Kenya a réussi à le convaincre que les Pikosas avaient découvert des joyaux : des technologies nouvelles et des êtres qui pouvaient leur expliquer dans leur propre langue comment les utiliser. Au début, il ne l'a pas crue. Il ne l'a pas crue pendant un certain temps, mais il a fini par se dire qu'il allait tenter sa chance et il a envoyé des éclaireurs qui ont confirmé ses rapports. Ils ont vu le mur que nous construisions et il a décidé d'accepter sa proposition.

– Quelle était la proposition ?

Halima fronce le nez.

– Il voulait nous attaquer et aider Kenya à nous libérer de la tyrannie des Pikosas.

Je me crispe. Je suis sur le point de défier le roi Wickar pour avoir pensé à m'enlever Halima, mais elle ajoute :

– Il dit que lorsqu'ils ont vu des Tanishis sur les murs, ils ont changé leurs plans. Maintenant, il est plus intéressé par des échanges que par un raid.

– Des échanges ? je répète.

Wyden, Goja et Lopina sont bouche bée. Halima traduit ce qu'elle vient de dire en tanishi.

– Des échanges ! s'écrie Chayana. Ça m'a l'air bien.

Elle a dit cela comme si de rien n'était. Elle a parlé comme si elle ne savait pas que les tribus de ce monde n'ont jamais fait de commerce entre elles auparavant. Elles n'ont jamais travaillé ensemble, elles ont toujours cherché à se détruire.

– Oui, des échanges, reprend Halima.

Elle se penche et serre ma paume tandis que Chayana parle à voix haute de commerce et de certains types de pierres que je connais par leur nom – probablement pour améliorer sa machine à aimants, mais peut-être aussi pour perfectionner l'une de ses nombreuses autres inventions.

Le roi Wickar dit quelque chose d'autre et, à côté de moi, Halima éclate à nouveau de rire. Elle jette un coup d'œil à Chayana, et parle ensuite assez fort pour que nous puissions tous l'entendre, d'abord en tanishi, puis en pikosa.

– Le roi Wickar dit qu'il est prêt à commencer les échanges en nous débarrassant de celle qui parle fort.

Je ris. Je ris à gorge déployée, je ris si fort que j'en ai

mal. Qu'est-ce que c'est que ce nouvel ordre où les tribus peuvent rire entre elles au cours de négociations menées par des êtres d'un autre temps ? On se croirait dans un autre monde… Serait-ce un monde où il pourrait être question de commerce avec les Wickars ?

Il s'agit d'une tribu nomade, mais elle possède des colonies permanentes qui comptent bien des oasis. Nous, les Pikosas, n'avons pas accès à ces nombreux points d'eau. Nous serions stupides de ne pas accepter d'échanger avec eux, nous avons beaucoup plus à gagner qu'eux. Mon regard se coule vers les trois femelles Tanishis plantées à mes côtés . Non. Peut-être que nous avons plus à perdre.

Chayana enlève une de ses chaussures et la lance sur le roi Wickar. Elle le manque de peu. Tandis qu'elle continue de crier des variantes du mot « Non », je croise le regard du roi Wickar et lui dis gentiment :

– On peut peut-être s'arranger.

Halima me donne un coup de coude dans le ventre et je passe ma main sur son épaule en la pressant contre ma poitrine. Je sens les battements de son cœur à travers son corps et j'acquiesce.

– Dis-lui que je n'échangerai aucune femelle, mais que je l'autoriserai, lui et un petit groupe, à franchir les portes pour faire du troc sous le soleil avec des représentants de chacune de nos tribus.

– Nous ferons du troc tous ensemble ?

Elle sourit.

D'une main, je passe mes doigts sur son épaule balafrée et de l'autre, je saisis son bras couvert de cicatrices.

– Oui, habibty. Anidi laye.

– Ane behibak, murmure-t-elle.

J'embrasse ses joues, puis sa bouche. Je lutte pour contrôler le désir qui monte et bourgeonne sur ma langue. Je m'éloigne et laisse à Halima le temps d'interpréter. Dès qu'elle a terminé, elle jette un coup d'œil à Chayana et dit dans les deux langues :

– Chayana. Il dit que si tu veux récupérer tes cailloux, tu devras être la première à négocier.

– Non ! Dis-lui...non ! ...moche ..!

Chayana hurle et boite sur un pied depuis qu'elle s'est débarrassée de sa chaussure car le toit d'acier et de pierre est brûlant.

Halima sourit et me fait un clin d'œil avant de s'adresser au roi. Il sourit et commence à faire reculer sa caravane. Il se prépare à descendre de cheval.

– Qu'est-ce que tu lui as dit ? je lui demande en tanishi.

– Je lui ai dit que Chayana serait heureuse de négocier avec lui.

– Quoi ? s'écrie Chayana qui nous a entendus.

Nous descendons et nous atteignons les sables ensemble, le rire aux lèvres, alors que ce nouveau monde, rempli de terreurs, de tribus et de créatures nées de la violence, est remodelé comme un château de sable emporté par le vent. De petites sections ont été reconstruites, leurs formes évoquent la bonté, le courage et l'amour.

J'ai l'intention de protéger ce nouvel ordre des choses avec toute la violence dont je peux faire preuve; même si, avec Halima à mes côtés, je n'en ai plus besoin.

Merci beaucoup d'avoir rejoindre Halima et Ero sur La
Terre Surante! Si vous avez apprécié l'histoire d'Ero et
Halima n'hésitez pas à me le faire savoir avec un avis sur
Amazon, ou vous pouvez me contacter sur:

Instagram: @estephensauthor
TikTok: @elizabethstephensauthor

Vous pouvez également faire partie de ma mailing list à
www.booksbyelizabeth.com

En attendant d'avoir de vos nouvelles, je vous souhaite
de passer des moments transcendants !

Elizabeth

¤°´*`°¤,,,¤°*°¤,,,Ø

Quelques mots de l'autrice

Ahlan wa sahlan (bienvenue !) et shokran (merci !) à tous ceux qui ont parcouru l'univers d'Halima et d'Ero — et qui liront peut-être d'autres romans de la passion xiveri à l'avenir ! Je voulais juste prendre un moment pour préciser que je ne suis pas arabe, et que je ne cherche pas à prétendre que je parle couramment l'arabe.

J'ai étudié l'arabe à l'université et j'ai vécu un an à Dokki, en plein cœur du Caire. J'y ai vécu pendant une partie de la révolution égyptienne, au cours de laquelle j'ai été évacuée avec mon groupe universitaire vers Amman, en Jordanie, où j'ai vécu trois mois de plus.

Lorsque je suis partie au Liban après l'université pour travailler à l'UNRWA, c'était avec l'intention de passer le reste de ma vie au Moyen-Orient; mais la vie, et d'autres conflits armés, en ont décidé autrement. Je ne suis finalement restée à Beyrouth que trois mois avant de déménager en Suisse et je ne suis jamais retournée au Moyen-Orient depuis.

Le Caire reste pourtant l'endroit qui m'a le plus émue, qui m'a profondément et brutalement marquée. Je ne peux retenir mes larmes en écrivant ces mots, car j'ai passionnément aimé cette ville et je l'aime toujours.

C'est peut-être dû à la beauté, à la magie et au mysticisme que je trouve au Caire, mais je crois que l'arabe est la plus belle langue de cette planète. Voici quelques exemples pour illustrer mon propos :

Fil mishmish, est une expression égyptienne qui signifie *dans tes rêves*, mais qui se veut dire, mot à mot : *à l'intérieur de l'abricot*.

Ana bemoot fiik signifie *je meurs en toi* et c'est une façon poétique, sincère et terriblement romantique, de dire à quelqu'un qu'on l'aime.

Votre amoureux égyptien ne vous dira peut-être pas que vous êtes belle. Non, il ne dira probablement pas cela. Il vous comparera plutôt à la lune, au miel, à une fantaisie de couleurs ou au jasmin.

Si quelqu'un vous dit que vous brillez en arabe – enti mulowenna – vous lui répondrez que vous ne faites que refléter sa lumière.

C'est ce langage poétique, riche en images, que j'espère avoir partagé avec vous dans mon roman à travers Halima. Malgré tous mes efforts pour rendre hommage à cette belle langue, j'ai peut-être fait quelques erreurs. Il est difficile de retranscrire une prononciation et une culture qui ne sont pas les vôtres. Je m'excuse donc auprès de ceux qui parlent cette langue ou représentent cette culture et je tiens à leur assurer que je ne cherche pas à m'approprier quoi que ce soit ou à manquer de respect à qui que ce soit en présentant ainsi le personnage d'Halima, personnage appartenant à une culture qui n'est pas la mienne. J'ai voulu créer ce personnage par amour, par amour pour le Caire. J'ai voulu créer ce personnage parce que ana bemoot fii Qahira.

Pour la petite histoire, aujourd'hui encore, mes amis me surnomment Ellie. En arabe, Ellie signifie *la mienne*.

Ce qui est amusant, c'est qu'en amharique, Ellie signifie *tortue*.

Désirée par le Gladiateur d'Evernor
Huitième tome de la passion xiveri
(Nalia et Herannathon)

Qu'est-ce qui a quatre bras, une colonne vertébrale d'où sortent d'énormes pointes, et qui est complètement cinglé ? Oui, vous avez bien lu. C'est le gladiateur extraterrestre qui participe au tournoi d'Evernor : Herannathon. Il ne désire qu'une chose, remporter le premier prix : la belle Nalia.

Disponible en livre relié et en version ebook sur Amazon ou sur toute autre plateforme proposant des ebooks.

1

Nalia

Les cris de la foule s'amplifient, s'intensifient et augmentent au fur à mesure que l'on me fait descendre dans l'arène. C'est exactement ce qui s'est produit le premier et le deuxième jour, je ne devrais pas être surprise. Je suis sans doute moins surprise qu'inquiète. Si les mimiques agressives de l'un de mes ravisseurs m'ont appris quelque chose, c'est que je me trouve à un tournoi.

Et je suis l'un des prix à remporter.

Je fronce les sourcils. Le rugissement de la foule m'empêche de réfléchir. Je suis complètement nue, brûlée par les soleils au-dessus de ma tête. Il y en a trois en ce moment au-dessus de moi, et il y en a jusqu'à six à certaines périodes. La cellule rose cristalline dans laquelle je me trouve reste fraîche même si elle laisse passer les rayons du soleil. Je remarque que mon cul pâle devient de plus en plus rose au fil des jours, et ce, malgré le dôme gris translucide supplémentaire qui scintille au-dessus et encercle entièrement cette arène.

L'arène est dominée par des créatures violentes, des gladiateurs venus pour tuer – qui ne s'en privent pas. Le sable coloré est couvert du sang rouge, blanc, gris, noir, vert et rose provenant d'espèces différentes.

C'est du sang tiré des veines d'espèces *extraterrestres*.

Cette pensée m'assaille sporadiquement et violemment, comme un bélier contre lequel je n'ai aucune défense. Elle me prend à chaque fois au dépourvu. Ces êtres sont des extraterrestres. À leurs yeux, c'est *moi* qui suis étrange. Je ne suis pas sur Terre. Où suis-je ?

C'est pas ça le plus important, putain ! Reprends-toi, Nalia. Une voix que je n'ai entendue qu'une fois, ou peut-être deux, se glisse dans la brume de ma panique. Je tends la main pour la saisir, mais elle s'envole rapidement et, à la place, des larmes s'échappent entre mes cils.

La main gauche sur le front, j'essaye de résister à la douleur du mal de tête qui me fend le crâne en plein milieu. Depuis que je me suis réveillée dans une cuve de liquide bleu et que j'ai été enchaînée à côté de deux géants, je suis prise de violents maux de tête quand ma mémoire me revient – ce qui ne dure jamais très longtemps. J'étais terrifiée par les géants, mais il s'avère qu'ils n'étaient pas une véritable menace.

La vraie menace c'était *lui*. Lui, le mâle à la peau rouge à moitié recouverte de métal – ou faite de métal – et au bras bionique argenté qui lui sert d'arme.

La foule rugit et je sais, sans avoir à baisser les yeux pour voir les portes s'ouvrir, que c'est exactement ce qu'ils font. Je peux sentir le grondement de la machinerie vibrer dans l'air, je le sens agiter ma cage, et je me crispe. Je me demande qui sortira de l'obscurité à travers ce métal rouillé pour combattre dans l'arène en contrebas.

Je suis une putain d'idiote. J'étais à bord du vaisseau avec les géants et le psychopathe rouge, et quand il a été attaqué par d'autres extraterrestres, j'ai paniqué et j'ai pris une capsule de sauvetage. Comme je ne savais pas naviguer avec, je suis partie sans savoir où j'allais. Qu'est-ce que je croyais ? Qu'elle me conduirait automatiquement vers la Terre ? La bonne blague. Au lieu d'atterrir sur ma planète, j'ai atterri ici. Les extraterrestres qui ont capturé l'enfoiré rouge avaient l'air plutôt sympas, certains d'entre eux en tout cas, et il y avait des femmes – des femelles – avec eux. Ici, personne n'a l'air sympa et je ne connais personne *rien...*

Enfin, sauf *lui.*

Le cinglé.

Des images de lui traversent des bribes de mes souvenirs déchiquetés. *Ses yeux argentés me transpercent tandis qu'il m'attire contre sa poitrine. Je suis assise à côté d'une femelle extraterrestre et il me berce. Le visage de la femelle a la même forme que le mien mais sa peau est d'une autre couleur. Elle est rouge.*

Je regarde mes bras. Ma peau, autrefois blanche et parsemée de taches de rousseur, est maintenant rouge – pas rouge comme celle de l'extraterrestre, bien sûr que non. Elle est *brûlée* par le soleil. Je fronce les sourcils tandis que les souvenirs de ce vaisseau et les souvenirs du passé repoussent les limites de mon esprit. C'est comme si un poing frappait du caoutchouc et que ce caoutchouc se trouvait dans ma tête. La douleur irradie mon corps. Le mal de tête me reprend. Je gémis, je lutte contre la souffrance... *Je suis une battante. Comment ai-je pu devenir aussi larmoyante et morose ? Je dois me battre... je ne vais pas mourir dans cette foutue cage.* Non, je ne vais pas mourir.

Je n'ai pas baissé les bras face au tueur en série cyborg, je ne me suis pas laissé abattre quand j'ai atterri en catastrophe sur cette planète, je ne vais pas abandonner juste parce que je suis l'un des prix de ce tournoi. Je ne vais pas abandonner parce que je suis susceptible de devenir la propriété de l'un de ces tarés.

J'ouvre les yeux. Le mal de tête s'estompe et se transforme en une pulsation sourde. Le poing se relâche et le caoutchouc redevient une flaque.

Je regarde l'extraterrestre aux écailles grises, aux yeux brillants et aux pointes sortant de l'arrière de son crâne faire un tour de piste. La foule l'adore et ma cage tremble à nouveau lorsque l'annonceur prononce son nom. Je ne pourrai pas reproduire les cris aigus qu'ils poussent même si ma vie en dépendait, mais je sais que c'est son nom d'après leur ton et leur inflexion – après tout, je l'ai entendu une demi-douzaine de fois maintenant. De toutes les batailles que j'ai vues se dérouler ici, les siennes ont eu tendance à être... exceptionnelles. C'est pour cela qu'il a reçu plus de prix que les autres. Je sais qu'il va gagner, je sais que je vais lui appartenir... et je vais survivre.

Je ne sais pas ce qu'il a prévu de faire, mais je vais survivre.

Je jette un coup d'œil aux six autres cages qui planent juste en-dessous du toit du dôme, à côté de moi. Quelques créatures enfermées elles aussi ont l'air plus mal en point que moi. Certaines d'entre elles soutiennent activement un champion ou un autre. L'une d'entre elles a l'air de s'ennuyer à mourir. J'adresse un signe de la main à la créature orange. Elle est incroyablement grande et ressemble à une enfant. Elle lève un bras en réponse, mais il n'est pas orange comme l'autre. Il est argenté et élancé. Cela *devrait* me rappeler le quart d'heure d'angoisse que j'ai passé avec le cyborg tueur, mais ce n'est pas le cas. Les yeux de cette créature ont l'air gentils et curieux, même d'ici. Du moins, quand elle me regarde. Quand elle baisse les yeux, elle a l'air... ennuyée, ou peut-être résignée à ce que ces sables lui réservent.

Je suis son regard, malgré moi, jusqu'au champ en contrebas. Je vois du gris. *Le cinglé est entièrement gris*. Il a quatre bras et en ce moment même, l'un d'eux est pointé vers moi. Il me pointe toujours du doigt, comme pour rappeler aux annonceurs ce qu'il veut.

Le dôme tremble encore une fois et l'un des présentateurs passe en trombe sur une plateforme métallique d'aspect plutôt décrépit, juste assez large pour qu'il puisse se tenir debout. La balustrade est soutenue par des tuyaux rouillés, elle est juste assez haute pour qu'il puisse y appuyer ses bras encombrants. Il est torse nu, avec une tête et des hanches minuscules. Des haillons couvrent chaque centimètre de son corps brun et volumineux, mais je ne me soucie pas de son apparence. Tout ce qui m'intéresse, c'est de savoir pourquoi il rit autant et s'il va s'arrêter un jour. Il est toujours en train de rire, putain. C'est pénible à la fin.

Mon mal de tête éclate et je marmonne des jurons jusqu'à ce que le rugissement de la foule étouffe le dernier ricanement de l'annonceur. Ça semble apaiser le sauvage aux quatre bras argentés parce qu'il avance sur le sable rouge plus vite qu'avant. Je n'aime pas ça. Je n'aime pas du tout ça... Parce que je sais ce qui va suivre...

Il y a un choc et je serre les dents, mais je ne me

bouche pas les oreilles et je ne ferme pas les yeux. J'ai vite compris qu'il est plus effrayant d'imaginer ce qui se passe et de ne voir que les conséquences que de regarder comment ça se passe. Je garde donc mes paumes appuyées sur le sol de cristal rose et je regarde le type gris qui m'a poursuivie à travers l'univers mettre en pièces la bête verte.

La créature est énorme – bien plus grande que lui. Elle a une peau verte tachetée et des cornes. Cela n'empêche pas le type gris de lui arracher les bras. Le tueur gris met en pièces son adversaire plus grand que lui. Lorsqu'il a terminé, il est baigné de vert et ses quatre mains sont brandies au-dessus de sa tête en signe de victoire.

C'est fait, c'est fini. Merci. Je me laisse tomber sur ma hanche droite et me frotte le visage. Il faut que je sorte d'ici. Il faut que j'aille dans un endroit normal. Normal ? Est-ce que ce mot a encore un sens ? Si oui, lequel ? Je dois faire disparaître ces putains de maux de tête. J'ai besoin d'un Doliprane. Ouais, un Doliprane ce serait top. Le dôme se met à vibrer.

C'est nouveau, ça n'est jamais arrivé auparavant. La nouveauté n'est jamais une bonne chose dans cet endroit. Je jette un coup d'œil vers le bas. Le vainqueur, bien qu'il ait gagné, roule les épaules en arrière et se positionne à l'une des extrémités de l'arène. Les sièges de pierre qui s'élèvent de tous les côtés sont occupés par des spectateurs de toutes les couleurs. Tous crient, hurlent et agitent leurs membres durs ou mous tout autour. L'écume sort de leurs bouches fourchues, les tentacules se froncent, tandis que le portail de métal rouillé s'ouvre et que deux géants borgnes se pavanent dans l'arène au son d'une musique qui rendrait fou n'importe quelle personne sensée.

Et *merde*. Je pensais que le type vert à cornes était grand, mais apparemment ce n'était qu'un rigolo comparé à ces nouvelles créatures. Ces enfoirés sont énormes et appartiennent à la même espèce que ceux qui étaient coincés à bord du vaisseau avec le cyborg et moi. J'ai un peu pitié d'eux jusqu'à ce que je voie la soif de sang inscrite sur leurs visages. Je me suis trompée, ce n'est pas l'espèce du vaisseau. Ma gorge se noue lorsque je jette un coup d'œil au type gris. *Il va perdre.* Je ne sais pas pourquoi ça me dérange, mais c'est le cas. Ça me contrarie.

« Il est deux fois plus petit qu'eux... » Je me mets à genoux et regarde vers le bas à travers le sol transparent maculé. Je transpire et jette avec dégoût un coup d'œil aux taches que ma sueur laisse derrière elle. J'essaie de les effacer avec mes mains, mais ça ne fait qu'empirer les choses. « Putain... Qu'est-ce qui se passe ? » je marmonne. Ce qui se passe est pourtant très clair. Il s'est battu une fois. Il va devoir se battre à nouveau; cette fois contre deux adversaires, des opposants deux fois plus grands et deux fois plus larges que lui. « Seigneur... »

Mes doigts se crispent comme s'ils souhaitaient attraper quelque chose, mais je ne sais pas quoi. Une brume traverse mon esprit et je me sens momentanément étourdie. Elle disparaît tout aussi rapidement et se brise sur la cime d'un autre mal de tête. Le bruit d'un écrasement traverse les deux et je sursaute à la vue du type gris qui pousse un cri de guerre et se met à foncer.

Je me crispe, je retiens mon souffle et je le regarde patiner sur le sable compact. Il se déplace extrêmement vite étant donné sa taille et le fait qu'il porte une armure. Est-ce bien une armure ? Peut-être que c'est juste sa peau... Le premier géant se retrouve face au type gris au centre de l'arène tandis que l'autre se tient à l'écart. Je me demande pourquoi, jusqu'à ce que le vainqueur se glisse sous le bras du premier géant. Il se met à genoux et se relève en abattant ses griffes massives gris foncé sur l'arrière du genou du premier géant.

Le géant plie, mais la blessure n'est pas suffisante pour l'immobiliser. Il tourne et se déplace lentement par rapport au vainqueur. Toutefois, il est assez rapide pour que son poing touche l'épaule du vainqueur. Il est puissant. Je peux le sentir d'ici; du moins, mon bras ressent quelque chose, comme si le coup se répercutait en moi. Ce n'est évidemment pas possible. Je n'ai aucun lien avec le vainqueur. Il me terrifie. Je devrais souhaiter sa mort, mais…

Mes tripes se serrent lorsque le vainqueur tourne en rond et se retrouve nez à nez avec l'autre géant, qui lui assène un coup de pied au centre de la poitrine. J'entends le craquement, même à travers la bulle protectrice dans laquelle je me trouve. Je me couvre la bouche, le goût de la graisse et de la sueur assaille alors mes papilles. Le vainqueur heurte le mur de l'arène et les spectateurs au-dessus de lui balancent leurs jambes grêles et leurs griffes aiguisées pour essayer de l'atteindre. Je ne sais pas pourquoi mon cœur bat si fort lorsqu'il se relève, mais je me ronge les ongles en l'observant. Ce ne sont déjà plus que des moignons déchirés. Il ne reste plus rien.

Je me surprends à marmonner : « Lève-toi, lève-toi, lève-toi… »

Il lève les yeux, comme s'il m'avait entendue, et nos regards se croisent une seconde. Je me fige. Je scrute les détails de son visage. Ses yeux immenses et brillants s'étirent jusqu'à la racine de ses cheveux... enfin, là où se trouverait la racine des cheveux s'il en avait. Au lieu de cheveux, deux grandes crêtes se dressent et glissent le long de l'arrière de sa tête – elles sont d'un gris plus foncé que le reste de sa peau et ressemblent à des tresses.

Elles s'arrêtent sur la nuque et, entre elles, d'énormes pointes acérées sortent de l'arrière de son crâne et descendent le long de sa colonne vertébrale pour se terminer en haut de son pantalon gris. Ces... épines ? Ces lances ? Je ne sais pas comment les appeler. En tout cas, elles sont aiguisées comme des épées. Les bouts sont plus foncés que les bases. Je me demande si cette coloration est naturelle ou si elles ont été tachées par le sang parce que, quel que soit leur noms, il est clair qu'il s'agit d'armes. Il s'en sert comme d'une arme en ce moment même.

Son regard se détache du mien. Il bondit vers l'un des géants qui avancent sur lui. Il tourne sur lui-même et attrape le géant qui tente de le frapper. Les pointes de son dos ouvrent la main du géant. Le géant recule. Alors que son sang éclabousse le sable, il attaque une seconde fois. Le vainqueur donne un coup de pied dans le genou du géant tout en tournoyant et en attrapant le deuxième géant qui s'approche toutes griffes dehors.

Le combat, la lutte, les tiraillements et les coups de poing se poursuivent jusqu'à ce que l'un des géants commette une erreur et jette le vainqueur loin de lui, mais directement contre l'autre géant. Les pointes du vainqueur s'enfoncent dans la chair du second géant. Ce dernier pousse un terrible gémissement à glacer le sang et se déplace en glissant sur le côté. Il atterrit sur un genou et, alors que le vainqueur s'élance vers l'avant, il s'effondre en s'agrippant aux blessures qui lui marquent la poitrine.

Je tressaille lorsque le vainqueur se tourne vers le géant et saute sur son torse. Il le frappe sur les flancs, puis au visage, mais il ne peut pas s'agripper à lui. Il est déjà couvert de sang. Et le vainqueur est trop rapide. Il esquive le coup du géant et lui enfonce deux mains dans la gorge. Mes cils s'agitent. J'ai des frissons en voyant le vainqueur arracher la langue du géant par le trou dans son cou et lancer l'organe dans les gradins.

Elle atterrit au milieu de créatures pelucheuses roses avec des lumières clignotantes accrochées à de longs fils ou antennes. Ce sont peut-être des yeux, je ne vois rien d'autre qui puisse leur servir à voir. Elles poussent des cris perçants, semblables aux sons produits par des cornes. Ces cris ont des intonations différentes lorsque la langue verte sanglante se pose parmi les créatures pelucheuses. Je ne sais pas s'ils expriment de l'horreur ou de la joie.

J'ai la tête dans un étau. Je lutte contre cette sensation et contre ce fulgurant mal de tête. J'émerge de la douleur à temps pour voir le vainqueur se lancer sur le géant restant. Il essaie de le percuter à la jambe mais… CRAC. Le son se répercute dans l'arène, la foule retient son souffle. Je serre les dents. Une douleur s'insinue dans ma jambe droite avec suffisamment de force pour me paralyser un instant. Je retiens mon souffle moi aussi.

Son corps traverse l'arène. Il atterrit presque directement sous moi. Il est allongé sur le dos, ses pointes s'enfoncent dans le sable. Il ouvre les yeux.

– Lève-toi !

Je tape du poing sur le fond de ma cage.

Ses lèvres se retroussent et il me sourit avec des dents qui brillent d'une couleur inhabituelle, je ne sais pas laquelle. Puis, alors qu'il se trouve à plusieurs mètres sous ma cage, le vainqueur me fait *un clin d'œil. Un clin d'œil.* Comme le ferait un humain. C'est la première fois qu'un visage reflète une expression qui m'est familière. Je suis tellement distraite que je ne remarque pas le géant. Ce dernier tend sa jambe valide, mais le vainqueur la relève et lui donne un coup de pied au menton. La tête du géant bascule en arrière et du sang vert foncé s'écoule de sa lèvre inférieure.

Il pousse un cri de guerre et abat son poing sur l'estomac du vainqueur, mais celui-ci *attrape* son poing – un poing de la taille de son propre crâne – contre sa poitrine, puis, à l'aide de ses deux mains, il fait tourner le poing du géant sur son poignet, presque jusqu'à son point de rupture. Le géant rugit et retire son bras, ce qui a pour effet de remettre le vainqueur sur ses pieds. Il frappe avec son autre poing, mais le vainqueur parvient à bloquer le coup avec deux de ses quatre bras.

Il s'appuie sur son seul bon pied pour l'enfoncer dans le sol, tandis que l'autre jambe reste pliée à un angle grotesque et s'accroche au poing du géant. Le géant retire sa main libre pour tenter de le frapper à nouveau, mais il est trop lent. Cela lui prend deux secondes de trop. Le vainqueur abat ses deux poings libres sur le bras du géant et cette fois, le craquement est encore plus fort que le premier.

Le géant parvient à se dégager en poussant un cri plein de salive. Le vainqueur s'élance pour attaquer – sûrement pour tuer, cette fois – mais il tombe. Je reste figée, les tripes serrées. Le géant *s'éloigne* du vainqueur, vers l'extrémité de l'arène où gît son ami tombé au combat. Il se tient sur le dos, près de son ami ensanglanté et il fouille dans les poches du mâle. Il en sort un objet brillant, plat comme un disque et qui émet une douce lumière pulsée.

La plate-forme de l'annonceur virevolte dans les airs. La créature qui s'y trouve prend le disque du géant et l'examine pendant un bon moment. Puis il dit quelque chose à la foule, qui le hue collectivement avant que les huées ne se transforment en cris, coups de pied et acclamations lorsque le vainqueur émerge des sables. Le vainqueur salue le géant et le géant le salue en retour de la même façon.

Le géant sort ensuite par la porte métallique par laquelle il est entré, son bras cassé serré contre sa poitrine. Une multitude d'objets différents, que je ne peux identifier, sont jetés sur le sable. Le vainqueur lève les bras et les applaudissements augmentent, mais il ne semble pas se préoccuper de ses fans ou des prix qu'ils jettent dans l'arène à ses côtés. Il ne s'en soucie pas le moins du monde. Il me regarde.

Il a toujours les yeux fixés sur moi quand les gradins commencent à se vider et qu'une foule d'autres créatures sortent de nulle part – ou plus précisément, émergent des gradins métalliques – pour commencer à nettoyer. Enfin, un morceau plat de matériau noir sort du tunnel noir derrière les portes métalliques. C'est le même morceau de matière noire qui est venu chercher le vainqueur auparavant. Ça ressemble à un tapis volant, mais il reflète la lumière comme une surface huilée. Il s'y assoit, s'y effondre plutôt, et le tapis se met immédiatement en mouvement.

Je l'observe jusqu'à ce qu'il disparaisse par l'unique porte de l'arène. Il prend le même chemin que le géant. Il ne se retourne plus vers moi, ce qui est étrange. Il se retourne toujours vers moi d'habitude. Il reste aussi toujours près de la porte à attendre que mon étrange cube descende derrière les gradins de l'arène, dans les fosses où j'ai été enfermée pendant ces chaudes journées d'une longueur abominable.

Je fronce les sourcils tandis que les ténèbres l'emportent et que d'autres créatures en émergent avec des baguettes, des bâtons lumineux et d'autres outils électriques qui nettoient toute la surface, et rendent au sable taché de sang son rouge habituel.

Ce n'est qu'une fois que la plupart des spectateurs ont quitté les bancs de pierre et de métal de l'arène pour s'engouffrer dans les sorties construites dans leur base que les annonceurs qui ne cessent de ricaner se montrent à nouveau pour venir nous chercher, nous, les prix. Cependant, cette fois-ci, alors que les autres prix sont emmenés derrière les gradins de l'arène, là où nous sommes habituellement séparés en cellules, l'un des annonceurs vient se placer juste en face de moi. Il me sourit, visiblement excité, mais je croise les bras sur ma poitrine. Sous mes aisselles, mes mains forment des poings. Le connard répète son geste et rit aux éclats en me regardant avec une expression indéchiffrable.

Je suis toujours en train de le regarder quand le système connecté qui maintient ma cellule se rompt. Ma cellule se met alors à osciller dans les airs. Je flotte derrière la plate-forme rouge rouillée. Cette fois, on m'emmène… Oh non. Cette fois, il ne me conduit pas vers les sièges de l'arène, vers les cellules construites directement dans le sol. Cette fois, il me conduit vers les portes métalliques rouillées de l'arène, les franchit et me plonge dans le noir.

Merde.

N'aie pas peur. Je jette un coup d'œil par-dessus mon épaule, j'observe les autres prix au moment où ils sont libérés de leur suspension. La femme orange me regarde avec de grands yeux. Ses deux paumes sont appuyées sur l'extérieur de sa cellule. Elle me dit quelque chose, mais je ne comprends pas sa langue. Vu son visage, je suppose qu'il s'agit de mots d'encouragements.

Je grogne à cette idée. Peut-être qu'elle souhaite que j'aille *au diable*.

J'appuie mes mains sur la vitre. Étrangement, il me semble que mon destin est maintenant scellé. Ma cellule est emportée vers la gauche et je suis transportée dans l'ombre. L'obscurité m'envahit, un froid instantané s'abat sur ma peau. J'ai l'impression d'être toute moite. J'imagine toutes sortes de choses. Le tournoi est-il terminé ? C'est le moment où je vais être décernée comme prix ? Si c'est le cas, pourquoi les autres prix ne sont-ils pas déplacés eux aussi ? Je ne pense qu'ils... ils ne peuvent pas envisager de me faire combattre, si ? Merde... Est-ce que je sais me battre ? Je regarde mes ongles crasseux et mes mains sales. Je me sens... pitoyable.

Ça suffit.

Je serre mes ongles crasseux dans mes paumes crasseuses et je me tourne vers l'avant. Je prends fermement une respiration et je me prépare à toute éventualité alors qu'on m'emmène dans un long tunnel. J'ai l'impression que nous passons sous terre et je tends l'oreille, mais il ne fait jamais complètement noir. Le monde entier est éclairé par ces lumières fascinantes construites directement dans les murs autour de nous. Des orbes qui brillent dans des tons variés de blanc, de jaune et d'orange flottent de haut en bas dans les couloirs encombrés. Des gens – des êtres – nous font de la place pour passer, mais ne se préoccupent pas de notre arrivée, car ils vont et viennent en transportant divers objets, des objets *extraterrestres*, des objets étranges, dont je ne peux que deviner les fonctions.

Le couloir s'élargit de plus en plus... Mes yeux se... mon esprit commence à... Putain ! Je suis sans voix. Ma peur se détache de mes épaules comme une robe de soie. Elle est remplacée momentanément par une admiration sans borne lorsque l'espace devant moi apparaît soudainement.

– Wow !

Je ne sais même pas ce que je vois. L'espace est immense. J'ai l'impression d'être face à un pays, tout un monde se déroule sous mes yeux. Je pensais que l'arène en haut représentait l'essentiel de l'espace disponible ci, mais en dessous... Là… Comment aurais-je pu imaginer qu'il y aurait tout ça ici ? Je n'en crois pas mes yeux. L'arène n'est une goutte d'eau dans l'océan, ou plutôt une feuille flottant à sa surface. La pointe d'un iceberg brûlant. J'ai immédiatement envie de vomir car mon mal de tête revient en force. Je suis submergée. Je suis abasourdie. C'est de la folie. *C'est tout simplement magnifique.*

L'espace caverneux s'étend au-delà de ce que mes yeux peuvent percevoir. Il est jonché de plates-formes flottantes de toutes sortes. Je n'y vois aucune organisation particulière. Des passerelles métalliques descendent dans les entrailles de cette planète. D'énormes plateaux flottants s'élèvent à partir de rien, comme s'il s'agissait de rochers suspendus sur des échasses. Le rocher se réduit, grande plateforme au-dessus, il se transforme en-dessous en une tige étroite, comme une fleur en éclosion.

Je ne vois pas ce qui relie les plateformes au sol – je ne

vois pas de sol du tout – juste des plateformes, des passerelles et des structures qui zigzaguent dans ce monde souterrain dément, éclairé partout par des orbes flottants. Il fait *clair* ici, presque autant qu'en haut. Les murs rouges grossièrement taillés qui délimitent cet endroit irradient de couleurs et de chaleur.

Des *tentes* couvrent la plupart des structures visibles et, pour l'instant, nous nous dirigeons vers une tente particulièrement grande, plantée seule au sommet d'une plateforme rocheuse plus petite que les autres. Cette plateforme rocheuse est en fait reliée à une autre plateforme située quelques centaines de mètres plus bas, qui semble elle-même se détacher du mur le plus proche.

En survolant cette plateforme rocheuse, mon estomac s'alourdit. La panique et l'inquiétude se logent en moi comme des pierres lancées dans une eau limpide. Je pense deviner qui ou plutôt *ce que* je vais trouver au-delà des volets de cette tente massive. Lorsque nous nous arrêtons juste devant l'entrée fermée d'une tente, je me mets à respirer plus fort. Je me sens soudain très consciente de ma nudité et de ma vulnérabilité : je n'ai aucune arme.

D'un geste de sa main à onze doigts, le monstre rieur, détache l'avant de ma cage, la porte se fragmente comme du sucre dans l'eau. Il fait un geste vers les volets de la tente. Ils ressemblent à de la toile, mais c'est couvert de poils, et ils ne sont séparés de moi que par six pieds. Il n'y a qu'un pied entre ma cage et le sol rouge et rocailleux. L'air est différent ici... Je respire profondément. L'air sent le métal, les machines, l'air recyclé et la sueur; mais il sent surtout la roche. *Cette odeur me rappelle les déserts d'Arizona. J'ai toujours aimé cet endroit.*

Je secoue la tête, minée par le mal de tête qui me déconcentre, et je jette un coup d'œil au type qui ricane. Il se contente de m'observer avec d'énormes yeux noirs et de me sourire avec sa petite bouche pleine de crocs.

– Qui est dans la tente ? je demande.

Je ne sais pas pourquoi j'ai posé cette question : je le sais déjà. Je cherche juste à gagner du temps. Je veux gagner du temps parce que je sais qui est dans la tente... Ce que je ne sais pas, c'est ce qu'il attend de moi.

Il répond par un autre rire aigu.

– Je ne comprends pas. Qui est dans la tente ?

Les rabats qui lui servent d'oreilles tressaillent. Il rit et pointe du doigt la tente en reproduisant le geste que je fais avec mon bras, mais il hoche aussi frénétiquement la tête. Comme je ne bouge toujours pas, ses oreilles s'agitent plus rapidement à leur extrémité. Elles vibrent presque, en fait. Son sourire disparaît. Oh mon Dieu ! Voilà donc à quoi ressemblent ces créatures lorsqu'elles sont agacées. Il tend la main et ébouriffe les cheveux sur le dessus de sa tête puis fait tourner la fourrure qui s'y trouve pour qu'elle se dresse sur la pointe. Elle est brune, de la même couleur que sa peau et la plupart de ses vêtements.

– Je ne sortirai pas de cette cage, je déclare.

Il répond de manière fébrile et pressante, dans une langue étrangère dont je n'arrive pas à saisir le sens.

Je lui coupe la parole.

– Je ne sortirai *pas*.

Si je sors de cette cage et que je descends sur cette plateforme, je serai piégée. Cette plateforme est isolée, elle n'est reliée à rien, sauf à une autre corniche rocheuse quelques centaines de pieds plus bas. La large plateforme se réduit à une base extrêmement mince et je ne suis pas une grimpeuse – je ne pense pas l'être, en tout cas. Je n'ai aucun moyen de descendre en rappel jusqu'à la prochaine corniche sans corde et il n'y a rien d'autre sur cette plate-forme que la tente. Pour obtenir une corde, je devrais d'abord combattre celui qui se trouve à l'intérieur.

Le type gris, le vainqueur.

Il faudra que je me batte contre lui.

– Je ne sortirai pas ! Ramène-moi de l'autre côté.

Quelle ironie du sort ! Cela fait des jours – ou des semaines ? Difficile à dire sur dans cet endroit pourri – que je veux sortir de ma minuscule cellule et de cette horrible cage de verre rose. Maintenant que j'en ai l'occasion et que j'ai devant moi une grosse créature inconnue et effrayante, la cellule n'est plus si mal.

Ses yeux noirs s'écarquillent et il commence à marmonner. Il sort une boîte noire de sa robe, l'ouvre, et commence à manipuler des gadgets à l'intérieur. La cage de verre vacille. Je tends la main comme pour m'agripper à quelque chose, mais il n'y a plus rien. Je glisse et ma sueur grasse lubrifie ma sortie.

– Arrête ! je hurle.

Les mots restent coincés dans ma gorge lorsque la cage bascule complètement vers l'avant. Je n'ai pas d'autre choix que de glisser vers la sortie.

Mes jambes s'emmêlent. Je ne parviens pas à les ramener sous moi et j'atterris brutalement sur le côté, sur la roche rouge en contrebas. C'est une roche molle. J'ai l'impression que je pourrais y faire un trou assez facilement avec mes ongles, mais cette idée ne m'inspire rien qui vaille étant donné la minceur du col de cette montagne. Même maintenant, je la sens osciller lentement sous moi comme un navire. *Non, elle oscille*

*comme un bateau pneumatique de combat des forces spéciales.
Ou plutôt un char d'assaut de la Marine.* Oh non.

– Oh non… je gémis.

Je me redresse lentement sous les éclats de rire du petit con qui me sert de geôlier.

– Tu te crois marrant ? Va te faire foutre !

Il répond en criant quelque chose. On dirait « eck » ou peut-être « ick ». Pour une raison ou une autre, ça sonne comme une insulte. Je n'en reviens pas du culot de ce type.

– *Ick* toi-même, connard !

Je me retourne sur le dos et je le regarde inspirer de surprise. C'est tellement théâtral que j'ai du mal à ne pas avoir envie de rire.

Il se couvre la bouche d'une main et, de l'autre, se passe la main dans les fesses... Qu'est-ce que ce type est en train de faire, bordel ? Il répète un mot encore et encore et continue à se tripoter les fesses. Je finis par comprendre. « Ick » signifie *trou du cul*.

J'éclate de rire. Mon rire est profond, il passe de ma gorge à ma poitrine et à mon abdomen. Je ris au point d'en avoir mal au ventre. Le rire jaillit de moi comme de la bile le lendemain d'une cuite. J'ai l'impression que je vais vomir. La créature s'est mise à rire aussi, ou plutôt, elle a recommencé à rire, comme à son habitude. Il tape sur la rambarde de son engin volant, attire l'attention des autres, et bientôt, deux autres créatures de la même espèce volent à ses côtés et se joignent à nous, en riant bruyamment eux aussi. Je ne suis même pas sûre qu'ils sachent ce qui est censé être drôle.

La cage de verre dans laquelle je me trouvais se soulève et s'éloigne de la plateforme lorsque j'essaie maladroitement de l'attraper. Elle se referme et, alors que je continue à rire, ils se passe quelque chose de vraiment incroyable. La cage commence à rétrécir. Elle devient de plus en plus petite, jusqu'à ce qu'elle soit assez petite pour tenir dans la paume de la main de la créature. Il l'attrape et la glisse entre les plis de sa chemise. Pouf ! En quelques instants, c'est fini. La seule illusion de sécurité que j'ai connue sur cette planète a disparu, réduite à la taille d'une bille. Les créatures s'éloignent bruyamment et disparaissent sous l'aile d'un autre planeur, bleu vif celui-là. Il se trouvait à quelques dizaines de mètres de là.

Je ne vois ni propulseurs, ni fusées, ni quoi que ce soit qui puisse propulser ces engins volants. Ils se sont envolés comme par magie. Une magie que je maîtrise pas. Ce qui veut dire que pour descendre de ce rocher rouge, il faudra faire preuve d'esprit et d'astuce. Je prends le temps de me lever. Derrière moi, la tente se trouve au centre du plateau rocheux rouge. Elle n'est séparée du bord – et d'une mort certaine – que par une trentaine de pieds. J'ai donc assez d'espace pour manœuvrer alors que je fais lentement le tour de la corniche. Ce faisant, j'évalue mes options et parviens à la conclusion que je n'en ai absolument aucune.

Zéro. Rien de rien. Niet. Nada. Pas une seule issue ne se présente à moi. Je m'enhardis même à m'allonger sur le ventre et à pencher la tête sur le côté. Je regarde le dessous de la surface. Je vois qu'elle est bien escarpée, mais je ne suis pas assez hardie pour essayer de m'évader par là. Même s'il me restait des souvenirs d'une époque où je m'entraînais à devenir la plus grande escaladeuse de l'univers, je n'aurais aucune chance de survivre à ce type de descente en rappel.

Mon estomac gargouille. Je me remets à quatre pattes

en gémissant et je respire profondément. L'air ici est léger, d'une certaine manière. Je jette un coup d'œil autour de moi en m'émerveillant de toutes les espèces qui poursuivent leur petit bonhomme de chemin ici sans souci. Elles escaladent les chemins de métal et de bois qui grimpent et descendent le long des parois rocheuses. Parfois, les chemins disparaissent dans la roche, mais la plupart du temps, ils suivent les limites du réseau de grottes qui s'étend si loin et sont si profonds que je n'en vois pas la fin. La grotte n'en finit pas de s'étendre.

De temps en temps, des îles métalliques flottantes ou des formations rocheuses apparaissent et semblent abriter différents bâtiments. Certains sont assez petits pour n'abriter qu'une seule structure – comme celle-ci – tandis que d'autres sont si massifs qu'ils semblent abriter des colisées entiers. Est-ce que… Je fixe une formation rocheuse plus basse que celle-ci, très loin à l'horizon... Est-ce que c'est un autre colisée ?

Je marmonne en revenant face à l'entrée de la tente. Elle est de couleur havane et ressemble à de la peau non traitée. C'est magnifique, marbré, et d'une couleur feu plus foncée. Elle s'étend sur près de trois mètres de haut et est suffisamment large pour abriter plusieurs pièces.

Je déglutis bruyamment. Je refuse de montrer ma peur, ma tension ou mon anxiété. « Je dois donner le ton. C'est moi qui dois décider de la façon dont ça va se passer entre nous. » Si je ne le fais pas, et si j'agis comme une proie, alors j'en deviendrai une.

« Ok, c'est bon. » Je fais un pas en avant. « Vas-.y » Je recule d'un pas. « Nalia, *vas-y*. Fais ce que tu as à faire ». J'avance rapidement, j'entre par les volets de la tente et je crie à l'extraterrestre à quatre bras :

– Je ne suis pas un prix ! Je suis une personne et

j'exige d'être traitée avec dignité !

Je cligne des yeux. Puis je cligne à nouveau des yeux plusieurs fois rapidement.

La tente est vide et je viens de dire mes quatre vérités aux meubles. Ce sont de *beaux* meubles, il n'y a pas à dire. Ils sont beaucoup plus beaux que ce à quoi je m'attendais. La déco est étrangement familière. Des bois sombres évoquent des images de *salons* avec des chaises à quatre pieds et à quatre bras et des coussins à la base faits de tissus soigneusement cousus. Il y a même des tapis qui jonchent le sol, couverts de rouges audacieux qui ressemblent à du sang et de jaunes vifs qui me rappellent des fleurs... des fleurs dont je ne me souviens pas, mais qui se dessinent dans mon esprit avec une telle clarté que je suis sûre de les avoir déjà vues.

Je les ai déjà vues… dans une autre vie.

De grands troncs reposoirs trônent, accueillants, comme des poussins qui attendent impatiemment le retour de leur mère. Toutes sortes de pierres, de rochers, de métaux, d'armes et de tissus sont posés dessus. Je m'approche de l'une des piles et touche de la fourrure. Elle est d'un rose très agréable et est divinement douce.

Je frissonne. J'ai l'impression de connaître cette fourrure et cela me fait peur. Je retire ma main. Tout ici m'est étrangement *familier*. Tout, sauf les filets. D'énormes poutres en bois soutiennent la tente. Elles sont énormes, plus lourdes que leur fonction ne le laisse supposer. Un panier en forme de chaise est suspendu à une poutre entre deux coffres. Je m'en approche et m'y assois, mais je m'effondre en arrière car c'est beaucoup, beaucoup trop grand pour moi. Je commence à paniquer en me débattant pour en sortir.

– Aaaaah !

Je grogne et m'effondre sur le sol. Le panier se balance au-dessus de moi comme s'il me narguait. Je brosse ma peau nue et me lève.

Je poursuis ma visite de la tente spacieuse. Je passe devant une petite table sur laquelle se trouve une vasque. Elle est en or et semble avoir été intentionnellement martelée grossièrement. Je caresse l'intérieur avec mes doigts et je fronce les sourcils à la vue de mes ongles, tout ébréchés et rongés. *Je n'avais pas l'habitude de me ronger les ongles. Je n'ai commencé à le faire qu'au moment des guerres. Pour être plus précise, j'ai commencé à me ronger les ongles quand j'ai compris ce que ces guerres provoqueraient : la fin du monde.*

Je lève les yeux, secouée par cette pensée et le mal de tête qui l'accompagne. Je m'attends à voir un miroir, mais il n'y en a pas. Je jette un coup d'œil autour de moi. Je ressens une irrépressible envie déraisonnable d'en trouver un. Je ne me suis pas vue depuis mon réveil. Les pointes de mes cheveux, qui s'étalent sur ma poitrine et mon estomac, ont l'air ébouriffées. Mes cheveux sont trop longs, et... Non, ce n'est pas exactement ça. J'ai toujours voulu avoir les cheveux longs... *Avant, tu n'avais pas le droit de les laisser pousser. Ton travail t'en empêchait...* Mon travail ? Je grimace alors qu'un autre mal de tête m'assaille.

Je marche pour le faire passer en titubant légèrement. La douleur est profonde. Je tends la main et me rattrape à une petite table. Sous ma main, une lame résonne contre le plateau en bois. Je saisis le couteau et le retourne dans ma main en attendant que ma vision se clarifie et que la pièce se stabilise autour de moi. Cela prend plus de temps que lorsque je me suis réveillée pour la première fois dans ce vaisseau spatial, dans cet endroit horrible, aux côtés de géants mutilés et près de l'homme au bras d'argent et aux yeux vides. L'un d'eux était noir et rouge. Il avait une tête composée d'une étrange matière mouvante, mais l'autre œil brun était encore plus étrange... il était... touchant. Il émanait de lui quelque chose de familier. Il m'a donné de l'espoir. Puis il l'a impitoyablement écrasé.

Je ne me laisserai plus jamais avoir.

Je saisis le couteau avec détermination. Ma main tremble un peu au souvenir du mâle à la peau rouge et métallique. Il n'est pas ici pourtant. Rassurée par mon arme, je repousse le souvenir et continue à faire le tour de la pièce, à la recherche d'une corde ou d'un miroir. Je ne trouve ni l'un ni l'autre. Étonnamment, ce que je ne trouve pas non plus, c'est… un lit.

– Donc personne ne dort ici ? je marmonne.

Je jette un coup d'œil autour de moi en écoutant attentivement. Il n'est pas aisé d'entendre les bruits chaotiques du monde des cavernes au-delà de ces murs. Je m'approche d'un mur à l'arrière de la tente et y colle mon oreille, mais... le mur de la tente vacille. Ce n'est pas du tout un mur. C'est un rideau. Je le repousse pour voir ce qu'il cache.

– Oh !

J'ai du mal à prononcer les mots qui me viennent à l'esprit. Je ricane en avançant, hypnotisée par la grande baignoire. Elle est en bois je crois… mais je n'en suis pas sûre. Honnêtement, je ne pourrai pas dire. Mais elle est magnifique, d'un brun foncé profond, strié de variations de la même teinte. L'eau chaude ondule à la surface et libère de la vapeur par à-coups.

– Ooooh oui… je répète en plongeant mes doigts dans l'eau.

Ça ressemble à de l'eau, ça ne sent rien. J'en déduis que c'est donc sans danger. Je n'hésite pas et je saisis ma chance. Je laisse tomber ma lame dans la baignoire, j'y plonge un pied, puis l'autre et je m'assois avec un bruit d'éclaboussure.

– Oh oui ! je m'exclame.

Puis une voix sombre et profonde gronde :

– Svrennu giar hitata tansuey eyu.

Je lève les yeux. Juste au niveau du rideau où je me tenais quelques instants auparavant se tient une bête d'un mètre de plus que moi, couverte de sang.

Je reste bouche bée.

– Oh non…

¤°′*`°¤₁‚₃‚₃′¤°*°¤₁‚₃‚₃′Ø

Poursuivez votre lecture sur ebook ou sur livre relié sur Amazon.

Découvrez les autres livres d'Elizabeth Stephens

Titres disponibles en Français :

Passion Xiveri : Unis Pour La Vie – Des extraterrestres. De la sensualité. De nouveaux mondes.
Capturée par le Roi de Voraxia, tome 1 (Miari et Raku)
Convoitée par le Seigneur de guerre de Nobu, tome 2 (Kiki et Va'Raku)
Bannie de Nobu, tome 2.5 (Lisbel et Jaxal)
Kidnappée par le Métamorphe de Sasor, tome 3 (Mian et Neheyuu) *l'intrigue se situe hors du Quadrant 4
Prisonnière du Sauvage de Heimo, tome 4 (Svera et Krisxox)
Possédée par un Pirate de Kor, tome 5 (Deena et Rhorkanterannu)
Piégée par le Chef de Lemora, tome 6 (Essmira et Raingar)
Enlevée par le Barbare Pikosa, tome 7 (Halima et Ero)
Désirée par le Gladiateur d'Evernor, tome 8 (Nalia et Herannathon)
Poursuivie par le Cyborg de Sky, tome 9 (Ashmara et Jerrock)
Pourchassée par le Dragon de Revatu, tome 10 (Latanya et Grizz)

Disponible en Anglais :

Berserker Kings – Enemies to lovers. With magic.
Dark City Omega, Book 1 (Echo and Adam)
more to come!

Population – Battles and Heroes that Bite.
Lord of Population, Book 1 (Abel and Kane)
Monster in the Oasis, Book 2 (Diego and Pia)
Immortal with Scars, Book 3 (Lahve and Candy)
more to come!

Twisted Fates – Mafia. Brotherhood. Murder.
The Hunting Town, Book 1 (Knox and Mer, Dixon and Sara)
The Hunted Rise, Book 2 (Aiden and Alina, Gavriil and Ify)
The Hunt, Book 3 (Anatoly and Candy, Charlie and Molly)

Xiveri Mates – Aliens. Heat. New Worlds.
Taken to Voraxia, Book 1 (Miari and Raku)
Taken to Nobu, Book 2 (Kiki and Va'Raku)
Exiled from Nobu, Book 2.5, a Novella (Lisbel and Jaxal)
Taken to Sasor, Book 3 (Mian and Neheyuu) *standalone
Taken to Heimo, Book 4 (Svera and Krisxox)
Taken to Kor, Book 5 (Deena and Rhork)
Taken to Lemora, Book 6 (Essmira and Raingar)
Taken by the Pikosa Warlord, Book 7 (Halima and Ero) *standalone
Taken to Evernor, Book 8 (Nalia and Herannathon)
Taken to Sky, Book 9 (Ashmara and Jerrock)
Taken to Revatu, Book 10, A Novella (Latanya and Grizz) *standalone

Livres audio

Xiveri Mates – Aliens. Heat. New Worlds.
Taken to Voraxia, Book 1 (Miari and Raku)

Taken to Nobu, Book 2 (Kiki and Va'Raku)
Taken to Sasor, Book 3 (Mian and Neheyuu) *standalone
More to come!

Collections

Xiveri Mates – Aliens. Heat. New Worlds.
Collection 1: Books 1–3 + Exiled from Nobu
More to come!